中国专业作家小说典藏文库

中国专业作家小说典藏文库

肖克凡卷

橙子熟了

肖克凡 ◎ 著

中国文史出版社

图书在版编目（CIP）数据

橙子熟了／肖克凡著. — 北京：中国文史出版社，
2020.3

（中国专业作家小说典藏文库·肖克凡卷）
ISBN 978 – 7 – 5205 – 1649 – 5

Ⅰ．①橙… Ⅱ．①肖… Ⅲ．①中篇小说 – 小说集 – 中
国 – 当代 Ⅳ．①I247.5

中国版本图书馆 CIP 数据核字（2019）第 261498 号

责任编辑：蔡晓欧　薛未未

出版发行：**中国文史出版社**

社　　　址：北京市海淀区西八里庄 69 号院　邮编：100142
电　　　话：010 – 81136606　81136602　81136603（发行部）
传　　　真：010 – 81136655
印　　　装：北京新华印刷有限公司
经　　　销：全国新华书店
开　　　本：720×1020　1/16
印　　　张：25　　　　字数：308 千字
版　　　次：2020 年 3 月第 1 版
印　　　次：2020 年 3 月第 1 次印刷
定　　　价：69.80 元

目录

橙子熟了

　　清早睁眼醒来，一门心思盼着中午到来。中午央视有《今日说法》，昨天播出上集，今天播出案件结果。他期待人民法院判处那个恶霸村长死刑，假使子弹太贵可以发动群众捐款，绝不能让人渣活在人世。

　　其实不应该生气，今天是他生日，五十九岁了，足斤足两"五〇后"，绝不掺水。本埠反俗男人五十九岁生日，等于六十。只有女人才过六十周岁生日。男女有别。

　　如今乱套了，男女无别。大街上遇见小伙子打扮的，可能是个女汉子。看见留披肩发的，兴许是小伙子。就连老头子老婆子也乱了，表面是跳广场舞，里边埋伏婚外恋。

　　今天过生日，他反而不愿动弹，赖在被窝里回顾历史，清点自己的人生脚印。

　　当年工人很傻，光知道抓革命促生产，中午职工食堂吃饭，下班职工浴池洗澡，尽管男女同工同酬，毕竟两性界限分明，好比中间架着无形高压线，碰不得。

　　记得那天多云间阴，有风。他下夜班憋了尿，迷迷糊糊进了车间女厕所。还没抬头里边炸了窝，他被尖叫形成的声浪推了出来，当场被评为"臭流氓"，被几个奇丑无比的女工扭送工厂保卫科。

　　我真的什么都没看见！我有对象看你们干吗？我进女厕所还

1

嫌骚气呢！他一路辩解着，反而招来更多咒骂。

他被押解工厂保卫科路上，彻底领教了女子能顶半边天的力量，她们真的特别能战斗，对得起有个三八妇女节。

工厂保卫科办公室有门无窗，设计得好像堡垒。保卫科科长刘忠翰五短身材酷似武大郎，坐着站着一般高。他经过简单推理认定"三车间青年锻工刘橙同志强闯车间女厕所，人证物证俱在"。因此建议给予行政警告处分。

一张大黄纸将"行政警告处分"贴到职工食堂大门前，连续几天引发职工围观，青春期里他全厂出了名。

他独自找到保卫科满脸诚恳地说："既然人证物证俱在，请你告诉我物证是什么？让我心服口服。"

保卫科科长刘忠翰拍案大怒，说从来没人敢跑到保卫科翻案，这叫知错不改负隅顽抗。

那时他脾气不太暴躁，一味要求刘忠翰拿出物证。一蹦老高的刘忠翰抄起电话打给北郊公安分局，说有人冲击工厂保卫科，请立即派员办案。

身背"行政警告处分"的三车间青年锻工刘橙，很顺利地被带进北郊公安分局，行政拘留七天。拘留所也是大熔炉，他在熔炉里给刀锋淬了火，出炉后就天不怕地不怕了。

那时他跟七车间青年女工刘金兰处对象，"行政警告处分"外加"七天行政拘留"，就把这段关系弄黄了。几年后面孔微黑的刘金兰表示后悔，他已经跟皮肤白皙的杨云霞结了婚。

如今他老婆仍然是杨云霞，他认为婚姻是马拉松不是打篮球，中途不换人的。所以多年来杨云霞以皮肤白皙自居，为此刘金兰耿耿于怀。不过杨云霞自身缺憾是不生养，这令公众有了说辞。后来职工下岗各自回家，前几年大街上他遇到叫卖袜子的刘金兰。这个把脸蛋涂得雪白的下岗女工眨着圆形大眼睛说，女人不生养叫啥女人？跟不下蛋的母鸡似的，杨云霞硬是让你们老刘家绝了后。

他只得搪塞说，不生孩子也好，反正将来政府养老。

刘金兰撇了撇嘴，送出一个极其"文明"的词语：放屁！

他发现风情犹存的刘金兰腰宽臀大，这确实是生孩子的好手。可惜当年独生子女政策坚如铁板，让她没有用武之地。

是啊，就女人生育能力而言，杨云霞确实是输家，而且输得只剩下白皙的皮肤。赢家刘金兰也没赢得什么，丈夫出工伤摔成植物人，常年躺着不动。

想到躺着不动的植物人，他下意识地翻身坐起，抬胳膊伸腿摇晃脑袋，验证自己体征正常，便穿衣服起床了。

杨云霞发现丈夫动了窝，便以对待活人的口吻询问，中午长寿面是打荤卤还是打素卤。

素卤！他冲口答道，人活着就是要素净，清洁磊落问心无愧。

打荤卤就问心有愧啦？杨云霞不以为然，说过生日吃顿长寿面用不着上纲上线，家里也不是市委党校。

工人家庭，工人夫妻，彼此说话直来直去，谁也不尿谁。况且夫妻都是退休在家的闲人，这就更不尿了。

他认为这种谁也不尿谁的家庭氛围很好。一是解放区的天是明朗的天；二是与人奋斗其乐无穷；三是充分暴露家庭分歧，不会积累大量矛盾酿成肢体事件。

尽管如此唯物辩证法，还是没有被居委会评为"五好家庭"。他并不气馁甚至略感孤傲，认为有时真理只掌握在少数人手里，耐心等待大众觉醒。

不去洗漱，他坐在厅里打开收音机听新闻，特别喜欢听见义勇为之类的事迹。果然，电台播音员字正腔圆报道昨日傍晚五旬老汉勇救落水儿童，当场受到广大群众称赞。

五旬老汉？他寻思着，五十岁就被称为老汉，我虚岁六十岂不成了棺材瓤子？气得伸手啪地关闭收音机。

妻子是丈夫的表情专家，随即抓住他的思想疙瘩劝解道，今儿过生日洗个澡吧，乐乐呵呵的不生气。

生气？国家形势大好，我高兴还来不及呢。他匆匆拿起馒头抹着腐乳吃了，然后打开柜门找出"游泳包"，哼唱着"我爱祖母的蓝天"。

杨云霞趁机嘲笑说，你爱蓝天跑水里干吗去？不着调。

一步三摇走出家门。他年轻时浓眉大眼，人挺标致的。如今眉毛开始稀疏，不浓了，而且眼角有些耷拉，朝着"三角眼"形象转化，凝神时透出几分不服气的劲头儿，容易被误认为寻衅滋事。

他下楼骗腿骑上自行车。这辆"飞鸽"三十岁了，而立之年被主公精心养护青春犹在，论辈分肯定是大街上共享单车们的曾祖父。他骑着"曾祖父"来到社区游泳馆，不觉间精神饱满起来。根据阴阳五行学说，他属水命。水是生门，生财也生运。杨云霞小他两岁是金命，金生水，所以至今没离婚。

年轻时，他身高一米七九，是个意气风发的小伙子。如今一米七七，年龄老化使他缩水两厘米。

缩水就缩水吧。工厂同事还有没等到缩水就死了的呢。他刷卡走进游泳馆更衣室，穿泳裤戴泳帽佩泳镜，下了泳池。

泳池里不见年轻人，除了六旬的就是七旬的。前几天有个八旬老汉被劝退了，游泳馆害怕承担意外责任，俗话说就是死不起。

他撩了撩水故意大声说，我们搞活经济要遵循科学发展观，GDP很关键，可是房价不能太高，环保也很重要，严查地沟油。

池水里没人应声。他瞧不起那几个只会"狗刨儿"泳姿的老头子。凡游"狗刨儿"的多是农村长大，没有受过正规体育课教育。他不紧不慢游了两趟自由泳，靠边歇口气。

4

一个略显外埠口音的老头子说，你的自由泳游得真好看。

猛地冒出这个说话对象，他大声问道，老同志，您知道为什么叫自由泳吗？对方摇摇头说，你给讲讲吧。

他摘下泳镜做出漫不经心的样子，讲解起来。

您见过电视里四百米混合泳比赛吧？前三种泳姿是规定动作，仰泳蝶泳蛙泳，早先第四种泳姿可以自由选择，就有了自由泳。其实自由泳本名叫爬泳，双脚反复打水双肩轮番划水，就像在水里爬呢。既然允许自由选择，那么谁都选择速度快的爬泳，久而久之它就叫自由泳了。

外埠口音的老头子连连点头，夸赞他体育知识渊博。他抑制不住自豪感地说，我小学时体育老师是打成右派的游泳运动健将。

搞运动搞成了健将？外埠口音的老头子流露出疑惑的表情，好像误解了"运动健将"的含义。

他很堵心，后悔把对方当作知音，索性攀过水线爬出泳池，气哼哼去了淋浴间。

透过落地玻璃门，看到桑拿房里几个老头子横躺竖卧，没放五香料就集体清蒸呢。他从来不进桑拿房，打开更衣箱取出洗浴液和毛巾，径直走到淋浴喷头下。

一股浪漫心情升起，他从淋浴喷头联想到向日葵，从向日葵联想到青春期写的那首诗。

我是一株向日葵，终生追随着阳光，直到大太阳把我晒干水分，散落成一堆瓜子，我依然身心饱满。

他从来没有把这首诗拿给别人看，包括从前的刘金兰和如今的杨云霞。有了这首诗他颇为自得，尽管身为三车间普通锻工，他内心仍然瞧不起被称为"工业诗人"的工厂宣传科长郜长林。

此时他忘了今天是自己生日，尽情地冲洗着热水澡，任思绪跟随水珠飞扬。

是啊，那年头学历有含金量，还在强调"四化人才"，我果断去读了业余大学。四年业大毕业，学历又不值钱了。这就像中国的股市行情，今天红了明天绿了，而且我的 K 线是绿多红少，总是踏空。人的命，天注定……

猛然睁开眼睛意识到身在淋浴间，他首先听到哗哗水声，抬头看到对面的淋浴喷头下空空无人，任凭水花四溅。

他妈的，这是谁浪费水啊。向日葵的诗意被落地水流击碎，他赤条条走过去狠狠关闭这只该死的节门。

外埠口音的老头子走进淋浴间，手拿丝瓜瓢子，表情疑惑望着静止的淋浴喷头。

您就忍心让国家的水哗哗浪费？他坚决维护正义说。

外埠口音的老头子说，咦——！我去更衣箱拿东西，马上就回来了。

不关节门哗哗流水去更衣箱拿东西？您好大的身价！

我就是好大身价，你怎么不知道哇？外埠口音的老头子突然笑了。

今天要不是看您年纪大了，我肯定要好好教育您的，包括从肉体到灵魂。

他义愤填膺地说着，却坚持用"您"称呼对方，以此昭示自己是受过教育的大城市人。

狗拿耗子，我就见不得你这种多管闲事的人！外埠口音的老头子毫不示弱，挥动手里的丝瓜瓢子。

他伸手指着对方的鼻子说，您不要倚老卖老要混账！作死是不是？

游泳馆的管理员及时出现，张开双臂隔开双方，说和谐社会安定团结。

我不洗啦！不洗啦！对方狠狠摔掉手里的丝瓜瓤子，气急败坏地走出淋浴间，去更衣室穿衣服了。

他大声冲着更衣室喊道，我叫刘橙，刘少奇的刘，褚时健上山种橙子的橙，节约用水，人人有责！你不服气就到居阳里 13 号楼 1 门 202 室找我！

他恢复了当年街头宣战的气概，喊叫声很是流畅。一时没有听到更衣室里应声，获胜之感油然而生。他伫立铁制向日葵下，继续哗哗冲洗着自己。

我跟褚时健毫无关系，怎么把他的橙字引用上啦？他给头发打满香波，暗暗询问自己。可能是佩服褚时健走出监狱晚年创业吧，硬是干出个样子来。

这时依稀听到游泳馆的管理员小声评论，如今老人家比年轻人火气还大，动不动就叫阵。

听到自己成了老人家，他无声地笑了，鬼使神差想起多年不见的臧建国臧哥，真是恍如隔世。

他想念臧建国臧哥，坚决认为如今没有那样充满人格魅力的人物了。

穿戴整齐，信步走出游泳馆。一个身披黑呢大衣的男子迎上前来，摆手挡住道路。他抬头扣量着这张面孔，认出是外埠口音的老头子。

刘橙子，把你家住址再给我说一遍。外埠口音的老头子语气平缓，手里拿着碳素笔。

他毫无思想准备，怔住了。不由想起青春期"约架"的场景，此情此景再现峥嵘岁月，只是当年满嘴黑话的"愣头青"换成外埠口音的老头子。

所谓"约架"就是约定时间约定地点，届时双方人马齐聚现场开打，绝无食言。也有食言的，那叫"尿了"，永远被人瞧不起。

穿越了——他情不自禁进入"约架"状态说，您听清楚了，我叫刘橙不叫刘橙子，你把子字给我去掉。说着下意识握紧拳头，一股荒疏已久的蛮力怦然充满全身，毫不示弱再次报出自家住址。

外埠口音的老头子右手握住碳素笔，一笔一画把他家住址写进左手掌心，然后满意地点点头，笑着说这样就好办了。

他没有询问对方什么，这同样出自历史遗留习惯，当年街头约架只询问哪所学校，你是育红学校的，我是八一中学的，绝不打听家庭住址，学生斗殴跟家庭毫无关系。

他习惯说出当年约架的术语"我等你定时间地点呢"。对方没再说什么。他扭身去找"飞鸽"。

还是忍不住回头瞥了瞥，越发觉得老家伙身披黑呢大衣颇有几分风度，看着比泳池里体面多了。他觉得这人既难以概括又难以抽象，几乎溢出自己人生经验框架之外，看不出是何来路。

他依然精神抖擞跨上自行车，蹬出两个路口再次寻思起来。这老家伙真是要约架吗？这令他的思绪重返中学时代，再次想起已经沉进记忆深层的场景——挥起铸铁扳手给警备区副司令的儿子脑袋开了瓢。那时他是臧建国臧哥的追随者。

身后有人喊叫"橙子！橙子"！他以为路边水果摊贩叫卖，没有回头。这时那喊声响彻大街，他只得刹住车子停下。

一辆煎饼车推过来，推车的女人呼呼喘气说，你聋啦，叫你八百声都听不见！你老年痴呆了吧橙子？

从前工友们确实叫他"橙子"。听这声音应当是大屁股刘金兰。

咱们国家放开二胎，你怎么不再生一个？他迎头开起玩笑，抢占话语先机。

你说得万分正确，可惜我子宫下岗，就让我儿媳妇生吧。刘金兰说话双手叉腰，可惜她的腰围超过胯骨双手很难叉住，不停

8

地下滑呈现垂手状，适得其反地从强势化作谦逊。

他仔细端详刘金兰。俗话说女人四十豆腐渣，何况她五十拐弯儿，却残存着明媚的目光和红润的嘴唇，当然还有满脸汗珠，把她装饰得亮晶晶的。

你爷们儿还在家躺着呢？他关心植物人胜过关心前女友，推着自行车问道。

他去年冬天走的。刘金兰并无悲伤地说，他走就走吧，常年躺着也是受罪。你家杨子挺好吧？

工厂里叫杨云霞"杨子"，听起来令人怀旧。他下意识压低声调说，杨子挺好的。刘金兰笑了，问道，你跟我说话怎么鬼鬼祟祟的？心里有乱搞男女关系的想法吧！

他被说得满脸尴尬，连忙解释六旬老汉还能有什么想法。

你显年轻哪！看面相顶多五十出头儿。刘金兰乘胜追击说，人家七旬老汉花十块钱买塑料婚戒，明目张胆在公园里搞婚外恋呢。

他为摆脱被动局面，只得歪敞大开说，我老汉是个好老汉，就是我枪里没子弹。

这两句顺口溜果然奏效，面对枪和子弹的敏感词语，刘金兰收敛起来，主动转移话题说起工厂出卖地皮的真相，浑蛋厂长郗长林被抓了。

他想起郗长林曾是宣传科科长，后来停止写诗，改行钻研企业管理爬上高位，终于戴上纯钢手镯。

刘金兰告诉他，她白天推车卖煎饼馃子，晚晌去唱样板戏，自己争取跟随全国人民共同奔向小康。

听到煎饼馃子，他猛地想起长寿面，立即告辞骑车去市场买面条。刘金兰冲着背影念叨说，这人五迷三道的，这话没说完就逃窜了。

市场里面食店门前排队，一个小伙子挤到前边掏钱就买。他凑过去拍了拍加塞者后背，小声说，你年纪轻轻怎么不懂得遵守规矩。

小伙子回头说，我有急事我要先买。他迅疾出手抓住小伙子领口说，你爸爸死了你买东西也要排队！

老东西！你不要动手嘛……小伙子挣扎着，准备还手了。

他毕竟锻工出身，一只大手好像铁钳紧紧锁住对方领口，另一只手抓住对方裤带，猛然发力向上提起。

小伙子被拎得竖起脚尖，好像练功的芭蕾舞学员。这时他感觉对方身子渐渐松软，便残忍地笑了。

他松开锻工打铁的大手，使劲往外推搡说，今儿你爸爸不在家，我是替他教育你呢！

小伙子脸色煞白，并不敢抬头对视，扭身跑了。

旁边的老奶奶小声忠告说，这位大兄弟，如今不要多管闲事，你要是遇到个厉害的主儿，能把你气成脑溢血。

好哇，我这等着厉害的主儿呢！他大义凛然说着，环视四周好像寻找着对手。可惜没人应声。他不认为自己被孤立，而是感觉特别孤独，再次想起青春期榜样臧建国臧哥。

面食店摊主大声招呼他买面条，问他是不是当过特种兵。

他冷淡地笑着说，国有资产流失，工厂没了，我给私企老板当过雇佣兵，后来资本家卸磨杀驴了。

摊主得知他是退休工人，出于同情多给了几根面条说，去年我们自发成立进城务工者协会，果然没人敢欺负外乡人了。你们工薪阶层一盘散沙，永远成不了混凝土。

什么一盘散沙？我一颗沙子就能硌掉他们满口牙！

情绪败坏走出市场，大太阳当头照耀。他手里托着面条，大步走回家去。

过生日反而坏了情绪，甚至差点儿动手打架，这可不是吉兆。好在他不信"气场"啊、"时辰"啊这类说法，本身属于唯物主义者，也就无碍大局了。

放松表情走进家门把面条放到厨房里。杨云霞问他游泳包呢。他这才想起游泳包放在车筐里，自行车忘在市场里。

你过生日丢东西，不怕丢了好运啊。妻子很有封建迷信色彩地说，我可不愿意跟着你犯晦气不吉利。

我去把自行车骑回来就是了。他认为妻子小题大做，凡事都上纲到不该上纲的高度，那高度别人想上吊都够不着。

匆匆走出家门，小区里遇到物业公司经理董超。这座小区百分之八十的家庭属于"还迁户"，董超那种富人瞧不起穷人的心理特别明显，走路见人高扬脸不搭腔。

唯独遇见他是例外，几次当面夸赞"刘师傅浑身正能量，永葆工人阶级本色"。

董超主动打招呼问刘师傅去做什么。他说自行车丢了。物业经理说他的雪铁龙尾灯昨天给人砸了。

工人阶级有力量，没人敢偷您，自行车保管丢不了。

他记得《水浒传》押送林冲刺配沧州的衙役一个叫薛霸，另一个就叫董超。无论大宋王朝的黑心衙役还是现在的物业经理，他统统没有好感，便不再搭话快步走了。

董超原地不动大声说，您走路姿态完全不像六十岁的社保老人。

他知道当今社会瞧不起工人，听到甜言蜜语必须保持头脑清醒，而且凡事要往坏处想。我不像六十岁的？这家伙是说我虚报年龄骗取社保退休金吧。

走进市场找到自行车，车筐里游泳包没了。他初步核算财物损失：泳镜三十元，泳帽二十元，泳裤四十五元，耳塞五元，浴巾十元……丢就丢吧，旧的不去，新的不来。

他走进家门径直来到厨房。黑心开发商给"回迁楼"设计的房型极不人道，厨房狭小，容不下两个胖子，好在夫妻俩均为瘦肉型动物，足以避免身体发生摩擦，彼此秋毫无犯。

长寿面，素卤，菜码是豆芽菜和黄瓜丝……饭菜香气大大咧咧散开来，给两口之家平添几分温馨。

杨云霞忙碌着，她并未明显发福的腰肢系着蓝布围裙，依然勒出肉质沟壑。煮面的热气侵来，她轻轻咳了咳。

他凝视着妻子厚实的背影，突然间喉头发紧眼眶泛酸。

老夫老妻将近四十年，从蜗居九平方米小屋，到如今两室一厅楼房；从工资三十五元五角六分，到如今社保养老金每人三千八；从工厂"放羊"双双下岗，到如今温饱无虞有病吃药；从当年领导阶层到如今草根阶层……不知什么缘故，他突然品尝到多年不曾伤感的滋味，有些小激动。

扭脸看到冰箱门上新贴了"小字报"，他的感伤情绪随即云消雾散，一步跌进"论战状态"。

这个奇葩家庭极具特色，夫妻产生矛盾绝不吵嘴，双方以小字报形式展开辩论。厨房狭窄墙壁占满，没地方写大字，小字报应运而生，贴在冰箱门上。新生活的冰箱与老年代的小字报，形成混搭。

他凑近冰箱眯起眼睛阅读刚刚出炉的小字报，看清标题"丢自行车是现象，不负责任才是本质"。

他笑了，杨云霞这"两笔抹儿"写得比过去好看多了。莫非她偷偷去老年书法班描过红摹子？

他使劲咳了两声，冲她背影说自行车没丢骑回来了。她侧身伸手哗地揭下小字报，随即捏成纸团投进厨房垃圾篓里，表示取消了这场论战。

杨云霞转过身来，说了声祝你生日快乐。她两侧太阳穴位置贴着黄瓜片，这是中国最省钱的美容方法。

他不合时宜地补充敌情说，只是车筐里的游泳包丢了。

一会儿《今日说法》开始了。她提醒着丈夫，初步露出争做贤妻的端倪。

他退回厅里落座，手持遥控器打开电视机，调到央视综合频道，迎面播出高档白酒广告，二次激活记忆程序。

十几年前几个兄弟请臧建国臧哥吃饭，喝的就是这种广告酒，那时还没有这么贵，挺大众化的。光阴似箭，不是酒贵了，是喝酒的人贬值了。只有臧建国臧哥永远形象高大。

长寿面的素卤居然是茄子做的，这真是新生事物。杨云霞不以为然说，茄子切丁，下油翻炒，烹制佐料，温水放汤，大火勾芡，得活。

你上老年大学啦？他觉得妻子变化很大，字写得好看了，菜也有款式了，于是仔细打量着糟糠。

她端来浇了素卤加了菜码的长寿面，并不看他。不知为什么他有些心动——已经好多年分屋睡了。

她仍然不看他，递过筷子扭身回了厨房。他望着她的背影，认为她年轻时比刘金兰白净苗条，老了仍占优势不落下风。这样想着，他端起大碗吃了起来。

《今日说法》中午十二点三十七分播出，这时他吃光大碗面，大声冲厨房说："老伴儿味道不错！"

厨房里随即传来更正之声说，是茄子素卤面味道不错。

他揣测她上了老年大学，说话讲究语法逻辑修辞了。

总算盼得《今日说法》来了，他乌龟瞪蛋般盯着电视屏幕，小声念叨说，人民法院判这恶霸村长死刑，就算你们送我个生日礼物。

还是昨天的男主持人，他简明扼要回顾昨天播出的案情，这时字幕打出恶霸村长刘丛（化名）。他知道这是法治节目惯例，保护隐私不用真名。

他还是不高兴了，大声冲厨房里说，他妈的，怎么天底下坏蛋总姓刘呢？

厨房里传出不同观点说，你们姓刘的也有好人，宁死不屈的刘胡兰、跟地主分子斗争的刘文学、勇拦惊马的解放军战士刘英俊，还有《三国演义》的刘备、打败项羽的刘邦、能掐会算的刘伯温、清朝宰相刘罗锅……

他坚决认为妻子进了老年大学，以前她没有这么多知识，张口说话也没有这么流利。

这时主持人请法学教授分析犯罪动机。教授声音配着电视镜头对准法院案件卷宗封面，一扫而过。

他呼地起身放声喊叫，我看清档案袋啦！这恶霸村长真名叫刘忠翰……

杨云霞跑出厨房，望着五官挪位的丈夫。刘橙啊你别激动好吗？这个刘忠翰肯定不是原先咱厂保卫科科长。

他妈的，怪不得名字这样熟悉呢！敢情跟那保卫科科长同名同姓。他搓手跺脚深呼吸，弄得杨云霞不知丈夫是吃了长寿面还是吃了耗子药。

这时《今日说法》尾声了，依照惯例插播了广告。他气得伸手指着电视机说，为什么没提判不判他死刑？你《今日说法》这算怎么档子事呢！

他连续拍击大腿说，我得给中央电视台打电话，他们这样办节目不行！必须给我们广大群众说清楚……

今天是你六十大寿，咱别给自己添堵好不好？我给你盛碗面汤喝吧，原汤化原食。

今儿我过生日，这中央电视台给我添堵！他狠狠坐进沙发椅。稀里哗啦沙发椅垮了架，毫不客气地把他放倒了。

老态龙钟的沙发椅颇有几分来历。当年父亲是炼钢厂老工人，组织上清理库存"查抄物资"，父亲抓阄儿得到这把沙发椅，花八分钱买回家，成为全家最贵重的家具。父亲每每坐在沙发椅里，工人阶级荣耀感油然而生。

父亲去世，他继承遗物，升任这把沙发椅的主人。有行家认出这把沙发椅原产意大利，肯定出自名门。他每每坐在沙发椅里，想象它曾经属于大资本家的小客厅，浑身充满当家做主的自豪感。随着沙发面料老化，他拆掉深绿色平绒，更换为紫红色灯芯绒，形象全新。他越发充满主人公精神。

后来落实政策退赔查抄物资，却没人索回这把沙发椅。他推测故主已然远去，心情有些小复杂。

今天六十大寿，他坐垮了父亲的遗产，心情有些大复杂，索性躺地不起，目光直勾勾望着屋顶，满脑子问号。

杨云霞从厨房里跑来，猫腰伸手拉起他，说，你不是公务员医保不封顶，退休工人摔断胯骨轴咱家治不起。

他妈的，敢情天底下坏人都叫刘忠翰……他故意岔开跟沙发椅有关的话题，痛骂当年工厂保卫科科长以转移妻子视线。

他呼地翻身坐起，这身手确实不像六旬老汉的年纪。

《今日说法》里的恶霸村长刘忠翰被送进监狱，当年工厂保卫科科长刘忠翰从历史废墟里唤出来，活灵活现站立面前。

他恍惚产生幻觉，气咻咻望着对方说，你不拿出判我警告处分的物证，我他妈的就废了你！别以为我像当年那样软弱可欺……

杨云霞瞪大眼睛轻声试探道，你没吃错药吧？

与人奋斗，其乐无穷。他认为这句话很接地气，便坦然对妻子说，不知道刘忠翰那混账是不是还活着。

妻子不明就理答道，前些天我看见他在超市买东西呢。

他突然爆发了。你为什么不告诉我！这事儿值得保密吗？你究竟站在谁的立场上！

你看这生日过的，就跟吃了枪药似的。她说着转身退回厨房，好像躲进防空洞。

杨云霞知道丈夫患有记忆性歇斯底里症，一触即发惹不得。

15

这几年她有了成套战术打法，丈夫狂躁时她避其锋芒，出门下楼去买彩票或去超市抢购打折商品。丈夫平稳时她就贴出小字报，开展大辩论。

果然，丈夫情绪平稳了，哼唱起歌曲："红太阳照亮了井冈山，武装起工农千百万，伟大的领袖毛主席，历史的关头指航向……"

刘橙同志这是要上山打游击啦。杨云霞在厨房里嘟哝着。

丈夫分明找到人生奋斗方向，他走进厨房兴致高涨地说，真没想到会是这样！感谢中央电视台让我的生活充实起来。

之后他站在她身后问道，当时你跟刘忠翰搭话没有？

你让我跟他搭话？她扭身打量着丈夫说，人家可阔气呢，装满了超市小推车，排队结账还抱怨中国超市比美国差远了。我手里只拿着两袋打折的牛奶，哪好意思近前啊。

不过，他还是尖嘴猴腮五短身材的样子……她做出补充说，他身边那女人显得年轻，不知是妻子还是女儿。

这肯定是他的小三！他情绪再次爆发说，这就好办啦！我先抓住他婚外恋的物证，让他永世不得翻身！然后再让他给我平反昭雪。

杨云霞笑了，咱们工厂都没了，你找谁平反昭雪去！哎，晚饭还接着吃面条吧？我做西红柿鸡蛋卤……

他不睬西红柿鸡蛋卤，上前拉住她手的说，你要是再遇见那家伙，一定不要打草惊蛇，躲到暗处打电话给我。假使你没带手机就悄悄跟踪他，只要掌握了住处就齐了。

好多年没给他拉过手，她有些不适应，使劲抽回手臂说，人家安徽小岗村都恢复农业合作社了，你就不要再算那笔旧账了。

旧账？我正想穿越回去呢。他说着甩掉塑料拖鞋蹬上山寨版耐克鞋，找来麻绳捆好散架的沙发椅残骸，扛着走出家门下楼去。

她追到楼梯口叮嘱说，你一把老骨头了，不要动不动就跟别人叫板，让人家说坏人变老了……

　　下楼可巧遇到蹬三轮车收废品的，他问收这堆东西给多少钱。收废品的讥笑说你要给我钱的，说罢蹬车走了。

　　他妈的，父亲的遗产就连收废品的都不要，这真是换了人间。他索性把沙发椅尸体扔在垃圾桶旁边，鼻子泛酸。

　　他定定站着，凭吊着父亲的遗产，心头五味俱全。这些年搬了几次家都没舍得扔掉这把沙发椅。它原本属于剥削阶级财产被革命群众查抄而来，然后以福利待遇的名义贱卖给炼钢工人，今天就算是无疾而终吧。

　　想起远在天堂的父亲，他说了声请您不要怪罪我，突然发现破旧沙发弹簧系着小块白绸，微风里闪动着好像活物。

　　他蹲身从弹簧里解下这小块白绸，发现写有墨迹。

　　　尽管被剥去漫天阳光，我仍然属于夜晚星辰。

　　这蝇头小楷写下的诗句，年代久远墨色褪去，依旧持续诉说着无名者的心曲。他竭力想象留下墨迹者的形象，是男是女，是老是少？完全想象不出。他知道留下墨迹者属于另外陌生的世界，跟自己永不搭界。

　　他有些难以自洽，下意识握紧拳头，无意间攥碎几乎风化的小块白绸。他居然感觉解脱了，甩动双手走了。

　　他清理思路设置寻找刘忠翰的线索，再度鼓起奋斗目标，心情随之好转。

　　一步三摇走上大街，雄赳赳气昂昂的派头。年轻时浓眉大眼，如今眉毛略有稀疏，眼角稍显耷拉，浑身劲头儿绝对不像六旬老汉，看背影是个小伙子。

　　他迅速确立寻人思路。可以去婚介所查询，如果刘忠翰单身相亲，就会在婚介所登记，这是线索一。

线索二则是房地产中介店，假若这家伙买房或者卖房，定然留下联系方式。线索三呢？可以去派出所打听，就说寻找失散多年老战友，做梦都想重逢叙旧……

心中拥有这三条线索，他得意地笑出声，吓得大街旁等公交车的人们纷纷闪躲，唯恐撞上大麻烦。

我怎么成了瘟神呢，他有些生气，突然放声喊道，车来了不许抢乘！也不许拿老年卡冒充！你们都给我排好队等车！

公交站旁边卖报纸的妇女说，我在这儿好几年，总算来了个主持正义的人物。

他受到表扬并不自满，恢复正常语调说，维护社会秩序，人人有责。

卖报纸的妇女指着摊车里报纸说，这上面报道有专门忽悠老年人理财的团伙，说是吸纳资金振兴东北老工业基地，还有报道东郊区老爷子见义勇为追盗贼，一刀就被坏人扎死了……

老爷子死得光荣！一定判那坏人死刑，不枪毙，砍头！

您要退回大清国啊，祖上旗人吧？卖报纸的妇女很吃惊。

911 路公交车来了，人们蜂拥而上挤成一锅肉粥。看到自己毫无威慑力，他转而对卖报纸的妇女说，这就叫自由化，必须采取有力措施！

她连连点头，表示赞同。他喜逢知音，便问她每月退休金情况。她突然不高兴了，说咱们中国人就认钱，人家美国人从来不打听别人收入多少。

您跟这儿卖报纸还知道美国事情，胸怀全球放眼世界呢。

嘿嘿，算你有眼光！我儿子留在哈佛大学实验室给教授当助理，十年没回来了。

他显然受到冲击，暗自寻思着。她儿子在美国当助教，她在中国卖报纸，这宝贝儿子真不孝顺，一定是跟美国人学坏了……

18

她好像看透他的心思，略显得意地说，我现在不炒股了，三天两头做逆回购，还买理财产品赚收益，上半年有个"以房养老"保险，我听了吴总的演讲，太让我放心了，抵押房产投了保，以后每月还给投保人发薪水，这下子我养老有了保障……

他听不懂这些门道，信步走进路边"连万家"房地产中介店，迎面墙壁贴着"严防金融电信诈骗"的标语。他笑了，不知这是提醒买房的还是卖房的。

他响声说找经理。几个小伙子同时站起说我们都是部门经理。他觉得踩上连环地雷，连忙改嘴说找总经理。一个部门经理抢先回答说总经理常驻深圳。

他不高兴了，说了句"他怎么不常驻中南海呢"，转身返回大街上。他脾气不稳定，大海潮起潮落尚有规律，人却没准头。

一个部门经理追出门来，问他想卖房还是买房。他想趁机评估房价，说出住家小区和楼层面积。

这部门经理褪尽笑容，说，您这是回迁房没有多少行情，干脆安居这辈子别动了。

他意识到遇见势利眼准备反击，对方退回店里了。

他妈的，这群小崽子不知锅是铁打的，迟早会吃大亏。

一街之隔，银行门前白发老者手舞足蹈，不知控诉谁呢。人老了容易上当受骗，难怪连电视台都提示严防金融诈骗，已然全民皆兵。

他正要去婚介所寻找刘忠翰的线索，手机响了。他从来不接陌生号码电话，看到来电显示"家里的"，放心接了。

电话里杨云霞说有人来家找他，一个个西服革履的样子。他估计这是报社记者采访，果断挂掉电话往家里走。

他经常给《老年周报》热线打电话，反映各式各样的社会问题：要求电报大楼大钟恢复整点报时，给半身不遂老年患者免费发放电子手杖，全面杜绝使用"屌丝""逼格"之类脏词脏话，社情民意不能报喜不报忧……已经引起有关方面关注。

山寨版耐克鞋有些夹脚，他仍然加快步伐行走，不愿让人家记者久等。看见有辆黑色越野车停在楼下，两个身穿藏蓝色西装小伙子，看着好像双胞胎。

你是刘橙先生吧？两个小伙子迎上前来，当面核对身份。

他仔细端详对方说，敢情真是双胞胎，你俩好像不是报社的？

我们不是记者，公司派车接您去喝茶，快请上车吧。

物业公司经理董超赶过来，满脸奉承表情说，这开着大奔来接您，人家还派了俩保镖，刘师傅您真有身份啊。

他被董超捧得高高的，反而不便询问对方来自何方，只能拉开架子上车了。

他当然知道贵宾不能坐副驾驶位置，便大摇大摆坐进后排，随即被两个保镖夹在中间，两边挤得很紧。

想起港台黑帮电影，他猛然意识到自己可能被劫持了，用力扩展双肘询问对方身份说，明人不做暗事，你们到底哪儿来的？

一瞬间双臂便被挤得更紧，动弹不得。

我没得罪黑社会，看来这是摊上事儿了。不由想起当年两派街头武斗，亲眼目睹臧建国臧哥只身冲进"红代会"阵地的壮举。尽管那时自己属于小字辈，还是跟着投了石块。如今老了，也不能服软认尿，一股英雄气概腾地燃起，他哈哈大笑。

一人难敌四拳。你们马上给我停车，一对一过招，老子谁都不怕。

谁跟您过招啊！您以为我们是美国海豹突击队？我们公司请您喝茶，正宗福建大红袍呢。

他的人生格言是：没事不惹事，遇事不怕事。既然如此，他闭目养神，不言语了。

司机竟然放了个响屁。他猛地扯开嗓门吼道，你放毒气弹呢，给我打开车窗！

他突发的歇斯底里震慑了全车，身旁保镖请求司机放下前窗玻璃，低声说这老家伙不好惹。

这改革开放年代，还有在车里放屁熏人的？你什么玩意儿，还喝大红袍呢，你们公司什么素质！

放过响屁的司机不卑不亢答道，我做过废品回收公司，没素质，有荤质。

我看你就是个废品，还是先把自己回收了吧。既然震慑了全车，他身心通泰，说话越发随便。

司机好像被他骂舒服了，呵呵笑着不再说话。他暗暗寻思着，央视《今日说法》里杀人案不少，我要是死在他们手里，临死肯定要拉个垫背的陪着。

想到这里心情悲壮起来，我刘橙没儿没女没牵挂，改革开放让我掉落社会底层，再活着也没多大意思。即使死了也要学臧建国臧哥的榜样，临危不惧威武不屈。

汽车驶到郊区，拐进小路开进一座大院子。他看到这座大院门楼铁艺横匾四个镏金大字：年代之家。

汽车驶进大院里，四处栽满松柏，使人想起烈士陵园。他觉得此地不显山不露水，要么是装阔，要么是真穷；要么是装穷，要么是真阔。

左右两个保镖下车，抢着去给司机拉车门。眼看仆人成了主子，他觉得好生奇怪，伸腿下了车。俩保镖闪到旁边，司机迎上前来。

这一路听您老人家慷慨激昂，就证明我爹没看错人，请吧，客厅里喝茶。司机的确反仆为主，讲着一口普通话，引他走向大院深处。

这座大院套着小院，小院好像大院的私生子，就跟没户口似的，隐藏着不被察觉。

小院庭前身穿华服的老汉笑脸迎候，挥手打着招呼。他定睛细看，正是游泳池里外埠口音的老头子。

您老人家请我来，是立马动手呢还是养喂肥再宰？

外埠口音的老头子笑了，说先养着不宰做研究标本。

好啊，您把我泡福尔马林药水里，做成标本千年不腐。

小客厅里落座。他环视四周陈设，判断这是土豪之家。如今土豪这词儿流行，反而不提劣绅了。

貌似司机的男子介绍说，我是全天候循环再生公司董事长，外号废品大帝。这老爷子是我爹。你们喝茶聊天，我还要接待区委项书记。

平和氛围笼罩客厅。看来是要喝茶，他心理发生骤变，想起路上临危不惧的表现，对自己感到满意。

外埠口音的老头子开门见山说，我叫柳宗汉，柳宗元的柳，柳宗元的宗，汉武帝的汉。

您要是不用普通话说这仨字儿，我以为您也叫刘忠翰呢。

刘忠翰是什么人？对方好奇问道。

坏人呗。我不知这家伙死了还是活着。他迅速转换话题谈到两人游泳馆的冲突。

老柳啊，不要以为我来到你的主场，就不敢坚持真理，你洗澡浪费水还不认错，这叫倚老卖老！要不是看你上了年纪，我当时会动手的……

柳宗汉不急不躁说，你年纪也不小了，怎么还这么爱打架呢？

他不愿磨叽，说与人奋斗其乐无穷，这奋斗自然包括文斗和武斗，肯定没有红豆绿豆和黄豆。

柳宗汉哈哈大笑说，那天游泳馆我真没看错，你果然是个典型人物。我是五〇年的，肯定比你大几岁吧？我多年准备写《中国五〇后》这本书，那就先拿你采样研究喽。

中国五〇后有什么值得研究的？如今不就是按月领取退休金嘛。这群人再过二十年基本死绝了。

嘿嘿，我只是退而不休做些事情，主要研究中国"五〇后"现象，给咱们后代留下具有历史文化价值的遗产。

外埠口音的土老帽儿，猛然间变成社会学者，而且改用普通话，他不知如何应对，哑了口。

一个身穿旗袍的女士款款走进客厅，端坐案前操持工夫茶了。

柳宗汉主动介绍说，这位女士也是五〇后，当年大串联去过井冈山、韶山、西柏坡。后来上山下乡去延安插队了。

他惊诧地望着旗袍女士说，看外表您四十多岁嘛。

我五三年属蛇。她仪态端庄递过茶盏说，我们克服消极情绪，永葆革命青春。

眼看女士身穿改革开放的旗袍，嘴里却讲着革命年代的话语，他感觉被扔进时间隧道，瞬间抵达这个似是而非的地方，令人时空错乱。尽管错乱了，他还是喜欢这位五三年属蛇的女士，论年龄她肯定是姐姐。

请问您贵姓？张口想起北京话"套瓷"，他随即后悔，暗暗谴责自己，我这是学年轻人搭伴儿呢。

当年中学时代大街上搭讪女生，俗称"拍婆子"。没想到青春期病毒此时发作，这是典型的为老不尊。

然而旗袍女士并不介意，轻声轻语说名叫向阳。

向阳？从前有首歌曲叫"社员都是向阳花"。这火红年代的名字再次使他激情燃烧，于是正襟危坐对柳宗汉说，您为什么选我做研究标本呢？

柳宗汉胸有成竹说，我要寻找典型环境中的典型人物，可巧游泳馆里遇到你，一个非常典型的五〇后男士。

不知不觉间，柳宗汉说话在外埠口音与普通话之间转换着，往返自如。他揣测对方在家乡口音与普通话之间，窜来窜去。

咱们五〇后深受"斗争哲学"影响，可以说是喝狼奶长大的，或多或少有股子街头暴力气息，如今老掉牙了，仍然属于凶猛动物，成为当今和谐社会的珍稀物种。

身穿旗袍的向阳女士接过柳宗汉话题说，柳老是有识之士，他决心抢在咱们老去之前，抓紧研究五〇后文化现象，通过大量问卷调查与个案实例分析，潜心写出学术专著，争取早日自费出版。

柳宗汉被夸奖得有些自得，竟然颇有几分孩子气地说，当年我去过缅甸，还在泰北见过马共总书记陈明呢……

名叫刘橙的五〇后暗暗服气，这位柳老要么高干子弟要么书香门第，绝非土豪劣绅之流。

柳老想让你写个自传，就是谈自己经历，粗线条两万字即可，作为五〇后个案研究。我们做事只争朝夕，所以希望越快交稿越好……向阳女士说话干练，业务素质很高。

他判断向阳是柳宗汉的女秘书，就冲她点头应允。柳宗汉额首示意，向阳从红木匣里拿出牛皮纸信封，趋身递过来说这是预付稿费。

他慌忙起身摆手拒绝，说拿自己履历卖钱不合适的。

那就先留下吃晚饭，咱们看谁酒量大就听谁的。柳宗汉派向阳安排晚餐，转而向他解释说，我那天故意浪费洗澡水，果然激起你的血性，当然也叫社会责任感。

他完全松弛下来说，从小佩戴红领巾接受节约用水的教育，这思想根深蒂固了。

你说根深蒂固这四个字，我认为特别重要。此时柳宗汉完全改讲普通话，一派老年学者风度。

你儿子开车接我来这里，他不会只做废品生意吧？

他是我的义子吴明隆。我亲儿子在美国当律师呢。柳宗汉引领他走出客厅指着偌大院落说，这地方很像人民公社机关大院，令人想起上山下乡的知青岁月。

我插队落户不到半年"四人帮"就倒了，两年后选调回城进厂上班，四十岁下岗，四十五岁买断工龄，五十五岁退休。今天以为遭到黑道劫持，没承想来到你们和谐社会。

好得很！你的自传从中学时代写起，一直写到今天就行。柳宗汉展望事业前景说，我们建立"年代博物馆"，第一展厅取名"与共和国同龄"，专项展出与一九四九年有关的内容，比如当年出生的人，还有当年发生的事。

向阳女士补充说，我们已经团结了近千名共和国同龄人，按中国生肖都属牛呢。

柳宗汉有些激动地说，牛象征着勤恳与奉献，我们要激发共和国同龄人的拓荒精神，老骥伏枥为改革开放再做贡献。

向阳女士陪他走进"年代博物馆"的"与共和国同龄"展厅，一下被震撼了。迎面展板密密麻麻的签名，这是多少一九四九年出生的"牛"在这里集结，共同高歌"我是共和国同龄人"。

他由衷地赞叹道，你们功德无量，你们确实功德无量。

向阳女士很像晚会节目主寺人说，我们筹建的第二展厅取名"光荣五〇后"，这也是柳宗汉先生重点研究的社会课题。

"与共和国同龄"的展厅，设有"拓荒牛事迹"专栏，介绍十八位属牛的知识青年，有的当年成了革命烈士。他被感动了，向"拓荒牛"群像鞠躬，说他们代表着青春无悔的年代，不应当被后人忘记。

之后，他跟随向阳女士来到小餐厅。窗明几净，一张圆桌四把椅子，小环境清静安稳，毫无浮躁之气。

小餐厅四白落地的墙壁，一幅《牧羊图》水墨画，青草茵茵，蓝天白云。从顽强不屈的拓荒牛到温和顺从的羊群，他心情还没转过弯来。柳宗汉跟他握了握手，好像要重新认识似的。

向阳女士仪态万方地说，晚餐先上忆苦饭吧，这是我们年代之家的特色。

忆苦饭？这是个尘封多年的词语，他颇有恍若隔世之感，扭脸望着柳宗汉。

咱们共同做些有益于社会的事情，今日以此共勉吧。柳宗汉说着，让义子吴明隆抱来一坛老酒。吴明隆笑着说，区委项书记不敢喝酒，我只好抱回来了。

豆腐渣、麦麸、玉米面做成的菜团子端上桌来。一人一只捧在手里。他知道这东西放凉难以下咽，趁热就吃。

野菜馅里调了麻油，原汁原味大减。他笑着说这忆苦饭成了绿色健康食品。

柳宗汉抓住要点说，刘橙你说得好，所以我要抓紧时间搜集五〇后原始资料，一掺作料就变了味道。

向阳女士打开老酒坛子，一人一碗。人是三个五〇后外加义子吴明隆，四位。碗是一穷二白时代的粗瓷大碗。

柳氏义子得意地说，这大碗是我专程到北京潘家园市场淘来的，这类东西被称为"新古董"，如今也很有行情呢。

向阳女士取出裹着两枚毛泽东像章的素白手帕说，改革开放社会巨变，革命年代的物件成了古董。这是我在沈阳道市场花了两百块钱买的。

他忍不住更正道，您应当说捐了两百块钱请的。

您说得对，捐了两百块钱请的。向阳女士红了脸，显得更年轻了。

柳宗汉高声表示肯定说，人无怀旧之心，谈何创新之胆！这酒是防老剂，诸位开怀畅饮吧。

很久没见这种粗瓷大碗，他受到感染端起老酒，先敬柳宗汉先生，之后再敬向阳女士，没等他端起第三碗，吴明隆端碗敬酒说，我祝三位五〇后身体康健，永葆青春，痴心不改！

他发现吴明隆只是嘴唇碰了碰碗沿儿，并未饮酒，顿时心里警惕起来。柳氏义子似乎通晓"读心术"，满脸微笑解释说开车不能喝酒。这让他感到对方有些素质，不单单是个收废品的。

柳宗汉一饮而尽说，放心喝吧这酒没毒。向阳女士随即喝了。他哈哈笑了说，这就像李自成跟张献忠喝酒似的。

几碗老酒轻松下肚，勾起内心往事回忆。当年欢送臧建国臧哥去西双版纳插队落户，火车站前小广场开怀痛饮醉得东倒西歪，大家簇拥着臧建国臧哥进站。无论工宣队还是铁路警察，没人敢管这群充满青春暴力的小伙子。毕竟臧建国臧哥具有学生领袖气质，依然不忘叮嘱留城的弟兄们不要跟官方作对，共产党江山万年牢。

他牢牢记住臧建国臧哥说的话。一筐苹果还能没有几个烂的？尽管保卫科科长刘忠翰、宣传科科长郗长林都是浑蛋王八蛋，这些败类毕竟属于少数分子。

记不清喝了几坛子老酒，他从"年代之家"大醉而归，被柳氏义子吴明隆开车送回，然后向阳女士扶他下车，之后大脑记忆就"断片"，没了镜头影像……

第二天下午醒来，他眍眼就说胃疼。杨云霞递来温水说，你胃疼？你进家就跟强奸犯似的，一把给我摁到床上！还口口声声说咱俩都是五〇后。你多年抗税不交公粮，昨晚从哪儿来的本钱？

他一声不吭听着，对她控诉的案情毫无印象。这真是酒后办实事，夫妻多年停止性生活，昨晚竟然扛枪上阵了。

他悄然思索这突然爆发的房事，可能跟遇见向阳女士有关吧，自己内心毕竟受到新鲜异性刺激，色心复活了。

妻子要求他对昨晚突发性欲做出解释。他慢条斯理地说，五〇后要克服船到码头车到站的消极思想，继续革命嘛。

夫妻干事儿跟五〇后有什么关系？你老不正经的！她稍显温

27

柔地给他买药去了。

安静地回忆那几坛老酒，人物影影绰绰，场景恍恍惚惚，他甚至怀疑这是大梦方醒。可是想起昨晚车里醉得歪倒向阳女士怀里，便觉得真实了。

认识向阳不到二十四小时，他对外部世界的泛敌情绪便有所减退，内心生出几丝暖意。中断性生活多年，昨晚进家就跟老婆做爱，这叫酒精唤醒初心吗？明明柳宗汉是酒局主角，反而对向阳女士印象深刻，这是五〇后男人的贼心吧？

他自问不能自答，胃疼加剧。他苦笑了，这是对五〇后男人贼心的惩罚。

妻子买药回来，说药店不能刷医保卡，三盒药自费一百二十多块钱。

云霞啊，从明天起你帮我回忆往事吧，反正咱俩都是五〇后，生在新中国，长在红旗下，有着共同记忆。他说着服了药，渐渐感觉胃疼有所缓解。

你昨晚跑哪儿喝酒去啦？张嘴闭嘴五〇后，当心撞进邪教组织给你洗脑！

你听说过柳宗汉这人吗？柳宗元的柳，柳宗元的宗，汉武帝的汉。

《焦点访谈》还是《东方时空》？杨云霞努力寻思着。

他还上不了那么高台面。不过这老汉肯定与众不同。他说着又想起向阳，女人六十多了看着不到五十岁，她肯定也与众不同。

傍晚时分董超来了，手里拎着几斤苹果。这生疏场景令他再度怀疑这是梦境。是啊，如今没人给无财无势的退休工人送礼呢，偏偏物业公司经理来了。他心里说，太阳从东边落山了。

杨云霞受到礼品苹果激励，兴奋地告诉董超说丈夫胃疼。董超煞有介事要送他去医院详细检查。

他笑了说，沪市深市正闹股灾，我这个股反倒逆市上扬飘红了。

董超毫不掩饰说，您知道昨天来接您的那辆汽车值多少钱吗？两百多万呢！那家公司绝对财大气粗有背景。

礼下于人，必有所求。董经理有话明说吧。他胃疼不改性格，单刀直入。

人往高处走嘛，我只想找机会跳槽去大公司谋职……董超说着，不好意思地笑了。

你看昨天派车接我的那家算得上大公司吗？

当然！就冲那辆两百多万的大奔，人家就是大公司。董超提高声调，好像要呼喊口号。

这我心里就有数了，你把心放肚子里，只要有我说话的机会。他气宇轩昂表了态。

董超小角度鞠躬告辞，兴高采烈走了。

你有本事把他推荐给柳宗汉的公司？杨云霞上了心。

他不屑地望着苹果说，这事儿以后再说。我还是先写自传吧，中学时代你不要管，我工厂经历你是见证人，帮我搜罗些往事。可是，咱还提我误闯女厕所的事儿吗？

你要是不提那段往事，就没有刘忠翰制造冤假错案。哎，你写回忆录姓柳的给你多少钱？

这是社会公益事业，柳宗汉给钱我没要。你怎么变得见钱眼开呢？咱五〇后受中华传统教育长大，绝对不能认钱不认人。

杨云霞做出自我批评的姿态说，一文钱难倒英雄汉，以后我认人不认钱好吗？

半夜里醒了，胃还是不舒服。他揿亮台灯爬起来，拉开抽屉翻找纸笔。

这要感谢多年养成夫妻论战张贴小字报的习惯，家里纸笔充足。纸是原先企业办公用笺，抬头印着"第三机床制造厂"红色

29

字体。这座消亡多年的国营工厂，卖光地皮只留下这些纸张，他有些伤感。一时间，这伤感情绪激发写作热情。

好啊！我要在自传里写出厂长郝长林，这个满嘴社会责任感，满肚子私心贪欲的浑蛋，让人们知道国有资产怎样流失的。

他提笔写下自传提纲：刘橙，1956 年 6 月 30 日出生，汉族，政治面貌群众，在职大专学历。1973 年 11 月升入初中，1975 年高中毕业，随即上山下乡成为知识青年，1978 年返城成为待业青年，1979 年顶替父亲进工厂成为学徒工，三年后转正，工资三十五元五角六分……

胃疼难忍，他推开纸笔，轻声召唤睡在隔壁房间的妻子，说有坏人给胃里埋了定时炸弹。

杨云霞趿拉鞋赶过来，两只陈旧的乳房摆动着，好像内衣里藏着偷来的东西。大半夜哪儿来什么坏人？四小时啦你又该吃药了。

贪官不是坏人？开赌场的不是坏人？贩卖毒品的不是坏人？骗孩子们吃黄金大米的不是坏人？黑导游、黑医托、黑婚介、黑家教、黑养老院……气死我了不说啦。

明儿赶紧去医院查胃，柳宗汉不是要重用你吗？你让他公司派车送你，你让他公司托门路给你找大夫……

你放屁！我刘橙万事不求人，再者说柳宗汉既不是党组织也不是人民政府，我凭什么向他张嘴求援。

好啊，你就先找党组织再找人民政府吧。她说着扭身去了厨房。

他颇为不满地说，这大半夜争论你又要写小字报？不发扬救死扶伤的革命人道主义精神！

什么贴小字报？暖瓶里没水了，我烧水让你吃药！

他思路跳跃问道，我挨警告处分是八二年还是八三年，你记得吗？

一九八二年四月一号贴出告示。那年头有了愚人节，所以刘金兰以为有人拿你找乐儿，那时你俩正热乎呢。

怎么我的丑恶历史你记得这么清楚，咱俩哪年哪天结婚你还记得吗？

我记得！一九八四年十月一号我就回到万恶旧社会了。她端来温水让丈夫吃药说，谁让你昨晚非要过性生活，人老纵欲肯定添毛病，结果胃疼了吧？

服了药，他忍痛佯寐，一点儿性欲都没了。这他妈的就叫透支。以前光知道暴刷银行卡透支，敢情身体同样禁不住放纵。我毕竟六十岁了，今后要广积粮不能深挖洞了。

清早起床吃早点，他呼噜呼噜喝粥说胃不疼了，然后披挂整齐说去图书馆查资料，悄悄去了人民医院。他估计自己患的不是好病，以前胃疼没有这种不依不饶的感觉，就跟荡妇缠人似的。

人民医院大楼破旧，显出将被城市抛弃的可怜模样，看着令人沮丧。他挂了消化科急诊号，径直走进第八诊室，当头告诉应诊医生胃疼难忍，在家吃药不管用。

急诊大夫开了一叠单子，他收起这叠单子说，我有病你治病，该查哪项查哪项，你不要乱开单子让我花冤枉钱。

急诊大夫终于抬头看了看他，说二楼交费逐项检查吧。他这才看出是个满脸男相的女大夫，俗话说好男不跟女斗。他只得不吭声离开。

如今已然看不出大夫是男是女！这怪不得天怪不得地，只怪我老汉没性欲。他这样想着总算暗暗羞辱了冷漠待人的急诊大夫，去二楼排队交费了。

二楼大厅电子屏幕滚动播出该院专家门诊日程表，他看到"刘忠翰"，副主任医师，变态反应科，周三下午应诊。

他妈的，天底下尽叫这名字的，也真够变态的。

走出人民医院大门左拐，他感觉胃里空荡荡的难受，走近一街之隔的煎饼车说加两个鸡蛋的。摊主摘掉口罩说，刘橙你微服私访呢？装得还挺像回事儿的，你没离婚不许这样偷偷追求我。

我还真把你给忘了。他忍着胃疼问道，你打听到刘忠翰的线索了吗？这医院里有个大夫跟他同名同姓。

刘金兰戴上口罩说，这刚刚两天哪有什么线索！依我说刘忠翰就是堆臭狗屎，你顶天立地男子汉跟这种人纠缠不清，就不怕掉价失身份？

毕竟早年处过对象，刘金兰说话掏心。刘橙啊，你穿新鞋别踩臭狗屎，就等着刘忠翰自己撞进粪筐里吧。

他听了感觉胃里舒服些了，就问她听说过柳宗汉没有。刘金兰皱眉寻思着说，好像听说过是个大人物吧。

我明儿一大早空腹检查胃镜，今天要吃得瓷瓷实实。他手捧两个鸡蛋的煎饼馃子，大口嚼着。

明儿你查完胃镜还来我这儿吃煎饼馃子，对你永远免费。

他冲她挤了挤眼，问别的事儿免费吗。刘金兰斥责说你有色心没色胆赶快滚蛋吧。他就心满意足去公交站等车了。

公交车站牌前聚集着几个人，不断交谈着。小桌上摆着花花绿绿的宣传单，他伸手去拿却被拦住，要求他填写个人信息。

我还不知怎么回事儿呢，你们就要我身份证号码，这年头讲究信息公开是不是？

为首者是个花白头发的男子，腰板挺直郑重介绍说，我们本周六下午召开共和国同龄人研讨会，所以要查验出生年龄，你若不是一九四九年的就没有资格参加。

他听懂了，摇摇头说我五〇后没有资格参加，扭身要走。

对方拉住他夸赞说，您很诚实！研讨会结束有自助餐，防止混进吃白食的，主办方要我们查验身份证年龄。

他受到表扬猛然想起柳宗汉，询问研讨会是不是"年代之家"主办的。花白头发的男子表示自己只是志愿者，不参与"年代基金"的认购。

年代基金？敢情这里还有金融方面的事儿，看来他们跟柳宗汉完全两码事，不挨着。

175路公交车来了，他登车而去，投币两元跟驾驶员说，同是中华人民共和国，人家广州六十岁免费乘车，咱们这倒霉城市要六十五岁！

公交车驾驶员笑了说，这是政府鼓励你们长寿的激将法！好多本该六十岁死的，他们也要拼命活到六十五享受免费乘车待遇。

他终于被逗乐了，问驾驶员"几〇后"。对方听不懂他的问话，专心开车了。

我看你顶多七〇后，距离进入"年代博物馆"远着呢。公交车驾驶员听了，以为他是给博物馆值夜看门的人员。

他下了公交车，溜溜运达过马路，特别希望突然遇到刘忠翰，看看这家伙究竟变成什么样子了。

轻松走进家门，厅里有个陌生女子摘下塑料鞋套准备离去。杨云霞掏出百元钞票递去说，八十元吧。

这陌生女子接过钞票找零二十元，说声再见就走了。

他看不出这是笔什么交易，就问妻子谁讨债来了。杨云霞听罢嘤嘤哭了。

你参加赌博团伙啦？他想去追问那陌生女子，讨回钞票扭送派出所。

你别掺和我的事儿！一大早儿心里别扭，越寻思越委屈，这辈子没披过婚纱没度过蜜月，没住过星级宾馆吃过豪华大餐，没跳过舞没进过KTV，没出过国旅游就连孩子也没生过……我抄起电话叫来个钟点工，当了两小时主人让心里痛快痛快！

他跨步上前抱住妻子，气喘吁吁说不出话来，就这样紧紧抱着。杨云霞扭动着并不肥胖的身躯说，我痛快了两小时浪费了八十块钱，这几天我要把它节省回来……

你不用节省！花八十块钱换个痛快，不贵！他松开她继续说，我要是写完自传柳宗汉还坚持给稿费，我就收钱给你。

一旦有了挣钱的责任感，他忘了胃疼走进房间，找出纸笔继续写自传。俗话说，有骨头不愁肉。他列出流水账式提纲，形成"刘橙年谱"的规模，然后沿着年代写起来。

写到那年连夜加班父亲突然去世，他潸然泪下，父亲连续多年保持先进生产者称号，一声没吭就倒在车间里；写到中年下岗到私营企业打工受尽压榨，工厂主比周扒皮还坏，比黄世仁更狠……

这时候他意识到这部自传的价值，它流传下去让后人们看到货真价实的历史，就不轻易相信谎言了。

转天清早，他对妻子说想吃杏仁茶和桂花馅蒸饼，要去老城区的老字号，空着肚子走出家门。清晨大街阳光格外明亮。他乘公交车赶往人民医院。

递上预约单，镜检窗口护士要求患者家属签字。他说独来独往没有家属。窗口里说没有家属签字不行。他说你现在给我介绍老伴儿也来不及了，登记结婚至少两天时间。

护士只得给他安排序号并且提示说，你去第三内镜室等候。

他得意地笑了，大声说还是社会主义好，鳏寡孤独患者受到俘虏般优选。他的高声大嗓居然没有惊动周围患者，看来进了医院便变得麻木不仁。

喉咙含过麻醉药，躺倒等候医生下胃镜。不知为什么，一阵孤独感袭来。我来到医院好比进了威虎山，只能学习杨子荣孤军奋战了。这样想着情绪越发悲壮，如果我死了就等不到百鸡宴战友们到来了。

是啊，我怎么活成了孤家寡人呢？基本没有什么朋友，光剩下几个仇敌记在心里，刘忠翰、王虎祥、任玉甲、赵民义……他胡思乱想着走进第三内镜室，胡思乱想着被医生下过胃镜，催促他起床离开。

我胃没事儿吧？他起身问医生。人家不予回答。他讨了个没趣心里窝火，瞪起眼睛说下胃镜遇到个哑巴大夫。

对方仍然不言语，他又获胜了。不过这不属于深仇大恨，可以忽略不计。

走出人民医院大门，一街之隔是刘金兰的煎饼车。他抖擞精神走过去说，下胃镜让家属签字，我说孤寡"五保"户，那护士拿我没辙，让我三天后取报告。

你有家有业非说是光棍"五保"户，作践自己想让全世界可怜你是吧？刘金兰不乏疼惜地递过煎饼馃子，催他趁热吃了。

他心头腾地热了。谁说我没有同伙？眼前刘金兰就是。

果然，眼前同伙关心地说，橙子你最好第四天来取报告，肯定不会白跑一趟。

吃过同伙馈赠的煎饼馃子，他拉了拉刘金兰的手，就去乘公交车了。上了车手机响了。这是个陌生号码而且显示"北京"，他破天荒地接听了。

接听对了。这是向阳女士打来电话，首先问候醉酒恢复没有，语气亲切柔和，令他备感温暖，不知为什么电话断了。

他提前两站下车，匆匆拨通对方电话恢复交谈。不经意间话题转向五〇后，向阳说尽管我们年纪大了，仍然是保障社会健康发展的中坚力量，所以要把广大五〇后团结起来，为国家再立新功。

你说得太好啦向阳女士！他感觉遇到志同道合的战友，积累多年的孤独感一扫而光，他承诺联系更多的五〇后伙伴，把他们的联系方式尽快转交向阳女士。

电话里向阳咯咯笑了，夸赞他是个光荣的五〇后，叮嘱经常保持联系。他挂断电话情不自禁说，她才是优秀的五〇后呢，电话里笑声清脆像个少妇。

吃了刘金兰的煎饼馃子，他感觉有了同伙。接了向阳打来的电话，他感觉找到了组织。就这样满怀喜悦走进家门，告诉妻子动手搜集身边五〇后名单，只争朝夕。

你这是要组织暴动？妻子打量着斗志旺盛的丈夫说，刘忠翰也是五〇后，你先逮着那王八蛋再说吧。

是啊，看来五〇后里也隐藏不少坏人。他跷起大拇指夸奖妻子说，谢谢你的及时提醒，咱们搜集名单要有所甄别，蹲过监狱的、有过前科的、受过处分的，一概不统计……

你就受过处分啊，还行政拘留七天呢。她打断丈夫说话，表情极其认真。

他恼羞成怒说，那是冤假错案！所以我要找到刘忠翰给我平反昭雪落实政策。

中午时分，厨房里贴出小字报，标题是"奉劝刘橙同志"，文章郑重指出，当今嫖娼被抓只是罚款而已，误闯女厕所根本算不上历史问题，请不要纠缠不休。你与刘忠翰属于人民内部矛盾，理应按照鲁迅先生所说"相逢一笑泯恩仇"，求大同，存小异，为社会贡献爱心发挥余热。

退休女工杨云霞竟然引用鲁迅先生诗句，令他刮目相看。看来经常张贴小字报使她写作水平大有提高。

他找来碳素笔在小字报空白处写道："不争论，集中精力搜集五〇后名单，安定团结，再立新功。"

杨云霞小有不满地说，不争论？你是中央首长批示呢。

一连几天，夫妻忙于联络五〇后伙伴们，打电话发短信，几乎处于亢奋状态，当然不是性亢奋。

傍晚时分，他把第三批五〇后名单发给向阳女士，呼出一口气说，老年手机发短信免费，真好。

她凝神望着丈夫说，这么多年了咱俩总算共同做了件事情，真是难得啊。

他意识到妻子动了感情，匆匆下楼去便利店买了两瓶"冰糖雪梨"一盒"德芙"。便利店老板说，好几天没见你出门晃荡，这次是高消费喽。

我忙于革命工作争分夺秒呢。他抱着食品走进家门，全部递给妻。

吃吧，雪梨润肺，巧克力提神，过两天还给你买。以后你想吃什么就告诉我。

杨云霞低头不说话，忍住不落眼泪。刘橙，咱们还没来得及年轻，一下子就老了……

云霞，咱们争取活到九十九！那时兴许工人又值钱了。

这是普通的家庭夜晚。暖色灯光照耀着老夫老妻，温馨气息弥散开来，难以察觉地滋润着小户型家庭。

这五〇后名单我把刘金兰给忘了。他想起那辆煎饼车便想起胃镜检查报告，这几天忙得忘了这码事情。

转天上午不用空腹，他吃过早点走出家门，下楼遇见物业公司董超，这小伙子跑过来报告说，那确实是家大金融公司呢，我跳槽的事儿您别扭脖子后达忘了。

他嗯嗯着，顺嘴问董超的爸爸是不是五〇后。董超连连点头说是一九五九年的。他高兴说让你爸爸跟我联系，加入光荣的五〇后名单。

一路来到人民医院大厅取胃镜报告，护士说家属取走了。

家属？我是"五保"户！他强势地查看胃镜登记簿，果然家属栏签着"刘金兰"三个字。

得啦！这娘儿们替我领取胃镜报告，这就叫阶级感情似海深。大步走出人民医院大门。一街之隔，刘金兰脱了白罩衣收了摊，分明等候刘橙大驾光临。

近来胃疼不同以往，没有食欲，吞咽费劲，浑身发软。他对自己病情有所预感。只是受到当年"活着干，死了算"革命口号的影响，硬扛着而已。

兰子！你跟我实话实说，我这病还能活几年？

你先别冒充许云峰视死如归。我去问了外科住院部，你这胃癌应该开刀。咱们请徐臻做手术，他是普外专家，人称"徐一刀"。

徐一刀？咱们通过金庸先生托关系吧，他的雪山飞狐跑人民医院来了。

你怎么还要贫嘴呢？干脆学岳不群先把自己骗了吧。

他主动重归郑重话题说，我忙着五〇后的事情，等我把名单搜集齐了……

等你搜集齐了就晚啦！外科住院部小齐总吃我煎饼馃子，人熟好办事，我请她托关系安排病床，争取这两天住进去。

他顿时成了被"煎饼馃子大仙"降伏的妖魔，怔怔说不出话来。

刘金兰扑哧笑了说，你被病魔吓傻了吧？我给你打保票，只要开刀切掉瘤子就好了。

手机响了，还是向阳女士打来的。他不会向她提起自己身患胃癌的事情。

您这么短时间就提供了百人名单，这对筹办"年代博物馆"的"光荣五〇后"展厅打下坚实基础，柳老希望您再接再厉，决定发放八百元车马费，您毕竟东奔西跑的。

电话里他没有执意拒绝这笔钱，毕竟住院治病花销大，他需要人民币。

挂掉电话他告诉刘金兰，柳宗汉要专门给五〇后筹办纪念馆，功德无量。

是啊，功德无量才给八百块钱车马费。刘金兰常年卖煎饼馃子见多识广，已经很难被感动，一味催促他准备住院，早治疗早踏实。

住院没什么准备的，只要手里有人民币，咱们人民就什么都不怕。

怕就怕你是人民，手里没有人民币。刘金兰把装有胃镜报告的牛皮纸袋递给他，推着煎饼车走了。

他把装着一颗肿瘤的牛皮纸袋揣进怀里，回家了。

走进家门换过塑料拖鞋，妻子说"路路通"送来了快件。他接过撕开硬纸套封，从里面抻出八百块钱。

哎哟，你拜了财神爷，快递员踩着风火轮送钱给你。

向阳女士通过快递公司发放车马费，令他意外。转而告诉妻子过几天去做手术，刘金兰给联系外科住院部。

杨云霞说，这年头连停车场收费员都有点权力，刘金兰卖煎饼馃子也能跟白大褂拉拢关系。

你说这话，要么是弱智，要么是聪明透顶。我认为你是聪明透顶。

这么多年总算受到丈夫超级夸赞，她聪明透顶地笑了，突然想起询问丈夫，你做手术切哪儿？

我胃里长个瘤子，个头儿不大。

肿瘤啊！她身子发软歪在床边。

你别害怕也别着急，刘金兰说开刀切掉瘤子就没事儿了。

杨云霞处于懵懂状态说，刘金兰说没事儿就没事儿？你又不是她老公……

你千万不要多心，当初我俩搞对象连嘴都没亲过，后来也没瓜葛。现在我病了她伸手支援，这是工人阶级感情。当今工人阶级没了，可工人感情还在啊。

杨云霞不说话，起身打开柜子寻找银行定期存折说，那就听你前女友的，先开刀切掉胃里瘤子再说。

脸盆、暖瓶、饭盒、拖鞋、毛巾、香皂、牙膏……她不声不响归置起来说，咱家存款总共两万八，这够用吗？

他宽慰妻子说，不是有医保嘛，住院报销百分之八十。

好多自费项目，有时输血还要买指标。钱有缺口我找娘家兄弟借，他们不要利息。

我想明白了，当年一不怕苦二不怕死的革命口号，还是很有道理的。为什么说不怕苦呢，因为人人都有苦尽甘来的盼头。为什么说不怕死呢，因为人人早晚都会死，所以怕也没用，就不怕了呗。

杨云霞无奈地望着丈夫说，你当年上业大没白念书，那点哲学如今都用上了。

他嘿嘿笑了，说如今是和谐社会，但是人与人的争斗仍然存在。

刘金兰几经斡旋，总算能够办理住院手续了，先交押金人民币两万。刘橙想起计划经济年代，工人生病住院从厂里拿张"三联单"交给医院就成，屁事儿没有。

杨云霞看透丈夫心思说，钱的事儿你不用走心，我妹妹借给我五万，我娘家侄子给一万。这次亲戚们都会伸手援助。你平时脾气不好得罪人，他们就不来医院看望了，这叫出钱不出面。

好啊，他们不露面都愿做幕后英雄呢。他只得这样自嘲。

于是，交了两万元押金，患者刘橙终于住进人民医院十一层外科病区9病室，屋里总共四张病床，他编号38。这令他想起四野王牌部队三十八军，感觉吉祥如意。

护士小齐送来病号服，耐心讲解患者住院须知。刘金兰趁着热乎劲说，人家小齐还没对象呢，全心全意扑在工作上。

小齐护士红着脸说，我自身条件差没人愿意娶。

他躺在病床上体验着新身份。刘金兰一边拾掇东西一边低声说，这个小齐护士是知青遗孤，生父生母是从北京到陕西插队落户的知青，属于非婚生啊！她光知亲妈姓齐就随了齐姓，这么多年也没找到父母下落，出来打工考上护士岗位，准确说叫护理员算不上护士……

刘橙听着顿生亲近感说，小齐的亲爸亲妈肯定都是五〇后，很可能是北京老三届初中生。

这时小齐护士来测体温。他突然豪迈地说，好闺女！你在这座城市举目无亲，遇到困难就张嘴，咱们没有办不成的事儿！

小齐护士连连致谢，快步走开。这是个大龄剩女，时髦词语中"单身狗"。

他平复着心情，随即想起可阳女士，拿起手机拨通电话说，我这些天家务繁忙不便联系，这几天搜集名单。

电话里向阳关切询问需不需要组织帮助，他连声致谢说没事儿，便嗯嗯地挂下电话。

她问我需不需要组织帮助？合着我退休工人成了有组织的人，这真有点儿意思。

刘金兰近旁说，你以前万事不求人，如今既然有了组织为吗不要求帮助呢。

他只得为自己开脱说，我是个不需要组织照顾的人。

硬扛活受罪，耿直万人嫌！杨云霞张口数落丈夫，却是满脸欣赏的表情。

邻床患者是个瘦脸老头，低声问他病情。他说开刀来了。

你要想请徐臻主任主刀，起码送这个数儿。瘦脸老头伸出食指。

一百万？他装傻充愣问道，表情特别真诚。

瘦脸老头变成特务接头语调说，一万。他听罢连连点头说，一万美元不多！人家姓徐的是专家嘛。

美元？我看你不像有钱人，有钱人都住高级病房了。瘦脸老头嘟哝着，不再吱声。

一连几天做了十几项检查。外号"徐一刀"的徐臻露面了。

41

这是个白白胖胖的中年男子，表情淡然打量着 38 床癌症患者，说了声周三上午手术，迈着稳健步伐走了。

杨云霞追出病房对徐主任表示感谢，然后去打病号饭了。

邻床瘦脸老头羡慕地说，我住院比你早五天，你周三上午就手术，而且是徐主任亲自主刀，你肯定翻倍送了吧？

之后瘦脸老头叹口气说，我要是不被那家私募基金坑了，也不会去买以房养老的保险，那样能给自己留条后路……

死木机金？他听不懂这洋玩意儿，笑了。

护士小齐走进病房微笑说，请 38 床患者家属到徐主任办公室谈话，您下床慢慢走。

他同情小齐是个苦命姑娘，穿鞋下地说谢谢。邻床瘦脸老头叮嘱说，你别忘了麻醉师也要给红包的。

我就盼着跟姓徐的谈话呢。他颇有浑身是胆雄赳赳的感觉，大步走进主任医师办公室。

徐臻主任连连摇头说，我找 38 床家属术前谈话，你怎么自己跑来啦？马上回病房去！

既来之，则安之。咱俩好好谈谈吧。他嘻嘻哈哈落座说，您知道我是退休工人，属于当今最不值钱的弱势群体，所以没钱给您送礼，假如家属瞒着我给你送红包，撑死两千块钱而已。对您来说两千块钱等于没送，是个零。那我跟您从零说起吧。

徐臻主任起身打断他说话，要求他马上回到病房休息。

您先耐心听我说，您做手术不是习惯收红包吗？这次我一分钱也不会给您的。但您给我做手术必须精益求精，一丁点儿瑕疵都不能有，超过你对待那些高官和富豪。您要敢拿我们工人不当人对待，除非让我死手术台上，否则您就敬候佳音吧。

徐臻主任微笑聆听，信手点燃香烟，显得颇有气度。

我今生是个工人，前世也是个工人，来世还是个工人。您是大知识分子，别看外表人五人六的，其实内里特别尿，遇事就尿裤子。您现在拿烟卷儿的手就颤抖了，还硬扛着呢。您以为工人阶级没了，可是工人还在。《红旗谱》里朱老忠说过，出水才见两腿泥。别忘了你还在水里呢。

您还知道《红旗谱》？徐臻主任掐灭烟蒂问道。

这烟卷你吓得一口没抽就掐了，别跟我面前充将军啦。

对方只得问道，您当过兵？

他点点头说，我当过兵，红小兵。

年届不惑的徐臻不知这是什么兵种，忍不住问道，红小兵是……？

你七〇后吧？今儿回家问问你爸爸！

博士毕业的徐臻愣住了，一时不知怎么办。

你知道臧建国臧哥吗？他斩钉截铁补充说，我认为你不知道，你要是知道早就认怂了。

臧建国是什么人？似乎把钱存进即将倒闭的银行，徐臻不安地追问。

臧建国是什么人？我说出来你立马尿裤子！他抬手指着对方说，我这是威胁你呢，你不要敬酒不吃吃罚酒！

徐臻苦笑了，摇了摇头不说话。

你记住！我是个五〇后，大风大浪里长大的野人。他说罢大摇大摆走了出去，啪地狠狠摔上门，得胜还朝似的返回病房。

妻子打饭回来，病房里不见丈夫踪影，就跟邻床瘦脸老头聊天。

听说有人替我们出头了，他就像单雄信独闯唐营似的，几次找到私募基金讨还公道，但愿能给我们追回损失……

好啊！这人是孤胆英雄。我家刘橙要是通金融懂地产，他也敢替你们出头说话，这年头就怕不要命的。

杨云霞说着，扭脸看见丈夫面含戾气走进病房，起身问他跑哪儿去了。他笑了笑说给别人做思想工作去了。

我看你笑里藏刀。她打开饭盒伺候丈夫吃饭。

邻床瘦脸老头伸长脖子凑近说，38床我问你，路见不平，你真敢拔刀相助替我们讨还公道吗？

他端起饭盒盯着鱼香肉丝说，我敢啊，这年头骗子就怕不要命的。

瘦脸老头撇嘴表示怀疑说，人嘴两张皮，谁都说得起。

好！我就喜欢你这种怀疑者。说服一个怀疑主义者，比统领一百个崇拜主义者要有价值。

瘦脸老头被定义为怀疑主义者，不知如何搭话。

杨云霞起身劝阻丈夫，什么怀疑主义者？你不要动不动就给人家定性。

他甩开胳膊说，我又不是宣传法轮功邪教，你阻拦我干吗？说着放下饭盒拉开说评书的架势，起身向邻床瘦脸老头拱手行礼，开讲了。

我叫刘橙，一九五六年生人。我为什么强调自己是五〇后呢？因为这是个重要文化概念。

我们五〇后从小见多识广，论起腥风血雨的场面，巴黎公社街头堡垒算什么？小儿科。咱就说街头武斗吧，两拨人马大打出手，打得腿折胳膊断，六〇九厂还出过人命。可是打死人不但没有犯罪感，反而感觉特别光荣！那时武斗合理合法，还会受到女孩子崇拜，英雄价值观嘛……

他喝水润嗓继续说，青春期烙印，终生褪不掉，长大成人出现纠纷，首先冒出武力解决的念头，这就是五〇后的斗争哲学……

你说的这些斗殴场面，当年在县城里也见过，不过五〇后已经老啦。邻床瘦脸老头颇为感慨道。

你不懂青春期啊！青春期形成三观嘛。如今强调和谐社会，可是五〇后的暴力病毒经常发作，人老脾气不改呀。

邻床瘦脸老头思忖道，那位出头替我们讨还公道的人，不知是不是五〇后，听说特别仗义……

刘金兰拎着保温罐走进病房。杨云霞努力笑了笑说，刘橙演讲呢，就跟电影《青春之歌》里革命者似的，谁也拦不住。

刘金兰通情达理，笑着说过两天开刀，你就让他过过嘴瘾吧，避免在手术室里憋炸了。

病房门口站着几个看热闹的保洁员，有的吐舌头有的做鬼脸儿。刘金兰满脸微笑问道，你们听课买票了吗？没买票赶紧去挂号处补票。

刘金兰不改女工说话的风格，又损又硬，还让人挑不出毛病。这群看热闹的保洁员窃窃私语，撤了。

邻床瘦脸老头打量着刘金兰，小声评价说您有沙家浜阿庆嫂风范。

刘金兰扭摆着走到病床前说，西红柿手擀面，新四军伤病员趁热吃吧。

杨云霞插话说，我在医院食堂买的包子。说着扭脸问丈夫想吃哪样。

猪肉包子和西红柿手擀面，这两样儿我都想吃。这两天吃瓷实了，上手术台有劲头。

两个女人面面相觑，谁也不说舌，好像无声电影。

趁男主角吃饭的工夫，两个女配角走出病房，站在楼道里说话。

病人开刀哪有不递红包的。我昨儿中午悄悄给徐臻送了五千。杨云霞说着吸了口凉气，毕竟心疼人民币。

刘金兰调低嗓音说，噢！我昨儿下午给徐臻塞了五千呢……

杨云霞颇不理解地望着刘金兰。咦，你没病没灾给他送钱干吗？

刘金兰笑了。我是没病没灾，这不是刘橙要做手术嘛。

45

杨云霞腾地红了脸，低头咬紧嘴唇不说话。渐渐脸色转为灰白，她抬头注视刘金兰。

金兰好姐儿们，你的人情我记住，友情后补……说着她转身走向病房。

刘金兰拉住她胳膊说，云霞啊，你千万别让刘橙知道咱俩分头送钱的事儿，那样他就疯啦！

几个保洁员躲到远处，继续亢奋地议论着：一个破退休工人弄了两个老婆，而且共创安定和谐的大好局面。

两个女人同时回到病房，目睹 38 床患者的午餐业绩：六个包子和大碗西红柿手擀面，已经完全彻底装到胃里去了。

邻床瘦脸老头压制不住好奇心，鼓起勇力问道，请问二位谁是 38 床患者家属？

刘金兰看着杨云霞。刘橙不等妻子开口抢先答道，她俩都是我家属。

杨云霞解释说，她是工厂的姐们儿，三十多年了。

瘦脸老头嘿嘿笑了，三十多年？不容易，确实不容易！

过午的阳光爬进窗台，一声不吭伏在地上。病房里四张病床躺着四个症状不同的患者。三个萎靡不振，只有刘橙气完神足，一派从主任医师办公室打完胜仗毫发无伤的劲头。

刘金兰向杨云霞寻找共识说，一旦做过手术不能离人，白天我陪伴，晚上你护理，这样不用花钱请护工。

杨云霞想了想，轻声说那就多谢你了。刘金兰笑了笑，建议她抽空去剪剪头发，人显得精神。

我老婆子了还往十八里打扮干吗。杨云霞表情复杂说，白天你受累，我晚晌来接班。然后拎起手提包回家去了。

病房里安静下来。刘金兰端来水杯说，吃了药睡午觉，你别睁眼假装张飞。

他有些尴尬，说这辈子没想到让你伺候，那煎饼馃子怎

46

么办?

煎饼馃子不急,我先把你伺候好了吧,赶快闭眼睡觉!刘金兰完全进入杨云霞的状态,弄得邻床瘦脸老汉失去基本判断能力,弄不清哪位是妻子。

没等刘橙闭眼睡觉,一阵小风把董超吹进病房,他西服革履手里举着一束康乃馨说,祝刘师傅早日康复!您就不用介绍我去年代集团了,听说那里明争暗斗特别复杂,我怕适应不了。

年代集团……他满脸茫然问道,你是说柳老的公司?那里有什么复杂的,就是搞阶级斗争你也不怕的。

我还是在物业公司干吧。好像董超专门跑来发布这个声明,说罢告辞走了。

邻床瘦脸老头闭眼佯寐说,这小伙子做得对,他在和谐社会里长大,那种实行斗争哲学的地方肯定活不下去……

刘金兰凑近 38 床患者耳畔说,喂,合着你旁边住着个老特务,他随时窃听呢。

她说话的气息扑面而来,令他心跳加快。身为六旬老汉,这辈子除去妻子还没有女人如此近距离接触。五〇后的男人的情色只挂在嘴上,大多属于语言运动专家,动手能力不强。

噢,柳宗汉的公司叫年代集团,这名称旗帜鲜明很有气魄!他下意识侧脸躲避刘金兰的气息,假装午睡了。

刘金兰打了个毫无节制的哈欠,双臂抱胸趴在床头,陪伴患者睡了。

邻床瘦脸老头悄悄下床溜出病房,去厕所了。

楼道里几个保洁员议论着,越聊越起劲,好像吃了兴奋剂似的。

你们看 38 床那男的抠穷的,一个退休工人哪里养得起俩老婆。

人家大款有俩老婆,一般是妻大妾小,这俩女的年龄相当,

47

我看不像共侍一夫。

38 床自我感觉太好，从徐主任屋里出来还摔门呢，一身大爷派头。

邻床瘦脸老头走出厕所。几个保洁员拥过来刺探军情。

你们说 38 床俩老婆？可是咱们国家实行一夫一妻制……瘦脸老头寻思着说，不论是不是俩老婆，反正我觉得 38 床不是简单人物。

他就是个退休工人嘛，穷得毫无思想负担，所以见谁都敢叫板，这是叫花子打狗——穷横。几个保洁员讥笑着，拿起拖把擦地去了。

楼道里有个患者家属举着手机喊叫，说自焚啦自焚啦。瘦脸老头跑到窗口朝楼下张望，一派太平无事景象。他气得迎过去说，这是住院部不是造谣的地方，你吓出人命谁负责？

这患者家属举过手机点开微信朋友圈说，您看您看，这是现场视频，这男的把汽油浇身上点燃啦！

瘦脸老头凑近观看微信视频，画面里声音嘈杂，那团火光里传出男人吼叫：一千二百多人的养老钱，你天良丧尽要被千刀万剐的……

熊熊火光团满地翻滚着，很快视频画面没了声音，随即黑屏。

他把自己烧死了，这究竟怎么回事儿？瘦脸老头惊悚地问道。

这患者家属收起手机说，一定是以死威胁对方，这下连火化场都不用去了。

你这人怎么没有同情心呢？瘦脸老头起急说，这横竖是条人命，你们还录像看乐子！

这是朋友圈转发的！你跟我急得着吗？这患者家属不买账地走了。

48

瘦脸老头余怒难消回到病房，连声抱怨世态炎凉，有人自焚没人扑灭，看热闹还嫌火苗太小。

刘橙居然睡着了。刘金兰防止吵醒他，低声劝说瘦脸老头不要生气。可是对方仍然生气说，中国人就是这样，看热闹不怕事大总嫌事小。

谁点火自焚啦？刘橙睁眼问道，他是上访的吧。

这人好像不是上访，说是几次讨债不成，就带着汽油和打火机讨公道来了。瘦脸老头解释着，连声叹气。

刘金兰说，全面维护社会稳定，遇事不要走极端嘛。

你这是说好死不如赖活着呗。刘橙翻身下床走出病房，站在楼道窗前，打量着外面世界。

一把火把自己烧成炭灰，这不叫好死啊。刘金兰紧陪身旁，好像怕他跳楼自尽。

他扭头打量着刘金兰，笑了。你对我这么好，怪不得他们议论我有俩老婆呢。

呸！刘金兰手指戳着他脑门说，你真是没羞没臊，还五〇后呢……

俩人乘坐电梯下楼。他感觉电梯颤抖，便抱怨医院不及时维护保养，弄得电梯得了帕金森综合征。逗得刘金兰捂嘴大笑，就跟年轻人似的。

出了电梯漫步走进医院小花园。长廊里人不少，一个个低头看手机，还有放出音频的，活像一群会喘气的雕像。

他问刘金兰有没有微信。她说前些天儿子给下载的，使用起来很方便，还节省电话费。

让你儿子给我也弄个微信，凑凑热闹。他似乎感到寂寞，萌生投身当下生活的意愿。

你没孩子不用犯愁，我儿子就是你儿子。当然儿媳妇做不到，她是外姓人……刘金兰说着突然凝视前方。

你这是看见狗头金还是运钞车？他沿着她的视线望去，长廊尽头有个身穿病号服的男人，正要起身离去。

那人是刘忠翰吧……刘金兰不敢肯定地说着，不由自主跑上前去。

听到刘忠翰的名字，他脑海出现空白，原地不动好似木头人。刘金兰大幅度朝他招手，分明表示情况属实。

一下脑海不空白了，从木头人变成机器人。他开步走向前去，望着这个身穿病号服的男人。

你好啊老朋友，多年不见还认识我吗？好比大猫苦寻老鼠多年，他有些冲动。

然而耗子淡淡地摇摇头，表情沉静，闭口不语。

你以前是第二机床厂保卫科的吧，而且还是保卫科科长？

身穿病号服的男人听罢点头说，我后来从保卫科调到工具车间当书记了。

你肯定是刘忠翰啦！当年有个青年锻工误闯女厕所的案子，你还记得吗？你给了他警告处分，又让他蹲了七天拘留所。

刘忠翰眉头紧皱回忆着说，青年锻工误闯女厕所？这情节我记不清了，那些年案子太多……

我叫刘橙，第二机床厂三车间锻工，你真不记得我啦？

身穿病号服的刘忠翰依然尖嘴猴腮五短身材，只是目光迟缓神情僵硬，隐约显现早期木乃伊迹象。

他彻底失望了，那件令他愤恨多年的冤假错案，居然被刘忠翰忘得毫无踪影，等于不曾发生。时光就像小学生橡皮，将历史事件真相擦得一干二净，光剩下毫无意义的白纸。

这时他明白了，一个工人的命运实在微不足道，你认为自己是这架机器里不可替代的螺丝钉，一旦损坏更换颗新的就是了。何况有那么多螺丝钉等待上场呢。

刘忠翰，你是五〇后吗？他放松心态，比较温和地问道。

我四八年属鼠。去年有人打电话要把我统计成共和国同龄人，我说我是四八年的比共和国大，人家批评我说话不懂礼貌呢。

我看你不是不懂礼貌，而是非常不懂礼貌，你怎能比共和国大呢？即使你年龄大，也永远是共和国的儿子。

刘金兰挺身而出说，刘忠翰啊不是我说你，你制造冤假错案害人不浅，你要么是真给忘了，你要么假装糊涂。你要是真给忘了，那就报应屁眼儿生痔疮；你要是假装糊涂，那就报应嗓眼儿长瘤子。这两样报应你自己挑选吧。

他拉起刘金兰的手，转身就走。刘忠翰呜呜哭起来说，这两样报应都不要……

走进电梯刘金兰劝解说，你咬牙切齿恨刘忠翰这么多年了，生气伤脾，仇恨伤胃。可是人家刘忠翰根本不记得这码事儿，没有任何思想负担！最终吃亏的还是你吧？咱们今天画个句号好吗？这件事就算过去了。

傍晚时分患者家属们送饭来了，病房里热闹起来。38床再次成为众人瞩目的中心。刘橙毫不在意，径自打开半导体听新闻。自从住院看不见央视《今日说法》，他转向中央人民广播电台法制节目。

邻床瘦脸老头借助依法治国话题说，据说昨天自焚的男人，去那家公司讨过几次债了，对方耍赖报警，叫来公安把他抓了……

结果行政拘留七天？他想起当年遭遇，脱口问道。

拘留十五天呢。听说他是替别人讨债的，从拘留所出来就决定舍命唤醒社会公道，结果真把自己给烧了……

这人是五〇后吧？他急迫地问道。如果自焚者是五〇后，他想请求柳宗汉的公司给死者家属发放抚恤金，毕竟是讨债不成走投无路，社会公益事业理应救助。

杨云霞拎着保温罐带来晚饭，接班了。刘金兰小声把白天发生的事情详细说给她听。

杨云霞听罢呸了一声说，哪个保洁员说刘橙俩老婆？我现在就拿胶带封他嘴。

38床患者侧卧病床得意地说，云霞啊，革命群众的嘴是封不住的。

你真是个老不正经的东西！杨云霞打开保温罐说，金兰我熬的羊肉咸饭特别多，你吃了再走吧。

刘金兰摇摇头扭脸问道，明儿我带早饭来医院，老爷您想吃哪口儿？

他不好意思地笑了说，你给自己定位是丫鬟，杨云霞就安心了。

杨云霞吐了吐舌头说，你现在是残次品，没人稀罕。你赶快张嘴吃饭，一会儿让狗叼了去！

晚间病房留有灯光，他找出笔纸写遗嘱。六十岁不用戴花镜，这等于老年人走路不用拐杖，保住人生本钱。

杨云霞上厕所回来以为丈夫写小字报，压低音调骂他神经病，说病房里不许随意张贴，你有屁就放。

他郑重其事说，红岩里革命烈士都这样，我上手术台前也要继承这种革命传统。妻子无奈地笑了，说你该去幼儿园了。

他握紧笔杆屏住呼吸用力书写遗嘱，这劲头好似刻图章。

我是刘橙，我订立以下三条遗嘱：

第一条：如果我死在手术台上，家属可以怀疑主刀医生徐臻报复，因为我没依照潜规则给他送红包，他治死了我。

第二条：我死后有人问起，你们就说橙子熟了，果熟蒂落自然现象。谁叫我取名刘橙呢，我死了等于果园丰收。

第三条：无论刘忠翰是真健忘还是装糊涂，我在阴间都不会追究他了，告诉他好好活着别害怕。

杨云霞意识到这不是开玩笑，就把这份遗嘱叠好收起。

你就把心搁肚子里吧，这手术肯定圆满成功，人家徐主任还会存心弄死病人？再者呢，你在阳间也别追究刘忠翰，这叫大人不记小人过。另外我听说你想青姓柳的公司给自焚者家属抚恤金，大好人！谁都知道这事儿跟你半毛钱关系没有，说明你很有社会责任感，我真的佩服你……

好啊，你赶快写张大标语张贴医院大厅里，号召全院病人向我学习。他故意跟妻子开玩笑，暗暗忍受着胃疼。

天晚了，你也睡会儿吧。他流露出百年不遇的暖意。杨云霞假装没有受到感动，催促他朝床里挪挪身子，他嗯嗯应着。以前妻子说话他很少应声。

就这样，丈夫头朝北，妻子头冲南，俩人"腿对腿"躺在床上。这对多年分床而居的夫妻，紧紧挤着睡了，同时也让两个梦境重叠了。

小齐护士给病房调暗灯光。黑暗里邻床瘦脸老头暗暗猜测道，嗯，这腿对腿睡觉的肯定是原配……

一大早刘金兰来了，她比阳光进屋还早，带来三份早餐，还说给刘橙手机下载微信。

杨云霞立即说，你下载微信？那他可就加入低头族了。

我想让他获得大量社会信息，就不至于跟自己较劲了。刘金兰替他辩护着，顺手把烧饼油条递给杨云霞说，你一宿没睡吃完回家歇着吧。

没事儿，两口子挤着睡了一宿……邻床瘦脸老头突然插嘴说。

杨云霞满意地笑了，大口吃着烧饼油条。

一个小护士举着针管来给患者抽血。杨云霞清理着嘴里的战场问道，哎小齐护士呢？

齐素云被电动车撞了，住进七楼外科病房了。

什么！他放下茶叶蛋发布命令说，云霞马上给小齐送二百块钱去，看看她伤成什么样子！

杨云霞有些犹豫。他急赤白脸说，小齐是知青遗孤没人管，她是咱五〇后的孩子！

病房里静寂无声，所有患者家属同时投来复杂的目光，唰地照耀着 38 床胃癌病人。其中 35 床患者家属还耸肩缩脖表示讥讽。

他无意间以二百元人民币将自己塑造成为众人瞩目的异类分子。杨云霞不愿丈夫被大家目光围观，拎起小皮包匆匆去看望小齐护士了。

这时轮到刘金兰力挽狂澜，她大声对 38 床患者说，只要动物园来了观光团，一群动物不眨眼紧盯着，伸头探脑盼望游客喂食，显得特没出息……

话音落地，全体患者家属们随即低头，各忙各的事情，显然不愿被骂成动物园盼望喂食的动物。

你说话嘴太损，比我还伤众呢。他笑着劝说她。

刘金兰提高音量说，你这颗橙子，皮硬心软，这群人拿你当傻子看待，我就让他们闭上瞎窟窿！老娘卖煎饼馃子什么没见过？一个个跑病房跟我冒充国家二级保护动物……

病房里竖躺侧卧的患者意识到遇见五〇后母老虎，纷纷进入闭目养神状态。

杨云霞扭摆着回到病房，说小齐肌肉挫伤没有骨折，明天就出院。

你给了二百？刘金兰小声问询。杨云霞同样提高音量答道，五百！他说是咱五〇后的孩子嘛。

刘橙看出妻子有些情绪，不吭声了。杨云霞则凑近他耳畔说，我说老爷啊，咱这辈子没儿没女，你要是愿意认小齐当干闺女，我真没意见。

他闭目养神说，找你这么个母老虎做干妈，兴许人家还不愿意呢。

去你个腿儿的……杨云霞崇昵地骂道。这"腿儿"是情色隐语，她不能让刘金兰听见。

今儿晚饭你空腹，明儿上午开刀。刘金兰其实听见情色隐语，于是故意变更话题。

值班医生查房来了。他催促妻子回家补觉。杨云霞不情不愿地走了。

刘金兰立即进入陪护角色说，云霞办事挺大气，你说二百她给了五百。

人穷不能志短，这叫工人本色。他说着眼角闪动泪光，竟然动了感情。

咱们做人不是给别人看，咱们是做给自己。刘金兰说着打开手机，教他学会使用微信。

邻床瘦脸老头趁机对刘金兰说，我从未见过你这样爽快的女人，你给我的印象特别美好……

您这是要表彰我？好好保养吧老爷子，哪天开刀动手术，您需要献血言语一声。

人称"徐一刀"的徐臻走进病房，稳步来到38病床前通知患者明天上午首台手术。

刘金兰起身说请徐主任多关照，我们真心拜托了。

胃癌患者刘橙睁于眼睛望着徐臻，不言声。徐臻朝他点了点头，走了。

他再次得胜般笑了，扭脸望着刘金兰说，咱们是最不值钱的破工人，他是众人追捧的大名医，完全是两条战壕里的人。

你现在是等待开刀的病人，咱不用战斗语言好不好？刘金兰打开手机继续说，我念念这条微信，你给我竖起耳朵听着——没有一个人是我的亲人，我唯一的亲人是我内在的觉性；没有一个人是我的敌人，我唯一的敌人是我内在的无明烦恼。

噢……这几句话是哪位高僧说的……他仔细品咂着，似乎有所领悟。

一大早儿，杨云霞就来了。刘金兰告诉她情况正常。这时护士们来到病房，护士长问他姓名床号，好像法场上给犯人验明正身。杨云霞怕他抵触，抢答了。刘金兰帮腔说，人家这是手术前例行公事。

他不知道自己已经成了外科病区名人，一群患者家属聚集病房门外，七嘴八舌发表议论，自从住院没见有人探视，只有两个女人伺候着，这种情况很不正常。

护士们忙碌起来，有插尿管的，有下鼻饲的，他感觉自己成了个物件，身边围着几个白衣修理工。透过大口罩他认出护士小齐，便问她伤势怎样。小齐眨眨眼睛轻轻说，您是我遇到的最好的患者。

他被夸得不好意思，说我只是个普通的退休工人，退休就是报废的意思。

他不忘嘱咐妻子保管好遗嘱，转脸朝刘金兰咧了咧嘴，就被推进手术室了。

护士做了静脉滴注。他平躺在手术台，等待挨宰。

昨天跟刘金兰学会鼓捣微信，新建朋友圈里只有她和杨云霞，之后加了邻床瘦脸老头。这老家伙信息量不小，给他转发大科学家爱因斯坦的理论：人的死亡只是一场幻觉，仍然存活在广远宇宙里。他读懂这篇文章大意，好像对死亡有了新说法。

男的麻醉医生来了。他说我没给你红包。对方不理会，给静脉注射器里加了药水。

他突然念起那首三十年前写的诗，声音越念越小。

我是一株向日葵，终生追随着阳光，直到大太阳把我晒干水分，散落成一堆瓜子，我依然身心饱满……

他是转天凌晨四点钟苏醒的，只感觉周身被缚，脑袋仿佛高悬树顶的椰子，木木的僵硬。恍惚间徐臻面孔凑到近前，注视着他说了声醒过来了，便转身走了。

他病床左侧站着杨云霞，右侧是刘金兰，手里端水碗。杨云霞伸出棉签在水碗里蘸湿，涂抹着他干裂的嘴唇。他居然说了声谢谢。

妻子扭脸对他前女友说，你听见了吧？他挨过刀变成文明人了。前女友点头赞同说，有的人用了麻醉药露出本性，这说明他原本文明，后来学野了。

他的刀口很长，从下腹到胯下，甚至颇有转弯驶向肩胛的趋势。麻醉药力消失，他开始咏叹调式的呻吟，这令两位女士深感意外。

咱们工人有力量，你把力量都变成叫唤啦？杨云霞担心吵醒别人，提示丈夫噤声。

他也不愿吵醒别人，下意只侧脸瞥了瞥 37 床。咦？邻床空空荡荡，那个瘦脸老头哪里去了……

说话费劲，他伸出目光询问妻子。杨云霞面露难色，转脸看着刘金兰。刘金兰叹了口气，凑近右侧耳畔告诉他 37 床昨天下午死了。

杨云霞贴近左侧耳畔补充说，他买的年代私募基金打了水漂，买了以房养老的保险也被坑了，一百多平方米房子抵押了，还欠人家三百五十万贷款，他老无所依，就喝药寻了短见。

他当即愤怒了，竭力说出"诈骗罪报案啊"这句话，刀口疼得呻吟起来。

刘金兰比杨云霞见多识广，继续详细讲解给他听。有八百多个受害的老年人报案，可是公安局说以房养老保险合同订得太专业了，滴水不漏，绝对免责，根本谈不到诈骗，公安局没法子立案。

杨云霞好像吃醋了，不甘落后地抢着说，那个大骗子起先是个收废品的，后来有了靠山，改玩以房养老的保险行当了。

他瞪大眼睛说，敢情不光山里有狼啊！你俩别忘了给 37 床送个花篮……

送殡仪花篮有三档价格呢。杨云霞算计着说。

当然送最贵的，送挽联写咱仨的名字……他说罢继续呻吟起来。

刘金兰怕杨云霞越发吃醋，当即表示自己单独送花篮。

得啦！你不要多花那份钱了。杨云霞同意了仨人联名。

他猛地停止呻吟，想起街头卖报纸的妇女，她同样买了以房养老的保险，这次也遭遇邻床瘦脸老头的厄运吧？抵押的房产被金融诈骗机构收走，她只能睡大街去了……

他就这样平躺着，期待早日下地行走。腹部插管排出血水越来越少，开始鼻饲少量流食，气力有所恢复。

徐臻主任查房来了，告诉他只剩下三分之一的胃，食道也比手术前截短了，但是人的胃能够渐渐撑大，应当坚持定期复查，马虎不得。

他亮嗓高音说了声谢谢，吓了徐臻一跳，不由侧身躲避扑面戾气。

刘金兰只得打趣说，徐主任您别怕，他现在不咬人呢。

徐臻笑了笑，说他以前也不咬人，便趁机撤离了。

一个保洁员打扫病房临近病床前，他抓住机会大声说，告诉那几个嚼舌头根子的老娘儿们，我们仨是崇高的工人阶级友谊！我哪儿来的俩老婆？有谁再敢胡咝我缝了他嘴……

毕竟气力不足，他主动停止叫嚣，要求喝水。

傍晚时分，几个工厂老同事出现了，大步走进病房当头就抱怨，说开刀不言声，太外道了。

他连连道歉，说出院后摆酒赔礼。几个老同事把凑的份子钱塞到病床枕头底下，七嘴八舌说早日康复，你推我搡地走了。杨云霞急忙追出去送客。

我不想念他们，他们反而想念我，还是工人阶级好啊。他目光直勾勾盯着屋顶，轻轻念叨着。

刘金兰问道，你想念谁就告诉我，我打电话通知他来看望你。

杨云霞送客归来说，金兰说得对！你最想见谁我们马上把他请来。

我想见见柳宗汉……他眼含泪水说，我认识他时间不长，但是这辈子我肯定跟他掰不开了。

杨云霞多年不见丈夫落泪，顿时感受到这份情谊的分量，说，你放心吧，过几天你刀口拆线能走路了，我就办这事儿。

一天天过去了，病房里换了一茬病人，就跟割韭菜似的。刘金兰说这几天微信里再度热传那起自焚事件，弄得案情越来越清晰，还有现场视频上传。

刘金兰绘声绘色讲着，他闭目养神听着，仿佛还原了现场实况。

其实这个人没买私募基金，但是他主动出头替受害群体讨还公道，赶巧这家公司正在隆重举行"光荣五〇后私募基金"首发仪式，一下把认购现场给搅散了。

这个人要求会见金融诈骗的幕后人物，索性脱掉上衣，一手拿着打火机，一手举着汽油瓶子。现场记者看见他左肩膀有块大红痣，那形状好像贴着大膏药似的。

私募基金公司几个打手冲上来。他高喊"以死唤起社会正义，严惩贪官勾结奸商"，啪地就把自己点燃了……

他呼地坐起，牵动刀口疼得丝丝吸着凉气说，他就这样白白死了？那金融诈骗的幕后人物仍然逍遥法外！

你怎么知道金融诈骗的幕后人物仍然逍遥法外？刘金兰有些意外。

我也会看微信啊，你以为我什么都不知道？你以为我真成傻子啦？我心里明白极了……

杨云霞及时插言说，你傻？你要浑身长毛比猴儿还灵呢。

刀口拆线，他加大进食量，身体渐渐硬朗起来。两位女士陪他下楼到医院花园散步，已然没人再敢议论一夫二妻。

他极有心得地说，我要是不反击那几张臭嘴，医院里肯定传说判我重婚罪了。这就是丛林法则，你该撕就得撕，该咬就得咬，我是老虎我怕谁？

你的手术很成功，咱厂九车间老安切除肿瘤二十多年，活得欢实极了，去年还嫖娼被公安抓了呢。杨云霞鼓励丈夫树立生活信心。

他笑了，说老安嫖娼给癌症患者们树立了提高生活质量的榜样。

回到病房。午睡醒了。护士小齐来到病床前，她改嘴不叫38床，轻声说徐主任请刘叔去办公室谈话。

他听到小齐叫"刘叔"便开心地笑了，说，好闺女你告诉徐主任，我喝了药就去。

郑重其事走进徐臻办公室，对方请他落座，关切询问身体状况。他笑着说很好，今生今世特别愿意活着。

徐臻给他沏了杯红茶说，我上网搜到臧建国了。当年红八中的头头儿，老三届上山下乡去了西双版纳，八〇年返城好几百人到火车站迎接他……

他没料到徐臻竟然主动谈起臧建国臧哥，立即难抑兴奋回忆当年场景说，那天我也去火车站迎接臧哥，那叫人山人海，公安局以为城市青年暴动，开来十几辆警车呢。

徐臻感慨地说，我父亲是五〇年出生的"五〇后"，也是上山下乡的返城知青。前几天父亲说起往事，当年见过臧建国扛大旗冲向反对派阵地……

他继续陷入回忆说，那时我是小孩子，跟随臧哥后边朝对方阵地投石块呢。

我很难想象那样的年代那样的人物。徐臻说着转换话题，告诉他做过手术就把红包退还两位家属，让她们放心。

他没想到杨云霞和刘金兰分别送红包，顿时觉得自身威慑力大打折扣，面对徐臻难以掩饰尴尬表情。

他回到病房见到杨云霞，只字不提红包的事情。毕竟徐臻做手术退还红包，这个医生人品难得。

刘金兰回家收拾煎饼馃子车，准备恢复营业。杨云霞终于赢得超越刘金兰的机会，以新闻速递的语气告诉丈夫，朋友圈最新消息，西城寝园为那个自焚的人建了墓立了碑，名字前面刻着"平民英雄"四个金字，还栽了苍松翠柏，大多是金融诈骗案受害者集资筹款。

他点点头不说话，好像此事与己无关，社会新闻而已。杨云霞去医院食堂打饭，气喘吁吁跑了回来。

他以为妻子犯了哮喘病，让她先喝口水。杨云霞急不可待说，几个老病号在食堂里议论，敢情昨天刘忠翰死啦！

倘若以往他肯定会说大快人心。似乎意识到人世间尚有远比刘忠翰可恶百倍的坏人，他已然不那么仇视当年的保卫科科长了。

杨云霞认为丈夫肯定兴高采烈，同样兴高采烈说，敢情刘忠翰也买了年代公司代理的以房养老保险，跟37床瘦脸老头同样被坑了。钱物两空，急火攻心，刘忠翰嘎巴一声脑溢血死了。

谁说脑溢血能听见嘎巴一声？人死为大，咱们不能幸灾乐祸……他轻轻说着，好像若有所思。

你能这样太好啦！我还担心你跟别人较劲，咬住谁就不松嘴呢。杨云霞由衷高兴，给丈夫冲了杯蜂蜜水。

他拿出手机给刘金兰打电话，吩咐她抽空去趟西城寝园，给那座刻着"平民英雄"金字的墓碑送两只大花篮，挽联落款写"三个五〇后"就行。

刘金兰嗯嗯应着，问他想不想吃不带鸡蛋的煎饼馃子。他说当然要吃纯绿豆面的，不能让鸡蛋搅了味道。

电话里刘金兰哈哈大笑，想起当年她的咯咯笑声，他默默承认这代人确实老了，而且即将老得没牙。但是绝对不可为老不尊，被当今年轻人耻笑。

夜晚降临，病床前妻子陪他说话。他苦笑了。云霞，你说我是个什么人呢？

你呀？你是个被社会淘汰的人，可是又不肯退出。

他寻思着说，我这种被淘汰了又不肯退出的人，你说活着还有用吗？

当然有用！你活着就是告诉别人，男子汉宁死眼前，不死身后。

他听了，突然热泪盈眶。

我想见见柳宗汉，明天给向阳女士打电话，约请他老人家来病房跟我说说心里话……他悄悄抹去眼泪。

人家柳老德高望重，他肯来医院看望你？杨云霞身处社会底层，关键时刻往往自卑。

他颇为自信地说，这个柳宗汉爱惜自己谦逊和善的名声，他不会对我这个退休工人端架子的。

杨云霞依然没有信心，小声抱怨丈夫自以为是。

他终于忍不住说，我自以为是？这次动手术就没有依靠红包嘛。

妻子听罢不言声了。他侧脸望着空空如也的 37 床，瘦脸老头的声音响在耳边：我要是不被那家年代私募基金坑了，也不会去买以房养老的保险，还能给自己留条后路……

不知多少老年人被坑害了，但愿马路边卖报纸的妇女心胸开阔不寻短见，她毕竟儿子在哈佛大学，将来去美国找儿子也有好日子过的。

转天吃过早餐，他拨通向阳女士手机，先说了几句客套话，随即谈起写作自传的几个问题，然后表示想念柳宗汉先生，特别是被推进手术室的时刻。

向阳女士似乎受到感动，哽咽着说了声请稍候，便请示柳老去了。很快她约定具体探视时间，道了再见挂断电话。

杨云霞有些吃惊地说，人家真给你面子，一约就答应了。

其实柳宗汉是愿意来看望我的。他有几分得意地说，他本来就把我列为五〇后典型人物，我还搜集了那么多同龄人的名单……

星期五清早，徐臻主任查房，祝贺他恢复得很好，这两天便可出院。他特意跟主刀医生握手，说替我问候你父亲，感谢他把你培养成好大夫。

徐臻主任说，我父亲特意嘱咐我记下您手机号码，他要主动跟您联系，大家争取早日为小齐护士找到生身父母。

这太好啦！他颇为动情地说，你父亲是个有修养有品格的五〇后，我跟他相比就是个野蛮人……

徐臻主任中肯地说，您是个非常特殊的人，这次认识您让我长了见识。

临近上午十点钟，他特意穿好那套为出院回家准备的行头，蓝色夹克米色西裤，还特意擦亮皮鞋。

杨云霞笑着说，看你这隆重劲儿，就跟会见外宾似的。

是啊，我穷工人百年不遇接待重要人物，首先要对得起自己。说着他让妻子打开窗子，要用新鲜空气欢迎贵宾的到来。

上午十点整，迎接贵宾时刻到了。柳氏义子吴明隆首先走进病房，手里拎着两箱营养品，主动列位旁侧。之后身穿猩红色职业套装的向阳女士怀里抱着大束鲜花，款款而来。

他打量着曾经诱发自己青春期遐想的女士，此时感觉向阳全然没了吸引力。

柳宗汉身披深绿色大衣稳步走向病房，他起身迎上前去。

向阳女士放下鲜花举起照相机，连续拍下柳宗汉与刘橙握手的场面。

他毫无收敛地望着她说，这张照片你上传到你们网站，就说柳老亲临医院探望五〇后癌症患者，很有说服力嘛。

你真的患了癌症吗？为什么不早告诉我！柳宗汉抬头看了看泛黄的屋顶，抬手指着油漆剥落露出锈迹的铁质窗户说，你怎么能住这种病房，小吴马上找人调换高级病房！

吴明隆听了，起身要走。刘橙叫住柳氏义子说，吴总啊，住院处在后楼呢。

然后他将妻子介绍给来宾，用当年读业大中文专业学来的古代词语说，这是拙荆名叫杨云霞。

云霞很好嘛，糟糠不下堂。柳宗汉做长者状，随声称道。

他特意吩咐妻子下楼给向阳女士买几听百事可乐。杨云霞立即跑去了。

你怎么知道向阳只喝百事可乐？有人竟然如此了解自己的贴身秘书，柳宗汉忍不住发问。

他故作高深说，我只是猜测嘛，我还猜测向阳女士不是五〇后，顶多一九六六年前后出生。

向阳女士被他说得有些不自在，勉强笑着。他抓住时机盯视她说，我给你报了那么多五〇后的名单，唉！真是不知来龙去脉啊……

这时手机响了，来电显示刘金兰。他踱到窗前调低音量，仔细接听。

我在西城寝园找到刻着平民英雄金字的墓碑啦，敢情自焚的人就是你经常提起的臧建国！现场好多金融诈骗受害者祭奠他呢。

其实他早已料到自焚者是臧建国，因为只有臧哥左肩膀有块大膏药似的红痣，这是别人没有的身体特征。他把手机贴耳低声说，只有臧哥疾恶如仇挺身而出，舍命为受害者讨还公道，可惜我再也见不到他了。

电话里刘金兰气愤地说，微信朋友圈里有人说自焚者是傻×，甘心替别人出头，搭进自己性命。

你记住说这话的人，我没时间办这件事儿了，你花钱雇人打残那浑蛋两条腿，让他后半辈子坐轮椅吧。

他满嘴杀气轻声说着，表情平静如水，然后摁断电话，转向柳宗汉说，我的自传很快写完，不过我目光短浅，有些事物总是看不清楚，难免上当受骗……

非也非也，你判断向阳年龄就很准确，她确实一九六七年的。我说她五〇后是为工作便利而已。柳宗汉此时说话全然没有外埠口音，普通话里甚至夹杂着北京土音。

向阳的年龄还是要保密的。之后柳宗汉刻意叮嘱说，因为向阳正在做五〇后深度体验的文案策划，时机很重要的。

五〇后深度体验？这又是"年代之家"的大项目啊。他操着报刊社论的语调说，您特别关注共和国同龄人，也格外重视新中国五〇后，这两茬人自幼接受革命斗争教育，长大成人受到"四人帮"文艺思想熏陶，等于喝了多年掺了兴奋剂的米汤，人的性格就形成两面，一面情感沸腾容易暴力冲动，另一面思想固化容易信服说教，这两方面综合起来呢，既容易被好人好事感动，也容易被坏人坏事激怒，人格特别矛盾。如今这群人老了，你应当善待他们才是啊……

柳宗汉连连点头说，你说得太对啦！所以我将全部精力定位这个群体，竭尽全力，不敢怠慢，明年还要做大养老工程，给他们幸福安稳的晚年。

这位颇有身份的老者诗意大发说，夕阳无限好，我们爱黄昏，古稀披晚霞，心灵似青春，全力办慈善，做事有公心……

您怎么还在骗啊！不等诗兴正浓的老者诵罢，刘橙突然爆发紧紧抱住柳宗汉，一声大吼疯狂地撞向敞开的窗子。

年久失修的窗扇嘭地被撞得脱落，俩人上半身冲出窗外探到空中。向阳女士尖叫着扑上来，趋身抱住柳宗汉小腿，拼力朝怀里拽拉着。

刘橙你疯啦！柳老是来慰问你的……向阳女士想不到自己穿着塑身衣的躯体，此时恰恰成为充满反弹力的肉墙。疯狂的刘橙双脚狠狠发力蹬踹她小腹，抱紧柳宗汉冲出窗外。

柳宗汉！你就是坑害百姓的幕后主谋……他高声痛斥这个一九五〇年出生的老者，双双从十一楼跌落了。

自由落体，重力加速度。没容他说出"我要为臧哥报仇"，便轰然落地，险些砸中坐在轮椅里的老太婆和另外两个姑娘。

人们惊叫着，四处奔逃。这两具从天而降的躯体，已然被摔出两堆红白相间的颜色，极其鲜活地陈列在阳光下，流淌成耀眼的死亡图案。

吴明隆回到十一楼病房里，看到被强力踹击脾脏疼得满地翻滚的向阳女士，猫腰抱起她跑向抢救室。

杨云霞买了四听百事可乐，满脸笑容走进空空荡荡的病房，以为丈夫送客人走了。一个保洁员壮起胆量告诉说，俩人同归于尽了。

她呆呆听着保洁员讲述，说了句"他真是不肯退出啊"，便摇摇晃晃昏倒过去了。

人民医院广场前。三辆警车驶到现场，拉起警戒隔离带。闪光灯不断地拍照，公安法医成为主角，在红白调色板间忙碌着。

警戒隔离带外站着个身穿白大褂的医生，旁边有人叫他徐主任。

他自言自语道，刘橙身有庆气也有江湖气，还有自身的人格理想，这就形成复杂的气质，今后不会有这样的人物了。

收容车随即赶到，匆匆把这两个案件主角装进尸袋，不知是去冰冻还是去火化。反正是水火两重天。

第三天上午，阳光仍然明亮。两个女人来到医院前小广场，衣着朴素盘腿而坐，随手把鲜花瓣儿撒满案发现场。她俩表情平静极了，平静得就跟没有表情似的。

咱们橙子终于熟了。杨云霞还是说了话。

刘金兰表示赞同说，果熟蒂落，谁也拦不住的。

满地鲜花瓣儿，在微风里闪动着，不愿飞舞而去。

有几个大闲人凑过来，有的叼着烟卷儿，有的嚼着口香糖，七嘴八舌，议论纷纷。

听说是两个坏人同归于尽了，生生从十一楼跳下来，这属于狗咬狗吧？

好像一个是好人，一个是坏人，俩人紧紧搂抱跳了楼，落地摔死也不撒手。

刘金兰说，没说是两个好人同归于尽吧？那刘橙就死得不冤。

两个好人怎么会同归于尽呢？那肯定是患了绝症，俩人都不愿意活了。一个大闲人这样认为。

你说得不错，两个人确实患了绝症，一个是胃坏了，一个是心坏了。杨云霞不急不躁说，这儿没有什么新闻，就是有个橙子熟了从树上掉地下了。

刘金兰挥挥手说，你们都给我记住，不论谁患了绝症也不要跳楼，人民医院有好大夫给你治，住院医保报销百分之八十呢。

这几个大闲人被咒得不再张嘴，争先恐后走开了。

这时，小齐护士跑出医院大楼，几乎是冲刺过来的。

杨姨啊刘姨，我找到生身父亲啦！不是不是，我生身父亲主动找我来啦……

大龄女护士齐素兰小声哭了。我要永远感谢刘叔！要是没有刘叔这个五〇后，我生身父亲也不会出面找我……

杨云霞搂住小齐护士说，你刘叔没有那么好，他一身坏习气没来得及改正，就急急忙忙走了，好在他没有死得重如泰山，也没死得轻如鸿毛，一百多斤就是了。

要说五〇后里坏人不少，就是以柳宗汉为代表的，所以年轻人说坏人变老了。刘金兰不改直言快语的脾气。

护士小齐感慨不已说，杨姨刘姨您俩真像亲姊妹。

杨云霞看着刘金兰，刘金兰看着杨云霞，同时苦笑了。

小齐护士兴奋地啊了一声。杨云霞和刘金兰扭脸朝着医院大楼望去。

强烈阳光下，身穿医生白大褂的徐臻陪着一个身穿黑色风衣的男子走出医院大楼，朝这边稳步走来。

这身穿黑色风衣的男子抬手摘下帽子，露出说明真实年龄的满头白发。

望着越走越近的这两个男子，杨云霞略显欣慰地说，这身材相貌真像父子俩……

刘金兰点头说，是啊，这里没咱姐俩什么事儿了，撤吧。

黑　砂

在那块黑色土壤里，有他们的根。

——题记

上　段

1

就这样立在车间大门外的太阳地儿里，候着人来领——皆是十七八岁的大男孩儿，号称初中毕业生。

车间大门早在公元某年某月就已名存实亡——双双没了门扇，像一张掉光了牙齿的巨口。只是由麻袋片缀成了一个门帘，满宽满长，泱泱垂地。几块铁锭子压死了帘脚。门帘右下方挖了一个毛茸茸的洞口，虎张着。任人钻进钻出不沾牙。

就定定候着里边的招呼，越发本分了。

里面是一个陌生的世界。

门帘内，一派沉寂，蓦地响起了一阵悠悠的歌谣，哼得十分惬意，群口群声：

没墙的屋呀，
没布的袄，

69

没人儿的镜子，

没心没肺的老！

后来我才知道这是一首叫《四大豁亮》的翻砂工歌谣。

我听得全无要领，又不敢进"洞"去窥，就左顾右盼我的同类们。回头瞧见一个"小黑人儿"，正倚着我的影儿立着眈盹儿。黑棉帽黑棉袄黑棉裤黑棉鞋，一只大口罩捂没了他的五官。

我便伸手捅捅他："醒醒，咱们该进去了……"

我的这个同类只"唔"了一声，硬是不睁眼。

终于钻出一个腰系大草绳脚踏破皮鞋的黑脸汉子。他干干看着我们，突然哈哈一笑："来啦？来了就省接去啦。一十八名，齐了吧？进……"

张三李四王五赵六……一步迈进去，就成了翻砂场里的翻砂工。

只觉得门里地势渐低，一行人就像一股水流了进去，不知不晓汪在洼处，立定了脚。

一片昏暗，但渐渐还是看得清了。黑砂起伏，一个雄性世界，没有一根长头发。黑黑的画面上，凸现的是人。人与砂，铸造出铁。一群衣着不整的翻砂工正小憩着。茶润嗓，嘴冒烟儿，表情不卑不亢。不知是谁说了一句什么开心话，他们便朝我们这群小生人儿齐齐地张口作笑，这才闪烁出一点点银白——这是人类的牙齿。

黑脸汉子引着我们朝前走。空气显得稠乎乎的，一呼一吸竟有喝粥之感。远处屋顶破了个小洞。太阳光便伸进来一只长胳膊，直摸着地，像正在捡拾着什么珍品而又捡拾不起。飞腾的尘埃蚊子似的聚在光的长胳膊上，眨动着精灵的眼睛。

我们的同类中，一个小白脸儿紧紧跟在黑脸汉子后边走。四外越发显得黑了。我打量着这日后的伙伴儿——小白脸儿。似乎

70

昨天他家刚刷了浆。那个小黑人儿慎着走在最后。

"咱们这儿没女的碍眼！翻砂这一行呀，是好汉子不愿意干，赖汉子干不了。"黑脸汉子继而又说，"咱们这儿也出过好样的，那个刘什么林，市生产指挥部的大秘书！就连这些年时兴当权派下厂劳动，也尽是市里的干部往咱这儿来。"

脚下的路全是黑砂，软软地陷人。

我看呆了：几个小伙子正在打逗，最终以一个人的脸上被抹了黑乎乎的一种什么稠汁儿作结。那个人也不去洗脸，径直去干活儿了。

在这里，黑是一种亲昵的颜色。

"从我爷爷那辈儿就干翻砂……噢，忘了告诉你们了，我叫丁大铆，在车间里管事儿。"说罢，这个名叫丁大铆的黑脸汉子随手从跟前的砂丘上抓起一把黑砂，一攥就成了蛋，对身边一个工人说："你打算废活儿呀，砂子这么湿？"

"拌砂组那边光往砂子里撒尿……"

我一步陷入一个砂窝儿。待自拔出来，鞋里早灌满黑砂。丁大铆嘿嘿笑了："往里挖下三尺，还是黑砂，这都是生产力啊……"

小白脸儿那周正的面孔上一双大大的眼睛，已注满了惊奇。他掏出一个小本子往上记。

丁大铆见了，说："对，干翻砂也得有文化。像什么约分呀，通分呀，你们都懂？"

"我们连翻分都会！"小白脸应答。

"翻分儿？你是说打篮球呀。咱们车间的篮球队前年就散了。"

小白脸儿听罢，一脸迷茫。

"那叫芯盒子，他们正干大活儿。"

于是我们看到不远的地方矗着个小木屋般的庞然大物。几个

71

壮汉正挥汗将一锨锨黑砂向小木屋顶上抛去，落点极准，很像是农村的上房泥。"屋顶"上蹲着个戴绿色军帽的小伙子，长我们五六岁的年纪，十分庄重的表情。他手持一支风枪似的武器，咚咚咚捣着，震得浑身发颤。

那小伙儿见了我们，即停了震荡，抬手正了正头上军帽，向黑脸汉子唤道："丁头儿，中午我找你谈谈心……"

丁大铆随便点了点头。那几个持锨的汉子听了，相视一笑，口中闪着白光。

我这才看到车间近处横扯着一面大标语：抓革命促生产。字形儿已被烟火熏得朦胧。

我们随着黑脸汉子走。"小木屋"周围突然响起了一阵歌谣，雄浑洒脱：

> 打喜酒的嗝儿，
> 抽得胜的烟儿，
> 搓脚气美得屁颠颠儿，
> 搂着新媳妇打小鼾儿！

丁大铆听了猛地回头："四大舒坦？谁，谁领的头？你们找挨剋呀！"他觉得这歌谣大煞了他的风景，就怒吼。

"节奏感很强……"小白脸儿听了，又匆匆往小本子上记着什么。

丁大铆好像没了兴趣；我却觉得兴致才起。

猛地打响了午饭铃声。"该喂脑袋啦！"远处有人高喊，"今天打拱猪！今天打拱猪！"

不唱《四大累》而唱《四大舒坦》；不说"吃饭"而说"喂脑袋"；不是以菜佐饭而是以扑克加餐。我觉得这是一个新奇的世界。

戴绿军帽的小伙儿跑了过来，绕着丁大铆说："丁头儿，吃了饭我去找你。"

丁大铆面有难色，说："你还是去找小司——司书记去谈吧。咱们车间他管党的事儿……"

"我昨天找他谈啦！"小伙子急声说。

2

我不怕黑，因为煤球就是黑的，但火却红红的灼人眼目。只是当我看清了小黑人儿大口罩后边那具面孔的时候，心里才着实吃了一惊。丑至极：金字塔形的面孔上一双烂桃似的眼睛，淡眉短睫，且总汪着一泡泪；近乎无鼻孔；耳朵活像煮烂了的饺子，说不清是个什么形状，嘴小，上唇胶着下唇，惨惨地撺出一圈褶子，缩合着。

这是造物主的残忍。吓住了一个翻砂车间。

他满怀歉意地冲我一笑，却比哭还吓人。声音怯怯的："我丑……叫杨实强。"

我觉得有生以来首次获得开导别人的机会，就认真又认真地想了想，说："外表有蟊儿，瓢子没毛病就行。"

杨实强听了，愕然，抬手抹了抹泪流眼。

丁大铆拍拍他的肩，大声说："干咱们这行倒是不论长相好歹，有力气就行，当然也得用心。"

于是就让一个老翻砂工给我们讲传统。讲得尽是过去三条石的水深火热。还唱了一首旧时流行在铁工厂里的歌谣："上辈子打爹骂娘，下辈子投生翻砂这一行。"末了说："干翻砂这一行肺里粉尘忒大，得自己个儿在意着，干活时想着戴个口罩。我就是Ⅱ期职业病，上到三楼气就喘不匀实。"

翻砂车间党支部书记司文治是个病恹恹的小男人，不到四十

73

岁就浑身发枯了。他及时站起身来说："传统就讲到这儿。下边由新工人代表表决心。"他是一个公鸭嗓。

那个小白脸儿名叫沈茂先。他以新工人代表的身份站起来，临时改成普通话，表了决心。

会后，我、杨实强和一个叫魏丘的同类进了造型一组当徒工。魏丘五短身材，粗脖大嘴，寡言。

恰巧与那个戴绿色军帽的小伙子同处一组。他名叫章立国，长我五岁，前年他就满徒出师。我们就叫他章师傅。乍听，他大嘴一咧笑了："头一回有人这么喊我。"之后，他突然对我们说："我是咱车间篮球队的中锋！"

章立国的同龄人——鼠头鼠眼的姜德力凑上前来说："中锋？中风不语！"

章立国不屑一顾，魁梧的身材独处着。

杨实强已经成了车间的"风景"，参观者络绎不绝。我和魏丘自然也坐落在"风景区"中，陪着杨实强出风头。

杨实强乱了方寸，站也惶惶，蹲也悚悚。只好捂上个大口罩，像个躲避瘟疫的孤儿。

我们的组长是个大胖老头儿，外号"冯结巴"。只缘口吃，话极少。他奔将上来，伸手除去了杨实强脸上的大口罩，艰难地开口说："傻、傻、傻、傻小子……"

冯结巴用了近一个世纪的光景才把一个语意完全表达出来：看新娘子才三天热闹儿劲，你仰起脸让他们看个够，不就结啦！

伟大的智慧果然产生了伟大的效果。好歹一段时光，那些个老翻砂工就看得惯常了。似乎他们一生中见多了丑类，兴味已不那么浓烈。而对此长趣不衰的却是新一代翻砂工们。于这些年轻人的眼睛中，杨实强每天都是新的。

"他爹妈准是阶级敌人，弄出这么个儿子来恐吓革命群众。"

居然有一伙伙外车间的来客闻讯前来观光。姜德力笑嘻嘻对大家说："全厂四千人，得有三千九百九十九颗半好奇心，够看一年的……"

关于杨实强的谈论，已经成了一种精神味精，给人们的生活提味儿。他显得十分艰难，像一只蹲窝的惊兔，与身边这方黑色土地厮守着。

他终于来了点情绪，抹了抹泪流眼对我小声地说："这丑，这丑我也没办法改正呀。"虔诚的表情中含着几分淡淡的委屈，"难道，这儿不容我？"

呼啸的冲天炉出铁了——向外吐出一条炽热的火龙，烟雾缭绕。高温令铁水变成白色，灼着黑色的面孔们。天车在空中奔驰着，倾下一包包铁水。待尽了，黑砂堆里便躺满了已经凝固了的透红铸件。这是火龙的僵尸。

沈茂先从天车里伸出头向㦮挥手。铁水映红了他的小白脸儿。我们这一拨人中，唯独他没有在黑土地上落脚，而是飞上天当了一名随班天车手。

车上抛下来一个纸团儿。沈茂先在纸上对我说：完了活儿你领杨实强到废品库去，等我。

他的字写得很好，好得透出一股女气。

魏丘凑上来看，低声说："他也约了我。"

好像沈茂先要组织反革命暴动。

章立国干完了自己的活儿并不去歇着，而是帮着浇铸工起吊砂箱。汗水，湿透了他的脊背。

远处一群人又唱起了一支歌谣。姜德力扯着嗓子领唱，声音干燥：

鸡啄西瓜皮——麻子，

狗啃老玉米——麻子，

雨打沙滩地——麻子，

75

钉鞋踩烂泥——麻子，

光着屁股坐炕席——麻子，

坑儿深坑儿浅你知道几尺几！

章立国脸膛上没有一颗麻子。不知为什么他却涨红了脖子，继而愤怒地隆起两侧咬肌。"你们的心——太坏啦！"他冲人群高声喊道。

"心坏？肝儿是五香的就行，照样儿下酒。"姜德力在魁梧的章立国面前毫不示弱，鼠眼一眨嘻嘻笑着，表现出一种大无畏的精神。

我便暗暗猜想：一准有一个满脸大麻子的人，是章立国心中的圣者。

"章立国想入党都快想疯啦！小兄弟，千万别让他传染上你……"姜德力小声对我说。

3

车间头儿丁大铆脸黑心却红。

冲天炉前召开全车间大会，司文治以党支部书记的身份讲罢，丁大铆就扯了扯裤腰站在一个砂堆上。捻灭烟头儿开了讲。

"抓革命促生产，就得讲团结。在一块儿做伴儿干活儿，人心换人心。有能耐你娶个漂亮媳妇来，拿人家新来的杨实强开什么心？尤其是姜德力，你少哼哼几句没人拿你当哑巴卖了。还有，往后不许唱什么四大累四大软的！要不是缘着都是干翻砂的，定你个反革命还有跑儿呀？往后大伙儿要注意加强阶级友爱……"

我身边的杨实强听了，悄悄抹泪儿。

姜德力蹲在下风口，小声攻击丁大铆："那你就快跟仓库的那个娘儿们去加强阶级友爱吧。"

杨实强扯扯我的袖口，低语："得好好干，得好好干……"

丁大铆讲到激动之处就想摸火点烟。司文治立即插话："还有一种不正常的现象，很不好。积极进步要求入党是好的，可有的人每天来找我或丁主任，一天一次能谈出什么新情况？动机要纯，要做长期接受考验的思想准备。"

章立国坐在铁锭子上听着，面不更色。

杨实强似乎受到鼓舞，又加重语气对我说："得好好干……"

于是就好好干。

领着我们干活的师傅姓侯，是个一身"好里脊"的精瘦老头儿。他是个无寒无暑的人物，常年顶着个汗渍斑斑的瓜皮帽。他吸烟，外号"没烟头儿"。

侯师傅点燃一支烟，吸到半截子，便掐灭；再吸时，掏出一支接上那半截子。依此循环下去，焉有烟头弃之？当然也有走神儿吸过站的时候，便从怀中掏出一个小烟袋来，将烟头儿按入烟锅儿，吧嗒吧嗒全化成烟儿。

老翻砂工的财迷，是以自身挖潜为特征的，不谋外财。

我和杨实强跟着侯师傅干活儿。

据说早年华北一带铁工厂里行帮之风很盛。艺高者中有"三个半翻砂匠"之说，就好比《水浒传》里的一百单八将，《隋唐演义》里的十八条好汉。这个侯师傅，就是那"半个翻砂匠"。年轻时他耍手艺浪迹天下：日本的下关，朝鲜的汉城以及大西北的首府迪化……他手艺极好，脾气极坏，整天郁郁寡言又怒气冲冲。不知何故，一有停闲他就蹲坐在黑砂堆儿里闭目养神，面静若水，身定如石。

逢这种时候，杨实强就退到一旁静静看着师傅，满脸神圣的表情。

"翻砂苦，哪流了哪儿堵，翻砂苦，哪破了哪儿补……"一段古老的行板竟从入定老者那微颤的唇中滑出，似静诵真经。

杨实强在一旁听了，一脸迷惘，惶而又惶地看着我。我也惶惶，又不愿碎了一个圣像，就小声说："师傅睡着了说梦话呢……"

魏丘蹲在一旁往地上画着一只独轮小车，时不时伸手撸撸自己那凸出的喉结。

"翻、翻砂这一行有这么坏吗？"杨实强伸出溺水者的双手死死抓住我，急声问，"那咱们可怎么办呀？那咱们可怎么办呀？"

我说咱们该吃中午饭了。

他大为不悦："你躲着实的说虚的。"喘口气他又说："往后咱们实打实，不兴动虚。"

我无言以对。他就自语："姜德力姜师傅挺爱干翻砂，可他偏偏又爱拿我开心，这为啥？"

我说姜师傅还没有媳妇呢。

他眨眨丑眼看着我："这话说得实在。"

这车间里的老翻砂工们，入三条石学徒的时候就让人家治惯了，如今也不善发号施令，全凭自己疼自己。我们便倍加自觉地继承尊师传统，挎起提盒为师傅们去食堂打菜。

翻砂工每天能吃上一份津贴菜，国家的钱。

魏丘在我们后边走着，他爱耍单儿，就使我觉得生活中好像没有魏丘。虽说我俩同住一间单身宿舍，但我总觉得对面床上躺着的是一团清气，紧紧聚着一个打呼噜的灵魂。

魏丘吃饭很素，像个六根全净的业余和尚。食堂里他总是买一份刷锅水做成的汤，泡上六两米饭，天天虐待自己的胃口。好在他的胃口很本分，从来不以大出血的方式来抗议。

便有人说"善哉"，魏丘继承了老翻砂工们的优良传统——财迷篓子。

车间里有《四大财迷》的歌谣。我听姜德力这小师傅在厕所吟诵过：

> 屎里择豆儿，
> 尿上撇油，
> 咬死个虱子当吃肉，
> 捡一张月经纸做红绸！

就连丁大铆这个当主任的有时兴发了，也泡在车间澡堂子里哼唱，那是另外一首《四大财迷》。我总觉得内中含着翻砂人的旷达：

> 一粒米你想吃一锅儿，
> 一滴酒你想喝一桌儿，
> 一袋烟你想抽一年呀，
> 一家子用一只骨灰盒！

但有人搓着脚气对第四句提出质疑："那是好事情哩！人都死了还热乎乎住在一块儿，美！"

于是有人唱起《四大美》。

车间的澡堂子是个"民主堂"，不分长幼尊卑——脱光了屁股人人平等。澡堂子有澡堂子文化。我甚至这样想："绝不会有人在这里萌动自杀念头的。只要你是个地道的翻砂工。"

杨实强跟腔虫似的随着侯师博去了咸菜柜台。侯师傅审视着一样又一样的咸菜，然后问："哪个最咸？来一分钱的……"

柜台里说："我还是卖给您一分钱大盐吧？"

比人的胃口大上几千倍的食堂里，售菜口早早就被人肉糊死——伸胳膊撞肩展开了激烈的挤肉比赛。这是求食的竞争。

尽是别个车间的"白领"工人。姜德力冲人堆儿大喊："闪开，蹭你们一身黑呀？"

见来了又黑又臭的"翻砂小鬼儿"，人堆儿顿时松动——这是洁身自好的表现。

我在姜德力的掩护下冲了过去，把个提盒往窗口一塞："来二十份肉丸子烩白菜！"

待我拼命往外挤时，姜德力又用苏联影片的台词声援我："不要挤，不要挤，让列宁同志先走……"

我借助革命导师的威望，冲了出来。

突然听到有人高喊："大事不好啦！妖怪进食堂吃人来了……"

一个又大又薄的人圈子围了杨实强，像是在观赏一只稀有动物。杨实强无地缝儿可寻，就惊鸟似的逃出食堂躲到一个砖垛子后边去了。几个"白领"小伙儿追踪了上去。

真是个诗国，他们立即口拈一首，歌颂杨实强：

　　　丑八怪，胎里带，
　　　倒了胃口坏了菜，
　　　上街你就是杀人犯，
　　　吓死革命新一代！

杨实强退着，面孔急剧地抽搐："我、我是工人家庭出身，也是革命新一代……"

"把你分配到动物园才对！"

杨实强听了，伸手狠狠去扯自己亚麻色的头发，发出自戕的尖叫。

我把二十份肉丸子统统扣到那群年轻的浑蛋脑袋上。脑袋们立即成了"浇汁大丸子"。姜德力赶了上来对"浇汁儿大丸子"说："我是你姐夫……"

杨实强哇的一声哭了起来。

侯师傅木木地看着，说："哭！孬种……"

杨实强立即止了他的哭声。

从此杨实强不进食堂。他似乎已经察觉，自己的存在累扰了这个美丽的世界。

他新添了一个毛病：时不时抓起一把潮乎乎的黑砂放到鼻前去嗅，像一个饥馑的大男孩儿正在寻求一种可食之物。

他还经常到清砂工房里去练习举礅子。

4

翻砂车间党支部书记司文治开始挨个儿找这堡新翻砂工谈话。他很有水平，采取"接力赛"形式：与张三谈了，放了回去。李四便从张三手中"接棒"进了他的办公室。如此接力下去。姜德力说话太损。他在半道上拦住我，拍一口烟儿，煞有介事地说："大案子呀，你们这是轮奸司文治哟！"

我听了差点儿没闭过气去。好在没有"王连举"一类人物告密，姜德力还算太平。照旧鼠头鼠眼乐乐呵呵活着。我觉得他是个奇人。

司文治眯起一双无神无光的眼睛。他以听为主，以说为辅，从不打断说话人的话流儿。

我突然觉得他心里的日子一定过得很累很苦。苦得他累得他一脸病相而全没了翻砂工那种精气神儿。听说他也是个翻砂工出身，只是手艺太潮，三年出师当了车间团支部书记，脱了产。一点儿一点儿往上升。他是这片黑砂地里土生土长的官苗苗儿。

他听罢我冗长的思想汇报，缓缓才说："嗯……要站稳阶级立场。刚才我问了沈茂先，愿意不愿意在翻砂场上开一辈子天车。他说不愿意，这倒是一种不隐瞒思想的好做法。你呢？"

我说能干一辈子就干一辈子吧。

司文治开始推敲字眼儿："怎么叫'能'，怎么叫'不能'呢？"

我想了想，答道："得有个好体格。"

于是司文治陷入沉思。

他三十八岁，还没有学会制造孩子的本领，属大器晚成一类。就连自行车他也不会骑，因而很费鞋。他被翻砂工们称为"酒烟不沾不喝茶"的"三不"男人。翻砂出身而又没有染上一点儿嗜好的，他空前绝后。他仅有一副公鸭嗓和空茫的目光。

唯姜德力是光棍儿中的勇士，当面就敢拿司文治开心："这年头媳妇的名额够紧张的啦！你还白占着一个愣是不下种儿，这是人类的最大浪费。"

司文治总是退避三舍，不与言辩。文治也好武治也罢，最终以无治收场。

中　段

1

或许是从姜德力身上看到了成功的经验，真可谓"姜德力身上一声炮响，给沈茂先送来了马列主义"。沈茂先活得十分轻松，没有丁点儿怵意。他对我说过，他崇拜拿破仑。

杨实强就以为是"拿来一艘破轮船"。

有时车间里蓦地一静，人们便能听到天空中滚过一串响亮的歌声，沈茂先在天车楼子里引颈高歌。

"挺好听……"杨实强十分羡慕地说。

我也觉得沈茂先的嗓子豁亮得像一条光光的小马路——没遮

没拦。

姜德力一双鼠目最擅发现人才。他在澡堂子里几次撺掇沈茂先下水唱上几段翻砂工的歌曲。沈茂先宁死不入流，并且十分孤傲地反讥："我这嗓子是出雅音的地方，不能乱唱……"

"哼！就怕你也有大便干燥的时候。"姜德力说罢一顿，面色庄重地说，"小沈小沈，你要是学着我这个活法，那可是离倒霉不远了。"

沈茂先不睬。他永远也意识不到眼前有姜德力这么一位伟大的哲学家。

多年之后我才悟出：沈茂先的天真恰恰是一种世故；沈茂先的世故恰恰是一种天真。

沈茂先约我们到临着工厂后墙的废品库去。这里生满枯黄的蒿草。除了我们几个，只有废品才到这儿来。

有时你会觉得自己也是废品。

于是我和杨实强如约钻进了那台大得吓人的废锅炉。魏丘早已蹲在里边了，拉屎的姿势。

魏丘百无聊赖，就捏着一根粉笔在脚下写了一连串阿拉伯数码：1、3、5、7、9、11……全是单儿。

我便猜想魏丘可能也是个哲学家。

终于来了沈茂先。他弯腰钻进废锅炉的时候，身体像一张含着强力的弓。脸儿依然那么白，只是双眼更明亮了，像两颗星。

他很自信，开场道："这么大的一个翻砂车间，就数咱们这拨年轻人文化高……"

"有文化就有智慧！"沈茂先像在传教。

杨实强愣头愣脑地问沈茂先："你知道圆的三等分怎么画吗？我正憋……"

魏丘十分诧异地瞅瞅杨实强："你正偷着学习铸造绳轮吧？"说罢就伸手撸撸他那越发凸出的喉结。

"对，你们挨个儿画个圆儿让我看看。"沈茂先出了这么一道怪题。

杨实强最为顺从。于是我们依次画着。

沈茂先颇费端详，然后十分遗憾地咂咂着嘴儿："这条道走不通，没一个有美术天赋的。"

杨实强神色大惑，呆呆看着自己那个已被否定了的圆圈儿。

这一准是个怪圈儿。

沈茂先又深不可测地令我们挨个儿发声。

杨实强不解地看了看沈茂先，还是遵命发了声："啊——啊——啊——"像中国猿人在叫。

我来了一串"啊——啊——啊——"未等沈茂先评定，我就自报是驴叫。

魏丘干咳了几声，用挑衅的目光看着沈茂先，说："茂先你老毛病又犯了。"

我这才知道，魏丘与沈茂先是老相识——中学时代的同窗。

"没一个有嗓音基础的。"沈茂先置魏丘于不顾，给我和杨实强的嗓子打了零分。

"除了喘气儿和吃饭喝水，这嗓子我也没打算派别的用……"杨实强实实在在地说。

"愚蠢！你的道路最为艰难，一定要认真选择，果断行事！"沈茂先十分漂亮地一挥手，拇指碰到锅炉壁上也不叫疼。

"啥选择……干翻砂呗。"杨实强小声说。

"啊——啊——啊——"沈茂先兴起，独自吊开了嗓子。整个大锅炉嗡嗡回荡着沈茂先的声音。

"我还是得劝你，在天车楼子里吊嗓子，小声点儿。"我不无忧虑地说。

沈茂先热烈地一笑："憋着嗓子能练出好声？那叫自我压抑。充其量练成个合唱队员，站在台上像排队买棒子面。"

"杨子，我劝你从现在起学习表演……"

"表演？"杨实强听了吓了一跳。

"对！将来到电影厂去当一名特型演员。扬长避短嘛。"沈茂先为杨实强指出一条金光大道。

杨实强听了，要哭。

沈茂先开始大谈《红与黑》，里边有个人物是个年轻的小伙儿，名叫于连·索黑尔。

魏丘蹲着，将要睡着了。

"都给我出来！"突然冒出丁大铆的声音。

我们都吓瘫在废锅炉里。

"我点火啦！"

一声吼唤出个杨实强。"怎么……唉，你老实巴交的孩子怎么也掺和到这锅儿里啦！"丁大铆见爬出个杨实强，意外又意外。

"我……志愿来的，不怪他们。"

"志愿上山下乡光荣，志愿溜号儿来这儿钻锅炉你还有什么说头！"丁大铆开了课。

"杨子，你先回去吧。"居然是司文治的声音！看来二虎一块儿下山了。

我当然坚持不了多一会儿，就爬出去投诚。

屁大的工夫，魏丘偕沈茂先也一同出"炉"，直面着二位领导。

打鼓吹号，各有所好。司文治率先择了沈茂先，领出去几步，死气沉沉地问："这个小会儿是你召集的？躲到这见不得人的地方……"

丁大铆自然选择的魏丘，鼓起一双牛眼。

无人爱我，便成了一个陪绑；左一出戏，右一出戏，任我选听选看。

"小魏，要想练嗓子我成全你。八小时之外澡堂子里润着唱个够，水音儿的。"丁大铆挥手就开了场——黑头戏。

"没什么见不得人的。我们凑到一起互相激发革命理想。"沈茂先对司文治雄辩起来。

一出小生戏：司文治其声蔫蔫；沈茂先其声朗朗。而丁大铆这出戏却唱了独角。丁大铆滔滔不绝，魏丘尽情地歙着自己的双唇死不出音儿。

魏丘挺着粗脖闭着大嘴呆立静听。他先是用目光凝视着丁大铆的鞋尖儿——三分钟；之后缓缓抬起目光，向丁大铆那频频振动的嘴唇行注目礼——三十秒；之后缓缓压下目光，复去凝视丁大铆的鞋尖儿。循环往复，以至无穷。

"难道您不希望翻砂工里出几个艺术人才？难道您不希望翻砂工里出几个科学人才？难道您不希望……"沈茂先语出如流，已经雄辩地进入了连连设问阶段，世故亦天真。

司文治灰着个脸孔容他设问下去。

魏丘还在"循环"。丁大铆急了："机器人！你上满了弦了？可张嘴说话呀……"

魏丘那张闭置久矣的嘴巴终于几经酝酿才出了音儿："还是您说，我听吧……"

丁大铆"噗"地乐出了声："没治！你就比死人多口气呀。"

司文治十分厌恶地看了丁大铆一眼。

空荡荡，废锅炉后边突然炸出一个声音："丁头儿，司书记！我找你们谈心来啦。"呼呼喘着粗气，像是从南极步行赶来。

是章立国。眼中眨着九觅十八寻而终有获的喜悦。

我们正为与头儿的遭遇而沮丧；章立国却为与头儿相会而欢愉。

同是一撇一捺，人与人却大不相同。

2

翻砂场里有一句粗话，似乎是大家专供章立国受用的："喝一壶水，去厕所撒泡尿照照自己那模样儿！"含着十分贬义。

其实他是个鼻正口方阔脸膛的魁伟小伙儿。

但是当章立国满车间寻找车间头儿的时候，人们便开心地学着电影里的腔调高叫："鬼子进村喽，干部快跑哟。"

逢此时，司文治就默默转身——走。

逢此时，丁大铆就训那个干心的工人："你小子丑化党的干部，鬼子进村怎能跑？顶住！"

可丁大铆这硬汉子又如何能顶得住章立国的软功夫。他曾经不畏艰险进到仓库里去找丁大铆，目不斜视，直勾勾要求谈心。

姜德力好心劝过章立国："两口子的房事太密了也倒兴减味儿，你这心也别谈得太勤啦。"

章立国不睬，永远是一副天降大任于斯人的庄重表情。世界上怕就怕认真二字。

心，似乎已经把个丁大铆谈怵了。

司文治好像不怵，谈心是他的本职工作。

但章立国的"谈心活动"毕竟是个谜。姜德力要我连喊三声"老师傅"，才一挤鼠眼答应给我讲上一段章立国逸闻。

他中间要卖上三次关子。

时兴当权派下厂劳动改造那阵子，往翻砂车间来的人最多。这儿可是个十分理想的改造场所。苦大累！有个十二级的干部就在冲天炉后边的料场上砸断了腿。送他上医院的时候他呻吟着说："想不到还有这么艰苦的行道……""十二级"下去养伤，换上来一个满脸麻子的胖老头。车间里就把这个人交给了章立国，俩人一块儿干活儿。干潮模小件儿，就赛脱大坯，一天下来，从干活的地方走到澡堂子，腰还累得直不起来。要说章立国这小子心眼儿不错，总是明里暗里关照着，从来不整治人。

我赶紧递茶给姜德力，他才接着讲。

那个大麻子有高血压的毛病，血一撞上来就站不稳，那些年

87

"高血压"又叫"立场不稳"。章立国就在一台报废的碾砂机里铺了一张草垫子，时不时让大麻子进去忍一觉儿。缓过点儿来再干活儿。要不大麻子非得在这儿崩了血管不可。章立国出身好，打不上他什么罪名。大家也就睁一眼闭一眼呗。都是干活受累的人。活该章立国走运……

有一回大麻子往后边去推砂子，迷迷糊糊掉进一口干井里。干井不太深，可胖人爬不上来。两个钟点儿愣是没人知道。还折了一根肋条。临近下班还没见大麻子的面，章立国就深一脚浅一脚找到后边来。费的那个劲呀，比鬼子进村找地道还难。大麻子得了救，眼泪儿一串串流，感激不尽呀。

我听罢，就问姜德力："你们怎么那么恨大麻子？冲章立国唱麻子歌……"

"恨？我们才不恨呢。我估摸着那个大麻子也是个好人——原则性很强。要不，如今他官复原职有了权，怎么还不给章立国调个好差使呢？他也不是不知道这儿的苦大累。"

"人心呗，就这样。见章立国攀上了高枝儿，大伙心里就不是个滋味——喝不上高汤就往锅里撒尿，不恨大麻子也唱《麻子歌》。"姜德力——这个年轻的翻砂工，用世间罕见而他独有的坦率向我亮出了他的心思。

于是我想起了章立国工余时间捧着一册《资本论》在车间角落里啃读着，满脸艰难的神情。其实他连慕尼黑这个城市在哪儿都不知道。

大麻子伤好后还是跟着章立国干活儿。他姓张，就有人传说章立国是他远门侄子。其实弓长和立早两码事儿。后来大麻子到了日期，俩人分手。大麻子说："立国，我相信自己的眼光。经这么一段考察，我认为你是个很好很可靠的同志。将来，你是个做重要工作的人。要积极争取入党啊……"

姜德力的口气变得神秘："据说大麻子当时许了章立国，将来调他去市委组织部工作。可去市委工作必须是党员呀……"

"就差这一关?"我问。

"嗯,就差这一关。"姜德力说。

"敢情大麻子现今是市委组织部的一个大处长!其实呀,他给厂头垫句话,章立国也就能进去了。可大麻子一身正气,让章立国自己争取。"

"章师傅挺积极的,快入了吧?"

"你就看司文治那张死人脸。"

"让大麻子给他调换个工作单位,怕是比现在入得快?"我问。

"人家章立国从难从严要求自己,铁了心要在这儿入党。你说这不是跟自己过不去吗?"

"司文治可是个人精——长了毛他比猴子还灵!"姜德力叹罢又说,"那天我寻了个专治不育症的药方子给章立国,让他去跟司文治互通有无,联络联络感情。他死活不去。我还是把他推进了司文治办公室。"

"结果怎么样?"我急切地问。

"司文治一看药方子脸都青了。"姜德力嘻嘻一笑,"章立国这傻小子也没看就递了上去。药方上写着:每礼拜一晚上十点在车间澡堂子水面上撇一碗大伙儿的精华,兑一两白糖,日服两次。三个月保准你娘儿们肚儿大。"

我哀哀地听了,说:"章立国是个好人?"

姜德力说:"这话不假。可人也不能好得太瓷实啦。你知道《四大瓷实》吗?"

我说我什么也不知道。

"什么也不知道?这也算一招儿。活着吧小兄弟,等长了杂毛你就出师了。"

听罢章立国的故事我在黑砂堆里找到了杨实强。他见了我当头就说:"我就是不愿听沈茂先那一套,好像是飞着说的,发悬。"

3

咽下最后一口午饭,人们哼着"三顿吃了两顿啦",就一人拖着一块草垫子进了烘干窑去完成每天的午睡。姜德力是不要午睡的人,在窑门外开了个扑克摊。他冲躺在窑里的"尸体"们说:"将来这窑开个副业,火化厂就得宣布倒闭。"然后就嘭嘭嘭拍牌,像是在给人钉棺材。

窑墙还残留着昨日的余温,暖暖乎乎的。盛着翻砂工的短梦。

杨实强翻身坐起,对我说他做了一个白灿灿的梦,那光,像雪一样耀眼。

干活儿的时候,侯师傅突然捧起一把黑砂对杨实强说:"你要是认准了干这一行,就得忍受一辈子大累,半道上不能尿了。"言毕打了个响亮的嗝儿,奔厕所去了。

沈茂先从厕所里出来,衣冠楚楚,满脸消除膀胱压抑之后的欢快。他下早班,急着去市里的群众艺术馆操练嗓子。

我走上前去对他说:"我选了道路。"

他问我什么道路。

我小声里说:"先把毛儿长齐了再说。"

他十分不解地望着我:"你又不是家雀……"

之后他在车间道上遇见了迈着四方步儿的章立国,用关心整个人类的口吻问:"章师傅你有女朋友了吧?"

章立国说:"有了有了有了……"

无论谁问,章立国都这样回答。

沈茂先说:"可得投簧啊。"听口气好像不是在讲交女朋友而是在修锁配钥匙。

章立国说:"投簧投簧投簧……"

我便拿了领料单到车间外边的仓库去。

进了头道门叩响领料的小窗口,半晌不见动静。片刻才见丁大铆从里边踱了出来,很从容的样子,劈头就问:"你不干活儿跑到这儿来干什么?"

我答曰领料——用木炭烤楦子。

门内有粉红色身影一闪,之后那个小有名气的女库工才露面:四十大几的俊俏脸盘上印着几点浅浅的雀斑,一身肥大的蓝工作服。

"领什么呀?"双眉弯弯,很甜的声音。

"要么你回去叫那个杨实强来吧,一包木炭俩人儿抬。再说我还没见过他呢。"我从她话语中听出了一个女人的好奇心。

"俩人儿抬,叫杨子来吧。"丁大铆已经走出了头道门,但还是回过头来向我下令。

后来我长翅飞出了翻砂车间并学着做起了小说,才真正懂得了什么叫女人。有时她是一柄尺;有时她是一面镜子;有时她是一粒止痛片;有时她是一个宇宙;有时她就是她。

我终于遵旨引来了杨实强,说那包木炭很重。

一照面,那女人便小叫一声缩了回去,低声嘟哝着:"怎么丑得没了人样呀。"之后又伸出头来明知故问:"杨子,你领什么呀?"似乎是她看了杨实强的相貌又想听听他的声音。

杨实强居然没头没脑地答道:"有那种、那种一眼就能看出铸件收缩率的比例尺吗?"

对方竟也放声笑了:"那玩意儿你得到包子铺去买。"说罢一挑柳叶眉,审视着眼前大丑人。

我说请您往后多多关照。

她听罢一怔,旋即笑了:"你就别这么文绉绉啦。我这样的人可关照不起你呀。"

我俩抬着一包木炭往回走。那女人似乎是从杨实强的脊背上看出了什么掌故，就用声儿追着说："杨子，你要是真想学手艺，我那死鬼留下了一套好使的家伙，铲勺提钩铜坯光子……整整一匣呢。"

杨实强头也不回，只是响嗓"嗯"了一声。

看来杨实强也有杨实强的魅力。

我回头看，那女人眼中闪着异样的光芒。

我听说她的丈夫是个被砂箱砸倒的出色翻砂工。苦累了大半辈子，练就了一身好手艺。将死时，从医院吸痰器里抽出的尽是些黑乎乎的稠汁，那是几十年来吃进肺里的黑尘。

"给翻砂工当媳妇，尿一辈子黑尿。"我在车间澡堂子里听到过这种冷峻的幽默。

劳动，对有的人来说或许是一种艰难的自娱。

放下木炭包杨实强抬头对我说："我、我认准了这块地方了……"

我说："明天你去找任霞香要那个匣子吧，她已经许了你。出好活儿得有应手的工具呀。"

"任霞香？"杨实强品味着这个名字。

我以为他听不懂，就说是看仓库的那个女人，刚才还跟你说话呢。

"我、我从三岁就死了娘……"他突然冒出这么一句话来，抹了抹泪流眼。

我知道有一种情感叫怜悯。

车间道上，章立国低头背手走了过来。他喃喃自语着："得增加涵养性，涵养性。我将来是个做重要工作的人。"

车间那一端，远远还在吟诵着，这是一首新编《四大瓷实》：

夯下的土呀铁秤砣，

压场的碌碡和章立国！

4

兴起了批儒评法。车间里竖起了一道"翻砂工诗墙"。

令大伙儿往上贴诗。对歌谣王国来说，这不是一件难事。

翻砂车间的澡堂子，是个洗人肉的地方，灵魂便赤裸裸。这里四面透风，也无什么女人可避。但历来被称为诗歌产地，有着深厚的文化土壤和层出不穷的诗才。

班后，翻砂工们似乎是攒足了一天的兴致，钻进水里才释放出来，与人娱亦自娱。

水热，烫得肉皮儿和心里都舒坦，就张口赋"诗"，多以"四"为题，通俗而易懂。

如溢美的《四大嫩》：

　　台下韭，莲花藕；大姑娘的"个个"，小孩手。

如抑恶的《四大缺德》：

　　砸寡妇门，平绝户坟；吃月孩儿奶，偷儿媳妇尿盆。

水面上还流行许多诗谜，多为荤面素底。

　　谜面：愈抻愈长愈扒拉愈硬。
　　谜底：炸馃子。

据说曾有一个局里来的"工作组"。某君深入班组接触工人，大家就拿这个诗谜让他猜。他听罢谜面说："很下流。"姜德力便将谜底告诉了这个"工作组"，并说："你这人心太脏，尽往色里想，假斯文！"当时司文治陪在一旁尴尬得无地自容。

为避开人流，杨实强下班洗得迟。我住厂，时间从容，便陪着他洗。他好像很爱干净，工作服三天一洗。而我则三五个月才剥皮找肥皂。

他脸丑，身也丑：头似歪瓜，溜肩隆背，大臂很长，小臂很短，就显得肘关节位置不当。胯窄，下肢微呈罗圈儿，脚趾曲不能伸。唯那显示雄性特征的部位与常人无二。

那时我还没有学得如今这般虚伪，就直而不曲地说："杨子，你真是太丑了。"

他听了并不动容，片刻才说："我妈怀我的时候，受了惊吓……"

我想他一定是在娘肚里吓畸了形。

隔着水面上升腾而起的雾气，我听见他说："得好好学手艺。我已经讨了那只匣子来，里边还有个硬皮小本子呢。"

进来了一个魏丘，仍寡言。他先奔到水龙头前给自己的嗓子洗了个澡：咕噜咕噜地漱口三遍，亮亮堂堂咳嗓三声，才钻进水池。

杨实强再次小声对我说："得好好学手艺……"

于是就好好学手艺。

他处处踪着侯师傅的活儿路——不怕屁熏。机警时，飞快地抹一抹泪流眼——唯恐漏掉一个细节。一有停闲，他便蹲在黑砂堆旁把头深深埋向裆中——识那一张张简单的图纸，默思冥想。有人从他身边过，总要开心取乐儿："杨子，还没到月底哥俩儿就算上账啦？"

他惊得抬头，机械地冲人点头致意。

渐渐地他能从一张张简单的图纸中看出一个个复杂的实形来。心，就成了仓库。

侯师傅在日本人开的铁工厂里学过徒，年轻时候的记忆残存在脑海中，有时难免从口中迸出一两个东洋单词来。一天，他埋头忙着组合一套砂箱，就嘟哝了一句然后向杨实强伸出了手，似讨要着什么。

"蛤蟆?"杨实强大费踌躇，只得慎慎地说，"它们都冬眠了，不好找……"

"锤子！我要锤子！"侯师傅火了。

但杨实强毕竟掌握了一句外语，竟然得意地冲我笑了，尽管他笑也很丑。

我想还是开心些为好，就对他说："我再教你一句日语……"

他鼓起强烈的求知欲，静听。

"巴格牙路！"我大声说。

他哈哈哈笑了。我第一次听到他有声的笑，便觉得这的确是一件新生事物。

上头传下令来：批儒评法，诗必须作，一人一首，全上墙。

没出三天，大家的诗都上了墙。只剩下杨实强了。

姜德力整天围着杨实强转悠。

"非得写不可呀?"无可奈何，杨实强放下手中的图纸，吭吭哧哧憋了一溜够，才挤出一首诗：

> 谁说老粗无文化，
> 登上讲台要讲话。
> 创造历史讲历史，
> 天大困难也不怕。

我大惊杨实强如此诗才，就替他把这首千古绝唱贴上墙去。

人们纷纷围上来观诗。

丁大铆闻讯赶来观诗，他朗声念了一遍，惊喜地说："杨子，你真有两把刷子！得鼓励！抄下来报给厂部宣传科……"

"我——不！"杨实强扑将上来央求丁大铆。

"别冒傻气！"丁大铆噔噔走了。

"杨子，丁头儿看上你啦！他有个闺女，将来你当上门女婿吧。"人们开始找乐儿。

寡言的魏丘凑了上来，一耸粗脖，一咧大嘴，慢条斯理地说："得改个字儿。"

"把'无'改成'没'，'无文化'是说压根儿就是'零'；'没文化'是说先前有后来又丢了……"

我对魏丘的考证主义不以为然。

"千万别往厂部报，我不好喜这个。"杨实强郁郁地对我说。

"你总是自己吓唬自己，大不了的事儿。"

姜德力走过来说："我还盯着赚杨实强一盒烟呢，没想到他是'小孩儿的尿裤子——真能作诗（湿）'！"

杨实强下班拎走了一书包砂子，好像他家开着一口炒栗子的锅。

他已经离不开这黑砂了。

5

我和杨实强随着侯师傅接了一件大活儿：水轮发电机上的接力气缸。若铸成了，足有六吨的重量。

后来又调了章立国回来当二工匠。侯师傅眉头紧锁像是丢了钥匙。

丁大铆十分重视这个"接力气缸"，总来我们的工作场地转悠。一次他叫住了杨实强和我："这可是个练手艺的好机会，百年不遇呀。干翻砂的手头儿没有两下子，就没人拿你当回事儿。你们可别学我呀。"

我说您在车间里当头儿不是挺好的嘛。

丁大铆冲我微微一笑，走了。

我知道关于翻砂有着古老的传说。

沈茂先的嗓子操练得大有起色。他从天车上跑下来，若有所思地对我说："我也得找一把钥匙才行……"

我说："你有时太聪明，有时太愚蠢；有时太勇敢，有时太怯懦；有时太……"

"你有时太知足！"他拦住了我的话头说。

昨天他与司文治先软后硬、后硬再软地谈了整整一个下午，最后还是以惨败告终。司文治以车间党支部书记的身份正式通知他说，不同意，坚决不同意一个不安心本职工作的青年工人擅自去报考什么音乐学院声乐系。

沈茂先气得脸像个包子，躲到天车上去哇哇大哭，咏叹出满脸褶子，最终也没有咏叹出"狗不理"的味儿来。

但我还是暗暗惊叹他的勇敢：面对司文治的"弧圈球"，沈茂先仍然敢于两面起板抢攻。

司文治是个公鸭嗓；沈茂先是个男高音。

杨实强居然看懂了接力气缸的图纸。他比比画画地对我说："有一人多高，一米八八；最大的壁厚四十五毫米；有好几个东弯西拐的小窟窿眼儿，小胡同赛的。"

据说，难就难在这些"小胡同'里。铸成之后砂子清理不出来，用掏地沟的办法也不行。侯师傅天天冲着图纸相面，像一尊雕像。

魁梧的章立国有劲儿使不上，就去找车间头儿谈心。

杨实强小声冲我说："得用那种油砂，乍看跟古巴砂糖一样。铸成了活儿那砂子能自己就流出来。"

我知道他正在研究那种具有溃散性的砂子。

有时杨实强满怀神圣去仓库找任霞香，回来就向我如实汇报。

"任师傅跟我说，像咱们这样的人就得自己疼自己。她长得那么俊怎么把我说成跟她一样的人，'咱们咱们'的不离口。好像我真的跟她是一路人。"

我想了想说："或许大伙儿真的都是一路人。"

"任师傅还跟我说，翻砂场里湿气大，学着喝点儿酒吧。可我不想学喝酒。"

我说："学吧学吧，别醉了就行。"

杨实强说："你学我就学。"

我说将来我娶了媳妇，天天请你到我家喝酒。

杨实强听了，一脸惆怅。

临近下班，他突然阴着个面孔走近我。我便停下手中的砂捣子望着他。

"你就不想想，那时候没准我也有了家，哪有闲工夫天天去你家喝酒？"

我恍然大悟，只得连声说："是啊是啊……"

接力气缸还没铸造出来，却出了一件大事：杨实强那首《谁说老粗无文化》的诗被市批儒评法征诗办公室选中，将要编入《工人批儒评法诗歌选》。

轰动了整个翻砂车间。

沈茂先眉头拧得紧紧，蹲在厕所里对我说："机遇！其实前几年我也练过作诗……"

章立国尿干净了扭过脸冲沈茂先说："能作诗的人未必能做重要的工作。你说呢？"

紧接着就传来了第二个消息。局里的一个大头儿要来厂参观"翻砂工诗墙"。届时，全厂将召开"工人批儒评法赛诗会"，以壮声色。

于是接力气缸就无力可接——搁在一边了。

侯师傅整天守着图纸蹲在黑砂堆儿里。

整顿食堂打扫厕所擦玻璃砌墙竖标语牌儿……盼望过年似的盼望着那一天。

厂部已经决定：翻砂车间选出一名青工登台赋诗。有可靠消息说：局里点名要求《工人批儒评法诗歌选》入选者登台朗诵。看来非杨实强莫属了。

我闻讯便问杨实强："想不想登台？"

直到第二天中午他才对我做出了迟迟的答复："想……"

我听了十分高兴，只觉得杨实强渐渐开化了。

沈茂先知道了杨实强铁心干翻砂，便觉得自己前功尽弃。他用参加追悼会的口吻对我说："朽木不可雕也。可悲，可悲呀。"然后十分机警地看了看四周，低下嗓子说："我刚刚从办公室门外过，听见司文治正跟丁大铆争论呢。"

"争论什么？"

沈茂先浅浅一笑："我想一定是司文治正在说服丁大铆放我走……"脸上现出一种预感胜利的喜悦。

侯师傅在一旁火了："瞎咕咕什么？快上砂子干活儿！"

沈茂先喜不自禁地笑道："侯师傅，将来我送票给您老去听我的独唱音乐会。"

侯师傅根本不拿眼皮睞他："上天车！"

车间道上走来了司文治，沿途发出下午一点冲天炉前开大会的通知。

沈茂先向司文治投去期待的目光。

司文治一看便懂了，和颜悦色地说："放心吧，一会儿我会把结果告诉你的。"

沈茂先得意地朝我挤挤眼睛，噔噔上天车去了。

杨实强跑过来把我拉到柱子后边。他双唇发抖两眼泛光二拳紧握，激动地说："那砂，我试着配了一小盆儿！真的像古巴砂糖一样……"

可能是看惯了，我觉得杨实强的面孔未必有多么丑。

全车间的大会照例由司文治主讲。

听者或站，或蹲，或坐。

"经我与丁主任反复研究，下星期一召开的全厂批儒评法赛诗会，由造型一组的禹小立代表咱们翻砂车间登台！"

无数双目光齐刷刷向我投来。

"我……"我呆了，觉得自己已经咽了气。

丁大铆大声插话："这是一项光荣的政治任务！从现在起，全车间总动员，不许'妈呀娘呀'的满嘴脏字儿。从明天起，禹小立脱产练嗓子，不许吃油腻的东西……"

这下轮到我"把斋"了。

司文治以"文"为治，颇斯文地止住丁大铆，干咳一声说："这是集体的荣誉。经研究决定，禹小立朗诵三首诗，其中两首署名翻砂车间青年工人，另外那首署名翻砂车间老工人。"

姜德力蹦了起来，振臂高呼："打倒个人名利主义！全体翻砂匠万岁！"

丁大铆牛眼一瞪："你吃了耗子药啦？"

"姜德力你是不是有意见？"司文治脸冷冷地问。

"我举三只手赞成！"姜德力立正答道。

有人大声说："你那只手闲着别偷我烟卷儿就行。"全场哗然。庄严的动员会开成取乐会。

姜德力能够在任何地方任何时间找出乐子来。

司文治清了清喉咙，依旧用公鸭嗓接着讲："还有一件事情我在这里公布一下。与这件事情有关的人注意听着。"

"真是奇天下之大奇。有人不安心本职工作，总想去考什么这个学院那个系。前天居然跑到我家许愿，说什么高抬贵手放条活路，事成后送我一辆新自行车。今天同着全体职工我正式答复你：没门儿！"

会场上静悄悄的，连姜德力也睁大了眼睛。

"希望大家特别是小青年儿们以此为戒，别整天好高骛远想入非非。"

沈茂先埋头坐在人堆儿里，牙齿咬得咯咯响。我第一次看到他有一张惨白的脸。

他真傻，忘记了司文治根本不会骑车。这等于是向一个"废物"男人赠送避孕套。

会散之后就传出小道消息。关于登台赋诗的人选，丁大铆极力推举沈茂先，说他嗓子好模样俊个头儿匀称。司文治居然力荐姜德力，说他不怯场出身红口齿清晰。争来争去，最终达成一个折中方案——选了我这个福大命大造化大的禹小立。

姜德力听了小道消息，非但不感激司文治，反而跳脚怒骂："好个司文治呀！他小子把我看扁啦，以为我永远有不了跟他在一个槽里争食的能力，才举荐我的。操！咱比他强百倍……"警句惊人。

我心中蓦地一亮，但还是无忧虑地劝说他："姜师傅，你说话留点儿神呀。"

"怕吗？十八层地狱，他司文治还能为我专门开个第十九层？他怎么样不了我。"

或许是因为姜德力两个肩膀只扛着一个脑袋，别无负担，司文治才对他奈何不得。

我终于在角落里找到了杨实强，他正埋头研究那张图纸上的"小胡同"，团缩着弱小的身子。

我歪打正着得了美事，就更加不知对他说些什么才好。

他良久才抬头，抹了抹眼泪说："你登台，也好……"

"本来，本来应该是你……"我知道他尽管面丑但毕竟也怯怯地企盼过登台。

命运再一次抛弃了他。

司文治把我找去，单兵教练。他说："选了你，这是出于政治考虑。"

我脱口说："应该是人家杨实强呀！"

他沉吟道："会场主席台上坐着局里甚至可能还有市里的领导。杨实强登台亮相，乱了会场怎么办？谁负得起这个责……你好好排练吧。"

我突然冒出一个念头，直直地冲他说："其实真正的好嗓子是魏丘。有一回他梦里唱歌我还以为是谁半夜开电匣子听李双江呢！魏丘可比沈茂先强百倍……"

司文治听着，片刻才说："你们那几个小青年儿的事儿以后常跟我念叨念叨。排练吧排练吧，但不能沾沾自喜翘尾巴呀。"

我若是姜德力，便会说："尾巴早就让老祖宗磨没了，翘什么呀？"

但是我不是姜德力。有时我想学他却又不得法。

第二天我浪费掉三斤半感情练嗓子。练得乏了，竟觉得自己也弄不清自己是谁。于是就人模狗样到丁大铆的办公室里去照镜子。

"你怎么越练越娘们味儿呢？挺直了腰板！"丁大铆叼着烟卷"导演"着我。

于是我成了"丁派"传人。

"你说……大闺女很难爱上杨实强这样的丑小伙儿吧？"丁大铆思路骤转，兀地问我。

丁大铆说"爱"字的时候，发"耐"的音。

我说："那得看具体情况了。"

"具体？拿锯拉自己？"丁大铆打着哈哈又转了话题。

6

在我练嗓子进入高潮的那几天，司文治总是择空儿就把魏丘叫到办公室里谈话。急得章立国插不进脚来，就盯着丁大铆不放。

"三年别犯错，我让你入了不就结啦！"丁大铆是个粗人，急赤白脸对章立国说。

"你降低党员标准！"章立国一板一眼说。

丁大铆站起来提了提裤子，呷呷着嘴去隔壁唤出了司文治："你快跟章立国谈谈吧，他又写了一份思想汇报。"

司文治并不避我，坐下来对章立国说："关键是申请人要符合党章的要求。至于手续嘛，随时都可以办的。"说罢就抬腿出了门。

章立国默默思索——拼命泔化着党支书的一字一句。俄顷，他眸子一亮，正色对我说："这是组织上在暗示我呀。出不了半年了，出不了半年了。"

话锋一转他说："小禹，你一定要好好练，这是代表全体翻砂工登台呀！"那神态好像他已经是党支部书记了。

我点头称是。他舒心地去了。

隔壁的司文治与魏丘谈了近一个小时才放他出来。魏丘进了我的"练声间"，蔫蔫地说："小禹，你是好心夸我的嗓子，可恰恰害了我呀！"

我惊且惑，看着这张毫无表情的面孔。

"他已经开始注意我了，我一进这厂就采取了'死人战术'，效果还是不错的。可是刚才司文治问我说，'一个有嗓音天赋的人不可能没有唱歌的欲望，可你偏偏连话都说得那么少，而且经常用手去撸自己的喉结！'这说明司文治已看破了我的战术。"

魏丘这平素寡言的人竟然如此坦率地向我示出了他那颗包在帆布工作服里的心。

我想起姜德力背地里说过："魏丘这小子总用手去撸脖颈儿，那是一种手淫。"

面对魏丘，我流下了与诗歌无关的泪水。尽管说泪水是翻砂工的耻辱。

"别哭……我还没有完全暴露。"魏丘用地下工作者的语言告诫我。

我立即明白了沈茂先已经被杀。

于是，我怀着对这片黑色土地的深深理解——登台赛诗。

眼前全是黑乎乎的人群。

我突然想哭，但还是强忍住泪。哭，便是对翻砂工的背叛。翻砂工不相信眼泪——这自产的苦汁子。

我咬住嘴唇，决心背叛那个已经令我实施的被称为"集体主义"的预谋。

自报节目：第一首，《创造历史讲历史》。作者：青年工人杨——实——强。

我身后，坐在主席台上的局里市里的领导们带头鼓起掌，对他们来说，诗与作者是同样的陌生。

台下的人们在悄声议论："杨实强是谁呀？"

人们只知道有丑八怪而不知道有杨实强。

我用自己的血朗诵了杨实强的诗。

台下那黑压压一片的人群，仿佛已经凝结成了一个黑得十分精美的画面，涌动着潜流。

主席台上的扩音器对我刚刚朗诵的诗现场评点："……气势雄壮，表现了强烈的主人翁精神和创造历史的豪情。"

台下，爆发出一阵狂潮般的掌声。

充当评点者的那位局里的大头儿依然十分兴奋，竟然忘记了捂住扩音器就对身旁的厂头儿说:"朗诵的这个年轻人是个好苗苗儿嘛,要送他去深造,成个笔杆子。那个什么什么中文系……"

整个会场都听到了我未来的命运。

那个厂头名叫刘金水。他后来笑着找了我,还拍了拍我的肩膀以资鼓励。

我觉得自己两脚踩着棉花下了台。

那个局头儿名叫季红林。我大学毕业之后分在局秘书处工作,他是我们的党委书记。

丁大铆在台口迎住我,眼中眨着激动的光。他没有责怪我的叛逆行径,而是拉住我的手说:"禹小立,你是个有心的好孩儿!够意思的……"

面对既成事实,司文治默默看着我,不凉不热地说:"晕了场?怎么没按预定方针办……"

我什么也不解释,但绝不是采取魏丘的"死人战术"。我是个大活人。

侯师傅没有参加赛诗大会,但是显然听到了"会场花絮"。他迎头对我说:"你混账!当年我在奉天铸成了那尊一丈二尺高的铜佛都没留名……"

杨实强小步向我走近,直直盯着我的胸口,小声小语地说:"祝贺你……得了那么多掌声。"

我说:"掌声,是给你的,真的是给你的。"

"什么时候,从黑砂子铸出来的铸件都能伸出手来向我鼓掌,那才叫人欢喜。"他实实在在地说,抹了抹泪流眼。

姜德力赶了过来:"禹小立,你小子是福星高照呀!我估摸着,你家祖坟上的草得有火腿肠子粗。"

那边,侯师傅不知起了哪股邪火,虎着脸训斥章立国:"你还是出了师的人,巴巴手!杨实强实在比你强!"

颇有涵养的章立国竟然失去了自制力，扯起脖子红了脸，像一只打鸣公鸡："侯、侯师傅，你！"

缓了一口气是为了防止憋死，章立国说："不允许，绝对不允许您拿杨实强和我相比！"

我吃惊地看到，杨实强正残忍地冲着章立国淡笑。我突然觉得自己并不真正认识杨实强。

7

姜德力拖掌着一双黑手挡住丁大铆，嘻嘻地说："丁头儿，这阵子杨实强可总往仓库里跑。你可别老西儿掏出酸瓶瓶儿——吃醋呀。"

丁大铆用力一搡姜德力："放狗屁！"

我这才觉出杨实强已经是个男子汉了。

下午，司文治给我送来一份表，让我三天之内填报。他说："厂领导点名让你去上大学，当然，车间也早就推荐了。"

章立国就以为是入党志愿书。他十分迫切地将我拉到一边去盘问，眸子里闪烁着难耐的焦灼神色。

我说："不是，我还没写申请书呢。"

他打了个愣神儿，说："这可不好。"

我说："如果我有那么一天，希望你已经能做我的入党介绍人了。"

他思忖着，问："我想你不是在讽刺我吧？像姜德力他们那样。"然后伸手去拧眉心。

我说我从来不讽刺别人而专门讽刺自己。

章立国说你这话我怎么也听不懂，就转身帮助浇铸工们去吊铁水包了。

沈茂先越发机警了。他唤我到天车上去，我就随他"升天"。

站在高高的驾驶室里，我首次俯瞰着眼下这块黑土地，才感到沈茂先确实每天都在飞翔。

但他毕竟离黑砂地太高了，能看到的不是粒粒黑砂而是黑乎乎的一片。

"你是将走的人了，我把底告诉你吧。我找到了飞出这里的钥匙。我已经跟厂政工组组长的二女儿交了朋友，就算是恋爱吧。"

我知道厂政工组组长是个胖球似的女人。胖女人有着三个胖女儿。

"她若是出面，一个小小的司文治又能怎样？不出半年，我的路就打通了：争当歌唱家！"

"你喜欢她那个胖女儿？"

"胖得发鲁！我跟她逛公园总有一种吃了苍蝇的感觉……待事成之后，再说吧。"

我说，祝你走通自己的路。他说你命真好。

侯师傅的试制又失败了一次，厂里通知车间：接力气缸暂停。下一步考虑向兄弟厂求援。

听说求助于他人，侯师傅气得直哼哼。

杨实强围着侯师傅转悠，像颗小卫星。

章立国大哲人似的说："目前我国有许多技术问题需要群策群力……"

澡堂子里又新创作了一首歌谣：

> 杨实强，傻老五，
>
> 鸡孵鸭子白忙乎，
>
> 禹小立就要去上大学，
>
> 你还在这儿吃大苦！

杨实强泡在水里听着，轻声对飘去的热气说："这是命……"然后居然口占了一首，反讥：

> 杨实强，不着急，
> 铁心一辈子玩大泥；
> 黑砂里活，黑砂里长，
> 黑砂里过年放两响！

众人听了如此流畅的"澡堂诗"，暗暗吃惊又有新派诗人出现。我隔着水雾盯着杨实强的嘴，只觉得过去从未详细观察他这张吃饭的洞。

"杨子，你这嘴将来不次于姜德力呀！"一个专搞"澡堂诗评"的人大发"后生可畏"之感慨。

"澡堂子后浪推前浪，'反革命'自有后来人。"姜德力见自己身后有人，便得意起来。

"你才是反革命呢。"杨实强立场坚定，果敢地与姜德力划清了界限。

"哟，徒弟这就向师傅进攻啦！"众人中有好事之徒开始挑动双边矛盾。

姜德力不屑一顾："我认输啦，老喽！"

于是出现了本世纪最大新闻——杨实强居然开口向姜德力挑衅了。

"老？就你这牙口还想吃嫩的？"他承接姜德力的话茬，欲发动一场"澡堂男子口才单打比赛"。

我惊呆了。水里，分明泡着另外一个杨实强。一定是有一种强力欲在这个杨实强的躯体内暴长着，促使他欣欣然投入了这个现实世界。

姜德力不是个省油的灯，尽失了宽宏，张口反击："嫩了解渴，老了败火。你算几毛钱一斤的?"

全池子的人都在静静收听"现场实况"。

"怪事儿，买爹还有论斤约的?"杨实强说。

我简直无法相信这是个现实。

"杨子！别这样……千万别这样。"我失声叫道。

"杨实强的场外教练要暂停。"姜德力见有机可乘马上杀出一招。

哄堂大笑，震得池水起了浪。

杨实强闭目养神："你就安心准备去上大学吧，别管我……"

我曾经做过他的"保护人"；他曾经心怀感激地叫过我"小禹哥"……

我使尽全身力量把杨实强拖出了水。

事后我找到了姜德力，诚言诚语地说："姜师傅我求求你，别和杨子他斗嘴。他不能那样……"

姜德力认认真真地听着，然后十分严肃地对我说："你他妈还算是个男子汉？快上你的尼姑大学去吧!"

我觉得一切都不可思议。

第三天，杨实强和姜德力几个人被抽调到人防工地去挖洞。杨实强毫不犹豫地去了。据说那是一个欢乐的世界，工棚里二十四小时散发着"杜康"的气息。

杨实强毕竟勇敢地走出了黑砂地带——像是去海外留学。

有消息传来，说公休天有人看见沈茂先拢着一个胖姑娘的肩头在北宁公园散步。

我知道这是一场艰苦卓绝的早恋。

杨实强从人防工地回来，脸膛被太阳涂了一层古铜的颜色。他见面就对我说："你怎么还没去上大学?"

我笑了："大学又不是茶馆，随进随出，得等时辰呢。"

他也笑了："这学怎么个上法儿，我都忘了。"

我说："其实你记性挺好。"

他说："是啊，我就记着你欠我一千块钱。"

"你变了。"我说。

"大便小便？"他问。

我无言以对，只好去上厕所。

厕所里，我十分痛苦地排泄着。

没过几天，杨实强竟然协助侯师傅完成了接力气缸的小试。

在炉前清砂那天，引起一场小小的震动。

来了司文治和丁大铆。

"二位领导，我们偷着干的，这活儿是个私生子呀！"杨实强站在铸件旁边说。

司文治十分惊异地看着杨实强，他一准觉得眼前的杨实强跟档案袋里的杨实强已成两人。

丁大铆只看铸件："好！这砂子像鼻涕一样自个儿就流出来啦。"

姜德力立即助兴："杨子，这回可轮到你全厂出名啦！"

"报厂部表扬，侯艺全杨实强等人采用新型油砂……"司文治说到此处顿了顿，抬眼问，"这叫什么砂来着？"

"寡妇砂！"姜德力大声答道。

"砂子还有寡妇？"章立国小声嘟哝。

侯师傅充血的眼睛倏地一亮，审视着杨实强。

这目光分明在问："怎么回事？"

"报厂部报厂部，中午广播出去……"丁大铆兴奋地搓动着一双大手。

侯师傅挥手拦住丁大铆："亏你也是个翻砂匠出身，用得着你去满世界咋呼？"

丁大铆笑了："侯师傅，这是新社会啦！"

杨实强小声说："可不是嘛！"

侯师傅听了，两眼冒火："谁要是再敢提出风头的事儿，我就抡锤砸了这件活儿！"

我这才觉出侯师傅并非是寡言的人。

司文治再也没有言语。

章立国走上前问："司书记你想什么啦？"

姜德力越俎代庖："想儿子。"

章立国好像没听见姜德力的话，再问："司书记你现在想我的事儿吧？"

人们哄地笑了，便散开去。

砂箱后边响起了侯师傅的怒吼："杨子，敢情你用的是寡妇娘儿们小本子上的配方？臊气味儿的！幸亏没让你去出风头……"

杨实强只是惨惨地笑。这笑容有些瘆人。

"不靠自己靠别人，还能在这儿立脚！"

杨实强终于无法承受这种硬派的爱，就急不择词了："我以后！我以后！"

章立国不知深浅地走上去说："你以后注意点儿就是了，杨子。"

"章师傅，你快去谈心吧！"杨实强大声说。

下　段

1

我念大学二年级的时候，好像是在上学期里，同斋的学伴儿给我从传达室里取回一封信："怪信，没写明专业和年级，多亏了我认识你。"

我打趣："就连我也不认识自己了。"

展开信瓤先看落款，是那个杨实强。

在一个大学生眼里，这显然是一个小学生写来的信，信很简单，问我一个词儿：自我。并说："沈茂先从去年开始总用这个词儿。弄不懂心里就憋，你告诉我吧。"

我觉得向他说清"自我"这个词儿是件十分困难的事情。过了半个月我才回信。

我在信上对他说，"自我"就是"自己的那个我"。当然这不等于说私心杂念和个人主义。比如说你想干翻砂而沈茂先想唱歌；魏丘不愿意说话而章立国渴望入党；等等。当然，青年人还是要积极靠拢组织的。云云。

信末我想不出祝他什么好。之后我想起了翻砂得有个好体格，就写了"祝身体健康"！

我告别黑砂的时候，姜德力就送给过类似的赠言："你小子'人'啦，好好念书长学问。还得落个全须儿全尾儿的毕业……"

"不过你们的心思都太重，活不出我这种精气神儿来。"姜德力很是为我遗憾地说。

杨实强在我离开车间的前几天曾经对我十分神秘地说："我那东西快铸成了……"

我不深问，但我知道他在铸什么。

平素里他经常弄些石膏粉来，用水和了好像制造一个什么模子。翻砂工整天和模子打交道：阴模反出阳模，阴阳阴阳……奥妙尽在其中。阴模是母亲，铸出来的活件儿是儿子。

我终于无意中目睹了一个场景，至今想来依然觉得森森可怖。净了车间，杨实强便捧着一团湿乎乎的石膏捂在脸上，没了五官，只露出两个透气孔。他仰脸而坐，静等着石膏的凝固硬化。

我幻幻地猜测：待那团石膏干固，杨实强便能从脸上取下一只与他面孔完全相同的阴模来。阴反阳，阳反阴，不断地向那一只只阴模上挂着层层石蜡，则能渐渐缩小出一个形容俱真的小面孔来——一个阳型实物。

他一准在那间小屋里静静坐了一夜。

我从不询问，只用眼角余光跟踪着他。角落里，他总要洗净了手，操一小刀儿将那阳模轻轻削去一层——全部位同比例缩小。反出阴模又轻轻在上边挂一层蜡，比搽胭脂还要均匀百倍。如此下去……

我便断定这项浩瀚的工程一俟竣工，杨实强便能铸出一个能在茶杯里洗澡的小人儿来。

他太执着了，手也惊人地灵巧。

后来他终于捡足了一小堆废铜并在炉后悄悄烧起了一只小坩埚儿。造出型来，合上砂箱；化成铜水，他便要浇铸了。

偷窥一个人的秘密是犯罪，我便去洗澡了。

第二天一上班，杨实强就像一只受惊的耗子，到处乱窜。他一脸惊惑、疑虑、焦灼和迷惘的神色。几次冲我张嘴似的要询问什么，终又闭合。

丁大铆溜达过来，见了结巴嘴冯师傅就说："昨晚上有人干私活儿！"

冯结巴一定是想问"大活儿还是小活儿"，但一个"大"就说了十三遍仍未吐净。"大大大大……"听起来像是在吹冲锋号。

"小活儿，打开砂箱我就一泡尿把它给浇凉啦。正赶我有急事，就随手扔在大砂堆上盯着今天查人。一早儿我就去找，没啦！"

我想丁大铆的急事，八成去会那个管仓库的寡妇——杨实强心目中的圣母。

杨实强瞪大眼睛听着"案情简介"，眼中汪着一窝子泪。

侯师傅冷冷看着杨实强。

我与杨实强握别的那天，太阳很好。他说："铸了两个东西本想送你一个，就在我上厕所的工夫回来一看都没了。"他又说："真难呀。"

我说人活着就是最真实的铜像。

他有些吃惊："你知道我铸什么了？"

最后他冲着太阳说："禹小立你记住，人活着不能太厐！可也得把那点儿劲使匀实了。"

这是他对我的开导。

2

有许多事都是听说的，你必须感谢那些个嘴。

听说，本身就具有神话色彩。因为你不知道说话的那个人是人还是神。

早年，天上的太上老君到凡世，采沧海浪尖之露珍，撷高山峰巅之霞光，烧炼神药仙丹。于人间一隅余火一堆儿。翻砂匠人便集人生百年纯汗，汇生灵万点真血，熔炼凡药人丹。天火与地焰同为一宗。翻砂场里的看炉人便代代供奉老君神。于是有翻砂工图腾。

我甚至听说之后做如是想：翻砂或许就是种古老的宗教。

听说，侯师傅在班后小组政治学习会上软软地歪倒了。在医院里活了九天。将死的那天夜里，他清醒起来，比世间任何一个清醒的人都要清醒。他对守在身边的姜德力说："废砂堆上两个小铜人儿，是杨子，铸得真像呀，好手艺。比我那年在奉天给庙里铸的铜佛还精巧。"

侯师傅歇息了片刻，又说："他这孩子嫩呀，不懂啥是犯忌。翻砂匠一辈子给别人铸，就是不兴铸自己。铸了，就伤了元气。我给他埋啦，埋啦……"

等不及姜德力问清"埋在哪儿"，侯师傅就去见太上老君了。

杨实强当然不知道严师把高徒给埋了。

听说，沈茂先已经不大操练自己的嗓子了。他在一个风雨之夜终于用"钥匙"捅开了胖姑娘的那把"锁"，定了终身。他到底得到了战胜司文治的武器——飞出了翻砂车间调到厂办公室谋职。

听说魏丘还是魏丘。后来他结了婚，娶一个远郊的村姑为妻，工农携手并肩齐向前。他平时还住单人宿舍，公休天骑车回家。婚前一年他让铁水崩伤了一只左眼，视力极弱，人们简称"瞎了一只眼"。他也不去辩解，有时就在单身宿舍的楼道里熬药，使全楼人们共同分享着《本草纲目》的神韵，婚后几年他也没有得孩儿，便暗中有人说他阳痿，天天喝药加强战斗力。

记得魏丘与我同居一室时，躺在床上向我发表了他的伟大理论。我以为他喝醉了酒，诧异地听着。

这个世界最怕的是"单儿"。对立统一规律，讲的都是双方：两面儿，两边儿，两拨儿，俩人儿……矛盾起来才有劲。你若是让他找不着那一面儿，那一边儿，那一拨儿，那一人儿……一切都拿你没治。对着空气拳击，一会儿就乏了；对着死人发训令，一会儿就腻了。觉得是在自己打自己，自己训自己。也就结了。

我听得喘不上气；再思，又觉得玄妙而不可言。心中便升起亦浓亦淡的惆怅。

听说，司文治已经调到厂教育科当科长。不升不降，平调。他正向职工们开展着永远的教育。

听说丁大铆活得挺好，只是有些见老。

没有听说章立国如何如何。

但我还是听到了那个"大麻子"的情况。

大学毕业我分配到局秘书处工作。一次到市里开会，碰见了在市委机关供职的老同学，就鬼使神差地向他打听。

老同学的信息量大得惊人，但还是几费周折在记忆库里索检了数个回合，才说，"有。那是一个很好的老同志，原市委组织部青年干部处处长。三年前病故了。追悼会上许多人都难过地哭了……"

我不晓得章立国是否知道了这三年前的噩耗。

终于有了回厂的机会，深入基层开展调查研究。我自报去向，并说要在厂里住上几天。

我向那块黑色土地走去。

3

在厂办公室里，我见到了沈茂先。他比过去白了胖了，多了几分中年之气。

我与厂办公室主任寒暄。沈茂先立在一旁候着，之后他请示道："主任，第一接待室吧?"于是他视我为"贵宾"，领我去了那装有空调的房子。

他从怀里掏钥匙。我目击此物，心中怦然一动。我不知道他得了钥匙之后，为何又懒于向司文治发起进攻了。

他十分熟练地打开接待室的门，说："请坐。"然后提起暖瓶沏了茶。

他浑身散发着活力。只是在他提壶沏茶的一瞬间，脸上闪过一丝猥琐的神色。

"你在搞什么呀?"我冷冷地问。

"接待! 接待上边儿来的客人。办公室里几个人有分工，我简称'上接待'。倒挺清闲的。"

我说："我今年才结婚。"

"我的小男孩三岁了，胖极了。"

"孩子他妈妈……"我慎慎地问。

"我爱人她在厂文印室打字。我领你去见见她……"

我便随他去见了。分明是当年政工组长那个胖女人第二。母女如出一模。

我没敢问那位胖女人的去向。如今工厂里机构繁多。哪里黄土都埋人。

我触景生情，暗想：沈茂先只有在妻子打字的时候，才能从她那肥肉隆起的脊背上看出几分弹钢琴的风韵吧？

我向沈茂先问起魏丘的近况。

沈茂先朗朗笑了："你还记得有一年他丢了一串钥匙，在车间大墙上贴了一张寻物启事？"

我点头："那一串钥匙他到底也没找着。"

"不知是谁在'魏'字的左边贴了小纸条儿，成了'鬼丘'。他真有几分鬼气呀！"

我不想笑。

沈茂先接着说："他现在当烧火工了，管着三个烤窑。你还记得那首歌谣吧？'烟熏火燎赛仙人，满脸黑灰赛老包'。我总想把他调个好工种，如今我也有这个能力了。可魏丘就是不应声。唉……"

"他还是那样？少言寡语的。"我问。

"新闻！去年全厂联欢会他代表翻砂车间登台独唱。连唱三首歌儿大伙儿还是不让他下台。最后一首《咱们工人有力量》，灌了个满场叫好。"沈茂先没有用音乐术语来描述魏丘的演唱效果，活像一个毫无音乐知识的听众。

我不知道再与沈茂先谈些什么。他一个劲地往我的茶杯里续水。如此下去便离厕所不远了。

4

厂长见了我，说："住几天吧。晚上咱们一起吃饭。你先去洗个澡吧。"

我猛然想起了当年那个厂长刘金水，就问："刘金水他现在……"

"三种人儿。大前年辞了公职回山东去了。如今听说他当了县农工商联合公司总经理。"厂长轻描淡写地说。

我向翻砂车间走去。夕阳在前。

厂道很深长。道边一排木栅墙，我知道墙内是个露天料场。远远看见里边站着两个人，正打逗着，无拘无束。

"我领点铁丝你就这么抠儿啊？老板娘。任霞香——任霞香，你在人下才吃香！"一个声音响亮地笑着。

"死鬼！你以后有了孩子也没屁眼儿！"一个女人——尽管称不上半老徐娘的嬉笑。

是杨实强和任霞香。

我与他们隔着一道似墙非墙的木栅栏。

他与她仍然在开心地笑逗着。

如此看来，杨实强似乎打破了昔日所有的图腾崇拜，轻松且自然地与这块黑色土地共存着。

我绕了木栅栏的墙，寻门入了那露天料场。空空无人——只剩下一个露天料场。

已是下班时分，我径直进了翻砂车间的浴室。景观依旧，只是增了许多许多陌生的面孔。

"干部，你怎么不到前边那个大澡堂子去洗？"一个年轻的生面孔脱着衣服问我。

我说这儿好。

"这儿好？大锤砸铁手端包，造型下芯半猫腰，钢钎清砂用手掏，一群光棍没人要。"年轻的生面孔十分流畅地对我说。

可能是身上多了几分官气，我就训他："年轻轻怎么光练嘴？你根本不懂得什么是翻砂工。"

"哟，哟，这是要忆苦思甜呀。"另外几个年轻的生面孔开始起哄。

"我是你们的大师兄！"我说。

"兄？凶多吉少！"

这种"修辞格"太熟悉了，我觉得好笑。

"你们是跟姜德力学的吧？"

"卖姜能得几分利！我们没师傅——迷踪派。"

难以对话，毕竟又是一代人了。

满池氤氲，水却不似当年那么稠了，半清。墙上写着一行淌汗的大字：池里搓肥皂的，罚款二元。却没见有谁胳膊上戴着红箍儿。

一个年轻的生面孔先于我入水。水热，他不由脱口道："真烫呀！"

我入水，也不由烫得"啊"了一声。

"又来了个肉嫩的。"杨实强隔着雾气说。

我蹚着水凑近他，叫了声："汤子……"

他眨着一双泪流眼，隔着热雾注视着我。

"是你……你来这儿干什么呀？"

我说洗澡。我说来看看大伙儿。

他便仰面泡在水里，头枕池畔，静默不语。

"好多人都已经调走了……"他缓缓说。

洗澡的人渐渐走净了。我俩还在泡。

我觉得澡堂子里少了往昔那种味道，究竟是什么味道，我又说不清楚。

我想问他许多事情，我想告诉他许多事情。

"那铜人儿让侯师傅埋在车间黑砂地里了……"

"噢……"杨实强轻声叫道。许久，我才从雾里听见一句话："埋在这儿，也好。"

"你现在手艺练得很好了吧?"

"六十六,比他们矮半级。可我每月的奖金比他们的多。"

我问手艺,他却用工资和奖金作答。

"真得谢谢侯师傅,看来他最知道我的心思……"我没有告诉他说是侯师傅怕他犯忌才埋了那小铜人儿的。

"我现在也带徒弟了。这是一群生瓜蛋子。"他有些得意地说。

我说你应该进取。

"废话!你以为就你自己在进取?"他侧过脸来说,像是在教训一个"生瓜蛋子"。

我在热水里烫得十分舒坦。

他先行出水,问我:"今晚你住高级招待所吧?"

进来了章立国。杨实强拧着毛巾说:"你又不是德州烧鸡,怎么还泡老汤。"

章立国不语。我蓦地想起,章立国也该有三十六七岁了。

章立国在水中与我握手,都是裸体。

我问:"成家了?"

他说:"快了快了快了……"

默默无言。于是我想起了姜德力。

从沈茂先口中我得知姜德力这家伙依然十分健康地活着。据说有一天他突然对世界表示了一个极大的不满:"电匣子里说的那些相声还没有咱这儿的事哏呢。一群白吃饱!哪天咱给他们编几段听听。"

果然姜德力编了几个段子。忽一日他"灵魂深处爆发革命",居然贴上邮票把杰作寄给了《群众演唱》杂志社。过了三个月竟发表出一个段子来:对口相声《乐乐呵呵》。年终还被文化宫评了职工曲艺创作三等奖。领了二十块钱奖金,他说是"飞来凤",满世界发烟发糖像个慈善家。最后还贴进去两块五。

他说："这叫赔本赚吆喝，落个心里美。"

章立国当场为他校正："心灵美。"

我从水中缓缓站起，出水恒有荷花之感。章立国向我挪近身子，小声说："这没外人，我跟你说心里话呢。我，我真是个做重要工作的人，真的。"

我说："我知道你说的是心里话。"

并终于鼓起勇气告诉他："那个脸上有麻子的章处长，三年前病故了。"

他微微一惊，不语。之后才响声说："这么多年咱也没靠过谁，咱是凭自己努力，咱是凭自己努力……"说罢就摸出一根细针扎着眉心。

"我的血太多，得放放。"针下挤出一股黑血。

我向职工单身宿舍走去。

路过任霞香的仓库，早已人去屋黑。我已经听说了一件奇闻。前年的前年任霞香竟然以寡妇身份生了一个孩子——在"吃劳保"期间。全厂哗然，又觉得对寡妇难以制裁。愣是让她在厂计划生育委员会的账本上添了个"计划外"。

是个大胖小子，其父是谁？无考。逼问急了任霞香才说："瓦尔特！"

司文治闻讯赶来，只说得四海翻腾云水怒，只讲得五洲震荡风雷激，做尽了思想工作，才把那个当前市场短缺的男孩儿讨了去给他当儿子。他给任霞香送去五百块钱做"产品利润"，并问："你还有什么要求？"

"我就想让你们大伙儿都知道，老娘我养活孩子比那些水灵灵的大闺女不差！"任霞香似乎在向一个大闺女示威。

翻砂车间齐声反对："翻砂匠的儿子不能给了司文治！"其中以杨实强的态度最为强硬。最后无奈，就站在冲天炉前高喊："这回我有个大胖孙子啦！心就放在肚子里啦！"

司文治打从离开翻砂车间，硬是不敢回去露面。似乎他有些惧怕那种黑砂的颜色。

他是黑砂的忤子。

我进了单身宿舍，果见魏丘正立在楼道的炉子前煎药，远看像一尊石雕。

我沉默良久才问："据说你在生育方面有苦恼?"

他缓缓移过目光，淡淡一笑："那是司文治。"

"这药……"

"治眼。我看了书，书上说能治好。"

"本来就是一对的，如今单了。我，我还得把它们凑成一对。不能总这么'一目了然'。"

我听了心中十分激动。魏丘终于……

杨实强十分洒脱地走进楼道，哼唱着一支无名的歌。走近了，他亮声说："魏丘，又熬翡翠白玉汤呢!"

之后他叫了我一声："上我这儿来坐吧。"就脚步咚咚上楼去了。

我心头倏地一亮，急问魏丘："杨子结婚了吧?"

"嗯，就住二楼东头，洗漱间改的。"

"那女的是谁?"我迫不及待地问。

魏丘瞥了我一眼，说："他媳妇呀。"

我心中居然毫无根据地断定：丁大铆的女儿!

满天星星乱眨眼。

翻砂车间的冲天炉，矗于黑色土地上向天举起火炬——红了一个小天。

恍惚之中，我又听到了一阵悠悠的歌谣声从远处飘来。这是一首《四大大》：

皇上他爹，宇宙他姥，

火化厂的烟囱呀，

翻砂工的雀儿！

任霞香生下的那个孩子，定是翻砂工的儿子！

黑色部落

据说这是座平庸的城市。但是天津人还是一垡接一垡地活下来。胃口很好，有"贴饽饽熬小鱼"的"市粹"。

翻砂工也吃这一口儿吗？

吃？当然吃！黑砂地上扑克摊，常有"抢贡者"大出风头。但也有"忍贡"一词，"忍贡者"更能占先。忍，实乃天津人生一大智慧。天津人忒能忍，却又不以坚忍为荣；都披着"不忍"的外衣其实都在"忍"。

含蓄的直露、漠然的超脱、曲线的逼近、极散淡极短浅极自信极自足极侠义……这天津文化，是以平民意识为基底的。这基底是不是在影响着我，我不知道，艺术上很不自觉，傻写，于是就愣写出一群活在天津工厂底层的翻砂工。

　　杀爹的心，放贷的砚，驴乘炭块孙二娘店；做贼的
　　夜，判官的脸，翻砂工浑身汗毛眼。
　　　　　　　　　　　　　　——炉前歌谣《八大黑》

一

四面黑乎乎的墙，一片黑乎乎的屋顶。铁是铁，砂是砂。肉做的是人。

124

冲天炉憋着一肚子热汤，哼哼唧唧。

炉前小小空场上，一排年轻的浇铸工，土匪下了山的架势，像是等着抢人家媳妇。其实是等铁水。

春寒，清一色的夏天打扮。单裤单褂贴着淌汗的肉。炉前专管放铁水的老炉工，六十好几了。上穿黑色单褂；下着藏青棉裤，屁股上已经开了花；腰扎一条三寸宽的"腰硬子"，界分出冬与夏。

他外号中国猿人。高高的颧骨似两个小山包隆起，生着浓眉的额骨像两片杂草丛生的小房檐儿，死水一潭的眼窝，厚棉被般的嘴唇……驼了背，残存着由爬行到直立那漫漫万年的历史遗痕。

只剩下那件八吨重的大泵座没有浇铸了。善哉，压轴戏放在最后，浇铸工们不约而同唱起：这是最后的斗争，团结起来到明天！不卑不亢的发音，仅两句词儿。

中国猿人摆起了他的生物钟，似下意识地抄起一根钢钎子，颤颤着去捅炉眼。面孔像被铁水烤出了一层茧子，没有丁点儿表情。

浇铸工们也都节省着表情，做良民状。

翻砂是一种最为简单的劳作：把一堆老实巴交的铁疙瘩送进冲天炉化成水儿，然后把铁水灌进一箱箱按照人的想法制作的砂模里，凝成一个个别样的铁疙瘩。铁是铁人是人砂是砂。铁不是铁了人不是人了砂不是砂了。永恒的重复意味着重复的永恒。

炉眼里流出一股子橘黄色小流儿来。没大劲头，像九十九岁老头儿撒的尿，很艰难。

嘎吱嘎吱噌噌呀，吱——剐！吱——剌！

突然，浇铸工们那合严了的嘴里齐齐地冒出了这么一支令人莫名其妙的顺口溜儿——由一连串象声词缀成，深奥得赛一口古井。

中国猿人的脸上"小房檐儿"乱抖。钢钎子充了血似的猛捅炉眼："妹子的……寒了炉眼啦？老君爷……"

"岳父，尿结石！你得使劲捅呀。"

"孩他姥爷，你该吃点儿男宝啦！"

一个年轻的驴脸浇铸工开心地蹲下搓脚气。

人称"投毒犯"，一只眼大一只眼小的小伙子，嘬着烟屁股小声喊："老丈人你早该退休啦！"

听者一瞪猿眼："退？这儿路渐人稀……"

这里是个乱婚的部落。"同志""师傅"之类的称谓早已消亡。老头儿大多被小伙子亲切地称为"岳父"；汉子与汉子之间热烈地互唤"内兄内弟"，整天嘴上乱攀亲。解决不了基本问题，只图个心里美。

中国猿人是翻砂车间的泰山。老一辈翻砂工中成就最高者。他居然在五十岁那年生养了第九个闺女——系列产品。如今炉前炉后炉左炉右至少有九十号人喊他"老丈人"。

投毒犯更自封倒插门儿的"九姑爷"。

"扑——"炉眼终于捅豁亮了。铁水啸叫着扑过来。冲天炉露了凶相，像一个黑色巨怪嗷嗷往外喷血。浇铸工们下意识地隆起浑身青铜色的肌肉。

投毒犯抄起把大勺舀铁样儿，喊："趁孩子住姥姥家，咱赶紧干呀！"铁水包承接着冲天炉喷出的滔滔铁流。火星子飞溅起来，急切切去叮人脸。火星子不叮的人，没人味。

终于又响起了那两句词儿，很悲壮也很洒脱：这是最后的斗争，团结起来到明天！

远处，一步三踉跄走过来翻砂车间党支部书记强玉凤。这月她才刚到任。三十五岁了没婆家，一身改裁之后颇显合体的蓝工作服，一顶竹编安全帽，一双圆且亮的眼睛。就这些。

没人抬眼去瞅这个外来的女官，集体无意识，呈"漫不经"

状。"漫不经"就是"漫不经心"。

现代汉语中的四字词组在这里统统被省略掉最末一字。"一本正经"说成"一本正","按劳取酬"说成"按劳取","群众教育"说成"群众教"。

国语在这里变成部落语，似乎是一种懒散的不耐烦。强玉凤跋到炉前，干巴巴瞭着。

嘎吱嘎吱噜噜呀，吱——刺！吱——刺！

莫名其妙的顺口溜再度响起，本色本味，散发着一股使人茫然的神秘力量。

强玉凤眨着一双亮晶晶的眼睛，东瞧西看找不着北。她觉得这简直是一串难以破译的密码。

突然，车间东北角黑洞洞的地方传出一个高级动物发出的声音，很强烈。

"阿——嚏！"意犹未尽。

"阿——嚏！"似一只巨大的墨斗鱼喷出浓黑的墨汁。黑色喷嚏一声一声弥散开来，涨出一个越发无形的黑。所有的声音都静下来给它让路。冲天炉前当然不会寂寞。

"哟！掌柜的这两屁放得真响。"

"裤裆都震裂了，得穿铁裤衩。"

强玉凤实在听不下去了，只好转身走。

二

莽莽黑砂，一起一伏是凝固了的潮汐。铁水包里盛着个人造夕阳。物各有主，人异其声。无所皈依的，是黑砂地上腾起的热气，东摇西晃像个醉汉。

"这个月奖金又要揍酱……"张大区眨巴着一双小肉眼儿，用自己的嘴跟自己的耳朵说话。他蹲在办公室的门槛上运气，第

127

三个喷嚏怎么也打不出来，像是憋在大肠里。他"尸不离地"，在这块黑色的又阴又潮似乱葬岗子的地上，当了三十年车间主任，他认识每一粒黑砂。

八成是由于肥足，这里曾经是一块"诗歌高产田"。长歌短曲慢词小令，生往人耳朵里撞。就连这儿的苍蝇嗡嗡声里也充满了诗的平仄。不知什么瘟疫传来，歌谣们渐渐死了，如今已成隔世之音。作为文学遗产，只剩下那首由一连串象声词构成的顺口溜儿，时不时还在唱起。

那小妞儿——"白仙"，走进车间第一天第一次听到这首顺口溜儿的时候，便瞪大了恐惧的眼睛。虽然她飘然逝去了，却不知不觉在活人们的眼角中留下一道时有时无的白光，很辉煌。

歌谣们死了便没了大的响动。无声的生是一个大恐惧，令人心里发毛。

当张大区觉得自己的第三个喷嚏就要打出来时，突然听到了一个悠长的屁声。

是姜德力，远远地冲他龇出一口白牙。

姜德力健康地活了这么多年，也该有三十六七了。依然光棍儿一条，他干完了活儿没地方可去，就一身黢黑四处游飞。他已经称不上"全须儿全尾儿"了。去年吊装砂箱他丢了一根儿大拇指。

"掌柜的！您该擦屁股啦，还蹲？"姜德力挥了挥五分之四的左手，笑嘻嘻说。

张大区不理，照旧蹲着，想事儿。

干过翻砂的人都练就一身蹲功，干的就是猫腰撅腚的活儿，习惯成自然，这个世界就省去了许多凳子。每逢冲天炉前开大会，张大区站着讲，眼前便蹲了黑压压一片"出恭者"，那场面，堪称世界第一大厕所。

他换了个话题，伸手向张大区讨烟卷儿抽。已经进入准发福期的姜德力，胖没了鼠脸只剩下一双鼠眼，这是父母的唯一遗产。

张大区没好气，蹲着说："你往四十奔的人了，怎么总抽伸手牌的？存钱娶媳妇啦……"他缓缓站起身。

"我存钱娶你闺女。"姜德力一本正经说。张大区气哼哼走开了，踏起一路黑色行云似的浮尘。

"干翻砂，缺钱花，一个月奖金六块八。"姜德力漠然望着张大区肥肉隆起的背影喊。

张大区自己也说不清要到哪儿去。瞎走。

"烟瘾很大呀？"背后走来的强玉凤突然问姜德力，口气冷冷的。

姜德力不理会，怀里掏出一团满是褶子的白颜色，从从容容抖开，鼓起腮帮子一吹，便生成一顶白色无檐小帽儿，护士们常戴的那种。这是一种于黑砂人来说十分生疏的颜色。

"烟瘾大，所以我最害怕林则徐。"

强玉凤死死盯着那团灼人眼目的白色。

"鼓捣白！"姜德力把个白帽儿齐眉戴好，用英语道了再见，就一步三摇往冲天炉前奔去。

强玉凤轻轻撇了撇嘴角，像笑。

炉前，浇铸工们冷眼看着。姜德力这个乐天人物在炉前早已贬了值。但他头上那燃烧着的白颜色，却使那群蔑视他的人们傻了眼。以为是个噱头。

"孩儿他舅们，正忙着干'四化'呢？"姜德力龇出一口白牙冲大伙打招呼。

"你快玩蛋去吧！"驴脸冷着脸说。

"玩蛋？就是打球呀！这次报名了吗？"姜德力笑没了鼠眼，轻轻地问。

"姜德力你不知道愁，愣拿敌敌畏当香油！"

"姜德力你不知道忧，愣拿炸药卷烟抽！"

这黑色冷峻，依稀可见翻砂工歌谣的神韵。但唱也唱不出奖金来。

姜德力径直走向投毒犯。炉前买他的账的，除投毒犯已无二人。

强玉凤远远看罢这场景，就走进车间角落里的女更衣室。白班已经下了，她钻进黑洞洞的里间屋，脱衣冲澡。看着自己那融在黑幽幽世界中的身子，她突然无声地哭了。

炉前，投毒犯惊异地指着姜德力那顶半透明的小白帽儿，说："连个媳妇还没有呢，怎么早般儿把这玩意儿戴上啦？"

浇铸工们立即配上一个大哄笑："想提前评上个避孕模范！"大错乱使姜德力成了个大笑料。

姜德力无话可说，就伸手向投毒犯讨烟抽。

"今儿个我心里乱，一盒烟早就抽没了。"投毒犯满是歉意。

"多咱走？下决心了吧。"姜德力小声问。

"对象吹啦！她找我要三百块钱恋爱磨损费，妈的……"投毒犯说。

"那……你还走吗？"

"走！一个人去闯江湖，更冷静！"投毒犯激动起来，"哪天炉前见不到我了，那就是我已经撒丫子啦。千万替我保密！"

"啪！"一只肥硕的麻雀被一氧化碳呛下来，成了翻砂工下酒的菜儿。

一个不饶。翻砂工的择食范围无比宽广。"带毛的不吃掸子，带腿的不吃板凳。"除此，全往胃口里请。于是此地痔疮多发，排泄成了一份罪过。

"你看看你看看，你今天刚戴上这顶孝帽子，马上就见了死尸。"投毒犯耐不住姜德力头上的白光照耀，就在脸上加了一副黑眼镜。

"我这是给自己戴孝。"姜德力面无表情。

"你死？嘿嘿，你死了罪谁受呀？"驴脸对这个世界几乎怀有一种泛恶情绪，大声咬着姜德力不撒嘴。

姜德力不理，把那只半死不活的麻雀捧在掌心轻轻梳理着羽毛。一双鼠眼泛着光。他对驴脸悲悲地一笑："实行革命的人道主义。这玩意儿吃多了，掉牙。"

驴脸猝不及防一发怔，姜德力甩下他就往车间后边的拌砂工房去了。鞋里不知何时灌进来几颗大粒黑砂，牙一样顶着他。

满地黑砂都像是长了牙齿，龇开着。

手中的那只麻雀，扑棱棱飞了起来——振翅，撞到东边大墙上又往西折。一转眼就融入那黑乎乎的深远尽处了。姜德力表情严肃得像个刑警。

强玉凤冲净了身子关了喷头儿，用手拢着自己一头秀发。墙上，有一扇小窗。

碾砂机后边跑出来一个小黑鬼儿——戴瓶子底儿眼镜的季铁文。他瘦弱且委琐，一副眼镜是他脸上的主要内容。他冲着姜德力吐了口唾沫，说："有件事，有件事我非得跟你说不可……"

"不渴你就别喝啦，说吧。"

"今年翻砂车间春季选赖七赛，昨天在澡堂子里揭晓了。十大赖，你排头一名……"

"评语是什么？"姜德力问。

"姜德力没乐儿硬找乐儿，是傻×一个。评语是李特务宣布的，他还说你有可能三连冠……"

姜德力沉默良久，突然说："好！李特务他妈的有股子血性。"

季铁文呆呆看着面孔泛红的姜德力。

强玉凤抬头看见小窗户外边似有人影一闪，她失声叫道："谁！"咕咚！像是一只装满人肉的大麻袋摔到地上。强玉凤飞快

131

地裹捂严身子，使劲推开窗子往外瞧。暮色中空空荡荡，只有无家可归的小风在吹拂。

是幻觉吧？她渐渐稳住了神。洗澡怕人看，自己的的确确是个女人。

她独自笑了。笑得很悲烈："这真是个让人窒息的地方……"然后整理着身上的穿戴，打开那只属于她的更衣箱，从中取出一个硬壳日记本。

姜德力悠悠吸着大烟斗，问季铁文："新来的这个强书记怎么样？"

"我，我还没跟她说过话呢。前天她来这儿转悠了一圈儿，跟我点了点头，没言语。"

"不知她饭量怎么样？"姜德力默默说。

"饭量？"季铁文茫然看着姜德力的残手。

强玉凤打开日记本，淡淡地笑。

她是一只从云天之端跌落到黑砂地上来梳理自己羽毛的小鸟。别的无所事事。

这几天她才知道车间里有一部《姜德力笑话集》。口头文学，挂在人们嘴头子上。她就练字儿似的记在日记本上。一段儿一段儿挺好玩。她吃惊地发现自己即将成为一个民间文学的搜集整理者。

这段名叫"姜德力洗澡"，是个笑死活人的小故事。强玉凤写着，开始脸上挂着淡得不能再淡的笑，当她录罢这段笑话之后，脸上已经成了一块"表情死区"。她使劲呼出一口大气。

翻砂工们每天都在拿自己开心。靠自嘲支撑起一个"生"。自嘲出一个无所不包的生态环境——一个精黑精黑的生物圈。

《姜德力笑话集》可能是一部大书。

倏地，她从敞开的日记本上嗅出了扑鼻的味道，就耸着鼻子寻找。这是人的悟性。

铁的膻味和砂的腥气扑面而来。

三

没有人知道，今天是投毒犯的生日。

生日里浇铸这件八吨重的大泵体，汗珠子砸脚面给自己来挣贺岁的钱，是个买卖。在他这个顶替进厂干翻砂的小伙子眼里，大泵体虽然小自己两旬，却是同一属相同日生，大吉大利。

所以他认定要亲手浇铸这件大泵体。

前天他去了盲先生的卦摊儿，两块钱。

说他是个水命人，流动起来才成大势。"小伙子，你在一个死坑里汪了四五年了吧？决口子往东南流！七月十五日定旱涝，你就能交大运"。

他听了盲先生的话咬了咬后槽牙，心里说："对！去福建石狮镇贩牛仔裤。"

投毒犯瞒着全世界，只有姜德力知道他的这个秘密。姜德力说："南边洗小澡儿的地方多，你可别去逛土窑子……"

两只铁水包像两只不透亮的巨型灯笼悬在半空。在勾魂儿的哨音指挥下，渐渐凑近大泵体砂箱顶端上一只大型浇口杯。铁水徐徐斟入，像是老天爷屈尊朝土地爷盏中劝酒。

有一种一块钱一瓶的劣质白酒，被称为"翻砂工茅台"。东边那堆热砂子里正温着投毒犯的一瓶。没人知道。这是他为自己离开黑砂备下的告别酒。明天抑或明天的明天他就是个只身闯荡世面的自由人了，自己给自己考勘。想到这些他心中居然忐忑起来。

昨天他悄悄捎了一小袋黑砂回家。日后到南方跑买卖，有个水土不服的，抓上一小撮儿黑砂沏水喝。专治上吐下泻。这偏方是一个退了休的老罗锅告诉他的。准灵。

砂箱高处的大型浇口杯里斟满了铁水。

投毒犯噗地啐出一口浓痰。他按住驴脸的肩膀，说："今儿个让我来吧！"就山猴子一样，飞快地攀上了砂箱顶端。左手盾样护脸，挡着高温的炙烤，右手牢牢抓住那只立在铁水之中的"铁十字架"，一拎，拔出了堵在浇口杯底部的形如炮弹的塞子。铁水咕咚咕咚注入了砂模，雄性昂扬。

投毒犯亢奋了，喊道："咱又当了一回爹！"他离翻滚的铁水不足二尺远。工作服大襟上冒出了淡淡的肉眼难以察觉的青烟。人形儿有些朦胧了，灵魂似出了窍。

驴脸急声喊："快下来！那有你媳妇？"

投毒犯笑了，很狰狞。他的手，死死抠住一层层砂箱的缝隙，双脚探求着黑砂地的承托。

热浪东推西撞，蒸腾出一个个蜃影。

驴脸心里嘟哝："你小子又挣了两角钱。"

这里有个黑色规定：浇铸大活儿拔浇口杯塞子的，加两角钱。于是浇铸工们轮流坐庄。说不清是见利忘义还是舍身求仁。

投毒犯双脚才沾了黑砂地，蓦地，眼前现出一个白灿灿的世界，浑浑然，他什么也看不清了。地皮嘭地一颤，齐着投毒犯脖颈儿的那道砂箱缝儿里呼地蹿出一道铁水，直直浇在他的脊梁上。投毒犯被搡出一丈多远，跑火了！呼啸的铁水六亲不认，似陨石横飞，扑向有汗味儿的地方，炸散了自以为是的人们。

砰砰！全无别的声响。

"这回——我可妥啦！"投毒犯身子挺成一根棍儿在黑砂地上打滚儿。身下黑砂地上滚印出一大片隐形文字。

姜德力头上那顶白帽子被飞溅的铁水穿了个黑洞，他毫不理会扑上去将投毒犯抱在怀里，手指死死掐住投毒犯的"人中"，用古老的急救方法抢救着当代人。

浇铸工们露了峥嵘：伤了脸的，烫了胸的，燎了头发的……

疯了一样往上冲。驴脸双手捧起一团潮乎乎的黑砂，扑向跑火的砂箱缝隙，堵！翻砂工一个接一个，却无言无语。此时他们终于有了同一个信仰：他妈的！

堵上去的黑的被铁水烤得发出吱吱尖叫，溃散着，女里女气没有丁点儿硬朗气概。

姜德力大喊："快去找一辆小推车！"

投毒贩在他怀里不住地呻吟："这回我可妥啦……"

驴脸急了，大吼。他甩了手中软乎乎的黑砂，扑到"金瀑"前，跳趵着，用戴了帆布手套的肉掌去拍去捂去摁，脸上全是残忍。

"别——别堵啦！没用……"

钻上来中国猿人，扯着驴脸的袖子说："别——别堵啦没用，任它流任它流吧……"人们像是听到了祖先的声音。

驴脸噗地啐了中国猿人一脸硬渣子："人就干看着？"一个铁星儿迸进他脖颈儿里，烫肉。他伸进手掏出来，填进嘴里，往死里咬着嘎巴嘎巴响。两眼冒着血光。

投毒犯疼得咬破了嘴唇。他的脊背，烧成了黑乎乎一片，残存着布丝儿。裸露着的是筋和骨，硬撑起一个人的架子。周围竟然能够嗅出一股烤肉的味道——醇香。只缺了些五香佐料。这对烹饪界一定是个很大的震撼。

"快把周瞎子喊来！"驴脸抢到投毒犯近前。投毒犯艰难地苦笑："这回可省了我去泡病假了，拿啦……"负伤是通往歇息的门径。在这里，劳动居然成为一种难以解脱的痛苦。

姜德力还在抱搂着投毒犯。突然，他伸出舌头，一下接一下去舔投毒犯那烂泥塘似的脊背。黏糊糊，这是精血炼成的止疼剂。舔在伤处的舌头随即成了黑色，舒卷着。似兽对兽的疗救。

投毒犯甩掉的那只大头鞋，小香炉似的在黑砂地上冒出淡淡的青烟。

135

跑火的铁流儿已经弱了许多。中国猿人飞快地抖落开裤裆，凑上去一泡尿就浇凝了砂箱缝隙处的铁水，扭头急问："接、接茬儿浇铸兴许还成……"说着就止住了声。

两座冲天炉空着肚子看着中国猿人。他嘟哝着："完啦……"觉得眼角又闪起一道白光。

终于跑来了五十多岁的车间保健站大夫周瞎子。他是被人从澡堂子里提拎出来的，只穿了一条大裤衩并忘了戴眼镜的周瞎子喘着说："烫着？我有吗招我有吗招，快送北郊医院……"这是实话。二十年前他这个翻砂工被送去参加了一个为期半年的"赤脚红医"培训班，回来就成了黑砂地上的华佗。据说他会治不孕症。可这一堡翻砂工大多没有媳妇，周瞎子即使身怀绝技也难派用场。他成为黑色部落的第一个失落者。他既是翻砂工疾病的敌人，也是翻砂工健康的敌人。

见周瞎子如此对待苦难之中的投毒犯，驴脸急了，抄起一根棍子："我先送你上北郊医院吧！"说着举起棍子要砸。

"救命呀！"周瞎子抬腿就跑——大裤衩子里盛着个受了惊的肥臀。

"浑蛋！"一声喊叫拥上来掌柜的张大区。他抓住驴脸的棍子，脸上肥肉乱颤！"疯啦！你白听法制教育啦？我扣你这月奖金！"

"改革啦！我打阶级敌人还犯法？"驴脸又长了三寸。

"我横竖也治不了。再说也死不了人呀……"周瞎子双手提着受了惊的大裤衩子，委屈地说。

投毒犯看来是死不了，趴在小推车上他还在喊："周瞎子！我死了你闺女守寡……"苦难之中他又娶了一房媳妇认了一个岳父。

张大区到小推车前看了看，说："宝贝儿，别叫唤！咱给你治。"又说："拿棉大衣盖上他，从旁门出厂！"

一伙人推着投毒犯享福去了。投毒犯再度叫唤起来，马上有人在他嘴上插了颗烟卷："大重九，止疼！"投毒犯冲天吐出一口血气："他妈的大重九也尽是假的……"

静了下来。翻砂场上烫个人，常事儿。受了轻伤的浇铸工们传递着一瓶自制的烫伤药，搽胭脂似的往疼处抹。

姜德力突然问张大区："掌柜的，这节骨眼儿我干点儿吗呀？"头上白帽子闪着挑衅的强光。

张大区这才发现了那团白色，就盯着看，却不理会姜德力的问话。转脸他问一个浇铸工："大泵体……？"

"早嘎儿屁啦！"用死来描绘一个铸件的报废，满含着铁的生命意识。又白干了一回。

张大区用哀悼的目光看着那件庞大的死物儿。之后他伸手拍了拍脑门子，对周瞎子说："你赶紧穿上点儿吧，拿两片降血压的药来……"

周瞎子看着驴脸心有余悸地说："你跟我一块儿走，我怕他打……"

"打死你谁还能给他们开假条呀？他们舍不得伤你。"张大区护着周瞎子回办公室。

不知从什么地方冒出来一个"刘烧鸡"——车间调度员。他跑得更瘦了，挥着鸡爪子似的手叫唤："收拾现场收拾现场！明天怎么生产呀？快快……"坤腔，很有点儿戏台上青衣的味儿。

浇铸工们不理，径往澡堂子走。

"站——住！"刘烧鸡喊劈了嗓子。

"赞——助？你掏美元来吧。"驴脸边走边回头冷笑。冲天炉前成了无人区。

一个幽灵的影子——姜德力，蹲在黑砂地上。慢慢地，他从那堆热砂子里扒出一块投毒犯埋下的却没来得及吃到肚里的烤山芋。

"本来他明天就要……"姜德力语塞了。

许久，姜德力才抬头，竟看到眼前站着一个强玉凤。刚才那场乱哄哄，谁也没有注意她的存在。她本来就不属于这块土地。

"您……怎么不到医院去关心关心革命群众的伤势呢?"姜德力与她目光一碰，似电焊打火儿。

女权威黯然，说："张主任去了……命令我看家。你怎么不去呢?"强玉凤反问。

"我是磨坊的磨——听驴的。"

"这种事故，真想不到呀。"

"想不到的事儿多着呢。有个俏皮话你知道吗?铁水烫肉——热吻。让它亲一口，是天大的福分。"姜德力说着，突然咬紧牙关："铁水只亲好人……"手中的热山芋烫得他浑身发冷。

强玉凤倒背着的双手缓缓垂了下来。姜德力看到，她手中拎着一只沉甸甸的大头鞋。

"你……?"姜德力怔住了，眨了眨鼠眼。

跑火的时候一股铁水蹿入投毒犯的大头鞋里。这种意外，俗称"灌篓儿"。强玉凤扯开散发着焦煳味儿的鞋帮子，取出一只铁铸的脚来。铁水不足，这是一只残缺的脚，泛着铁青。姜德力死死盯着恐怖的艺术品——那一瞬间铁水对人类的残忍复制，半晌，他居然用品评家的语气说："参加全国美术大奖赛，金牌儿。"残存的幽默已经不多了。

强玉凤终于说话了，声音不重却沉："你没人味儿。"

姜德力霍地站起来："你慢慢闻吧!闻吧!"接着说："把小范的脚还给我，是工人的!"

"我以前也是工人，铣工。"强玉凤迎着说。

"铣?那你就在这儿慢慢洗吧。洗!"

远处，隐在炉后的中国猿人正看着这一幕。

啪!又一只麻雀落了下来——在强玉凤与姜德力之间的黑砂

地上挣扎着翅膀，飞不起。

这是黑砂的万有引力。

四

矮子阎树兴是个准侏儒，五十几岁的人。他是翻砂车间的安全员，脱产。这种能把瘦猴养成把猪的差事，说闲也闲。可赶上个折胳膊断腿砸腰，他也得真模真样忙碌起来。他太闲了，就渴望忙碌。当然他还兼任车间计划生育委员，这是生与死的统一。

投毒犯负伤，阎树兴自然成了"黑砂酋长国驻北郊医院大使"。拿着手纸上厕所，也颇有递交国书的派头。他当官十分正经，每天都在医院前厅那部公用电话前向张大区述职。电话机是挂在墙上的那种，高。他备下一只小竹筐扣在地上，站到筐底上拨叫号码。

听筒里传出一个女声。

"女的……?"他早就忘了还有个强玉凤的存在。等他终于想起有那么一个女支部书记的时候，听筒里已经换成了张大区的声音。

大厅里来了一群哭丧的少男少女。他们正处在哭的学徒期，声调单纯，听着很累。

"怎么！死啦?"张大区从听筒里听到这场哭声，额上立即冒了汗，急声问。

阎树兴语无伦次："这儿天天哭天天哭，说这是命这是命；还非要请那个瞎子来算卦。要是真的请来了，那卦钱能报销吗?张大区你说呢……"阎树兴从来不叫张大区"张主任"。因为他觉得自己曾在"县团级"位置上干过两年。

正说着，阎树兴脚下的筐底噗地一下漏了，哎哟一声他站进了筐里，齐腰，像穿了一件竹编裙子的武大郎。

大厅里走进来一群翻砂工，个个都穿着乌七八黑的工作服。为首的是姜德力。

看见筐中正在挣扎的阎树兴，翻砂工们一口一个岳父叫着，跑上来却把阎树兴往筐里摁，乱纷纷说："处理岳父，三角钱一斤！"

整个医院立即做出诊断："一群非洲灾民。"

嘎吱嘎吱噜噜呀，吱——刺！吱——刺！

一群人暴徒似的扛着装有阎树兴的筐，上二楼外科住院部去探视投毒犯了。

这个白色的世界立即暗了许多。

张大区放了电话，向对面坐着的强玉凤说道："死不了就好呀！"他把心放在肚子里，喝茶。

厂部规定，出一起死亡事故，扣除车间全年奖金的百分之三十。一笔大钱呀。翻砂工的性命金贵。

张大区与强玉凤共用一间办公室，党政合一。他的"王位"别具一格。不是一张椅子而是一只木桶。桶上有盖儿，里边装满了铁豆儿，极稳。像一尊死在地上的树桩。张大区常年蹲在上边办公，似永远考验着自己的肛门。

觉出强玉凤话太少，张大区就又说："这么邪乎的烫伤事故，你还没见过吧？"

强玉凤淡笑："来这儿我见了大世面。可还不能说认识了翻砂工……"

"来了一个多月还不认识？我就是个老翻砂工，三条石的。哈哈……"张大区挤了挤一双小肉眼，罕见地笑了，"认识了吧？"

强玉凤坚定地摇了摇头："不是说过去咱们这里有一首歌谣吗？'一张纸嘞黑嚓嚓，你不认识我来我不认识它'，是吧？"

张大区立即起了兴致："是！下边还有两句呢。'一张纸嘞灿灿白，那个谜儿八辈子没猜出来！'你记性不错呀。"

强玉凤低头不语，片刻才说："这是一首了不起的歌谣，怎么现在没人唱了呢？那个八辈子的谜语已经猜出来了？"

张大区黯然："谁知道呢！都唱流行歌曲了呗，台味儿港味儿。"

强玉凤用手梳理着自己那女干部式短发，说"咱们这儿根本没有什么流行歌曲。"

她似乎懂点儿音乐。在七十年代初期提拔女干部的热潮中，强玉凤这个铁姑娘队长一下子从所在工厂的金加工车间送到了公司，交了官运。在公司党委副书记的椅子上坐了几年，气候变了。她就去了团市委，成了一个"兵"。兴起了"文凭热"，她却没有汇入业大洪流去求学历，而是走了五个工厂换了八个部门，最后被命运的巨手安抚在这块黑色土地上来梳理自己的羽毛。于是，她才知道有一个行当叫翻砂。

张大区拉开抽屉翻出一摞"请调报告"，随声说："一共有九十八个人要求调走，瞎起哄！"

翻砂车间总共一百二十多人。

强玉凤小声在心里说："其实我也不愿意在这儿干……"可心目中的去处，又十分朦胧。

门砰地被撞开了，滚进来一个圆圆的肉球——呼呼喘着粗气的马翠芬。她外号大洋马。

"掌柜的……"她抄起张大区的茶缸子，仰脖觍脸就喝，咕咚咕咚砸得肺窝子山响。换了一口气，她说："男厕所出现反标！"强玉凤听了一惊。

张大区蹲在桶上处变不惊，低垂着目光问："怎么男厕所的事，你个大闺女倒先来报告呢？"

"信息反馈呀！你个傻佬儿。"大洋马热烈地说。这位姑奶奶芳龄三十三，翻砂工里的唯一女性。是个具有老娘儿们体形的老姑娘。

张大区慢慢起身："我看你该找个婆家了。"就哼哼着出了办公室。屋里只剩下两个母的。

大洋马随即滚动到张大区的宝座上，对强玉凤说："你多美呀，干部。天天坐着挣钱。"

强玉凤急于知道男厕所的事："什么反标？"

大洋马嘻嘻一笑："没事儿。"接着就唱起一段强玉凤从来没听到的歌曲。"亲爱的，你从来不怀疑自己，也不怀疑脚下这块黑色土地，你呀你……"

强玉凤惊愕地看着大洋马："这歌儿，你跟谁学的？"

"姜德力呀。得啦，我该准备吃中午饭喽，刘白唬的熬带鱼。"大洋马伸个懒腰，"我说你别总拿捏着个劲儿地。跟大伙混熟了这儿挺好玩的，冬暖夏凉。"

国家已有明文规定，女工不得从事翻砂作业。要分批调出，妥善安排。厂劳资科几次下单子调大洋马走，她宁死不去。放着福不享偏在这受罪。一个人一个活法。这使张大区剋她的时候有一个颇具威风的口头语："再闹，我调你走！"对症下药。

"用粪汤子写在墙上的，一共十四个字呢。张大区你还不死，火葬场可等急啦！还有落款：全体姑爷。"大洋马倒背如流。

强玉凤没有笑，只是在心中猜想男厕所是怎样一个原始的大自然。

门外人影一闪，是调度员刘烧鸡。大洋马出了屋："你伸脖探脑的，干吗？还嫌自己脖子短。"

"就你嗓门大。"刘烧鸡转身走了。

刘烧鸡整天东侦西探。翻砂工们都说他是在给自己找坟地。

屋里，强玉凤从抽屉里拿出一个日记本，飞快地记下了刚才大洋马哼唱的那段歌词。连她自己也说不清为什么添了这么个爱好：采风。

电话铃响了，问她是谁。她报了家门，对方说你是新上任的

142

强书记吧，然后就给她念了一个名单，共九人。厂卫生科科长在电话里说："已经确诊了，Ⅰ期矽肺病。强书记你要妥善处理好这件事。"电话被沉重地撂下了。

又有九个人的肺里正在悄悄充满那种小精灵——黑色粉末。这是黑砂对人的一种爱。

强玉凤看着手中的"黑名单"，神色惶然。休心养性一个月，首次有了这样一件工作落到她头上，却又十分棘手。她竟没了主张。

"黑名单"上的头号人物是张大区。

病人……她又想起了前天到医院病床前见到的投毒犯。

白墙白床白灯……一个雪白的世界里盛着一个黑色呻吟，沉甸甸。

"强书记，死怎么这么难呀！还得挨烫……这手续能不能简化简化。"投毒犯现出本色本味，冲她皱着眉疙瘩。

"死容易，活着难。"她说，"因为你觉着难，所以你不会死的，好好养伤吧。"

"养好了伤去奇袭沙家浜。"投毒犯又来了黑色幽默。强玉凤觉得翻砂工个个都是用神秘材料制成的人。蒸不熟煮不烂橡胶脑袋不过电。

张大区看罢"反标现场"，贼不走空，他顺便撒了一泡尿。出了门上写着"公"的厕所，首先扑上来的是刘烧鸡。坤腔依旧。

"这现场还保留吗？这案子我能破！"

他盯了刘烧鸡一眼："你早点吃多了吧？"

刘烧鸡马上改嘴："炭，再开炉可就没有焦炭啦！怎么办？"满脸大干四化的焦虑。

"喷！用我的口气找铸造三厂借呀。反正是借钱买藕吃，口口有窟窿。手心冲上呗。"

刘烧鸡得令，把脸转成屁股，匆匆去了。

不远处几个翻砂小子围成一堆儿蹲着抽烟，大有等待"四化"实现之势。

"还不动弹，你们等雷呀？"掌柜的大声问。

"废屁！你没看见停电啦？"翻砂工反击。不说"废话"而说"废屁"。"话"与"屁"通假。

那边，姜德力却在大干，停电与他无妨。

张大区溜达过去。

姜德力正在铸造一只锅巴菜铺用的大铁铛。这活儿是他为车间揽来的，自得其乐。

没有模子，也不用工具，只有拳头和黑砂。于是姜德力大展人类学使用工具之前的风采。解下鞋带儿定了个长短，然后一只手摁住鞋带这头儿，当成圆心；另一只手用两个指头夹住鞋带儿的另一头，一抡，便在拍实的黑砂地上画出了一个大圆圈来，成了铁铛的雏形。他埋头干着，有时为了勾勒一个棱角，来回用指甲盖儿当成微型小抹子，去修补。

张大区看得陶醉了，忘情地说："你小子好手艺呀！"然后扔给姜德力一支烟卷儿，"抽！"

姜德力抬头，毫无表情地说："我就是模子。"

张大区走到办公室门口，身后扑通一响，跪下一个雪白的人。

"掌柜的，我爸爸死了。另外，我申请离职不干了……"一个叫王嘀咕的翻砂工正在给他叩"孝子头"。

张大区被这中年汉子身上的白色孝服刺得眯缝着眼，连声说："两码事儿你怎么搅到一块儿说呢？先办丧事，给你三天假！"

王嘀咕正了正孝帽子说："我就是通过这回办丧事才知道卖花圈能挣大钱的。多贵的也有人买。我打算去干这一行……"

"你就不怕你爸爸骂你？"张大区虎着脸说，"你们家三辈儿都干翻砂！"绷脸抬腿就走。

"我……"王嘀咕看着张大区的背影，"我嘀咕了半辈子，头一回拿这么个大主意。"

办公室走出强玉凤，她柔声安慰着王嘀咕："别难过了。老爷子什么病过去的？"

"让狗不理包子给撑死的，六两呀！也算是老喜丧。我姐姐脑袋上还戴喜字儿呢。"王嘀咕说着就朝强玉凤行了个近乎军礼的礼，去了。

死，还要戴喜字儿？强玉凤心里寻思。

车间深处传来了嘿哟嘿哟的发力声。一群赤着上身的壮汉，正在抡着大锤砸那件因跑火而报废的大泵体。砸一锤便喊出一句粗糙的歇后语，大发劳而无获的感慨。

"免费逛窑子——白干！"重重一锤碰下。

"免费进公园——白玩儿！"沉沉地呼喊。

把铁砸成碎块儿，回炉。锤下，进出散乱的火星子，一瞬间。强玉凤打了个冷战。屋里，电话铃响了。

是局组织部的一个熟人："小强你不是想换个地方吗？现在有个研究所缺一个办公室副主任……可以争取一下。"

强玉凤平静地笑了笑，说："我……暂时不想动了。"

"你不怕黑？精神状态不错嘛。"

"怕，也没用。"

屋外，流淌着黑砂。远处还在砸铁。

"嘎吱嘎吱噌噌呀，吱——剌！吱——剌！"姜德力从门外走过，哼唱着，手持一张报纸欲去厕所蹲读。

强玉凤放下电话，追到门外，小声喊："姜德力！"姜德力止步。

"我想跟你谈谈。"

"弹？是风琴还是钢琴？"姜德力一本正经。

"无弦琴……"强玉凤毫无表情地说。

五

每天早晨北京时间七点五十九分，极准时，黑砂地里响起一个声似驴鸣的哈欠："ǎ——ǎ——ǎ——ǎ——ǎ——ǎ……"长达一分钟，接着才响起了上班铃声。天天如此，让世界充满爱。

这堪称世界第一哈欠，发自李特务的丹田，灌满整个翻砂车间。李特务是个三十多岁的翻砂工，已有十五年的"哈欠史"。他打过哈欠，便惬意地擦着眼角，一起一伏走向车间大门口。他是个微跛儿，嘴里却唱着"哪里不平哪有我……"

今天，却没有听到李特务的哈欠声。

像是个什么忌日。

车间大门口，一溜儿排着四只带盖儿的铁桶：驴腰粗，三岁孩子高。只只铁桶的盖儿上都打了许多孔，像蜂窝。细瞅觉得扎眼。

看桶人是个老翻砂工。五八年左耳被绷断的钢丝绳抽掉了半只，去向不明。于是他得了外号。

张大区倒背着双手走近半只耳朵，问："李特务今天哑巴了？没听他打哈欠……"

"痔疮，歇啦。"半只耳朵缩了缩脖子说。

一阵风刮来了翻砂工。他们拥到桶前，乱哄哄的，一人手里捏着一根竹签儿，从小孔里投。一根竹签儿上刻着一个号码。上班投入桶内，下班从桶里取回，这是刘烧鸡智慧的结晶，学名"考勤桶"。

但翻砂工们不要学名要俗称，他们给考勤桶起了一个令人莫名其妙的外号：窑姐儿。每当把手中竹签儿插入小孔的时候，总

146

要有人模仿着某种快感之下的哼哼声："舒坦死啦!"

于是，全车间都"舒坦死了"。

深奥的引申义。丰富的精神生活。

可怜那看桶人半只耳朵，一生清白却空落一个鲜见的职称：茶壶。

张大区瞅着一个个翻砂工用一根根细且挺的竹签儿，蹂躏着自己的考勤桶。

"你不是调走了吗？又来了。"

"是吊（调）走了，可没咽气绳子先折了!"

"我调走啦！今天来办手续。"

"办销户口的手续，去火葬场。"

人们每天早晨见面打招呼总是彼此彼此。这几乎成了一个永难兑现的口头语。像是大家打好了铺盖卷儿已经十年，却终未成行。于是"调走"便成了一个客套，乌托邦。

此时姜德力说："都他妈瞎咋呼！真放你们走，准得有一半儿见傻的。"看来他怕饿死荒郊。

其实原先车间有一台考勤打卡机，人称电子狗。没几天就不知被谁给宰了。时髦的东西在翻砂车间活不长久。于是考勤桶应运而生，于是翻砂工们都"舒坦死了"。

姜德力与众不同。每当他把竹签儿插入小孔的时候，总是高叫一声："肾——虚!"

这可能是一种自省意识。

半只耳朵见人散尽了，就掏出自己的竹签儿说："咱以身作则。"也投入桶内。之后，他开桶"验尸"——眨着老眼分辨出竹签儿上的号码，念叨着在一张表格上画出一个个"△"。

见十三号签儿，他怀疑地说："小范咋来啦?"

是啊，投毒犯仍住在医院享福呢。他的签儿却化身似的来上班了。半只耳朵大惑不已。

147

张大区走进周瞎子那保而不健的小屋，周瞎子慌忙起立，说："你吃了吗?"中国式早安。

"这几天我眼睛总模糊，像刷了一层糨子。"

"是，是白内障吧?"周瞎子马上诊断。

张大区说："黑内障。说正事儿，今天不许开假条！八个蹲班的，做小买卖去了；十一个病假的……今天开炉，活儿多。"

周瞎子脸上堆出一片褶子："坏啦！我刚开出一张假条去……"

"谁?"张大区小眼儿一瞪，问。

"大洋马……"

她？怪事。歇了班上哪儿去吃便宜饭儿呀？张大区大感意外。大洋马一时一刻也离不开黑砂，全年满勤。每天早晨上班前她都站在考勤桶旁，像个尚未加冕的女王。

"哎！今儿你带的吗饭?"她挨个儿询问。

"酱驴鞭！给你留一截儿吧?"

大洋马不吃亏："哟！把你伯伯宰了吃啦?"

无须询问上几个人，空着手来上班的大洋马便能把当日午餐落实到一个"大头"身上。或红烧鱼或酱排骨炸丸子……反正是高蛋白。

这里是大洋马的免费小食堂。大洋马是这里的糖醋蒜瓣儿，大伙儿就着提味儿。

但动真格的不行，大洋马的裤腰带是一道焊死了的铁链。神鬼打不开。

"给她开了病假条她也不走。东游西晃满车间聊天儿呗……"周瞎子缩着脖子说。

张大区说："女的！真拿她没治。"

这时候进来了瓶子底儿眼镜季铁文。一见张大区在，转身就往回走。

"你回来！"周瞎子见了软蛋就下狠劲捏，喝住季铁文说："这地方又不是茶馆，说进就进说走就走。带进细菌来怎么办？"

"我就是细菌，走还不行？"季铁文怯怯说。

"你老实巴交的孩子，哪儿不得劲儿？"张大区越俎代庖，替周瞎子问诊。

"我。"季铁文呆了呆，哭丧着脸说，"我……夜里房檩折了，掉下一块砖……"

"砸你哪儿啦？"周瞎子龟似的伸长脖子。

"我姐姐……还在医院观察室呢。再说，我也得找人修房呀。"

"你跟你姐姐住一屋？"张大区问。

"八平方米，中间拉一道帘……"季铁文父母早亡。姐就是娘。

周瞎子长了精："你姐姐挨砸，你来找我看哪家子病？"

张大区片刻不语。猛转身对周瞎子说："给他开两天假！"

周瞎子一怔，马上掏出笔来，写。

"写什么病呢？哎小季你得过什么病？"周瞎子慌里慌张问季铁文，满脸人道主义精神。

"我姐说我小时候抽过一次风……"

张大区不言不语走了，迈着铁的脚板。

季铁文拿着周瞎子开出的写有"痔疮全休两天"的病假条，在车间道上遇上了张大区："掌柜的掌柜的我以后好好干……"

张大区挥笔在假条上签了个"张"。

翻砂车间有个规矩，周瞎子开出的假条须经张大区签字方可生效。这样真正具有处方权的不是周瞎子这个"二百二"大夫，而是只知道槐角丸治痔疮的张大区。

赶上来车间工会主席老干饭。他吃了大半辈子盐水泡米饭，染白了一脑袋头发。但他常年在上头扣着一顶黑帽子，很古怪。

"怎么办呀！厂篮球联赛……得争三连冠。"

张大区想了想，对老干饭说："不能弃权！正是长精气神儿的时候。你先办吧。保三连冠！"

刘烧鸡从办公室跑出来，用坤腔喊："张主任，厂长电话叫你去！"然后就肃然立着。

进了关厂长办公室，张大区先哭穷："奖金太少了，我日子不好过呀！"掌柜的一脸小伙计相。

并无反应。关厂长白脸上一副白框眼镜，额上一块白癜风正在"扩张领土"。

"你们车间有个叫姜德力的吧？"

"有！您怎么知道的？"张大区心中纳闷儿。

"《姜德力笑话集》到处流传。从中我多少了解了翻砂工。"关厂长文化味儿很浓。

"嗐！干活儿累了提提精神呗！瞎编……"

"你给我讲一段好吗？"

张大区心中不悦，但面不更色，说："嘿嘿，抓生产的不会讲故事。"

"依我看，金工车间懒，机修车间刁，工具车间眼光高。至于翻砂车间嘛，我还一时说不清楚。"关厂长推开桌上一沓文件思索着说。

张大区委琐地一笑："翻砂车间奖金少。都快黄了。"

关厂长额上那块白癜风斯文地一亮："月月亏损，黄了是好事情呀！今天叫你来就是要谈这件事情的。从五月起，停产。"

张大区一怔，问："那咱厂的铸件？"

"外协解决，每吨比你们的便宜三百元。你们现在是干得越多赔得越多，恶性循环。"

张大区的心跳加快了："真的要关门儿。"

"已经向局打了报告。停，比干强。"

张大区的鼻头儿开始泛红。

"关了门，节水节电节气节炭，还杜绝了工伤事故。听说这月你们又烫了一个？"

"从南京到北京，谁不知道干翻砂就是拿人肉换铸件！"张大区渐渐由黑色的虫变成黑色的龙。一黑一白进入中盘扭杀。

"人肉换铸件？我的天！翻砂车间更应当停产关门。"关厂长激动起来，脸色更白。

"可前几任厂长，没一个这样说的。"

关厂长把办公桌上的台历朝前一推："今天是一九八六年三月十六日。"

张大区的鼻头儿更红了，像一只熟透的草莓。关厂长不知这是个什么信号。但张大区还是乞者般笑了："我们车间还是保留吧……"

"定了，我从无改变主意的习惯。"

张大区那鼻头红得将爆。他恭顺地站起，干干一笑："关厂长……真的没商量啦？"

"这是企业管理。我不是小作坊掌柜的！"关厂长不知道张大区被车间里称为掌柜的，一句话引爆，张大区嘴里喷出一个核爆炸的声响。

"大褂子——你是怎么揍的！"

空气凝固了。关厂长这位曾在日本进修企业管理的知识分子，被惊呆了。他意识不到自己掘了张大区祖坟，只能颤着手一指："你……"

"泥？还水呢！从有驴那年就有翻砂场，你让停产关门？撒癔症！"张大区扭曲着脸孔，挤出一脸干得没有丁点儿水分的笑。嘭的一声摔门走了。绝望者有时是无畏者。

关厂长久久稳不住神儿，在办公室里往返踱步，像一个远古部落里的迷路人。"这翻砂人真是不可思议。"他在空中狠狠挥了

151

挥拳头，神差鬼使想起了达尔文。

门儿又轻轻地开了，进来了和颜悦色的张大区，鼻头已经褪尽了红色。

"关厂长，真对不起。我越老越混了，您消消气，消消气……"近乎负荆请罪，高姿态。

关厂长使劲眨眨眼睛，他怀疑这是幻觉。一个怒发冲冠的老头子居然能在几分钟后自我调节成一个和风细雨的老者，再度前来。翻砂人种不是神的后裔就是鬼的遗族。关厂长心中居然悸悸的，精神几乎崩溃了。

"您哪能真的让我们关门呢，嘿嘿。"

关厂长毕竟忠于自己的思想，支撑着说："这更加坚定了我的信念……"换一口气又说，"我会妥善安排工人们的去处的。"

"您可别把事儿做绝了。"张大区鼻头儿又变成一只烂熟的大草莓。

六

黑色大墙上张出一张白色告示，已经三天了，天天围着一群人看榜，高声念"白"字。

"自愿报各，择优寻取……"

"收报名费两角！"

报名参加篮球队收费两角，是狗头军师刘烧鸡的主意。他虽然在翻砂车间是个人物，但一肚子没什么好下水。从儿子身上趸来个洋味的句子："逆反心理及自我表现天性。"他冲张大区吹呼："收他们两角钱，报名更踊跃。这叫牵着不走打着倒退。准灵。"

翻砂工把他定为永远的阶级敌人，国民党不应重用他，共产党更不应重用他。"四清"之前他是厂基建科的干部，跟同屋的

152

一个材料员合伙贪污了一笔款子。运动来了，俩人在下班的道上订了攻守同盟。他说："上老虎凳也不能承认，咱们不说没人知！"那同伙咬了牙关："我要招了供，不是人揍的！"出了厂门，刘烧鸡就往回折，径直去了党委办公室弃暗投明。第二天那同伙宁死不屈，直到判刑仍不招供。刘烧鸡宽大处理，脱了。

白色告示上再次闪烁着刘烧鸡的智慧。

"便宜呀才两毛钱，刘烧鸡他闺女。"李特务一眼看出主谋是谁。

"两毛钱让你看看。"那个叫宋愣子的壮小伙儿说。他是个打球好手——"玩蛋专家"。

"报了名兴许是让你去献血，小心着吧。"

"黑血，人家医院贵贱不要呀！"

这是一块烫得人发冷冻得人发烧的土地，充满了对外部世界的怀疑。就是不怀疑自己。

过来一群小男人，清一色二十大几的岁数，一米六上下的身材，肚子里装的是技校毕业的墨水。这是被人称为"武大郎青年友好协会"的会员们。简称"武青协"，是翻砂车间唯一的"民主党派"。

见无人报名，武青协会员们即以在野党姿态针砭时局并弘扬清高淡远的旗帜。

"一看收两毛钱，就没人报名了吧？财迷！"一个武青协扑到榜前，冲破多日压抑以男子汉加男子汉的气概把一张十元的票子啪地糊在榜上。

武青协同人雄赳赳地散去了。个个心中充满了一种神圣的使命感，很幸福。

刘烧鸡偷偷地看着，脸上阴阴地笑。

张大区颤着一身肥肉凑近去看榜上的签名。突然，他扭脸对黑幽幽的车间大声喊："人！都死绝啦？都死绝啦？"

刘烧鸡蹿上来，怯声说："不是有七八个人刚才报了名嘛……"

"放屁！没一个够尺寸的。"张大区止住高腔，孤独地低语，"怎么都懒得玩儿啦？怎么都懒得玩儿啦……"他缓缓地进了办公室，对强玉凤说："我到局里去一趟，今儿个你值班看家吧。"

强玉凤说："我正有事儿跟您谈……"

见强玉凤神色异样，张大区就脱了鞋蹲到桶上，说："咱们还真没正式谈过呢。你说吧，我听着。"

"我要告诉您一件事儿，希望您能有个足够的思想准备，往开处想……"

"是你想调走吧？这地方要黄了……"

"不，我不想调走。再说，也黄不了吧？"

张大区笑了，很兴奋："好话！铁水凝了才见真模样。黄？怕不那么容易！"缓口气又说："不过天有不测风云，我也怕有个变动，到时候耽误了你。你到底没干过翻砂呀。"

"谢谢您。我想说另外一件事儿。您，确诊了——Ⅰ期硅肺病。当然，Ⅰ期是很轻的。"强玉凤鼓足勇气对眼前这个患者说。

"哈哈！瞧把你吓的。这事儿呀？轮拨儿也该轮到我啦！"张大区确实没有什么异样，尽管他知道这是一种不可医治的职业病，早晚得活活憋死或得并发症归西。

强玉凤却受到了震撼。许久她才说："一共九个人，这一批。据说还有十一个可疑患者。"

"要保密，不能公布！"张大区却紧张起来。

"瞒着工人，这……"强玉凤站起身。

"你不懂。现在我还瞒着一个人呢。他去年就确了诊。"张大区很老道地说。

"谁?"强玉凤突然提高音量，问。

"回头再谈，我得赶着到局里去。"

强玉凤望着出了门的张大区，只得淡淡地一笑，却流露出浓重的迷惘。

走进来刘烧鸡，笑容可掬："强书记，听说您另有高就啦？"带着青衣的身段。

强玉凤："我没有姓高的舅舅。"翻砂工的语言居然在她口中初露端倪，这是黑色对异族的强大渗透力。已经渐呈雌化的刘烧鸡备觉意外。

大洋马满世界疯找姜德力不见，就奔更衣室来了。姜德力班组的更衣室，像个破窑。

"德力！"大洋马一步踩进去，身后响起了午休的铃声。一个小时的歇息终又盼到了。

姜德力正在猫腰撅腚满地戈着什么。

"你找吗？狗宝呀！"

姜德力不理，越发执着地寻求着。

"找吗呀？你哑巴啦！"大洋马伸手拉他。

姜德力无奈，直起腰说："早晨买了一包大果仁，就那颗个儿大它还掉地下找不着了……"

大洋马哈哈大笑："财迷！"

那颗大果仁，金灿灿地躺在黑色角落里，闪烁着辉煌的光芒。姜德力忘情地抓起它，定定地看。许久才说："找到了！"那执着的神情，只有下过地狱的人才能从他那非凡的鼠脸上品悟出非果仁的风光。

大洋马凑近姜德力，说："走吧！跟我去吃宋愣子的红烧狗肉。他整整一饭盒！"

"我有吃的。"姜德力突然去揉大洋马的大胸。

"是糖拌西北风吧？走呀……"大洋马有点儿进入状态，弄了块妩媚贴在脸上。

姜德力说："我跟何大吃赌了棋，赢了吃包子。"

155

"何大吃？你非得饿死不可。他全厂冠军！"

姜德力甩了大洋马的拉扯，往外走。

大洋马要哭："你个没良心的。"似乎她已经是姜德力的媳妇了。

这块黑色土地的男欢女爱，乃是极散淡的，无海誓山盟，没人能说清谁跟谁最终睡到一个炕上去。除非你铸出一双连体铁人来。可人偏偏又是肉长的。

午休的时候胃口最忙。黑砂地上人们早都入了穴位，端着饭盒往嘴里续料。

一个年纪轻酒龄却长的"大头娃娃"，散乱着头发在黑砂地上摊开一包老虎豆儿，言传身教辅导着向往杜康世界的汉子学习划拳行令。

"一个孩儿呀！公母俩呀！九平方米面积三级工呀……"输了拳的就喝凉水装成醉鬼。

扑克摊前最火爆：三人一拨儿六大位对垒，玩的是"大跃进"，大牌管小牌。

"姐俩儿脱裤——对儿八！"出牌叫号儿。

"姐俩儿钓鱼——对儿钩！"拍的山响。

牌桌是一只废包装箱。一天拍散一只。邪劲。人人都会"铁砂掌"。

输家向赢主递上一支火柴棍儿。这是常见的记账法。完了事儿厕所里付款。没有官方来抓赌。赌是这里的一项文化娱乐活动。输比赢更具乐趣。

远处，黑砂地上蹲着何大吃。他一张饼子脸上有一双金鱼眼，静候着姜德力。

姜德力头顶小白帽儿，一个牌摊接一个牌摊串着。他凑近李特务的牌摊，伸手抓了几根火柴棍儿。赢主立刻说："你别滥抄旗杆！"

156

火柴棍儿被说成是旗杆，无法想象的夸张。

"凑个份子吧。"姜德力毫无表情地说。

"你快找个没苍蝇的地方去吧！臭肉。"

"满世界就这儿没苍蝇。老几位醒醒盹吧，后天……是白仙的周年。"

牌摊静下来。人们像是听到了另一个星球传来的声音。

黑色是一种健忘色。无人记住后天是个什么日子。那白仙，来到车间七天就上了吊，许许多多的人甚至无缘听到过她说话是个什么声音。但她毕竟把魂儿留给了黑色部落。

姜德力残忍地冲人们干笑。

李特务挤了挤蛤蟆眼："出血出血，一人得出一份……"尽管平日他很少对外投资。

姜德力毫不迟疑地敛钱装入小白帽儿。

"你可别把钱贪污了。"一个不知深浅薄厚的牌友冲姜德力喊道。

姜德力猛回头，异声说："你浑蛋我也浑蛋?"

李特务自语着："姜德力八成也是个人物。这牌……我不打了。忍一觉去!"

众人也没了赌兴。为什么？说不清。

姜德力怀里塞满了翻砂工们出的"血"。

他终于蹲到何大吃跟前了，说："久等了，孩儿他大舅。"说着就四处寻找，"棋盘呢?"

何大吃睁开金鱼眼，不语。伸出食指，三画五描，便在黑砂地上勾勒出一个棋盘。

身边小钢钟盆里是热气未尽的肉包子。

"吗馅的?"姜德力咽了一团口水：咕咚!

"跟你一个味儿，狗肉的。何大吃伸手砰地往嘴里砍入一个包子，舌头一捻就下了肚。

157

"哎！你怎么吃我的包子？"姜德力抬头说。

"你就是个包子。摆棋……"

清一色灰铁铸的棋子，已磨得泛亮。

何大吃第一手棋便拱了一步当头卒，这是一种十分独特的开局走法。这个半路出家的翻砂汉子，独创一套"何大吃卒子论"，自成体系从不言传。公布于众的只是他脑门子那三道永恒的皱纹。

"我知道你小子不是来跟我下棋的。"何大吃的嘴叉子连着耳朵根子。又填进去个包子。

姜德力出车，说："这小卒子活着不容易呀！过了河才横着走。直拱，几下子就拱老了。"

"那得看怎么个活法。不能傻不叽叽的愣过河，也不能死里死气的不过河。这是学问。"

"别充一本正经，你尽玩虚的。"姜德力说着，却眼盯着自己的第三个卒子让何大吃的马给踩死了。他心中升起一股参加追悼会的伤感。

何大吃的卒子只死了一个，其余皆健康。据说何大吃常用的杀着是"卒卧中心"，迫使"老盖儿"死。逢此时他便美得闭上那双金鱼眼。

姜德力便拼力扑杀何大吃的卒子。

何大吃突然说："这回你算是找到运动的重点了。"说完就现实主义地吃包子。

来了个观棋的马玉斌，四十多岁的瘦汉子。他若立在黑砂丘前，远看像坟前一炷香。

他老娘早年是三条石一家小翻砂铺的内掌柜，厉害出了名。家里外头全天候式的马玉斌整个生活处处都是"翻砂"。但他居然连任几届翻砂车间篮球队的教练，怪哉。

何大吃一只历经苦难的老卒拱入王宫。"小人物暴动真厉害"！姜德力知道是吃不上包子了，就站起来问："马头儿今儿个你带的吗饭？"他觉得身子饿成了一张薄纸。

马玉斌："我还剩下半块臭豆腐。"

姜德力十分失望，抬腿就走。

"回来。"何大吃亮出舌苔，小钢钟盆里空空荡荡。缓缓地，他从怀里掏出一块钱递过来。

姜德力惊讶地看着嘴角流油的何大吃和钱。

"我也想在阴间先交个朋友。这叫什么来着——感情投资？"

姜德力明白了，伸手接了人民币："世界几百年中国几千年翻砂匠才出了个他有血性的……"残手微微发抖。

何大吃仰脸望天："敢死也是个人物。"

马玉斌惶惶地问："我也凑个份子吧？"

大洋马端着个饭盒追上了姜德力，气急败坏："人殁了你倒迷上了她！后补爱情呀？这儿有活的你偏不理……"泪水流到嘴角。

"放屁！我配得上人家吗？人家敢死。"姜德力说着走着，险些撞上中国猿人。这老头子闭着眼睛就能走路。烂熟于心了。

姜德力从怀里掏出那颗三寻九觅终于回归的金灿灿的大果仁，放在掌心里托着用目光舔。

大洋马仍在说："敢情你的白帽子是给她戴孝！"她演义着姜德力头上那顶"新生事物"。

"我这是给自己戴孝。"姜德力闭着眼说。

七

人逢喜事精神爽。张大区往局里跑了六趟，得到两次面君的机会。牟局长当年劳动改造是翻砂车间的"牛"。老熟人了。他见了张大区就说："你不见老！"张大区说："所以我才想把翻砂

159

车间改革出个样子来呀。"牟局长听了，问："改革？翻砂工现在还是蹲着吃饭吧……"

于是牟局长大抒怀旧之情。

张大区不知道新上任的顾市长已烧出"三把火"，首先抓的是"基础工艺专业化"。许多热加工车间正在联合成热加工厂。他只是凭着自己求生的悟性向牟局长大谈自己的改革方案：把翻砂车间独立成翻砂厂，挂出"铸铁件厂"的新招牌。

"我可不是为了把翻砂主任的字号升成翻砂厂长。咱这是改革呀！"最使牟局长感兴趣的是张大区改革方案中有关工人福利的那几项："管一顿早点吃，豆浆茶鸡蛋或者馄饨油条。上班前开伙，保准没一个迟到的；有个头疼脑热的呢，医药费五十岁以上的三十块钱，三十岁以下的二十块钱……"

牟局长听着，突然说："好！有些企业领导把改革只理解成多给工人增加几条劳动纪律，很片面……"老头子激动了："你搞个详细的材料给我送来！再跟规划处具体研究。"

居然口头同意了张大区的改革方案。金口玉言哪！张大区不知道牟局长每天都要"同意"许许多多事情，但他还是振奋起来——差一点儿脱了鞋蹲在牟局长办公室沙发上。

"喂，那个夏天总爱穿白汗衫白裤衩白球鞋干活儿的小伙子还在吗？我记得他手艺很好。"牟局长突然问起印在脑海里的那个白色人，笑着回忆往事，"我记得你总看不上他，说他是什么白毛鼠？哈哈……"

张大区想了想，说："是姜德力吧？他白什么？早就滚弄黑了，整天像个打烟囱的啦！"

"这可不好，还是要讲卫生嘛。"牟局长站起来说，"要文明生产，不要野蛮生产！我等着你报方案来！改革，正摸着石头过河寻找经验。"

张大区越发兴奋："我这是快餐，慢不了！"

归途上，张大区觉得连公共汽车上的苍蝇都是杨柳细腰的。

他美美地构思着："垒一道大墙隔开南边开个大门儿；再修一条柏油道……当然，还得新做四只考勤桶。遇见捣乱的先处分他几个，杀一儆百！"

远远看见那远古遗址似的翻砂车间了，他不无壮举地想："让厂头儿支使了这么多年，这回咱能自己过日子啦！"

进了车间，迎面扑来一阵幽幽哼唱，他像吞了个堵心丸。

嘎吱嘎吱噜噜呀，吱——轧！吱——刺！

黑，确是一个稠乎乎的现实。

"公"厕门口，一个炮弹头般的人影从里边进出，撞到他身上发出非人类的尖叫。

"又有人上吊啦！又有人上吊啦！"

张大区摇晃着身子看清了是半只耳朵。

"一身白！一身白吊在里头呢！"

围上来一群人聚成一个黑肉疙瘩。

"真有敢死的？第二个白仙呀！"

"赶紧落吊兴许还有救！"

冲进去三条黑汉去拯救同类。

张大区这个五十七岁的部落首领第一次失去了主张，他呆呆立着。

跑来矬子阎树兴，一头撞到人墙上，又台球一样弹到张大区身前："小、小范死啦！"

"胡说！他怎么会跑到这儿来上吊呢？"张大区觉得脑袋里开了胶水工厂，黏糊糊的没了思维。

那三条黑汉从里边走了出来，神态平静。

"已经抢救过来啦！死不了……"

"谁！"张大区急问。

"一根儿竹竿挑着一件白大褂儿，还他妈的精湿呢！"三条黑汉组合着说。

"哄——"人群爆出一个大号的笑，接着便凝固了——似触景生情想起了那白仙。

"别笑啦！"阎树兴小炉匠似的跳着脚，"小范真的死啦！在医院……"

姜德力冲出人群，似虎擒羊提拉起阎树兴大声说："前天我还守了他一夜！"

"突……然病变。"阎树兴近乎气绝。

姜德力像一只疯鼠，扭脸冲着冲天炉大叫："我×你祖宗，黑——砂！"

人群凝固了，里边站着闭目不语的何大吃。

张大区心底结了冰。

跑来了慌里慌张的周瞎子："老几位老几位，谁看见我白大褂儿了，刚洗的……"

"噗！"一个黑窟窿里射出一口黏痰，白晃晃糊在周瞎子左脸上，十环。

榜样的力量是无穷的。一个个黑窟窿都纷纷射出压抑多日不得排遣的浊物。周瞎子的脸成了一个溃烂的子宫。

人们不再散淡了，不再超脱了，不再自适了，为同类之死而齐声新款式地大骂着。直到气力不足，缓下声来。

姜德力用他的五分之四手推走了一脸黏痰的周瞎子，对众人说："还得活着呀，已经到了河边……"这是象棋用语。

何大吃听了，凝着双眼一笑。

中国猿人从厕所里捧出白大褂儿，似抱着一具白尸。眼中充满了父欲。

阎树兴眨着空茫的眼睛向翻砂工们解释着死因："血出了毛病，叫什么坏什么病……"

依然没见强玉凤的到来。刘烧鸡也没了影。

姜德力走近半只耳朵，用一种人类迄今尚未听到过的声音说："把小范的十三号竹签儿给我！"然后龇出一排鼠牙。吓住了世间所有的猫。

张大区蹲在办公桌前的木桶上冲空无一人的屋子高喊："阎王爷不够揍！这节骨眼儿找我来收税，过不去！"死者毕竟太年轻了，才二十四。

他流下了自新中国成立以来的第一次泪水。

车间黑砂地里，无泪的人仃东一丛，西一簇，正在为筹措超度投毒犯的灵魂出血。

这里把出钱叫作出血。钱等于血。

投毒犯曾经给张大区开过追悼会。

而今换成张大区为投毒犯于追悼会了。

"致——掉——词。"投毒犯满目悲哀地站在冲天炉前冲着张大区的"尸体"念出"大白字儿"，手中的"掉词"是一张从大洋马提包中偷来的月经纸。这场死亡游戏在前年八月十五。

致"掉"词的人如今死去了。

被悼的"尸体"如今还活着。

子不语：怪力乱神。

翻砂工的游戏玩具：一个"死"人。

八

投毒犯的人肉作价三千元。他老娘哭着领走了抚恤金。她不知儿子的脚还留在这里。

离中午"续料"还有一段时间，车间办公室陆续走进人来。张大区低头咳嗽了一阵子。指头，他看见屋里已成了"厕所"：蹲着刘烧鸡、阎树兴、老干饭、何大吃、马玉斌。这是张大区智囊团的全体阵容。

进来了强玉凤。见屋中格局，一怔，说："开会呀?"就定住了进退维谷的身形儿。

张大区干干一笑："碰个事儿，生产的。"

"党"与"生产"关系不大，强玉凤听懂了，退了出去。她别无选择，进了女更衣室。

"我得干点儿什么事情了。"她突然小声说。

张大区开始说话。刘烧鸡伸长脖子听，阎树兴挺起腰板听，老干饭抖着一脑袋白发听，何大吃闭着眼睛听，马玉斌双手捂着裤裆听。

"就这么档子事儿。把门儿关上，今天可是个小嗓门的会议。"张大区说完就环视众人。

智囊团静默着。刘烧鸡一脸庄重，阎树兴一脸憋闷，老干饭一脸迷茫，何大吃一脸困乏，马玉斌一脸"防冷涂的蜡"。

"咱在厂头儿跟前当了几十年儿子，这次咱也当一回爹!"张大区不愿静场，大声说。

强玉凤呆立了许久。挪开目光她看到大洋马的更衣箱上放着一本书：健康与性。这是大洋马在理论上对自己的武装。

张大区说："要是都觉着说话费劲，就各自在巴掌心儿写几个字，咱们背对背。拿个章程。"

强玉凤还是第一次参加这样的追悼会：死者比她年岁小。至今想起仍觉惨然。

于是智囊团就动弹起来，四处找笔，在手心上写字儿。唯阎树兴的神色露出不满。终于，他忍不住了："我在南仓中学当工宣队长那年也赶上过一次重要决议，可是……"

张大区打断他的话："我这不是收旧挂历的地方。你那不过是尿尿打冷战——就抖擞那么几下。"

阎树兴迎着说："嘻!现在要是抓阶级斗争呀，照样儿还灵!打个比方，谁敢生二胎? 抗拒!"

刘烧鸡振作："别提生孩子的事儿啦！这危机了……"口中又出现从他儿子那葽来的词儿。

"这喂鸡了……哪哪呀？"何大吃突然睁开眼，惊讶地问。眼前只有一只姓刘的烧鸡。

这就是翻砂智囊团的会议，内容丰富得足以堆到姥姥家门口儿。

强玉凤走出女更衣室，向黑砂远远地看见一点白白的颜色，那是姜德力的脑袋。

小范的追悼会上，姜德力随着向遗体告别的人流走到穿了一身"牛仔服"的投毒犯尸体前，站定，久久地看。他挥了挥五分之四的残手，似向死者道别："鼓——捣——白。"攥紧了手中的竹签儿。

出了火化场大门，姜德力猛然拉住张大区，问："小范，小范今天算早退吧？"举着竹签儿。

张大区被拉得走了形，漠然说："你真是十大赖头一名，这时候还他妈的找乐儿玩？"

强玉凤走上去说："算早退，因为他才二十四岁。"她似乎已懂得了翻砂工的语言底蕴。

姜德力冷冷点着头："人话！你要不是个当官儿的，我非娶你当媳妇不可……"

大洋马哇的一声哭了起来。

何大吃凑上前说："姜德力你该去拔牙了。"

姜德力伸手从嘴里掏出一对齿托："我满口假牙！我满口假牙！拔？"人们被这尚未公开的秘密惊呆了。黑砂硌掉了人的满口牙齿，嘴便退化成一个专供吃饭喝水的黑窟窿。永远也不向黑砂扑咬，就这么着受着囫囵着，吞了一斤汤圆也不知有没有馅。具有探索精神的只有大洋马，她见人家的包子就问："你什么馅的？"让人觉得人的确该是有"馅"的。

强玉凤迈过一堆黑砂走近埋头造着砂模的姜德力，她竟然睹人思物想起了记在自己日记本上"姜德力是包子"的那段笑话：

姜德力是个包子，一个黑怪吃它。越吃越大，吃了一年才啃出一个石碑，上写：此地离馅还有三十里。黑怪说："妈的，太远！"就说这是个没馅儿的包子。目前正准备送联合国用 X 光探测，看看到底有没有馅儿。

强玉凤急声对姜德力说："有事儿，你来！"引着姜德力往女更衣室走。姜德力迟疑地跟着。

每个人都在手心里写了字儿，挨个走到张大区跟前，向他亮出掌心。张大区说："逢三咱就算定了，过半数！"

走到女更衣室门口，强玉凤站住，一指脚下黑砂地："中午十二点半，你来这儿咱俩谈心。不来的是小狗儿！"

姜德力眯起鼠眼听着这"小女孩儿"般稚嫩的最末一句话，笑了："你不怕我现在就咬你？"

"我想跟人说话。你来不来？"

"我来……"姜德力语塞，像堵了地沟眼。终于他又露了鼠相："但愿我能活到十二点半。"

"命在自己手里，我确实不敢替别人打保票。"强玉凤浓浓地一笑。姜德力死劲盯着这"浓笑"。

"干脆咱俩现在谈吧……"他猛地说。

强玉凤一怔："我想问翻砂工有没有理想。"

"理想？"他像是受了刺激。

"你的理想是什么？"她索性追问。

"胜利退休。"姜德力转身走了。

张大区挤巴着一双小肉眼，盯着一个接一个向他亮开的掌心。他的鼻头又泛红了。看罢，他嘿嘿笑着，猛然一拍桌子："干！"

"干！咱翻砂爷儿们除了养活孩子没有不会干的……"刘烧

鸡率先跳起呼应，高挺坤腔。

阎树兴嘟哝着："咱也闹不清这改革是怎么档子事儿。只要不背离党的基本路线，我就干。"

"那就动手吧！赶早不赶晚。"张大区站起身兴奋地问大伙，"我今年五十七了，还敢这么干，咱也算个开拓型的吧？"

"太算啦！用我儿子的话说，这就叫'寻找自我'呀！"刘烧鸡壮丽地说。

张大区："你怎么总拿你儿子打比方呢……"

马玉斌格外认真："寻找自我？自己个儿还用寻找自己个儿呀？这不跟骑着驴找驴一样嘛……白搁工夫！"

张大区清了清嗓子说："按分工干吧，咱这儿历来就是自治区，外人管不了咱的事儿。就拿这一拨确诊的硅肺病来说吧，我定了，只通知半只耳朵一个人，其余全都保密不让本人知道。散会！"

老干饭起身说："刘烧鸡你往后少用那些洋词儿吧！寻找自我逆反心理？我现在是找不着打球的人，腻烦心里！"

张大区立即说："不提我还忘了。我跟厂工会主席说好了，咱们是争三连冠的球队，可以直接参加第二阶段的比赛。"

"这是最后的斗争，团结起来到明天！"

屋外传来歌声。歌者，姜德力也。

人走尽了，张大区搓胰子洗手。他手心上写着三个黑字，赫赫然：自己干。

他在奋力寻找一个老型号的自我。

刘烧鸡走出办公室进了厕所。蹲着他思忖着，心底小声说："寿数将尽……"最后他用手纸从屁股上揩出一个良策来。

九

强玉凤干得满头大汗，独自挥着刷子。

她从铆焊车间那大池子里提来一桶桶废电石灰，往翻砂车间的大墙上刷。她想给黑乎乎的墙刷出个"白裙子"。

刘烧鸡把这信息用飞快的腿和振动的嘴反馈给正在计算筑墙费用的张大区。

张大区沉吟："让她活动活动腿脚吧，也好。"

"她是不是另有用意？"刘烧鸡苦思不已。

强玉凤身后围上一群看热闹的人。

"特大新闻，翻砂车间见了白色。"

"不点灯纳底子——越干越黑。"

强玉凤不回头，她听到了姜德力的声音："你白搁工夫！"

强玉凤已经刷出十几米远，返回目光看：刚刚刷出的那一道"白裙子"已经干了。但渐渐失去崭新的面目——底蕴上那难以覆盖的黑色正悄悄渗透出来，成为一副施了薄薄胭脂的黑面孔。

"十年前姜德力也冒过这种傻气，结果连他自己也染黑了！"一个翻砂工说。

"那是把自己都给贴到墙上啦，成了一张黑画儿！"姜德力自嘲。

大洋马被刘烧鸡传进了张大区办公室。

"吗事儿吗事儿？是托我给你们买出口转内销的骨灰盒吗？"大洋马嘴里嚼着南味牛肉干。

"你坐下，咋呼惯了可找不着爷们儿。"张大区换了个蹲姿在桶上，"有事求你办，女人能顶半边天了。"

"假门假氏！你们最会挤兑女人。人家强书记打来就没有实权，除了吃饭喝水上厕所整天闲着。"

刘烧鸡似又发现了大案子："这话谁说的？"

大洋马见眼前有这么个高蛋白低脂肪的东西，就来了恶作剧："你说的呗！那天下班。"

刘烧鸡急了："你血口喷人！妈的……"

张大区挥手赶蚊子似的迁走了刘烧鸡。

"我想在南墙上开个门儿，在门外小河沟上架座桥，在桥那头修一条柏油小道，在……"

大洋马截住张大区："你这是说绕口令呢?"

"这是正经事儿。你得绝对保密。你认识刘中翰吧?"张大区压低嗓音说出一个人物名字。

"公的母的?"大洋马似配和站主任，问。

"市规划局办公室主任。"

"嘻!我跟这个老浑球是沾着点儿八竿子打不着的亲。两阶级。"大洋马不以为然说。

"放你半个月的假，南墙上开个大门的事儿给我办下来。"

"我管不着这码事儿……"

"再闹，我把你调出车间!"

"你得给我往上浮动一级工资!"

她面对黑乎乎的大墙，手发软了。若想覆盖这沉沉的夜色，自己必须化作一泓白浆。而据说那白仙，也只是化作一道闪电，未镀出一个白色世界来。

强玉凤提着桶拎着刷子溃退下来。

嘎吱嘎吱噜噜呀，吱——刺!吱——刺!

空灵的顺口溜为她送行。她听出了些内容。

从拌砂工房走来了一个人，倒背手，踱着洋务派的步伐，踩得脚下黑砂吱吱尖叫。

姜德力正在为第八家锅巴菜铺制造大铁铛的砂模，圆圆的一米直径。

那人额上白癜风闪着雪光，问："这是什么活儿呀?"就盯着姜德力的残手。

姜德力不抬头，盯着来者的鞋尖："黑——太——阳。"接着反问："你是废品收购站的吧?"

"你怎么看出来的?"

169

"除了收废品的，谁往这儿来呀？"

"你是……"

"姜德力，男，编号二十九。"姜德力站起身用潮乎乎的黑砂搓着手，"收我吗？废铁按二毛钱一斤算价。我一百三十斤。"

来者摇头："不能按斤算价。"

"铸铁就是按分量算价，一吨一千八。电视机洗衣机录音机电冰箱都论台算价。论分量算价的东西都不值钱。"

跑来刘烧鸡，大声说："关厂长，您请办公室里坐呀！我们张主任……"

"别说了。去告诉张大区同志，明天停产！"

"对！明天是五一国际劳动节。当然……"

"从明天起，停产！与五一节毫无关系。"关厂长说完又看着姜德力，"你真是姜德力喽？"

"有时是，有时不是。"姜德力龇牙说。

"好！那就在你是姜德力的时候，给我讲一段笑话听，行吗？"

"趁现在我是姜德力，卖一段给你听！"

刘烧鸡跑回去给张大区送信儿，像狼来了。

黑砂地上信息爆炸，欢呼着那种表示倒闭关门儿的颜色："黄——喽！黄——喽！"

厂中心广播站正在播出声音："因管理无方经营不力造成亏损的恶性循环，从五月一日起翻砂车间停产整顿……车间主任因无理辱骂厂长，也随停产整顿之日起，停职检查……"

远处，起来了张大区，双眼冒着火光。周瞎子手捧"救心丸"，随时准备与死亡做顽强的斗争——让张大区永在人间。

关厂长把白框眼镜在鼻梁子上推了推，专心致志听姜德力的"口头文学"。

四外，不远不近立着看热闹的人。

姜德力说："厂长大人您蹲下听吧，平等。"

170

关厂长无奈，只好矮下身子拃叠了腿儿。

"这段子叫姜德力洗澡。他当年住在个黑洞里就这么个色。那天他抬头打了个哈欠，寸劲儿！天上落下一摊鸟屎砸伤他的舌头，肿成了厚床屉！进城去看病，之后就进了一个花三毛钱才让进的地方。一进门他乐了：'好大的澡堂子呀！'可一看水不冒热气儿，就说：'锅炉坏了吧？咱将就着洗吧！'三下五除二他就脱光了屁股跳进水里。了不得喽！当场就有八个大姑娘吓晕过去，嗷嗷学猫叫。姜德力越洗越深，扑上来几个壮汉拉他。他说：'服务态度真好！如今搓澡的抢着拉主顾。'人家把他从水里提拎出来：'浑蛋！我们这是游泳馆。'敢情游泳比洗澡就多半尺布！姜德力回头一看，池子里稠稠乎乎全黑喽；让他一个人给染的呗。送公安局半个月小拘。后来才听说，游泳馆发大财啦！那池子黑水全卖给了中国书法协会，墨汁！结果全世界都知道了有一种一洗就掉色可永远洗不净的人叫什么翻砂工！讲完啦，十分钟三分钱一共一毛五。"

关厂长听罢不语，半晌才说："好！"

张大区走到离关厂长二十米处，车间里就响起了午休铃声。他止住步子对周瞎子说："咱先吃饭！"就扭头折了回去。

"尿——喽！"一阵哄声在黑砂地响起。

关厂长对姜德力说："明天下午我找你谈谈。"

"明天是我们干活儿人的节。你要是总记不住这个日子可就离倒霉不远了。"

"你是黑砂阿凡提……"关厂长沉思着说。

"我又唬住一个书呆子——你。"

"你应当给局领导……写信，如实，我说的是如实，如实反映翻砂车间这种近似三条石的落后状况。"关厂长用很低的声音说。

姜德力笑没了鼠眼："我倒是愿意让你使唤一回……"也是低语。

171

远处，看热闹的人们已经换了一副目光，充满敌意地望着姜德力。大凡与当官的谈话超过十分钟者，统统定为"叛徒"。

　　于是今日午休将成为一个病态的午休。当官的不涉黑砂，便恨死当官的；当官的涉入黑砂了，黑砂又受不了这种"大补"。阴虚阳虚？

　　刘烧鸡扑进办公室对正在"续料"的张大区说："姜德力是个危险人物！"

　　张大区吐出一块骨头，说："我看你眼眶子发青，是让姓关的小白脸吓惊了吧？"

　　"关键是强玉凤……她得跟咱们一条心。"入了危境，张大区才想起这个女支部书记不是个摆设而是个重要人物。

　　此时，强玉凤正蹲在黑砂地上与何大吃对弈。何大吃万万想不到这位女官来找他下棋，八百年修炼出的道行出现裂纹。他无法推辞。

　　强玉凤从左翼着手，先拱了一步左边卒；再拱了一步右边卒；又拱了一步当头卒……开棋局强玉凤拱了五个卒。

　　何大吃半张着嘴，呆看强玉凤那五个临河洗足的卒子，缓了口气说："我输了。"

　　"才五步棋你就认定自己不行了？"

　　"你如今这么拱，不能算是操之过急。如果到了时候还忍着，就没人味儿了。"何大吃说。

　　"这话可能是对的。但我永远也不跟你下棋了。你故意认输或者说提前认输，没价值。"强玉凤笑着，"你说呢何师傅？"

　　"不——知——道。"何大吃闭着眼睛说。

　　"我能理解你的何氏卒子论。以前我就是个工人；以后也可能重当工人。没准儿。"强玉凤站起身，"首先得学会将死自己……"

　　一旁观棋的人们如听天书。

　　强玉凤回到空无一人的女更衣室，从箱子里拿出投毒犯的

172

"脚"，看。她日记本上已经记下了这个外号的由来，尽管主人公已经死去。

前年八月十五中班，为了中秋娱乐投毒犯在值班的张大区茶缸子里下了睡觉的药。张大区吃过晚饭就睡成个"尸体"。于是以投毒犯为首，在冲天炉前开追悼会玩儿。尽了兴后投毒犯让大家溜号，自己把张大区背回屋里。

那一定是一个模拟死亡的狂欢晚会。

投毒犯落了个"降一级工资"的好下场。为寻求娱乐他付出了如此巨大的资金，而张大区则有幸当了一回"死人"。

强玉凤想得嘴里发涩，就脱了衣服冲澡，近来她添了个怪癖：一天洗两个澡。似乎是想洗掉一个无法解脱的无形附着物。

她突然"啊"声大叫。小窗外一个人随声遁去。这脸孔，她能说得清！

"翻砂工都是怪物！难以想象！"她高声叫着，胡乱穿衣。"我非得调走不可，这里不可救药！人皮和人心隔得太远。"

扑进来大洋马："哈哈！你怎么穿我的……？"

强玉凤低头一看：大洋马那硕大的乳罩挂在自己胸前。松弛弛像个巨型望远镜。

大洋马的乳罩个个都是黑色的。

"不是说干翻砂的不欺负女工吗？"强玉凤余怒难尽，委屈地问。

"可你是个女官儿呀！哎，谁欺负你啦？"

"没谁欺负……"强玉凤平静地说。

大洋马又大笑："我把阎矬子给玩儿啦！"

"什——么？玩儿……"

十

午休黑砂地上照旧开展娱乐活动。翻砂工就是有这种修行：

明天咽气挺尸，今天照样撑着身子把媳妇娶进来。只要气脉没绝就照办活人的事儿。只是赌博的剂量渐增，五角钱一把牌。像病重增了药量。

据说刘烧鸡请假回了老家，他爹死了或快死了。李特务吃捞面，说："喜面！不管他玩什么花花肠子咱都吃喜面。"

今天是五月三日，车间果然停了产。

大洋马跑规划局去了。于是全体翻砂工大有"失恋"之感。大洋马是黑色部落的共同财富。

冲天炉前急得阎树兴直打转转儿，嘴唇奇痒。前几天他忍痛割爱出了一饭盒三鲜馅饺子让大洋马吃，条件是出卖一个午休时间听他大讲昔日的殊荣。他刚开口说："那年我在南仓中学当工宣队长，就等于是现在的校长呀！副处级……"大洋马咽下最后一个饺子就去捂肚子："哎哟……这个月又来啦！提前。"说着就艰难地回了女更衣室。矬子白送了一顿吃食。

这是大洋马由愣吃向巧吃发展的一大突破。

阎树兴更加怀恨没来上班的大洋马。无可奈何就奔向中国猿人的黑屋去发泄话欲。

一片幽暗满屋烟雾缭绕。阎树兴睁大眼睛才看到屋角摆着一块很大的"活化石"。

中国猿人跪在地上膜拜罢了那面黑得让人发抖的墙，那墙上挂着一块与墙色无二的小布帘。

中国猿人听不见阎树兴那轻如雪片的脚步，嘴里念道："怎么办呀，怎么办呀，车间这就要黄啦……"身子泛着寒气。

阎树兴一步上前举手扯下那道小布帘儿，一炷香倒落下来撒了一片灰烬。

中国猿人猛地扭身脸上全是泪。

墙里一个方方正正的龛位。内中神圣地坐着一尊半身白色瓷像被擦得一尘不染。

是那位已经故去十年的老人家。

阎树兴惊得又矮了几寸。他退着步子说："老袁……你你，你！"看着眼前这个圣徒，失声说："你思想太僵化了！"

中国猿人一步一拐逼上来捯动着伤脚。

"我是从心眼儿拜，跟你不一样。你别脏了我这儿，滚……"中国猿人猛挥"前足"。

阎树兴逃出了小黑屋便觉得没了说话的欲望。小黑屋里中国猿人自言自语用一只白巾去擦那尊像。目前他库存三个闺女硬是嫁不出去，滞销。而前六个闺女则因为父亲是个苦大仇深的老工人而倾倒了一大批求婚者。爹贬值闺女也降价。中国猿人便燃起了那一炷炷香。他家中没有银行存折，只有一张张发了黄的奖状。

他缺钱花；他也缺精气神儿用。

脚步咚咚又来了姜德力。

"别催，明儿个我就把干玛铁活儿的焖火绝招儿告诉你……"中国猿人说。

"不用啦师傅，我已经跟交河县来的白大头偷了几招。"姜德力笑嘻嘻说。

"白大头！人老鸦村来的那个人？"他诧异地瞪大猿眼，"这么说，我一点儿用也不中了。白大头还没死？"翻砂工多是交河县同乡。

白大头也是个干玛铁活儿的行家：退休回乡的老工人，六十年代出了名的劳动模范。

"他癌症，可硬挺着又进了城，想再抓挠一笔大钱。"姜德力径自拉开抽屉找了根烟点着，却不去看那黑墙上的风景。装傻充愣专家。

"变啦……全变啦！连姜德力你也变……"

"我本来就是根黑白冰棍——两色两味的。"

中国猿人双手颤抖："我早就看出来了。这翻砂的根儿，要烂……你记住了，到啥时候也不能忘了砂子是黑的。"说着就往

175

怀里掏什么。

"有了风吹草动,谁也不能欺负强玉凤!"

这大吼,吓得姜德力一抖。

中国猿人递上一个火柴盒儿:"送给你吧,也只能送给你了,没别人了……"

打开细看,是一颗油乎乎光润润硬中含软软中透硬很难说清是个什么颜色的砂粒。圆得似一颗小葡萄。中国猿人迷迷糊糊地珍存了多年,却不知它的真正名姓,便产生禁忌。

"它名叫……"中国猿人缓缓张嘴。

"砂精!"姜德力抢先说,其实是首次命名。

"伶俐的孩子。"中国猿人觉得话已说得超了额,到本世纪末也无须再说了,就作结束语,"往后别太丢人,抽烟就到这儿来吧。省了人家那么刻薄你……翻砂工如今够不值钱的啦。"

姜德力眼睛居然泛潮:"穷,最害人。其实我今儿个是给您送这个来了。"他递上一张硬纸片。

"啊!两千块?咋回事儿……"

"您闺女就是我师姐,我资助她出门子。"

"人手人心都讲个净。钱!哪来的?"

"我是大孙庄铸造总厂的技术顾问!我是姜德力!我不是姜德力!我他妈的让黑砂染成这种色,从十六岁!我才不离开这块墨儿呢。我得吃它!我得从它身上涮出银子来……我就是我。"姜德力眼中冒出亮光,似人似鼠,非人非鼠。

据悉,大孙庄多姿多彩的魅力,是那里盛产一种使人能照见自己祖宗的水磨铜镜。外国人最爱老世辈子中国人的物件,玩儿。

姜德力偷偷成了精,开始跟洋人"装傻充愣"了。他不顾中国猿人把那两千块钱存款单扔在地上,走出小黑屋。手中握着那颗镇乎了一辈翻砂人其实并非神秘的"砂精"。

"这叫橄榄石砂,外国最多,中国少见。因此就成了镇山之宝。"姜德力心里十分明白。

忽然，他想起刘烧鸡二一年前就死了爹。

十一

大洋马在外飘了三天，耐不住黑砂那养父兼情人的诱唤，瘦了一圈儿回到张大区的办公室。

"刘中翰这老浑球正忙着跟老婆打离婚，根本找不着他！我遇见个明白人对我说，这个车间根本独立不了。出主意闹独立的人从他爷爷那辈儿就缺点儿心眼儿，傻巴儿！"

这里的智者，是黑砂圈子里的智者。离开这黑色生物圈去大世界参照，八成是个隔路货。

张大区哈哈一笑："滚吧胖闺女。"

昨天，强玉凤拒绝了张六区要她到公司为"翻砂车间独立"去游说的要求。她淡笑着："因为我自己搞不明白咱们车间究竟该不该独立。我为什么用我的嘴去说您的话呢？"

最让人担忧的是听不见关厂长的动静。

牟局长嘴歪眼斜住进不准探视的高干病房。

刘烧鸡"爹可能还没咽气"，不见他回来。

马玉斌正领着一群"武青协"队员操练篮球，今天中午迎战金工车间，首战意义重大。

不出伤亡事故阎树兴就以双倍大闲人的态度等待着忙碌季节的到来。人过剩了。

停了产的黑砂地上躺满了"尸体"。新出现了一个娱乐活动：比赛做梦看谁能美得撑起了"洋伞"，在妙不可言的仙境中散步。

唯独强玉凤仍在工作，她迈进了中国猿人的小黑屋。她是来质问"偷窥者"的。

"我不想把这事儿端到党小组会上去。我只想告诉您，这么一把年纪了干吗还做这种丢脸的事情呢？真是不可思议！"

中国猿人扑通跪在地上，像个服罪的老囚。

忏悔……当强玉凤从小黑屋里走出来的时候，没有人发现她两眼哭得红肿。

她吃惊地感到自己身上同样奔流着那种黑色的血。满眼黑砂，潮扑上来逼她认同迫她归宗。于是她越发觉得翻砂人种是一个古老的"X"。

"我扒窗户看见的，总是一个用一块破布包着的小月孩，我就忍不住总想去看，我是爹呀！"

"我是翻砂工的后？"强玉凤扑进女更衣室痛苦地撕扯着自己的头发，拔。似乎是想拔起自己，摆脱那黑色土壤的万有引力。

"小姨子从农村来伺候月子，我就……我也不知道犯了哪股浑劲！"

强玉凤陷入对自己的深深怀疑之中。

"我——是——谁？"

黑砂地上，只有一个人在干活儿，是姜德力。张大区"缓兵计"依从了关厂长"停产整顿"的指令，但他的内心却还是有个"黑色宗教"的迷信，他怕断了烟火日后"独立成功"，车间没了风水。就让姜德力一个人"继续生产"——悠悠干着聚拢住翻砂车间的元气。

大洋马跟腚虫一般不离姜德力左右。

一日不见如隔三秋；三日不见如隔九生。

"你多能耐呀！没模子没工具就能把活儿干得这么好。"大洋马纯情地盯着姜德力。

姜德力入了境，修补着手下的那个圆圆的"黑太阳"。自语说："铸进去了，人。所以，铸一个坏俩，铸两个坏仨……"

"咱俩一块儿铸进去吧！铁了。"大洋马说。

见他不语，大洋马又问："你想离开这儿吧？"

"离开这儿？天爷！你这是想砸了我的金饭碗呀？我后半辈儿全凭吃黑砂活着呢。"

几乎所有的人都认为姜德力整天都在开玩笑活着。大洋马看到的是姜德力黑砂而不是黑砂姜德力。关厂长需要的是阿凡提而不是黑砂。

不知什么缘故，一直守口如瓶的张大区竟然下令在大墙上张贴出了九人硅肺病名单。

这似乎是部落首领对黑砂的最后坦白。

半只耳朵撩着大襟兜成个兜状，里边是香烟和奶糖。他快步走，见人就发，活像个宇宙级慈善家。

"喜烟！喜糖！我总算定上了个Ⅰ期硅肺病，这下可好啦！回了家我让老伴儿吃喜面……"

患了病却喜庆，一种罕见的黑白大倒错。

半只耳朵扑近了："德力你爱抽烟，我专门给你备了一整盒，大前门！从十年前列为'可疑'，这回我可算定了性。"

"怎么得了病你还这么高兴"大洋马问。

"你傻！干了一辈子横竖肺里也黑了。我倒不在乎那几块钱的营养费，这是个结论，结论呀。"

半只耳朵美得浑身打哆嗦。

"你就等着过太平日子吧！"姜德力说。

"好话，好话。"半只耳朵又去发烟发糖了。

那盒大前门香烟，握在姜德力手中。他凸出两侧咬肌，那烟便粉碎在手中了——一缕缕烟丝纷纷落在黑砂地上。

姜德力斯文地说："×它妈！"

大洋马被这个常见语式吓了一跳。

一声吆喝："给篮球队员募捐营养费喽！多不嫌多，少不嫌少，众人捧柴火焰高……"老干饭头顶棺材色的帽子，喊着走着。

追上来两个"篮坛隐士"，手持一卷祭鬼用的纸钱儿，喊："我捐十万块！"李特务和宋愣子。

那纸钱儿，白亮亮地耀眼。

刘烧鸡回来了，喘着大气进了车间。他胳膊上假模假式地戴了个黑箍儿。

姜德力远远见了心里说："成了！等着看出大殡吧……刘烧鸡准是投靠了白大头。"

白纸钱儿加黑箍儿，这才是实打实地办丧事。

十二

强玉凤丢了"身份证"，迷迷糊糊不知自己是谁，她走到远离车间的大砂丘上，往远处看，四下黑茫："我是个翻砂工的私生女？"她恨，中国猿人为什么于无奈之下如实招供。世界太小了——她几经"排列组合"又重新投入了母体，这黑砂的怀抱。

远远来了姜德力，引着一个身穿风衣的老人。一前一后，皆机警地勘测着这块黑砂满目的土地。

"这块空场可以盖个大料库。"风衣里的"瓢子"便是身患绝症重返都市的挣钱能手，铸造行业里颇具名声的老手艺人白大头。

强玉凤看着姜德力把那人送出了工厂后墙。

厂中心篮球场上，那场篮球赛开始了。

没活儿干的翻砂工们倾巢出动，观战。

"您还有什么嘱咐吗？"马玉斌率队离开车间之前，问张大区。

"能赢就赢，咱还没输过呢。"

刘烧鸡却讳莫如深地说："翻砂工拿打球当成玩儿，别的车间拿打球当成苦大累。末了还是当成玩儿的赢呗！"

当成玩儿？张大区突然大叫："必须给我赢！这是最后一回啦，最后一回啦！"

马玉斌壮胆说："友谊第一，比赛第二。"

何大吃睁开眼说："别强求……"

人走尽了，只剩下莽莽黑砂，像个寡妇。

张大区叫来姜德力。

"我放你走，你自己找地方吧……"

姜德力十分惊异："我申请了十年啦！现在你才给我大赦？嘿嘿！当初你怎么不放白仙走？"

"她？趁现在我还行，快走！你们这一堡干翻砂的，只剩下你一个人了。"

"离开黑砂，你让我饿死呀。"

"你，去年就定了——Ⅰ期硅肺病。"张大区其言亦善地说出这个声音。封存了一年。

姜德力低着头听。突然抬头说："将来你要饭到了我家门口，管饱。"转身走了。

篮球赛已经进入白热化。

五个"武青协"会员在一阵阵起哄声中实施着他们那"匹夫有责"的道义。当他们在场上听到那起哄声居然是从一群翻砂工里传出的，一个个痛苦地扭曲了脸孔。

金工车间在场上遥遥领先。他们被自己的伟大成就惊呆了：翻砂车间篮球队已经不是铁铸的而是纸糊的了……很惨很惨。

嘎吱嘎吱噜噜呀，吱——刺！吱——刺！

马玉斌慌得没了魂儿，东瞧西瞅南顾北望。离终场还有八分钟，他下决心叫了暂停。

五个队员"拉着风箱"站到马玉斌面前，等待教练面授机宜。

"我……我没什么事儿。看你们累了让你们歇会儿。"马玉斌竟然毫无主张。

渴望智慧的五个队员面面相觑。

马玉斌让别人支使了一辈子，已经丧失了支使别人的机能。"歇口气儿吧……"

扑上来一个人，飞快地在场边铺开一张棋盘，啪啪摆上五个卒子，说："小卒过河才能咬死人，所以你们要迅速过中场。到了篮下，就等于小卒子拱老了，最后一口气儿了！得挺得起来，死劲儿挣扎往篮儿里投。想着死可又得忘了死！"这是何大吃。

五个卒子形如五个篮球队员，那棋盘就是篮球场。哲学却是人的："引诱他们那个大个子中锋起急，成全他犯错儿毁自己，五次罚下！"何大吃的经世之学使五个队员如听佛音。

"等着人家犯错儿，得耗得住。比谁命长呀！"姜德力插嘴说。

"等人家犯……咱早死啦！"观众堆里站出"篮坛隐士"李特务和宋愣子，"换我上场！换我上场！"叫得马玉斌六神无主四肢发凉。

又开始比赛了。积重难返，局面不见起色，"武青协"队员在对方高大队员腋下钻来钻去，像捡钱包儿的。翻砂车间的观众席上鸦雀无声。

已经晚了——翻砂车间死了，一声哨响。

凝固的人群黑冰块一样流动起来。

"输也没用赢也没用。赢能赢出冰箱彩电洗衣机？输也不会押上老婆孩子房子……"

"操！场上十个人抢那块圆皮子，等着补鞋用哪……"又一个声音散淡地说。

张大区躲在远处看着："三连冠？"

五个"武青协"队员仍然坐在场边——凭吊着自己那毕竟振作了一时的灵魂：苦练……明年再赢。他们心中还有个明年。

车间里，不知是谁一声大叫，一团黑砂投向了马玉斌。接着，厕所的门便被一阵乱脚给踹散了……无望的"毁坏欲"爆发了！

不知是恨别人还是恨自己，但毕竟有了恨。

刘烧鸡跑来了，臂上无了黑箍。他离张大区十米远便高喊："厂会议室的会刚刚结束！翻砂车间被拍卖了——先租给交河县的民工队。"

大洋马一屁股坐地，大声叫了起来。

张大区极其平静地问："你，倒戈了吧？"

刘烧鸡脸生暗色，用尽全力撑着说："又怎么样？市工艺专业化办公室和局规划处在会上一致同意关厂长的改革方案，这个车间，没啦。"

刘烧鸡是"引清兵入关的吴三桂"！

张大区身子一歪——血管崩了。

强玉凤惊了："赶快，送医院抢救！"

白仙——投毒犯——张大区，这三个以不同方式寻不同门径离开黑砂的人，殊途同归。冲天炉熔炼着人的灵魂。黑砂颇有杀伤力。

十三

一道大墙，隔出个翻砂车间的领地。

一群离开黄土地扑入黑砂地的农民，以大饭量壮劳力的姿态，占领了翻砂车间。

疯狂的劳作，使这里的飞尘遮月蔽日，光线越发昏暗了。刘烧鸡坐进张大区的办公室。如今他是厂驻翻砂车间检验员，一双眼睛监督着从这群农民手中制造出来的铸件。嘴，照吃"商品粮"。

几个棒小伙，嗨哟嗨哟合力抬着一个棺材样的铁箱子往车间外请。空中的天车已经封存。无尽的财富出自隆起的肌肉和返璞归真的原始操作。

崇尚干字的中国猿人退休了，干字在这里依然大写。

"保养体格吧，岳父。"姜德力笑嘻嘻说。在此之前他从未管中国猿人叫过"岳父"。

中国猿人一怔："岳父？我九个闺女都有了主儿，死也轮不上你……"

"还剩一个呢？没主儿。"姜德力表情严肃。

中国猿人摇摇头："没门儿……"

"我给您老当儿子吧？整个的也行。"

"你像翻砂的种，可不像翻砂的根。"

"我是没腿儿没腰子的裤子——新品种。"

角落里，姜德力一步步逼近了强玉凤："你，哪儿去？调国务院？"眼中闪着灼人的光。

强玉凤退了一步，站定："我听说国务院编制早满了。你还是关心关心刘烧鸡这位革命小人吧。"

"要把他剐走，就没了可整治的啦！拿谁开心？"

"拿谁开心？买个电动玩具呀！我当你们的阿姨，兼任幼儿园党支部书记……"

这种童贞激动了他："我可不是乖孩子。"

"怪孩子？我要是留在这儿不走呢？"

"那得让我娶了你！"姜德力伸出五分之四的残手用五分之五的声音说，"你阿姨我阿姨夫。"

强玉凤从背后亮出一个物件一隔挡：是投毒犯留在翻砂车间的那只"脚"。

"走——喽！来——喽！"翻砂汉子们吆喝着，离开了这块故土。

一群壮似牛犊的民工，抹着汗津津的脸，喘着粗气看着这场景，只觉得十分新奇。

姜德力说："我打算聘你当检验员，兼这儿的计划生育。"

"计划剩余？这工作很伟大。"强玉凤说。

"干吧干吧，一慢二看三通过……"

强玉凤一板一眼地说："味道不错。"

嘎吱嘎吱噜噜呀，吱——刺！吱——刺！

大墙尽头，一个六七岁的男孩骑龙一样跨在墙头上，颠着屁股唱着。他是一个名叫任霞香的翻砂寡妇生下的孩子。在他眼里，墙内翻砂王国是一个撒尿和泥的好地方。

最后一个工人

一

　　周家林听到工厂即将合资的消息，是"五一"那天中午。每年国际劳动节，他都要随着妻子到岳母家去，雷打不动。今年四十八岁的周家林结婚已经二十四年了，他在岳母家里过了二十四个"五一"。对一个工人家庭来说，"五一"节自然应当合家团聚，趁机改善一下伙食。譬如说炖肉或熬鱼，还有包饺子什么的，让肠胃繁忙一下。当然，这都是过去的事情了。

　　岳母住在安平里工人新村。当年这里是著名的卫星城。工人新村奠基的时候市委书记说这里的平房均为临时建筑，不出三年，都将推倒重盖，建成高楼。也就是人们常说的"楼上楼下，电灯电话"。三十年过去了，不见楼房踪影。住进工人新村平房的小媳妇们，也都成了姥姥。

　　周家林的岳母，也是如此。

　　当今实行双休日，每星期五天工作制。因此中国人引进许多洋人的节日：圣诞节、复活节、情人节以及愚人节。中西合璧，节日多如牛毛。于是"五一"之类的传统节日渐趋冷清，仿佛是掺了水的白酒，淡而无味。

　　周家林正是喝着那种淡而无味的低度白酒，坐在岳母家里听到内弟崔才焕讲起工厂合资的事情。内弟当工人的时候，属于那种浑身都长满了耳朵的消息灵通人士。如今内弟当了干部，浑身又都长满了嘴。

每年的"五一"节，周家林都能在岳母家里与内弟相遇。虽说他们同在一座工厂里上班，平时也是很少见面的。这就好比猴子与猩猩，虽然同属灵长目，却分别关在两个笼子里。

岳母已经七十六岁了。七十六岁的岳母耳聪目明，每逢"五一"必然操刀下厨，煎炒烹炸，以示郑重。这的确使人肃然起敬。瘦小枯干的老太太早在日伪时期就是一家棉纺厂的童工，饱受折磨。她伤病在身，退休多年竟然健在，应当说是一个奇迹。老太太平常十分关心祖国的棉纺工业，常常竖起大拇指用那沙哑的声音说："棉纺行业，上青天！"

她说的是中国棉纺工业的三大基地：上海、青岛、天津。殊不知这早就是老皇历了。老太太根本就不知道自己的国棉十八厂已经两年没发工资，接近全面停产。儿女们对她采取愚民政策，绝对是只报喜不报忧，她就以为祖国棉纺工业形势大好而不是小好。因此她活得非常硬朗。每年"五一"节亲自下厨炒上几个拿手好菜，目的是慰劳活跃在祖国工业生产第一线的儿女们。

当然也包括姑爷周家林。

老太太只炒四个菜，求的是四平八稳的吉祥。她炒的第三个菜是古老肉。端上桌子的时候听着却像是"孤老肉"。是啊，中国进入老龄社会了。

周家林对如今时兴的这种低度白酒不以为然，淡而又淡，失去了白酒那种先天的刚烈本性。古老肉上桌的时候，内弟说起了工厂合资的前景。内弟的本行是一个出色的电工。内弟的光荣历史就是曾在伊朗驻中国大使馆里当过两年电气技师，能讲几句英语并养成了不吃猪肉的良好习惯。完成援外任务，内弟回到工厂当了生产科的副科长。从此在内弟面前周家林总是怀有自卑心理。虽说自己在铸工车间也曾多次被评为技术标兵，但与内弟相比就小巫见大巫了。内弟口若悬河的时候，周家林静静听着就像一个小学生。

岳母又炒了一个糖醋面筋。这就是老太太的第四个拿手好菜。妻子将糖醋面筋端上桌子。内弟透露说这一次是与德国合资。周家林脱口问道："德国的首都不会是卖啤酒的慕尼黑吧？"

身为生产科副科长的内弟看了看姐夫说："你别是在讽刺我吧？说我是一个口若悬河的空谈家？告诉你吧姐夫，如今信息时代，必须知道很多事情才成！你知道英国王储查尔斯王子跟戴安娜王妃离婚的消息吗？你知道克林顿的媳妇叫什么名字吗？"

他喝了一口白酒对内弟说："英国王室的事情我不大清楚。哎，咱们别提这些超越国境的事情了。你还是给我说一说工厂的合资内幕吧。"

内弟养成了不吃猪肉的习惯，他夹了一筷子糖醋面筋然后用报表的口吻说："这一次工厂合资，你们铸工车间算是彻底完了，根本就没有你们的戏，撤销！今后工厂需要的铸件，全部扩散到乡镇企业。你们的厂房啊，腾出来！腾出来改作金加工车间，制造'小水电'，就是专供山区小型水库的那种发电机组。你们跟合资全无关系。"

周家林追问内弟："我们铸工车间工人怎么办呢？二百多号人哪！"

"遣散！挑选一批身强力壮的，去合资车间当清洁工。其余的，只能听命由天。咱们算是赶上惊心动魄的时代啦。大动荡大改组大变革大发展，给我们提供了千载难逢的大机遇。"

周家林妻子名叫崔才花，是工厂装配车间的装配钳工，发福后她干活儿猫不下腰，被安排到仓库里去当保管员。听说工厂要合资，这位保管员对自己弟弟说："你一定要想想办法，安排我去合资车间。工资多高啊！"

弟弟笑了笑说："姐，你也不看一看，中外合资女工有你这样的三围吗？这次又不是跟阿拉伯国家合资。"

听弟弟挖苦自己，崔才花火了："你姐夫大半辈子都没嫌我胖，你倒长别人志气，灭了自家威风！你逼急了我就移民沙特阿拉伯。"

七十六岁老太太显然听清儿子与闺女的谈话，老人家颤着身子凑上来说："是啊，当年日本人招收纺织女工，也先看模样和身段。歪瓜裂枣的，不要。解放后，我们女工才真正翻身得解放，无论长得是俊是丑，都是企业主人翁！"

听了老太太的话，崔才花只得干干一笑："当年我也是个苗条女人，都怪社会主义把我养成个大胖子。"

老太太绝对正统："工人阶级一员，不许说反动话！"

周家林试探着问内弟："你，这次保准能去合资吧？"

内弟自斟自饮，将一碟干煸牛肉丝吃得干干净净，嘿嘿一笑说："别人都闹着去合资，我偏偏不去。这就叫敌进我退。人活着，要充分掌握唯物辩证法。"

周家林呆呆望着内弟，仿佛看见一个正在酗酒的哲学家。

"有一件事情我想问问。咱厂，为什么非要跟外国人合资呢？咱们自己干就不成啊？"他小心翼翼问道。

内弟似乎被姐夫这个问题给难住了，举着酒杯想了想："是啊，咱厂为什么非要跟外国人合资呢？兴许这就是潮流吧。"

这时崔才花端上四碟小菜。周家林非常惊讶，平时从未见过妻子制作这种酸辣可口的朝鲜风味小菜。崔才花撇撇嘴说："我浑身都是优点，你慢慢发现吧。"

"这小菜，你是跟谁学的？"周家林饶有兴趣继续问道。

崔才花大声说："阿妈尼！"

七十六岁的老太太笑了："年轻的时候跟高丽大妈住邻居，得了真传。"

188

内弟说："这事儿我怎么不记得？"

崔才花讽刺弟弟："你天生就是大人物，记不住鸡毛蒜皮的事情！"

这就是一个工人家庭的"五一"节日气氛。温而不馨，空而不虚。

临近阳历年，出访欧洲的书记和厂长回来了。工厂立即宣布与德国人合资。那道"柏林墙"矗立起来，将过去的工厂拦腰切成两个世界。前院称为"中德合资重型电机制造公司"，门前挂上新匾，俗称"洋厂"，从原有四千名工人中几经筛选，招精兵一千，最低工资一千八百元起价。凡被选入合资的工人，无不欢欣鼓舞，颇有获得新生之感。这一千名工人，个个满面红光，仿佛减去了十岁。

后院依然属于中国领土，剩余工人三千。据内弟向姐夫透露：方案初拟这三千名工人中，提前退休八百，病退三百，除名一百八，加之自动辞职五百。去向不明者二百，最终所剩一千零二十名工人，组成"水电设备制配厂"，俗称"国厂"，今后专门生产山区所需小型水电机组。力求挖掘国有企业潜力，早日走上集约发展的道路。

这次合资，铸工车间结局最为悲惨，家园彻底丧失。堂堂铸工车间只有两个捣乱分子跳出来。一个是清砂工人屠维明，一个是大炉工人胡成。都是年过卌十岁的汉子。

这两个被编入"国厂"下岗行列的工人，都属于硅肺病患者。多年的劳作使他们肺泡里粉尘沉积，患上无法治愈的职业病。屠维明和胡成去找厂长申诉。厂长合资去了，正忙着跟德国人研究如何开拓国内市场。站在会议室门外，这两位硅肺病患者大声叫嚷起来。

"妈的！老子是计划经济时期得的职业病，如今一句话就商品时代啦！我们的职业病也是商品，你们要花钱把这个商品收购回去！"

人们都忙着合资，对他们的呼吁置若罔闻。

屠维明与胡成当场大声宣布："前往市委门口静坐，讨回一个公道。"

也不知道他俩是否去了市委。反正有消息说，屠、胡二人被公安局抓走了。于是，心怀不满的工人们平静下来，静观事态发展。

坐落后院的"国厂"重新任命了常务副厂长。常务副厂长居然就是周家林的内弟。工厂原来那十几位领导干部，全都抢着合资去了。于是周家林的内弟脱颖而出，趁乱坐上"国厂"第二把交椅。这个位置相当于水泊梁山的二寨主卢俊义。内弟成了卢俊义，本名仍叫崔才焕。崔才焕走马上任，成了崔副厂长。

崔才花兴奋异常地对周家林说："我们崔家祖上有德，出了一个厂长。"

她显然高兴得太早。崔才焕上任后便大义灭亲，将姐姐列入下岗女工行列。气得崔才花一连哭了三天零四个小时。

周家林终于意识到，内弟崔才焕平日里韬光养晦，绝对是个人物。

崔副厂长找到周家林说："姐夫，你虽然被留下了，可你知道事情内幕吗？若不是我为你说好话，你就被划入下岗待业名单了。唉，尽管留下了，目前也无法安排你的工作。铸工车间没了，你这铸工能干什么？总不能让你去卖臭豆腐吧。你要做好各种思想准备，不打无准备之仗！"

周家林略显坦然说："最坏的结局不就是下岗回家吗？你姐姐被你逼得回家自谋生路了。我还有什么要怕的呢！夫妻双双把家还呗。"

初冬的太阳，照在周家林瘦瘦的脸上，也照在崔才焕棱角突出的脸上。内弟身材粗壮，棱角分明的脸上有一双精致的三角形眼睛，炯炯放光。他讲一口极不标准的普通话，川鲁闽浙冀皖语音兼而有之。这就使人根本无法判断他是何方人氏。其实他就是本地土产。不知为什么很多人认为他是复员军人。总之在人们心目中崔才焕属于正面人物。此时他问周家林："姐夫，我让我姐姐下岗待业，她一定最恨我吧？"

姐夫不动声色："不。你姐姐最恨万恶的旧社会。"

崔才焕笑了："旧社会……"

周家林本是铸工车间技术尖子。如今铸工车间殁了，他认为自己成了烈士遗孤。遇到这种情况，每个人随时都面临改行的挑战。你明明是一个车工，你只能改行去打铁。你明明是一个钳工，偏偏要你去烧锅炉。你不能适应这种巨变，就下岗回家待业。待业就是失业。"是啊，千万不能失业。我周家林今年四十八了，又要脱胎换骨。可除了铸造这行当，我还有什么本领呢？"

这样想着，周家林朝着柏林墙走去。嗯，除了铸造，我会理发。这二十多年来的午休时间，不断有人找我理发，累计不下千人。另外我还会修理自行车、配钥匙、偏方治牙疼……

这时候，他突然想起江忆兰。

江忆兰曾经是"三八"焊接小组铁姑娘，创下大干三天三夜紧握焊枪不离手的感人事迹。如今她也有四十岁了。不知道这次合资她面临什么处境。渐渐地，周家林感到一丝惆怅爬上心头。作为一个中年男人倘若暗中不有花心，那么他承认自己偷偷爱着江忆兰。

走近柏林墙了。墙上开了一座大门。大门属于欧洲建筑风格，门卫却是一个地道的中国人——设备科原来的副科长徐二狗。

徐二狗大声说："周家林！工厂合资了，进出这里要有门票，门票你懂吗？就是允许你进进出出的通行卡。"

"你怎么变成洋厂门卫啦？"他记得徐二狗跟自己同庚。

"嘿嘿，我这个人就是能官能民，能上能下，能大能小，能折能弯。这叫改革开放大好形势下的重新站队。"徐二狗俨然乐观主义者。

周家林暗想："真是不得了！这次合资好像二次投胎，重新出世。一个大活人眨眼间就变了一个样子。"抬起头看着大门里的新天地——那另外一个世界。

徐二狗压低声音对他说："只来了几个德国人，就合资啦！把咱厂一刀劈成两块。哎，你现在每月工资多少钱？"

周家林眨了眨小眼睛说："保密。"

二

原来的铸工车间改为金加工车间，必须经历脱胎换骨才成。崔才焕不愧在外国大使馆见过世面，当了常务副厂长就能进入角色。他组织一支庞大施工队伍，一边改建车间，一边清理"国厂"的厂区。

周家林被派去清理露天仓库。

他认为仓库就是一座工厂博物馆。这里的馆藏，处处印证着这座工厂的博大精深。铸工车间的家当，首先要说砂箱。所谓砂箱就是铸造用的工艺装备，生铁铸就。它们层层叠叠堆在一起，勾勾连连倚在一处，看上去关系极其复杂，令人费解。经过几十年积累，这座砂箱仓库变成锈迹斑斑的钢铁废墟。一只砂箱就是一部史书，蕴含着一个失传的故事。

周家林开动一座门式起重机，简称"龙门吊"。他心里盘算着怎样用三天时间完成清理任务。他的助手是个姓方的小伙子，外号"方便面"。

"今年你三十岁吧？年纪轻轻的怎么不去合资呢？"

方便面手里拎着钢丝绳说："干活儿时，尤其起重引钩时，不能聊天儿。安全第一。"

周家林这才想起，去年春节前夕"方便面"在清砂时候，被砸断一只手指。

"方便面"将钢丝绳挂在一只锈迹斑斑的砂箱上，说了一声："起!"

吱吱嘎嘎的龙门吊车缓缓将这只巨大砂箱吊起来。砂箱底部，泛开一片湿土，露出一条蠕动的大蛇。

"方便面"被吓得尖叫起来。周家林从小也是怕蛇的孩子，此时为了维护男人的尊严，他强作镇定，操纵着龙门吊车朝前行走。

这条即将进入冬眠的大蛇，就这样被强行暴露在光天化日之下。周家林心里很是内疚，又不知如何是好。他开着龙门吊车将砂箱缓缓卸在空场上。一群乡镇企业派来的壮汉，一个个都是鲁智深倒拔垂杨柳的派头，抡起十八镑大锤嘿哟嘿哟正在劈铁。砂箱被劈成碎块儿，成了回炉原料，装上卡车运走。看着这个热烈的场面，周家林点燃一支烟，使劲抽了起来。

"方便面"走过来说："赵忠祥说动物是人类的朋友! 那条大蛇肯定会被民工们弄死的。我就是属蛇的。这年头伤害同类是要遭到报应的。"

周家林递去一支烟说："工人与工人是同类。我也没看见有谁遭到了报应。你不要自己吓唬自己。"

听了这话，"方便面"渐渐镇定下来。

崔才焕领着几个女工扛着扫帚走过来："周家林!'方便面'! 你俩转移去整理成品库。三天时间要把场地清理出来!"

周家林朝内弟点了点头，算是回答。"方便面"小声嘟哝着："如今我们是磨坊的磨盘，听驴的调遣。"

成品库里，已经有几路人马投入清理工作了。一堆堆存放多年的铸件，成为清理对象。周家林又问"方便面"："你年纪轻轻怎么不去合资呢?"

"方便面"伸手抹了抹嘴角:"那资,不是我想合就能合的吧?你小舅子是个手眼通天的人物,如今又当了常务副厂长。你怎么也没去合资呢?"

"方便面"一番话,揭了周家林的伤疤。他听见"方便面"继续说:"崔才焕为了树立廉洁无私的形象,让你媳妇下了岗。我说的没错吧?"

是啊,崔才焕这家伙是个心硬如铁的男人,他摇身一变当了"国厂"常务副厂长,不但不让自己的姐夫进入中外合资企业,还逼着一奶同胞的姐姐主动申请下岗,回家自谋生路。新官上任三把火,这家伙一下落了个清正廉洁好名声。为了达到搞活国有企业的目的,崔才焕不惜跟姐姐反目成仇。

周家林认为官运亨通的小舅子"窝头掉地上踩一脚——不是个好饼"。

吃过午饭,终于传来令人震惊的消息:崔才焕拎起那条大蛇,出了工厂大门进了那家专做粤菜的餐馆,立马卖了八十块钱。然后又将那八十元钱捐给工会,存着备用。

妈的,这就是市场经济。周家林想起了历史上拔剑斩蛇的刘邦,暗暗想道:"崔才焕这家伙胸怀大志又敢于大义灭亲,将来兴许能成大气候。"

"方便面"启动龙门吊车,又开始干活儿了。成品库很大,堆满几十年生产的铸件。不知为什么,这一批批在"大干快上"形势下突击生产出来的铸件,迟迟没能派上用场,呼呼沉睡在这里,任凭风雨锈蚀着。

周家林看见那根长达十六米的球墨铸铁大轴静静睡在枯草丛中,心头一热。四十八岁的周家林面相并不显老,当他激动起来时候越发显得年轻。"方便面"坐在一旁吸烟,不知道周家林为何激动。然而,当周家林伸手摸着这根大轴时,他猛然觉得自己老了。

"方便面"把两道钢索拴在大轴两端，准备起吊。

周家林突然大发感慨："这根大轴六吨半，你知道它的来历吗？"

"方便面"摇了摇头，对这根大轴的历史毫无兴趣。

一个乡镇企业业务员模样的汉子，紫着脸膛走过来问："这根大轴有啥来历？你跟我说一说。"

"跟你说一说？你是哪一部分的！""方便面"颇为不屑。

紫脸汉子大大咧咧说："我是来收购这儿的废铁的。你们铸工车间撤销啦，这些铸件都迁到我们九里河铸造厂了，嘿嘿，这也叫工农联盟吧。"

"你来收购废铁？"周家林指着那根大轴："它是废铁？这大轴一九五九年铸造，全市六位八级铸工，聚集起来攻克难关。用今天的话说就是六位顶尖高手，联袂铸造这根球墨铸铁的大轴。朱老总当年还到现场参观哩……"

紫脸汉子立即问道："朱老总，你是说宏运贸易公司的朱总经理吗？"

周家林怒了："朱老总是朱德委员长！你这个人怎么任屁不懂呢？"

紫脸汉子嘿嘿一笑，挠了挠头皮说："嗨！昨天跟宏运公司姓朱的总经理喝酒，人们都叫他朱老总……"

那根被朱德委员长视察过的球墨铸铁大轴，被龙门吊车缓缓吊起，装在一辆加长卡车上，运走了。"方便面"凑过来小声问他："你见过朱德？"

望着远去大卡车，周家林摇摇头说："这都是听我师傅说的，他见过朱老总。"

"你师傅呢？"

"硅肺病，大前年死啦。"

这时，周家林心里猛地冒出一个疑问："既然当年六位八级铸工联手铸造成功，这根大轴为什么一搁三十多年没有派上用场呢？如今当作废铁给拉走了。这到底是怎么回事呢？"

想到这里，周家林心情变得很坏，仿佛把一个腐烂的苹果吃到了胃里。整整一下午，他都不言不语，默默地干活儿。成品库里积压着很多铸件，有的竟是当年他亲手铸造的。譬如说那一台六吨重的高压泵体，在这里放了整整十二年。十二年前，他师傅还没有退休呢。

"方便面"看出他心情郁闷，主动递来一支烟卷。周家林知道这小伙子平时非常小气，从来不向别人递烟。他从"方便面"伤残的左手接过烟卷，随口问道："大家为什么都叫你'方便面'呢？"

"我穷。每天中午只吃一袋方便面，这外号他们叫了三年了。"

听了这话，周家林默然。"方便面"突然问道："周家林，你说这辈子咱们还能过上好日子吗？"

他朝"方便面"苦笑了："人们对好日子的理解，各有不同。咱们还是先干活儿吧。马克思不是说劳动必将成为人的第一需要吗？当然他说的是共产主义社会。"

"方便面"说："我没看过马克思写的书。"

周家林说："肯定比金庸写得好。"

终于在成品库的角落里看见当年被称为"争气车床"的轨辊车床的床身。周家林又激动起来，抢着手中铁锨，气喘吁吁清除周边杂草。

巨大的轨辊车床的床身，终于完全显露出来。周家林目光炯炯，不停地搓着双手，进入亢奋状态。

"小方！这是当年机械部给咱厂下达的光荣任务，支援朝鲜的轨辊车床。咱们起名叫'争气车床'！我参加啦。那程子，光中央首长就来过五六拨。唯厂为了稳妥起见，当时铸了两件床身。这就是备用件，正件去了朝鲜。这件床身的导轨角有个小砂眼。你知道江忆兰吗？她是'三八'焊接班的铁姑娘，亲手补焊了砂眼。好技术啊！那叫天衣无缝哪。"

犹如江河入海。"方便面"呆呆望着滔滔不绝的周家林。

不知为什么，周家林戛然而止，缓缓点燃烟卷，三两口就吸去半截子。许久，他转过脸来对"方便面"说："我讲的都是陈芝麻烂谷子故事，如今时髦的事情是合资啦……"

"千变万化，咱们还是工人阶级呗，吃苦受累的命。""方便面"也伤感起来。

"如今时兴新名词，工人阶级叫工薪阶层，也叫普通蓝领，崔才焕那样的叫高级白领。"周家林无精打采说着。

"方便面"自言自语："我现在是黑领，连洗衣粉都买不起了。"

临近下班，一辆吉普车驶进工厂，转了一圈停在成品库近前，从车里走出屠维明和胡戎。工人们惊叫着迎了上去。

"方便面"压低声音问："不是说你俩去市委静坐给警察逮走了吗？"

胡戎淡淡一笑："对！这不是把我俩送回来了。"

屠维明气宇轩昂补充一句："人民政府是不会扣压人民的。"

常务副厂长崔才焕跑过来大声说："二位辛苦啦！"

胡戎气势汹汹说："你用不着小恩小惠，马上解决我们吃饭问题！"

周家林挤过去低声慰问："你俩吃饭了吗？咱厂下岗女工自谋生路在大门口卖盒饭呢。我给你俩买去，要肉丸子的还是要红烧带鱼的？"

夕阳西去，将最后的余晖挥洒在人们的嘴唇上。

三

　　周家林家住全市闻名的安平里工人新村。这工人新村建于美国将军克拉克在板门店签字那年，因此安平里听起来颇有抗美援朝的味道。下岗女工崔才花的下岗生活，恰恰以泡制朝鲜小菜开始。历史在她面前画了一个巨大的圆圈儿。在这个巨大的圆圈儿里，中年女子崔才花正在搅拌红灿灿的辣酱。

　　制作朝鲜小菜的起因，是有人说她名字很像朝鲜妇女，她就灵机一动，不愿闲在家里了。她压下心中火气，还是不能谅解崔才焕："谁叫你让我下岗回家？从今往后姐姐跟你一刀两断！"

　　她动手在一张黄纸上写了七个大字：崔才焕请勿入内。字迹歪扭，毕竟是自己亲手写的。然后她调制面粉打成糨子，把纸条贴在自家门上。

　　之后，她着手准备材料，开始制作朝鲜小菜。她选择蒜茸海带和辣味白菜这两个菜品。借来两口大缸，反复刷洗干净，挪到墙角晾着。海带切丝，白菜改刀，调作料，拌辣酱……满头大汗。这时候，她感到劳动变得亲切起来，进而想起自己的童年。

　　记得从六岁开始，便随着母亲学习制作咸菜。那时日子比现在穷得多，咸菜是家庭饭桌的主角。腌制咸菜的大缸，寒冬也不会封冻。妈妈告诉她因为水里有盐。妈妈告诉她，盐好比人的精气神。没有精气神，人就活得没滋没味了。

　　妈妈的话好似谶言，人到中年的崔才花竟然蹲在家里腌起了咸菜。生活里有了盐，她却不觉得自己有精气神。

　　丈夫周家林在厂里上班。儿子周小林在读烹饪中专，住校。家里只剩下我这个下岗女工，还长得这么胖。她望着那一堆红色朝天椒，咧嘴笑了。

　　劳动变得越来越简单了。她从工厂装配钳工变为腌制咸菜的家庭妇女。手里的工具也从锉刀扳手退化成铲子和炊帚。她觉得自己越发是女人了，做的都是只有女人才做的活计。譬如腌制韭菜花。

想起弟弟，崔才花怒火不灭。这家伙牙关一咬就在下岗女工名单里写上姐姐的名字。难道他真是个廉洁无私的共产党人？崔才花一时难下结论。作为崔才焕的姐姐，她只知道弟弟自幼机警过人，大伙结伴偷人家树上的枣儿，顽童们都被捕了，唯独他腿疾眼快，早早越墙而走，还兜了二斤红枣儿。长大以后，姐弟俩同厂工作。电工崔才焕最大优点就是干起活儿来拥有良好形象。那年夏天，厂办主任陪着外事部门官员来到车间挑选电工，派往外国驻华使馆充当技师。一大群工人围着干活儿，穿的都是油脂麻花的工作服。只有崔才焕的工作服干净板正，人也显得容光焕发，精神饱满。外事部门官员当即相中这位青年工人。三个月培训结束，崔才焕派送伊朗驻华使馆工作。只是没人知道，外表干净利索的崔才焕，工作服常年是姐姐崔才花替他洗的，而且洗过熨平。

崔才花早就看出弟弟是个不显山不露水的人物。他貌似憨厚的面相使人容易放松警惕。弟弟的相貌注定前程远大。果然，崔才焕采取"敌进我退"的战术，不去"合资"企业，随即被任命为"国厂"常务副厂长。崔副厂长上任伊始，就让姐姐下岗回家。这举动堵住很多政敌的嘴巴，赢得广大职工的掌声。

第一批咸菜泡制出来了。崔才花有些不知所措。她镇定心绪摘下围裙走出家门，跑到母亲家去。母亲也住在安平里工人新村，相隔三条马路。走进母亲小屋，下岗女工崔才花告诫自己，不能让老太太为女儿担忧，便编了个瞎话，说今天厂里停电，放假一天。听了这话，母亲不停地咳嗽。

"家林怎么没跟你一块儿来呢？"母亲随口问道。

"嘻！家林不是在厂里加班嘛。"

"厂里没电，家林怎么还加班哇？"

"他加班，尽干那些不用电的活儿。"

母亲不言语了，坐在床头闭目养神。

"腌白菜的时候，辣酱不能放得太多。"母亲突然说道。

她惊了："您怎么知道，我在家做咸菜啦？"

母亲睁开眼睛说："人活七十，就成精了。没有我不知道的事儿。哎，你腌那么多咸菜干吗？闻你身上的味儿，足有一百多斤哟。"

"不多，一冬呢，吃呗。"她搪塞着，惊讶母亲洞穿人间的眼力。

她为母亲洗了两件衣裳。肥胖身躯令她呼呼喘着粗气。母亲听着哗哗水声，叫着她乳名："花儿，无论遇到什么事情，咱都不能灰心丧气。人活着就是要凭精气神。你爸活着时，创下十年满勤加班一千八百多天的纪录。至今全厂没人超过他。花儿，这就是你爸的精气神！你听见了吗花儿？"

母亲多年没叫她"花儿"了。不知今天为什么叫起自己乳名。她哗哗洗着衣裳，嗯嗯应答着，泪珠儿便无声落在水里。

"你弟弟这程子在厂里怎么样啊？"母亲问道。

她努力使自己的喉咙清爽起来，说："才焕他很能干，提拔成副厂长了。我觉着他一定能有大出息。"

"大出息，他还能经国济世啊？"母亲说罢不言语了。

举着竹竿子把母亲两件衣裳晾在院里树枝上，崔才花跟老太太打个招呼就回家了。半路上，她看到一辆装有玻璃罩子的手推车停在墙边，车上插着一根十字草标，看样子这车要卖。

一位满脸皱纹的老头子走上来，说一千五。

崔才花笑了，问他这么好的车子为什么要卖。老头子说儿子下岗在家卖煎饼馃子。前些天找到了工作，这辆车放在家里碍事，就急着出手。

崔才花问老头子，他儿子找到什么工作。老头子说儿子以前在冷冻厂，这年头好多地方缺制冷工，儿子就找到事由了。她又问老头子有没有需要钳工的。老头子连忙摇头，问她到底买不买这辆车。

她寻思着，报出一个价目："八百。"

老头子凑上来，注视着她："你是不是陈凤珍的闺女？"

"是啊，我母亲陈凤珍。您是？'她问道。

老头子说："我跟你母亲是国棉十八厂老同事。闺女啊，这辆车你要是有用，八百块钱就推走吧！明天送钱来也行。我叫李万。"

"李万！"崔才花笑了。当年李万是国棉十八厂大名鼎鼎革新能手。面对昔日劳动模范，崔才花连忙说："李叔，您千万不要告诉我母亲我买了您的车。她老人家不知道我下岗待业了。"

"这事儿我明白！你是个孝顺闺女啊。"李万老人连连点头，眼里闪着泪光。

崔才花推着这辆装有玻璃罩子的双轮车，往家里走去。工人新村的太阳投下冬日光芒，追着抚摸着这辆价值八百元人民币的车子。

她把这辆车推进自家院里，立即用清洁剂擦洗一遍，忍不住乐了。

这天黄昏时分，一辆挂有"崔氏小菜"招牌的车子推出院子。崔才花身穿棉猴儿，脸上捂着大口罩，车里载着八种朝鲜小菜，向繁华大街走去。正是下班高峰时间，没人注意世界上多了一辆出售朝鲜小菜的车子。只是"崔氏小菜"四个大字，使人们认为这是一个朝鲜族妇女。

她在一座立交桥下面找到位置，停住车子。她知道如今人们痛恨缺斤短两，相信电子产品，就找邻居借了一台电子秤。一天租金一块钱，属于友情优惠。

一个胳膊佩戴红箍的胖老汉走过来大声问道："你有营业执照吗？"

她摘下口罩，目光直射对方："没有！"

胖老汉怔了怔："那，你交管理费了吗？"

"没交！"她指着"崔氏小菜"四个大字说："我还没开张呢，哪有钱交管理费？半小时以后你再来吧！"

胖老汉疑惑地看了看她，竟然转身走开了。

一个姑娘来买朝鲜小菜了。崔才花心里一阵激动，她认定第一位顾客是贵人，就牢牢记住她的面容。

半斤辣味白菜，她却给称了八两。姑娘并未察觉，拎着小菜走了。

第二位顾客又是一位姑娘。

今天成了三八妇女节？女儿国哇。她觉得好笑，就笑了。

天黑下来了，她点亮乙炔灯。只有在工厂里工作过的人，才懂得乙炔灯物美价廉。灯光照耀下，来了一个骑自行车女顾客，八种朝鲜小菜，每种都要买一点儿。崔才花心里想，这是个花钱非常精细的女人。

总共七块八毛钱。接过递来的那张十元钞票，崔才花无意间看到对方伸出一双粗糙的小手。她心头一颤。天啊，纹络密布，茧影重重，小巧却充满力量，诉说着年华的消损。崔才花断定这是一双曾经从事艰苦劳动的女工的手，就抬起目光仔细打量对方。

这是一双颇为熟悉的眼睛。

对方似乎也认出了崔才花，不禁微微一愣。双方都下意识地笑了笑。她找给对方两块两毛钱——迅速完成了这一笔似曾相识的交易。

望着那女人小巧玲珑的背影，崔才花想起一个名字：江忆兰。她就是当年闻名全厂的"三八"焊接班的铁姑娘。

这世界真是太小了。

抬头往远处望去，立交桥的桥墩旁边有一男人似乎等候着江忆兰。江忆兰走过去，把自行车停在那个男人面前。天黑，崔才花看不大清楚男人的模样。

那男人与江忆兰握了握手。

这时，崔才花突然放声吆喝起来："崔氏小菜！崔氏小菜！"

立交桥下的行人在吆喝声中来来往往，好似飞鸟返巢势不可当。胳膊佩戴红箍的胖老汉朝这里走来，手持一叠子收据。崔才花的吆喝声，仿佛是一种抗争，从立交桥下升腾起来，弥散开去，直冲夜空。

这时，崔才花才感觉到泪水顺着脸颊流淌下来。

四

临近下班时分，周家林找到屠维明和胡成："你俩去我家吃晚饭吧。"

这是一顿令人意外的晚餐。屠胡二人以为周家林想当慈善家。

下班了。周家林双脚点地跨在自行车上，活像一位等待枪响出发的自行车选手。屠胡二人出了车间大门看见周家林动了真格的，心里越发纳闷。

胡成认真地说："如今工人家庭处于经济危机，你真想请我们吃饭啊？"

屠维明态度诚恳："平时咱们素无往来。我们是无权无势的穷工人！你还是去巴结那些当官的吧，譬如你小舅子。"

周家林不说话。是啊，我为什么请他俩吃饭呢？从前彼此没有什么往来。俗话说物以类聚。那就同类人聚一聚吧。这样想着，周家林蹬起自行车，屠胡二人跟在后边。

不言不语骑了一程。周家林突然说："咱们都是工人，你们看电视里的《动物世界》，那些同类动物一起喝水一起吃食，狮子来了就一起逃跑。是吧？"

屠维明与胡成听了这番话，面面相觑。

周家林在前边骑着，屠与胡二人不甘掉队紧紧追赶。一行三人顶着西北风骑往安平里工人新村。一路上，一辆辆豪华轿车从身边驶过，他们顶风骑车的身影越发显得顽强。

十字路口遇到红灯。三个人停住车子，比赛着喘气。

屠维明跟胡成小声商量几句，使劲咳嗽了一声说："周家林啊，你要是有什么事儿就说话，不用大张旗鼓请我们吃饭。都是工人弟兄嘛不要客气。"

这时变成绿灯。周家林笑笑说："我只想请你们吃顿饭。实话告诉你们吧，我老婆自谋生路做小生意，晚上收市总要剩下几种朝鲜小菜。咱哥仨吃小菜喝白酒。你们就不要总是鬼鬼祟祟的啦。"

听了这番情况介绍，屠胡二人心里踏实了。

走进周家林的小院，屠维明看到屋门上贴着一张黄纸，上面写着"崔才焕请勿入内"，扭脸对胡成大发感慨："崔才花有志气！我要是有这么一个当厂长的弟弟，兴许天天去巴结他！"

听到别人称赞自己的妻子，周家林一眼瞅见屋门挂着铁将军，他知道妻子外出卖货还没收市。这时屠维明发现院里摆着许多石头，奇形怪状引人寻思。周家林说："我喜欢石头。二十多年了，我收集了四百多块儿石头。嘿嘿，老百姓就盼望出现奇迹，石头开花嘛！那才是真正景致呢。"

胡成说："周家林我觉得你这人特别深沉。"

掏出钥匙打开锁，进到屋里周家林立即从柜子里取出三瓶白酒，嘭地往桌上一蹾："一人一瓶！"

胡成试探道："菜呢？"

周家林十分豪爽："我老婆进门，菜就到了。咱们一边喝一边等菜吧。"

屠维明立即响应，龇开大牙咬开了瓶盖："喝！一边喝酒一边等菜！"

人人肚里都有一截愁肠，见酒如见亲人。没菜，一会儿工夫就喝去了半瓶。

周家林起了兴致："讲一讲你们到市委上访的事儿！"

屠与胡相视一笑，脸上都现出几分尴尬。

其实，屠维明与胡成前往市委并不是想静坐示威的。中国工人知道什么叫适可而止，更懂得有理有力有节。他们只想把那份誊写得工工整整的申诉材料交给市委门卫，要求立即转呈市委第一书记。

屠维明身穿件黑色再生布棉大衣，站在市委大门口，显出几分悲壮。胡成是个配角，立在旁边陪衬着。

后来驶来一辆黑色轿车。没容屠维明上前阻拦，司机就停下车子，胡成灵机一动，伸手把申诉材料塞进车里。黑色轿车开进市委大院。两名武警跑过来，将屠维明和胡成请进警卫室。那是一间亮亮堂堂的屋子。

"后来呢？"周家林问。

后来。后来就来了个戴眼镜的瘦男人，说是办公厅副秘书长。副秘书长给上访者吃了盒饭，然后叫来一辆吉普车，一路绿灯送回工厂。

周家林若有所思："这里面一定还有故事，只是你们不知道罢了。你们知道王安石吗？"

胡成抢着回答："是不是前几天判刑的那个强奸犯？"

周家林哭笑不得："事到如今，咱厂打算怎样处置你俩呢？"

屠胡二人想了想，都认为自己没有枪毙的罪过。

一阵门响。

屠胡二人同时伸长脖子，认为酒菜来了。

一只双脚行走的直立动物噔噔走了进来。周家林抬头一看，原来是内弟崔才焕，如今的崔副厂长。

"我来看看我姐。"说着，崔才焕看了看屠与胡，颇感意外的表情。

周家林提示说："你姐在门上贴了一张请勿入内的纸条，嘿嘿。"

"我给撕下来啦。她搞什么名堂吗？乱弹琴！"

周家林听了内弟的这几句话，笑了。看来崔副厂长已然进入角色，说起话来高屋建瓴，颇有大干部风范。

胡成有了几分酒意："崔副厂长，我跟屠维明的问题，厂里打算怎么解决？你们要只争朝夕呀！"

崔才焕在屋里踱了几步："你俩的工作问题，厂里能够妥善解决的。"

屠维明喝空了手里酒瓶，说话却毫无醉态："其实我们的要求非常简单，那就是想继续当个工人。这世界即使动物灭绝，也不能没有工人吧？真的，我们只想当个工人，别无所求。"

崔才焕用讲课口吻说道："我知道你们只想当个工人。可如今国有企业面临重重难关，这工人也不是你想当就能当上的。工厂用不了这么多工人，只能下岗待业。当然，你俩属于职业病患者就另当别论了。"

说完，崔才焕跟周家林打一个招呼，告辞出门。姐夫趿拉着破布鞋送内弟走出院子。崔副厂长说："明天早晨八点钟上班，你领着屠维明和胡成，去我办公室谈话。"

周家林有些紧张："出了什么事儿啊？"

崔才焕压低声音说："好事。对你来说是天大的好事。他俩一上访，我就趁机将你的工作也安排了。你听喝儿就是了。"

崔才焕毕竟是崔才焕。铁嘴钢牙铜舌头，几句话就把姐夫说得既朦胧又清晰。内弟如此精明强干，周家林越不踏实。他追出院门，固执地打听着。

"姐夫，你怎么变得跟老娘儿们似的？"崔才焕面有不悦之色，只得向姐夫说出实情。

屠维明和胡成非常幸运。他们的上访信转到新任市委书记高国华手里。这位父母官"文革"期间下放铸造车间劳动，对职业病感同身受，立即对此事做了批示："职业病患者因公患病，这好比战场上的伤员。在企业改革过程中，他们的合法权益应当受到保护。"于是，市委办公厅副秘书长给崔才焕打来电话，字字句句做了传达。屠维明与胡成，吉人自有天相，终于见到了生活新曙光。

崔才焕对周家林说："铸造车间撤销了。今后厂里维修设备急需配件，拿到外面铸造总要延误时间。厂里决定建立一个毛坯小组。这个小组设在原来清砂工房。你担任这个毛坯组的组长。组员就是那两个混账东西。从明天起你们就去安营扎寨吧。今年只发基本工资，奖金随二线工人浮动。"

听了内弟这番话，周家林心头猛地热了。许久他才说了一句："谢谢你。"

崔才焕说："我姐下岗了。我不能让你们夫妻都待业吧？趁着市委书记的批示，把你给塞了毛坯组，就算我以权谋私吧。"

周家林激动起来，又说了一声："谢谢你！"

"自家兄弟不必客气，谁让你是我姐夫呢。别忘了，明天早晨八点钟上班，就到我办公室去……"

周家林非常诧异："你跟我说得清清楚楚了，明天还到你办公室里谈什么话呀？"

"姐夫你这人就是公私不分。明天到我办公室，兴许还能遇到党委书记李义明。咱们为什么官盐当成私盐卖呢？既然我以权谋私，就来个光明正大。明天你就对我说你决定去乡镇企业去当技术顾问，每月工资好几千。考虑到为企业奉献，你才同意来到毛坯组的。你记住了吗？”

"这样表演，是不是太离谱啦？"

崔才焕嘿嘿一笑："绝不离谱。

走出院子，一辆蓝鸟停在不远处。内弟点燃烟卷说："这瓶减肥霜是给我姐的。你劝一劝她，下岗就下岗呗，不要对我记恨在心。当了副厂长，起码三年之内我不能腐败。你们总得让我在官位上站稳脚跟吧？工人嘛，不要整天牢骚满腹，应当看到，当下恰恰提供了机会。那几位副厂长要不争先恐后奔了合资，怎能有我副厂长的位置呢？穷则思变。明天你到我办公室一看就明白了！"

周家林默默无语看着内弟钻进小汽车。并没有司机，崔才焕自己驾车，颇有新一代企业家风度。

周家林站在街上，呆呆望着渐渐远去的小汽车尾灯。过了一会儿，一辆装有玻璃罩子的手推车从远处驶了过来。他的心倏地一紧。妻子收市回家了。

这几天妻子的情绪不大正常。他迎上前去热热乎乎说："才花你辛苦啦！才焕来了，给你送来一瓶进口减肥霜，刚走。"

崔才花没好气地说："崔才焕怎么还没死呢？"

他从妻子手里接过车把："家里来了两个客人，我们等着你崔氏小菜下酒呢。"

身穿棉猴儿的崔才花显得更加臃肿。她毫无表情说道："有两个炒股票的记者，一眨眼睛就赚了五十万。说是要回报社会，把我的小菜全买断了。然后两人站在大街上一兜儿一兜儿送给过路行人。整整一车小菜啊。今天我可见到什么叫作无私奉献啦。"

周家林听了非常惊讶："他们是哪家报社记者？这不成了梁山好汉吗？"

屠维明跟胡成兴许饮酒过量，跑到院子里大声唱着《咱们工人有力量》。

崔才花冷冷地说："这年头儿怎么还唱这歌儿？你们有病吧？嗓门这么洪亮怎么不去跟叫驴比赛呢？真是屈才啊！"

"这是屠维明和胡成。唱一唱也是为了解除烦恼。他们要求很简单，只想当个工人罢了。"周家林小声向妻子解释。

崔才花不知从哪里冒出一股火气："放屁！我也只想当一个工人，谁让我当啊？我只能去卖朝鲜小菜！"

"不不，是崔氏小菜。"周家林柔声细语安抚着妻子。

妻子挖苦道："你什么时候变成大情种啦？真叫人肉麻。"

蓦地，周家林似乎悟出了妻子发火的原因。

五

走到崔才焕办公室门外，周家林看到门上挂着"常务副厂长"标牌。谁都知道如今合资企业最为吃香，趋之若鹜。崔才焕副厂长接管的"国厂"是个难以拾掇的破烂摊子。这副厂长位置没有多少含金量。

崔才焕似乎对拾掇破烂摊子颇感兴趣，好比有人喜欢吃臭鸡蛋一样。新官上任，他办公室里挂着一个条幅，写四个大字：百废皆兴。落款松二，好像是个日本书法家。周家林领着屠维明和胡成走进崔副厂长办公室，这里已经聚集一个排兵力。

使人想起老舍先生的茶馆。

屋里坐着二十几个人，都是应崔副厂长招呼前来谈话的。这里几乎成了劳务市场——人人都是待价而沽的表情。周家林好生纳闷，不明白崔才焕为何约请这么多人同时来他办公室谈话。这家伙可能故意制造人口爆炸的局面。不知《孙子兵法》有没有这种密集战术。

根据"先来后到"原则，周家林排在末尾。他悄悄对屠维明和胡成说："我是最后一个工人。"听了这句意味深长的话，屠胡二人同时咧嘴笑了笑。就这样，排在末尾的周家林有了充分时间欣赏崔副厂长的"舞台艺术"。崔才焕办公室分明成了大舞台。

第一位起身说话的是位来自外省的业务员，讨债。崔才焕摊开双手对这位彪形大汉说："咱们中午再谈好不好？我现在是热锅上的蚂蚁啊。"

彪形大汉说："崔厂长你新官上任，少来这一套。朱厂长没死吧？四十万块钱他拖了两年，今天崔厂长你再耍滑头，可别怪我们河南人不客气！"

崔才焕立即满脸堆笑："我知道您来自焦裕禄同志故乡。演七品芝麻官牛得草先生也是你们那里的名人。我看咱们还是中午谈吧。我安排了牛鞭和大虾！"

第二位是铣工老董的妻子。老董患脑瘤治病花了十四万，厂里只给了一万。家里实在支撑不住，董妻扑通跪到崔才焕面前哭诉："我不能动手掐死老董吧？可住院就要花钱。我这年纪也不能去卖淫赚钱给老董治病吧！"

崔才焕摇了摇头："千万不能走那条路。即使是资本原始积累，也不能出卖肉体呀！当然更不能出卖灵魂。我想让工厂组织全厂职工募捐。董嫂你先去财务科等我吧。只要咱厂没倒闭，今天我就不会让你空手回去！"

人们无不为之动容。老董的妻子呜咽着走了。

崔才焕看了看满屋的人们："一定是我祖上无德，当了这个副厂长！"

周家林定定望着崔才焕，觉得这位副厂长一下变得陌生了。

不知婚后无房的女车工林来娣受到什么触动，嘤嘤哭了起来。林来娣正要哭诉，汽车队装卸工鲁大春霍地站起："崔才焕我×你妈！你让我下岗回家没饭吃，我就要你断子绝孙……"

办公室里猛然变得鸦雀无声。

崔才焕不言不语，抬头注视着对方。鲁大春啪地一拍桌子："你别以为工人好欺负！"

崔才焕站起身来，慢条斯理说："鲁大春，我想听听你怎样让我断子绝孙？"

坐在角落里的几个工人站了起来，怒视着崔才焕。

"崔副厂长，鲁大春的意思是说不能把我们一脚从工厂踢出去！"

"没错！我们跟鲁大春一样，要求工厂给一个说法。"

崔才焕眨了眨三角眼，终于急了："你们叫唤什么？我现在要鲁大春回答我，他怎样让我断子绝孙！我告诉你们，我只生一胎是个女孩儿！我姓崔的已经断子绝孙，还有什么可怕的？"

喘了一口气，崔才焕继续叫："妈的！跑我办公室里撒野来啦？你们还嫩了点儿。工人怎么着？我十六岁进厂当工人。用不着拿工人这个字眼儿吓唬我。鲁大春你被除名了，滚吧！"

鲁大春急了："崔才焕！早晚有一天我亲手杀了你……"

众人围上来劝说情绪冲动的鲁大春，把他推出办公室。屠维明和胡成也跟出去了。很快，厂院里聚了一群看热闹的工人。

崔才焕推开窗子说："鲁大春！你不是要杀了我吗？你去买刀吧，别忘了开张发票，我给你报销。"

鲁大春跳着脚说："我自费杀你！不用报销！"

看热闹的工人们居然鼓掌起哄："集资买刀！集资买刀！"

工会主席阎德生及时起来，软硬兼施将鲁大春糊弄走了。

办公室里空空荡荡，只剩下周家林一人。

周家林郑重其事说："轮到我谈话了吧？我是最后一个工人。"

崔才焕尴尬地笑了："你是最后一个工人？我就是最后一个厂长。其实咱们心里非常明白 你和我都属于过渡性角色。"

周家林想了想，十分认真地点了点头："你说到骨子里啦！"

"屠维明和胡成呢？一有风吹草动他俩就跟着掺和！这是天生的动乱分子。要不是看在职业病的分上，我马上把他俩除名！"

"你这办公室真够乱的。没有三年的修行，恐怕坐不住啊。"

崔才焕阴险地笑了笑："趁着屋里没人，我跟你实话实说。你知道局里组织部长任命我副厂长的，怎样评价我吗？称赞我是治乱能手。能够在乱中治厂。这说明了我的价值。所以，我必须以乱治乱，乱中求发展，以达到乱中取胜的目的。"

他喝了口茶水："我故意把办公室弄得人嘶马叫，好像农村牲口集市。乱，是我的强项。不乱，是我的弱项啊。什么时候我办公室里安静了，我的饭碗也快砸了。我的话你听明白了吗？"

这时，楼道里传来咚咚脚步声，这响动，听着好像农村盖房打夯。

崔才焕立即改变话题："周家林同志！这就是成立毛坯组的意义。毛坯组虽小，责任重大。所以，我亲自找你们谈话。咱厂李书记非常重视这项工作……"

周家林愣了。这时候厂党委书记李义明，脚步咚咚走进来。他身披绿色军大衣接过话茬说："对！毛坯组虽小，担负着应急任务，尤其急需配件时，你们要冲得上去！希望你们能够在企业改革的大潮中，发挥拾遗补阙的作用！"

李义明书记意犹未尽："崔厂长说得对，在大批职工下岗待业形势下，厂里特意成立你们这个毛坯组……"

厂办秘书跑来，提醒李书记计划生育工作会议等着他讲话。崔才焕趁机对周家林大声说："李书记很忙！他担任合资企业总经理，还兼任咱厂党委书记，日理万机啊。"

李义明踏着打夯机的步伐，日理万机去了。崔才焕皱了皱眉头对姐夫说："我正在谋求一笔贷款，但是必须压缩职工人数……"

这时办公桌上电话铃就响了。他抓起听筒，随即神色大变：

"什么什么？我老娘送医院啦？喂喂送哪个医院啦？你是谁呀？"

"我是你张三爷。"对方说罢就挂断了电话。

周家林慌忙问道："怎么，老太太住院啦？"

崔才焕在办公室里踱了几步："不要慌张，每逢大事要静气嘛。姐夫，我这里实在走不开，一会儿银行郝主任来，中午还得应付那个河南业务员。老太太要是有个三长两短……"

周家林："我先去看看，有什么事情马上给你打电话！"说着他大步走出崔副厂长办公室，摸到一辆自行车骑上就走。迎面屠维明和胡成大声嚷嚷着将他拦住，问是不是跟崔副厂长谈了话。

周家林急急忙忙说："从明儿起成立毛坯组，咱们正式上岗。老本行，铸造。我是你们的组长。你们去市委上访这不问题就解决啦！党和政府还是关心工人死活的。我马上回去看我岳母！"

屠与胡，同时咧开大嘴乐了。他们追问周家林："每月工资多少？"

周家林不睬，骑着自行车冲到工厂大门口，猛地刹住车子。

冬景天里，一个身材矮小的老太太身穿老式葛丝棉袄，胳膊上挎着提盒，小步颠颠走进工厂大门。

这正是岳母陈凤珍。

咦，老太太安然无恙啊。周家林心情放松了。他妈的，刚才匿名电话肯定是崔才焕仇家打来的。周家林推着自行车迎上前去："妈，您老人家怎么来啦？"

七十六岁的退休女工陈凤珍眯了眯眼睛，看清是自家姑爷，咧嘴笑了。她很有气魄地说："我知道才焕当了副厂长。这年头在厂里管事，好比上刀山下火海。我帮不上他，炒了两个菜送来，算是支持他呗！人活到老，只要娘在，他就是个孩子。家林你别嫌我偏心，说我疼儿子不疼姑爷。"

周家林眼窝倏地湿了。望着白发苍苍的老岳母，他激动得无话可说。猛然想起妻子下岗待业的事儿，生怕老太太知道了操心，他连忙打掩护说："妈，今儿才花她没在厂里……"

老太太脸色黯然："我知道才花没在厂里。"

莫非岳母知道女儿下岗啦？周家林心里寻思着。陈凤珍老太太拤着提盒雄赳赳气昂昂走进工厂大门。

起风了。工厂大道两旁小松树摇晃着身子，似乎向这位不屈不挠的老太太敬礼。

屠维明感慨不已："瞧这老太太，不愧是纱厂童工出身，人家什么世面没见过。"

胡成思维别具一格："我看让老太太来当厂长，咱厂一定振兴！"

周家林说："别胡呇啦。既然咱们重新上岗了，就好好干吧。"

天上飘下零星小雪。一辆大卡车满载钢轨驶进工厂大门。望着钢轨，周家林猛然想起江忆兰。

那天江忆兰打电话告诉他，本市废除有轨电车拆下六十公里钢轨。市建委决定废物利用的方案，以这批废旧钢轨为材料建造一座钢索吊桥。这批钢轨经过多年轧延，金相组织呈纤维状，焊接性能很差。这就成了攻关项目。江忆兰在电话里语气激动地说，"我这个焊接能手又有用武之地啦！"

江忆兰四十岁了，一旦激动起来还像个技工学校的女生。

周家林非常羡慕江忆兰。一个技术标兵的内心喜悦，只有曾经拥有技术标兵称号的人才会理解。江忆兰为什么打电话将她的喜悦告诉我呢？大概是因为当年我也是技术标兵吧。是啊，俗话说惺惺惜惺惺。这话不假。

于是那天下班后，他就约江忆兰在立交桥下见了一面。他与她交谈着，彼此都感到亲切。不知为什么他变得健谈起来，预祝江忆兰参加焊接攻关项目获得成功。江忆兰很高兴，与他紧紧握手表示感谢。握手道别后，江忆兰跑到立交桥下买了朝鲜小菜，颇有邀他举杯共饮的意味。

其实，江忆兰买的朝鲜小菜正是崔才花的"崔氏小菜"。

六

江忆兰是个中等身材的女工。团团脸，杏核儿眼，不胖不
瘦，生得标致端庄。当年她的照片挂在工厂技术标兵光荣榜上，
堪称革命美人。尤其那幅《谁持彩练当空舞》的记者摄影作品，
表现她手持焊枪挥汗如雨的勃勃英姿，参加全国摄影展览刊登在
《中华先锋》杂志封面，更使铁姑娘江忆兰成了万人景仰的人物。

光阴似箭。三十岁的时候，革命美人仍然不曾品尝恋爱滋
味。革命使美人独守闺房。一晃，到了高不成低不就的年岁。革
命不再，美人易老。江忆兰不打算结婚了，死心塌地过起一人吃
饱全家不饿的日子。

没人知道，江忆兰卧室里挂着那幅《谁持彩练当空舞》的放
大照片，成为她重返青春时代的窗口。夜深人静之时，她目不转
睛注视着照片里笑容灿烂的女电焊工，坚信青春无悔。

"凭劳动吃饭最光荣。"这是父亲弥留之际给她的赠言。她认
为父亲是个真正的工人，自己也是真正的工人。

白天上班，时光如流水。晚上独自在家的时候，她感到孤
独。孤独就读书，将身心交付给书籍。她读了很多书。读到大众
菜谱，她学会炒菜；读到琼瑶小说，她热泪横流。书籍成了她日
常生活的主宰。初冬夜晚她读到小说《假如大雨降临》，心情一
下变得湿漉漉。第二天上班，万里晴空她却带了一把雨伞。路上
行人们惊异地看着这个求雨的女人。

江忆兰心态平和。她认为人活着好比一株花卉。无论是生是
死，是爱是恨，是轰轰烈烈还是默默无闻，都在遵循着极其平常
的逻辑，那就是"花要开放"。花开花落，本是大自然规律，不

用大惊小怪。

正在这个时候，工厂与德国合资。一夜之间人心大乱。仿佛来了一只方舟，接人们前往天国。人人奋力挤到船上，严重超载的方舟当然失去灵性，成了一艘无法启动的破船。江忆兰找到党委书记李义明，对这位工人出身的领导说，如今工厂合资，发生翻天覆地的变化。十几年来自己伤病累累，但没有丧失工作能力。

李书记哈哈大笑说："跟德国人合资，咱们的资金占51%，还是控股方嘛。我明白你的意思，担心下岗是不是？工人是企业的主人。这句话如今还没有被否定。你放心吧，我是不会让当年劳动模范技术标兵回家待业的。"

李书记一言九鼎。公布合资职工名单的时候，江忆兰成了工艺科绘图工。她很知足。说是绘图工，工作起来很快成了全科的勤杂工。她任劳任怨。她知道身在合资企业，生态不同以往。工资比以前高了，风险也大了。必须努力工作保住工作岗位。

这时候，一座大桥从天而降落在设计图纸上，活灵活现摆在江忆兰面前。身为焊接行业拥有几分名气的技术能手，她若参加这座大桥的技术攻关，无疑是人生的辉煌。主持这次焊接攻关项目的带头人是本市政协委员、人称"焊接大王"的赵洪川。此公深知如今合资企业实行的劳动用工制度极其严酷。请假超过二十天者，随即被炒成鱿鱼。似乎由于这个原因，赵洪川为了保全江忆兰饭碗，并未力邀她参加项目攻关。

几十年来人们常讲一句话：全国工业一盘棋。然而身在中外合资企业，这句话成了报废的口号，没用。热情高涨的江忆兰却颇有重振雄风的豪迈情怀。因此她面临选择。

不知什么心理，每逢遇到踌躇之事，江忆兰总是首先想到周家林。我是否参加焊接攻关小组呢？趁着工厂午休时间跑出合资企业，她来找周家林征求他的意见。

冬日的阳光很好。江忆兰看到守门人是徐二狗。这位原先设备科副科长身穿保安制服，庄重中透着滑稽，徐二狗一丝不苟查查她的通行卡，突然压低声音问道："合资啦，你每月工资多少钱？"

徐二狗自从当了门官，变成一个极其好奇的大男孩儿。逢人便问月薪多少，几乎成了全厂职工的笑柄。

江忆兰保持惯例答道："保密。"

徐二狗非常不满："合资不到两个月，就添了一身洋人的毛病。还个人隐私权呢。保密？工厂都成保密局了。完啦完啦！工人阶级开门见山心直口快的优良传统全丢啦！"

在徐二狗喟然长叹声里，江忆兰走进国有企业地界。这时她感到面目全非。以前的铸造车间不复存在，形象大变；成品库夷为平地，仿佛秋收后的田野，充满寒冬的萧瑟。三十年河东三十年河西。沧海还有变成良田的时候呢。江忆兰并不是悲观主义者。

迎面走来几个二十多岁的青年工人。江忆兰向他们打听周家林，一个小伙子指着一座破旧低矮的工房："他就在那座'破庙'里呢！"

破庙？江忆兰涩涩地笑了。是啊，在这群小青年心里，这个世界就是破旧不堪的。四十岁与二十岁之间，已然有了代沟。这个世界原来就是充满沟壑。所以有了桥。一想到桥，江忆兰便想起建桥，想起利用废旧钢轨建造大桥的焊接攻关项目。她的心情迫切起来。午休只有半个小时。在合资企业午休超时就要扣除奖金的。她不在乎奖金，她在乎脸面。

快步走到"破庙"门前，她大声喊道："周家林！周家林！"

工厂里颇有经验的女工到生疏地方找人，总会远远大声喊喝从不轻易走入。工厂里的男人世界，处处有碍观瞻。女工若擅自进入，发炎的只能是自己的角膜。江忆兰喊了三声，静静等

217

待着。

这座所谓的破庙就是清砂工房。这里如今成了周家林工作的地方。江忆兰想起《米老鼠和唐老鸭》片头那句话："演出开始了。"

周家林身披黑色棉衣从清砂工房里跑出来。毛坯组刚刚成立，他们已经投入生产，今天首次开炉，浇铸铁水六百公斤。

"你、你有什么事情吗？"周家林显然对她的突然造访感到意外。

江忆兰勉强笑了笑，说有事情，"我现在处于顾此失彼的境地。"

周家林知道，那天傍晚在立交桥下谈话，俩人谈的就是建造大桥的事儿。他对她说："你进了合资企业，好不容易谋得好岗位，这座大桥又来了。人生在世，现实与理想往往发生冲突。"看来，江忆兰还在纠结着，拿不定主意。

江忆兰说："家林你说，我到底应当怎么办呢？"

"你能不能跟领导商量一下，争取做到两者兼顾？"

江忆兰摇摇头："上次你就这样说。鱼和熊掌兼得，哪有这种千载难逢的好事情？我现在的处境，就是诸葛亮转世也拿不出锦囊妙计。"

看到周家林面有窘色。江忆兰随即转变话题："好啦好啦，我参观一下你的工作环境吧。"

周家林继续窘着，说毛坯小组白手起家，只有一座小型化铁炉和一台清理滚筒，其余就是有双腿走路的工人。总共六条腿。

清砂工房里，砂箱散发着袭人的热浪，飞腾的粉尘令人窒息。这种环境外人是难以忍受的。江忆兰走近高温化铁炉，冬天随即转为盛夏。屠维明认识江忆兰，迎上来打招呼。

胡成注视着江忆兰，以为来了工会干部。

江忆兰说："依照国家有关职业病规定，硅肺病患者应当调离铸造作业，这样才能控制病情发展……"

胡成接过话题控诉起来：'你是饱汉子不知饿汉子饥！我们现在不害怕硅肺病，害怕的是下岗待业没饭吃。死有什么可怕的？或重于泰山或轻于鸿毛。最可怕是活着。活着受罪！国家法律不是规定工人有劳动的权利吗？如今工人想劳动找不到地方。找工作比找媳妇还难。你们工会要为工人解决实际困难，不要整天倒腾红头文件，屁用也没有！"

周家林连声阻拦："你别说了！人家不是工会干部……"

胡成很是失望："合着我哭了半天，还不知道谁死啦？这字字血声声泪都白费了。好啦算我有眼无珠吧。"

屠维明说："江忆兰你现在不错啊！进了合资企业，工艺科绘图工是个养老的岗位。这是两全其美呀！"

江忆兰并不辩解。她看到这里的工作环境与以前相比确实是大有退步。劳动变得越来越简单。一个人手持一件简单工具，就能够劳动了。毛坯组给工厂配套小型铸件，天车成为多余之物，已经拆卸运到别处去了。毛坯组的起重设备，就是人的胳膊——搬运大件不过一头驴，掂量小件手拿两个梨。工人们重新回到手提肩扛的作坊时代。想想当年技术标兵周家林大搞"震荡式造型机"的技术革新，江忆兰有些伤感，不知说什么好。

周家林似乎看出她的心思，小声说："没有剧比悲剧要好，有活儿干比没活儿干要强。"

江忆兰反问道："你的意思是说，我应当对现状感到知足，不要好高骛远？"

"我不是这个意思。中国人权白皮书说得明明白白，中国人权首先是生存权。首先是生存，然后才是人权。你进了合资企业，生存不成问题。完全可以做些力所能及的事情，譬如参与焊接技术攻关……"

江忆兰郑重起来："是啊，除了生存我还想做些事情。有时

219

候，现实让人心安，有时候，理想让人心动。这心安与心动，就是一对矛盾啊。"

"我很羡慕你。我首先面临生存问题。不过，你说的心动，我能理解，人活着不能太现实了，瓦西里还跟他妻子说面包会有的……"

屠维明远处喊叫，说二号铁下来了。周家林赶紧说："我祝你的大桥早日建成！"

江忆兰被这句话打动了。她不愿意让他看到眼泪，就侧过脸去。

他快速从怀里掏出一块形若蚕豆的鹅卵石。石头中央有个透孔。

"这是我前几年捡到的'滴水穿石'，不论谁看见它，都觉得很鼓劲儿的。送给你吧！"

江忆兰接过石头，感觉石头带着周家林的体温，寒冬天气里令她心头漾起几分春意。说了声谢谢，她头也不回地走了。

已经过了午休半小时，她违反合资企业的规章制度。这月奖金肯定扣光。周家林站在原地，久久注视江忆兰远去的背影，心情惆怅起来。

不知何时，他身后走过来俩人。一高一矮，都是三十多岁的样子。装束不伦不类，无法判断他们的职业。

周家林只想找个地方独自待会儿。他转身却被这俩从天而降的人吓了一跳。

高个子说："别怕。我俩都是报社记者。我姓冯，他姓赵。"

矮个子赵记者随即说："你是崔才花的爱人吧？我们专程来采访你的。"

"崔才花她怎么啦？"周家林慌了。

高个子记者咬文嚼字："你切莫慌张嘛，一切正常。我们想以她单枪匹马创立'崔氏小菜'为题材，写一篇反映下岗女工自

220

强不息的通讯。所以想跟你谈谈。"

"谈什么？崔才花就是吃苦耐劳呗，中国女工都这样。"周家林猜测，这就是炒股票赚了大钱，把"崔氏小菜"全部买断，又沿途免费送给过往行人的那两位古怪的记者。

矮个子记者掏出录音机说："你心里怎么想，就怎么谈，不要紧张。我们是为小人物树碑立传……"

周家林说："工人嘛，首先考虑的还是饭碗问题。否则工人阶级饿着肚子也难以成为领导阶级啊，您说是吧？不过现在工人阶级变成工薪阶层，我们只好自强不息了。"

高个子记者说："深刻！你学过哲学吧？"

七

崔才焕开着蓝鸟驶进二厂车库，看到鲁大春身影倏地一闪。他将车子停稳，心里打了个问号。自从本市有个厂长被工人用斧头砍死，企业家协会几次告诫厂长经理们注意人身安全。处于社会转型时期的人们，往往肝火旺盛，动不动就采取极端手段。崔才焕坐在车里慎了慎，笑了。当他走出车库，一群工人迎上前来，显然等候多时了。为首的是变电室电工刘鸣，说是要跟崔厂长探讨一个问题。

他大声应着，来到篮球场上，这是一块开阔地。此时正是午休时间，太阳很好。崔才焕刚刚从银行谋得一笔难得的贷款，争取明年成为股份制试点企业。

他因为此贷款心里喜气洋洋的。眼前的工人们都阴沉着脸孔，形成鲜明对照。

身材瘦高的电工刘鸣大声问道："崔才焕你说，如今谁是企业主人？"

"你们这是跟我探讨问题呢，还是审臭贼呢？"

鲁大春远处喊道："你要是能够回答，我们就跟你探讨；你要是答不上来，我们就审臭贼！如今当厂长的都是臭贼！"

"鲁大春，当心你嘴给身子惹祸。我现在就可以起诉你犯了诽谤罪！"

刘鸣说："崔厂长你不要避重就轻避实就虚，赶快回答我问题。"

"好吧，那我就给你们讲讲吧。"崔才焕清了清喉咙，"按照传统说法，工人是企业主人，这是毫无疑问的。每个工会会员都懂这个道理。可是，去年国家提出必须建立现代企业制度。你们知道什么是现代企业制度吗？"

篮球场上鸦雀无声。

"这就是你们的不对了。工人阶级要想当家做主，就要懂得企业改革的基本理论。简明扼要说，在现代企业制度里谁是企业主人？股东！"

篮球场上依然鸦雀无声。

"咱们厂是国有企业，明年也要试行股份制。眼下我这个常务副厂长是上级任命的。党管干部嘛。既然我是常务副厂长，很多事情就要由我决定。这就是目前的状况。大家听明白了吧？"

钳工沈键挤上前来，推了推极度近视的眼镜："工人、股东、厂长，你说这三者谁是企业的主人呢？"

"是啊，到底谁是企业的主人呢？"崔才焕拉开演讲的架势，"一旦实行股份制……

咣当——崔才焕听到砸碎玻璃的声音，他揣摩这是汽车风挡玻璃被砸了。

刘鸣说道："崔厂长你玩弄理论游戏，跟我们兜圈子！"

崔才焕摇头否认："我为什么要跟你们兜圈子？我母亲十二岁进纱厂当童工，今年七十六岁了。她老人家问我谁是企业主人，我也是这样回答她。有的事情，其实能够说清，但是今天就是说不清。我跟银行兜圈子为了贷款。我跟税务局兜圈子为了避税。我跟你们兜圈子又有什么用呢?"

工人们一时语塞,看着这个工人出身的副厂长。

崔才焕趁机离开篮球场,走进车库看了看被砸碎的蓝鸟汽车风挡玻璃。"妈的,厂里就这一辆小车,你们还把它砸了,工人阶级变成暴脾气了……"

崔才焕知道,此事如果报案,肯定拘留鲁大春,让他去吃十五天窝头。抓走一个鲁大春,兴许工人们的情绪就会爆发。还是安定团结为好。走出车库,崔才焕不理睬围观的工人们,朝自己办公室走去。

走进办公室还没坐稳,一高一矮两位记者推门走进来。

这两位记者他都认识。他们从前都在厂里当工人,后来报社招聘,当了记者。

高个子冯记者说:"崔厂长你好!上次我们来你还是崔科长呢,真是步步高升,祝你仕途发达官场进步。"

矮个子赵记者说:"近来厂里有什么新闻吗?我们报纸就是一口大锅,有该炒的东西还是要炒炒嘛。"

崔才焕说:"你们喝茶吧。最近厂里酝酿两大举措。一个举措是实行内部退休制度。你们也知道,工厂根本用不着这么多工人。女四十八,男五十二,一次性发放十五年退休金,统统回家。这样就精干了职工队伍。为创造高效低耗的生产经营格局打下基础。"

高个冯记者插话问道:"一次性发给退休者十五年退休金?活不到十五年死了,这算是赚了。十五年还没死,只能自认倒霉?"

崔才焕并不回答:"第二个举措呢,就是在保持水力发电设备市场同时,我们大力开拓风力发电设备市场。不过,这第二个举措请你们暂时保密,不要外传。"

矮个子赵记者说："我们来采访一个工人，他叫周家林。"

高个子冯记者说："是啊，我们平时新闻稿的篇幅很少超过一千多字的。这次有意识要搞个大通讯，选中周家林的妻子下岗女工崔才花……"

"这篇大通讯，你们打算弄多少字啊？"崔才焕颇感兴趣问道。

矮个子赵记者一拍桌子："弄一篇三千多字大文章！写下岗女工崔才花创立'崔氏小菜'，成为自强不息的创业典型吧。争取发在头版头条位置，嘻嘻，一定产生轰动效应！"

崔才焕灵机一动："这通讯见报之后，'崔氏小菜'兴许会成为我市名牌食品呢。"

高矮二位记者面面相觑："咦！我们怎么没有想到呢？对，创出一个拳头产品，这样文章就有了更深层次的意义！"

这时，崔才焕为自己居然拥有这种灵感思维而振奋。他起身在办公室里踱来踱去，考虑如何利用报纸新闻效应使自己一举成名，同时也让姐姐的"崔氏小菜"变成一个金娃娃……

心里有了主意，他重重叹了一口气，表情随之悲伤起来。两位记者不知内情，呆呆看着这位年富力强的副厂长。

崔才焕起身关严办公室门，转身问道："你们知道崔才花是谁吗？她是我的亲姐姐啊！为了秉公办事，我让亲姐姐下岗待业，至今她都不肯谅解我。每次看到姐姐推着车子沿街叫卖，我心如刀绞啊……"

高个子冯记者猛地一拍大腿："这太好啦！敢情这儿还埋藏着一段弟弟廉政不徇私情，姐姐下岗自强不息的感人事迹。我终于找到了新闻眼，非同寻常！非同寻常啊！"

矮个子赵记者激动得搓着双手说："原以为只是下岗女工的主题，现在又突出了廉政建设。这无疑力度大增。咱们回报社向值班副总编辑汇报吧！"

崔才焕轻描淡写说："咱们今晚在九河酒楼一起吃饭，这样还能聊得更充分更透彻。就这样定了吧？"

"好，不见不散！"两位记者风风火火走了。

崔才焕斜靠椅子背，闭目养神。

生活就是这样，每天都有意想不到的节目。静下心神，他缓缓睁开眼睛，看到办公桌台历今天是双日，想起应当给远在滨海新区工作的妻子打个电话。夫妻之间每天都要通电话。逢单日她从滨海新区打过来，逢双日他从市区打过去，已经形成习惯。周日则是夫妻团聚的日子。他与她拥有极其规律的夫妻生活——每周一歌。崔才焕认为这种夫妻关系正是大工业时代的产物。生活被一天天复制着。

拨通电话。妻子不在办公室。他就请接电话的同事小于转告妻子，他来过电话了。

小于是个热情的姑娘。热情的小于永远也不能理解世界上居然还有这样一对极其规律的夫妻。

跟小于道了再见，放下电话崔才焕吸了一支香烟。桌上电话铃响了。

这是甘肃的铁杆朋友打来的。这几天他等待的就是铁杆朋友的长途电话。

铁杆朋友是当地的干部子弟，说起话来口吻极其冷硬。这种语言风格，只有在真正朋友之间才能接受。交情不够的，肯定无缘消受。

铁杆朋友告诉他，小西北地区风力发电项目已经上马，工程总造价天文数字，已经摸清购置风力发电设备金额三千二百万元，计划两年竣工。

听到这里，崔才焕激动起来。我若将这项工程中的风力发电设备订单拿到手里，工厂一下就活了。从前工厂的重点放在水力发电设备上。为什么不更新观念开拓风力发电设备市场呢？做两栖动物多好啊，如今小西北风力发电项目，正是千载难逢的机遇。

　　铁杆朋友低声低语说，拿到这个项目可能性较大，但是要给黄副总指挥可观的酬金。

　　行贿。这是很冒风险的事情。他在电话里询问，还有别的办法取悦黄副总指挥吗。

　　铁杆朋友冷笑说，没人知道黄是阳痿患者，色情服务对他作用不大。黄爱钱。酬金为总额的百分之三。

　　崔才焕算了算，将近一百万元人民币。他告诉铁杆朋友，他干。他上天入地也要弄出这笔款子。

　　铁杆朋友告诉他，虽然行贿数目不大，赶上刀口也算大案了。"你冒这么大的风险，这跟你个人利益有多大关系？你能得到一百万元好处吗？"

　　他笑着对电话里说："对我个人而言，一分钱好处也没有。"

　　电话里传来激昂的声音："你他妈的混账！为了工厂利益，你有必要承担这么大危险吗？你脑子有毛病！"

　　"是啊，人就是世间怪物。今晚我要请两个傻×记者吃饭，为自己沽名钓誉树碑立传，这说明我是名利之徒吧？没错我是名利之徒。可是为了工厂的出路职工的饭碗，我又愿意独自承担巨大风险。我脑子真有毛病啦。"

　　铁杆朋友说："别看你平时精明过人，随时都可能干出傻事！为什么呢？你骨子里还是理想主义者。不过话说回来，如今能够悲壮一把，也难得。你是工人出身，也算活出味道了……"

　　听了这话，崔才焕潜然泪下。"无论如何你也要帮我拿下这个项目。"他斩钉截铁地说。

　　铁杆朋友说："好吧，那我就送你下地狱了。"

　　"我愿意生活在天堂与地狱之间。"崔才焕放下电话，赶往九河酒楼。两位新闻记者提前到达。宾主落座，他拨动手机叫来姐夫周家林。

周家林有生以来第一次见到红烧娃娃鱼。于是这就成了悲壮的夜晚。

崔才焕连连劝酒，于是宾主频频举杯。两位记者喝出了风格喝出了水平，说值班副总编辑非常看好稿子，三天之内肯定见报。

崔才焕扯了扯周家林衣角小声说："抓住良机趁热打铁，明天就去申请'崔氏小菜'营业执照，找区工商局的尹局长。"

"这是不是天方夜谭啊？"他低声问内弟。

崔才焕三角眼一瞪："都他妈是真事。"

散席的时候，崔才焕竟然酩酊大醉。周家林搀着内弟走在夜晚大街上。崔才焕絮絮叨叨，几乎失态。

周家林对他耳边说："才焕！干大事业的男人是不能醉酒的。你今天喝得太多啦！要谨防言多语失啊。"

崔才焕继续说："姐夫，你记住我的话。谁是企业的主人？这在国有企业里很难说清。只有在私营企业里说得清。私营企业老板就是企业主人。姐夫明天你就以老太太名义注册一家小工厂，名叫崔氏小菜加工厂。三元后你等着看报纸吧。下岗女工崔才花自强不息。嘿嘿，我姐一下就炒红啦！崔氏小菜风靡全市。借这机会，让我姐自己办个厂子！当老板，当资本家……"

周家林越听越觉得崔才焕思维清晰逻辑严密，就打探："听你说话不像喝醉的人啊？"

"我这是酒后吐真言！我订了机票，后天飞往兰州谈判去啦！你要替我保密。如今企业，一不能依靠政府，政府日子也不好过啊；二不能依靠上级，领导们都忙着打自己算盘呢。咱们只能依靠自己。为了全厂职工，我去冒这个风险。姐夫，我以后要有个马高镫低的闪失，媳妇肯定自奔前程。你就跟我姐姐替我照顾老太太吧。"

周家林心里一惊，紧紧握住内弟的手说："兄弟，留得青山在，不怕没柴烧！"

崔才焕不再说话，任他搀扶着，朝前走去。这个特殊夜晚，周家林看清内弟的内心世界。他当了常务副厂长，骨子里还是个工人。

八

七十六岁的老太太陈凤珍双目微闭盘腿坐在床沿上，静静听着姑爷说话。周家林把内弟的意图一字一句传达给岳母和妻子。

崔才花坐在母亲身旁，觉得丈夫正在讲述一个遥远的故事。

周家林告诉岳母，成立"崔氏小菜加工厂"并不复杂，注册资金一万元足够。工商局尹局长说，当前可将"崔氏小菜加工厂"当作个体作坊对待，手续从简。以后视其生产规模与发展前景，再给予定性。

陈凤珍老太太显然不能适应这种神话般的现实生活。她拿不定主意。偏偏崔才焕不在家，飞往大西北出差了。老太太不能当面跟儿子讨论"崔氏小菜加工厂"是凶是吉。于是老革命遇到新问题。

她老人家睁开眼睛说："我闺女是个普通的下岗女工。她就得自谋饭碗呗！我闺女推车上街卖了几天朝鲜小菜就能登报？这世道大变啦。我在国棉十八厂当了几十年先进生产者，就登过一次报纸，豆腐块那么大。才花一下要登一大版，这事儿我听着跟说评书赛的，那记者别是拆白党吧？"

母亲的态度影响了崔才花。她疑疑惑惑说："真的成立崔氏小菜加工厂，我从工人变成业主，这弯子一时半会转不过来啊。"

周家林鼓励道："假使你成了资本家，也是红色资本家，属于我党团结对象。"

陈凤珍老太太终于拍板:"办厂子的底金我出,但是要等报纸登出来再说!"

从母亲家出来,崔才花几次欲言又止。周家林知道过了初一过不了十五,干脆停住脚步等待妻子说话。

平时颇有几分阳刚之气的崔才花突然软了:"周家林你到底还爱不爱我?"

二十年老夫老妻,丈夫从未听到妻子这样发问,"你今儿是怎么啦?大街上问这种话,人家还以为咱俩拍电影呢。"

"你不要避实就虚。告诉你吧,我头一天上街卖货,就在立交桥下看见你啦!你当街上还跟江忆兰拉手呢!"

周家林沉默着,目光望着远方:"才花,我问心无愧。"只说了这句话,又沉默下去了。

崔才花立即就要发作,不知为什么却忍住了。她与丈夫肩并肩朝家方向走着,一路不言不语。

周家林主动说了:"人到中年,居家过日子是件不容易的事情。"

崔才花自言自语说:"反正全乱了。"

走进自家院子。听见周小林在屋里大声唱着:"咱们老百姓,今儿个真高兴。"

周家林站在院里突然搂住妻子滚圆的肩头,飞快地吻了她一下:"我真的问心无愧。"

她躲闪着说:"你是不是嫌我太胖了?"

"自从上街卖货,你瘦多了,都快赶上巩俐啦。"

有人咣当一声推开院门,大步走进来。周家林摸黑儿看见,"方便面"来了。

"小方,你这程子跑哪儿发财去了?"

"下了岗,我给乡镇企业跑业务去了,基本解决温饱……"

崔才花为摆脱被吻的窘意，热情招呼说："小方屋里坐吧，我给你沏茶！"

"我是来送业务啦！有了好事我首先想到周家林……"多日不见，"方便面"变了，变得有了虚实结合的口才。看来动物园里的动物只要放还山林，生存能力随即增强。

"你现在不吃方便面了吧？"周家林见妻子进了屋，就趁机打趣道。

"方便面"凑到周家林近前，颇为神秘说道："你的毛坯组，铸不铸铜佛？我接触的乡镇铸造企业很多，但是技术普遍比较差。我知道你好手艺，特意跑来找你。"

很久没人夸赞自己好手艺了，周家林表情灿烂起来。

是啊，我的强项就是有色金属。尤其黄铜最拿手。周家林得意地说："铸造铜佛是积累功德的事情，我当然愿意干。但工厂不是我家开的，还要向领导请示的。"

"国营企业就是婆婆多。三天之内能听见回音吗？""方便面"颇不放心。

崔才花端着茶杯走出屋子："要是私营企业，就没有这些麻烦了。"

"方便面"说："大嫂你就带头注册一家私人企业，这辈子也尝尝当老板的滋味！"

崔才花不以为是巧合："你也这样劝我啊！你们提前串通好了非要我成立崔氏小菜加工厂呀？"

"我不知道什么崔氏小菜加工厂，这叫英雄所见略同！""方便面"说罢，腰里手机响了。他看了看短信内容，说又来了一笔业务，就匆匆告辞走了。

"铸造铜佛，铸造铜佛……"周家林在家里踱来踱去，口中念念有词。儿子周小林说："爸，您这么走来走去的，跟动物园笼子里狼一样。"

230

他注视着周小林，觉得儿子一语中的，准确刻画了自己此时心境。

走进厨房，他从身后抱住妻子："人活着，还是要拼上一拼的吧？去做自己想做的事情。"

"废话！这个道理谁不明白？"妻子摆脱搂抱，把高压锅放在灶上。

周家林抚摸着妻子肩膀："你就下定决心吧，把崔氏小菜加工厂办起来！"

妻子眼里闪着泪光："你一定要跟我同心同德过日子！不许花心……"

丈夫闭上眼睛说："我向你保证。"

这时周小林在屋里唱着："天不下雨，天不刮风，天上有太阳……"

"就借儿子这句吉言吧。"周家林说着，走出厨房站在院子里，抬头看着冬天里的太阳。多云，太阳显得挺温暖的。

胡成走进院子，立稳自行车说："今儿歇班，江忆兰找到我家，她说要搞什么焊接试验，请咱们给她铸一个支座……"

厨房里传出崔才花说话："这事儿她怎么不直接找周家林说呢？"

胡成想了想："大概她不好意思直接来找周家林吧。"

周家林急了："胡成你不要瞎解释！工作上的事情她有什么不好意思的？"

胡成果然不懂眉眼高低，接着说："江忆兰说这是私活儿，要咱们给她帮个忙。"

崔才花及时参加进来："建设大桥怎么成了私活儿？这不是大白天说瞎话吗！"

周家林转向妻子说："你不知道，江忆兰参加焊接项目攻关是利用业余时间，她要向合资企业请假，不但扣她工资弄不好还

231

除名呢。"

"江忆兰的事情，你比她本人都清楚呢。"崔才花不依不饶。

"我不是向你保证了吗？怎么动不动你就窝儿里反呢！"周家林急了。

胡成终于明白了，连连劝解说："嫂子嫂子你不要多心，周家林一切正常！"

崔才花碍于面子，只得自言自语："真是天下大乱了。"

周家林为了改变紧张气氛，跟胡成说起铸造铜佛的事情。患有硅肺病的胡成喘着粗气说："人活一口气，我看咱仨把毛坯组承包了吧！除了按时完成厂里任务，咱们面向社会走向市场，兴许就能折腾起来呢。"

周家林打量着院里收藏多年的石头："你通知屠维明，今天公休日下午进厂举行三人紧急会议。"

胡成笑着说："看你严肃表情，就跟八一南昌起义差不多。"

蓦然之间，疏远已久的工厂情感，又在周家林心里亲切起来。

九

周家林是在毛坯组的小屋里读到当天日报的。由于那天酒席上两位记者频频许诺："绝对头版头条！"因此读报时周家林没有过多关注其他版面。

关于下岗女工崔才花事迹的通讯，发表在第四版上。第四版是报告文学。崔才花照片登在右下角。这位下岗女工面含微笑，正在出售她的"崔氏小菜"。

尽管已有心理准备，他一眼看到妻子照片的时候，男人心脏还是怦怦跳得山响。他手捧报纸，定定与妻子对视着。

报告文学作者署名冯赵，正是两个记者的合用笔名。全篇洋洋五千字，从两个角度三个方面记述下岗女工崔才花自强不息的故事。这些故事，周家林一字也读不进去。他只是默默看着崔才花的照片，似乎在端详别人的妻子。

屠维明走进屋子，说"方便面"来了。周家林放下报纸，懵懵懂懂迎接"方便面"。屠维明抄起报纸看了起来。

"方便面"迎头就问铸造铜佛的事情。周家林说这两天根本没闲着，一直在找领导汇报。常务副厂长崔才焕出差还没回来。一位姓倪的副厂长不以为然。倪副厂长临时负责。倪副厂长认为当初成立毛坯组属于权宜之计，今后是否长期存在，不容乐观。

此情此景，周家林居然提出毛坯组面向社会扩大生产，倪副厂长不以为然，认为这跟踢足球越位没有什么两样。

"您的意思是我不光越位，而且抬脚过高啦？"周家林挖苦姓倪的副厂长。

听了周家林的介绍，"方便面"一针见血："这么说毛坯组就是一口棺材，你们三个人躺在里面，光等着咽气呢？"

周家林认为"方便面"的形容并不过分："你说的铜佛，总共要铸几尊啊？"

"几天不见你怎么成了外行？铸件从来都是论吨计算的！""方便面"狠狠地说。

周家林腾地红了脸。是啊，我已经不是名副其实的工人了。几十年工厂生涯，仿佛成为一段遥远而且无法证明的历史，恍恍惚惚令人生疑。如今我是个什么东西呢？如今我什么都不是。这样反思着，周家林自尊心受到撞击。

屠维明不停翻动手中报纸，居然没有留意第四版上的风景。这时候周家林不急不躁说："好啦好啦！无论厂里意见如何，反正铸造铜佛的任务我们接下啦。"

"方便面"连声叫好，说这才是工人阶级说的话。周家林指了指屠维明手里的报纸，说第四版有崔才花。

胡成瞪大眼睛："周家林你说什么？"

"我说今天报纸第四版登了你嫂子的事迹……"

胡成伸手去抢屠维明手里的报纸。"方便面"大声喊道："真的？这可是风水呀！嫂子是旺夫的命相。你家祖坟上的草肯定比驴腿都粗！"

周家林不知说什么好，就拍了拍胸脯："那铜活儿，无论如何是接啦！实在不行我就把队伍拉出去，自立山头一样干活儿！"

这时，屠维明开始朗读四版的报告文学：《自强不息的下岗女工》。

"河流奔向大海，人流却涌向四方。在我们城市川流不息的大街上，你见过这样一辆手推车吗？无论是清晨还是黄昏……"

周家林走出小屋。屠维明的声音四处飘散，似乎正在诉说一个被人忽略的故事。对于周家林来说，这又是一个既生疏又熟悉的故事。听着屠维明的朗读，他发觉自己并不了解妻子。崔才花仿佛一个似曾相识的女子，款款朝他走来。

终于送走"方便面"，周家林骑上车子朝家里奔去。

工人新村的气氛与往日有所不同。周家林骑到自家门前发现门上贴了一副对联。他顾不得去看上联下联，只见横批四个大字：前方更好。

进了院子，他弄不清这里聚集着几路兵马。首先是工人新村居委会主任范大妈，正在动员崔才花，让她以街委会名义注册一个"三产"加工厂，专门生产小包装的"崔氏小菜"。周家林听了一惊，暗暗钦佩内弟的预见能力。文章刚刚见报，就有人前来洽谈建立"崔氏小菜加工厂"事由。

第二路人马由厂工会主席阎德生率领。这位身材肥胖的工人领袖说："小崔啊，其实你做的就是朝鲜小菜，大街上处处有卖的。可是谁让你上了报纸呢？所以你的'崔氏小菜'一下有了知名度，我们登门拜访是希望你能把'崔氏小菜'这块牌子献给厂里，带领大家共同致富。"

崔才花马上表态："目前我的任务不是致富是脱贫！"

第三路人马是市妇联的干部，这几位和蔼的老大姐专程赶来告诉崔才花，前车之鉴，一定要迅速申请"崔氏小菜"商标专利权，以防成果流失。市妇联的妇女权益保障委员会已经为崔才花拟定申请专利报告题目："一种以酸辣为特征的关于蔬菜与海藻的泡制方法。"

崔才花应接不暇，用求援的目光看着丈夫。

周家林说："你们是不是明天上午再来商谈啊？一会儿崔才花还要上街去卖崔氏小菜。今天刚刚见报，大家更应当支持她精神抖擞走上街头，让下岗女工自强不息的形象牢固树立起来！"

几路兵马很不甘心，又都觉得周家林说得很有道理，不得不纷纷退兵，约好明天上午再来拜访。

屋里骤然冷清下来，只剩下夫妻二人。

周家林说："我在厂里看了报纸……"

崔才花愣愣坐在床沿上，目光注视着桌上暖瓶，不言不语。

他以为妻子要喝水，就斟了一杯递她。她木然接过水杯，呆呆望着丈夫说："我累极啦。你替我把东西都装在车上吧，歇一会儿我就上街卖货去……"

他说："你歇一天吧，今天我替你上街卖货。"

她说："这不可能啊。今天登了报纸，说不定一大群人在立交桥底下等着买我崔氏小菜呢。现今谁也替不了我。我只能硬扛着朝前走……"

他沉了沉说："人怕出名猪怕壮。既然你上了报纸，就要长远打算啊。"

她叹了一口气："才焕让我登了报，我不知道这是救我呢还是害我呢。全中国的改革都是摸着石头过河，咱们也走一步说一步吧。"

周家林将妻子制作的崔氏小菜一盘一盘搬到手推车玻璃罩子里，然后摆上电子台秤。这时他才注意到妻子制作的小菜果然都是优质产品。干净、鲜亮，散发着诱人的味道。只有在这种时候，他才能够体会到妻子的艰辛。当了二十多年工人，突然下岗变成一个沿街叫卖的小生意人。人的一生，真是神仙老虎狗，生旦净末丑，难以预料啊！

崔才花喝足了水，穿上白大褂，戴上白围裙，慢步从屋里走出来。周家林将车推出院子。小街沉浸在暮色中。崔才花从丈夫手中接过车把，压低声音说："我想通了，咱要想真正当家做主，就自己注册一家加工厂。省得鸡一嘴鸭一嘴的，弄得你整天晕头转向。"

周家林也压低声音说："是啊，我也接了'方便面'的业务，准备铸造铜佛。厂子要是不让承包，我就拉出队伍走向社会。这年头反正饿不死人……"

妻子接过手推车，推车朝前边去。周家林目送着妻子背影。不论报纸上怎么说，周家林心里最清楚，崔才花吃苦耐劳的劲头，正是中国女工的真正精神。

周家林转身朝岳母家走去。进了门，老太太不等姑爷说话抢先开口："家林呀我想明白了。你告诉才花甭犹豫了，赶紧自己办个厂子，真正当家做主！"

周家林说："妈，您老人家是不是已经看了今天的报纸啦？"

陈凤珍老太太噙着泪花，使劲点了点头。

十

崔才焕从兰州登机，一路不停祈祷："所有在位的天神保佑这趟航班一路平安。"飞机在北京平稳降落，他那颗悬浮的心才一下放在肚子里。

他的公文包里装着三千二百万元的合同。有了这份合同的生产任务，全厂职工的饭碗就有了指望。从那位黄副总指挥手里拿到这份合同究竟费了多少气力，只有崔才焕自己知道。

从北京机场驱车直接来到金加工车间改造工地。他钻出轿车大步跑进施工现场，四处寻找施工公司的侯经理。

崔才焕拉住侯经理的手说："工程提前三十天完成，怎么样？"

侯经理说："崔厂长你没喝高吧？"

"只要提前三十天完成，工人奖金我出。"

侯经理想了想："提前二十天完成比较有把握的。"

"那就拜托侯经理了。"说罢，崔才焕又朝着清砂工房走去。

一阵烟尘从清砂工房房顶升腾起来，这是生产的迹象。他想立即见到周家林。在崔才焕心目中，周家林生来就是一个工人。

走进清砂工房，好似走进一个红彤彤的天地。这是毛坯组工人正在开炉浇铸。崔才焕电工出身，还是看出这里的异样。他大声喊道："周家林！你这是化铝还是化铜呢？"

周家林的身影猛地出现在他的面前，很像武侠电影里英雄从天而降的镜头。是啊，周家林在自己的天地里，几乎成了来去自如的英雄。

"这不是化铝也不是化铜，这在配制中间合金。你什么时候回来的？"

"从机场一口气开了一百四十公里，一直开到金工车间工地。报纸登出来了吧？"

"你姐正在筹建崔氏小菜加工厂。已经有三方愿意合股，一起推举才花当总经理。"

崔才焕听罢，哈哈大笑："总经理，我姐当了总经理！这太好啦！其实我姐从小组织力很强，还戴过三道杠呢。"

周家林告诉内弟，毛坯组不愿意停留在这种小作坊小生产的

237

倒退状态，要求面对社会走向市场，渐渐干出一个大模样。

"这次我从小西北风力发电工程拿来三千二百万的项目，可是其中没有铸造任务。国有企业只要度过这个困难时期，就能找到长远发展的办法。你们毛坯组目前的战术是防守反击，只要能从社会上揽来活计，就干呗！从零做起，小作坊也能变成大工厂。"

周家林笑了。

走出毛坯组，崔才焕向停在远处的轿车走去。望着内弟的背影周家林心里说："才焕啊，你是特殊年代里的特殊厂长，姐夫祝你好运吧。"

转身周家林走进清砂工房，一抬头看见江忆兰身穿奶白色呢子大衣，站在远处的砸铁机旁边。他笑了笑，就与她静静对视着。

江忆兰也无声地朝他笑了笑。

"胡成跟我说了，你搞焊接试验需要工艺装备。明天开炉那个支座就能铸造出来。到时候给你送到什么地方去？"

江忆兰显出几分尴尬："不用啦……"

周家林很是不解："不用啦？为什么不用啦？"

"说起来简直就像个神话故事。"江忆兰操着不紧不慢语调，仿佛在讲述一件与己无关的事情。周家林静静听着。

江忆兰为了参加大桥焊接项目攻关，时常请假。很快工艺科长找到她，说中外合资新型企业不比以前传统国营企业。一个员工倘若不能全身全心投入工作，随时可能从岗位上辞退。江忆兰请求科长谅解，表示她真的无法离开那座大桥。

科长问："你所说的那座大桥在哪儿呢？"

江忆兰："目前还躺在图纸上。我们攻关的课题就是解决废旧钢轨的焊接性能……"

科长说："我觉得那只是一座虚拟的大桥。你是一个理想主义者，我认为那座大桥完全建构在你的理想世界。这样下去你肯定会被工厂裁掉的。"

工艺科长早年毕业于清华大学机械系。如今是高级工程师，也是清醒的现实主义者。果然不出科长所料，很快江忆兰就接到企业人事部通知，要她下岗待命。

她失去众人向往的中外合资企业的饭碗，坦然接受这个残酷的现实。她向科长告辞说："我是咎由自取，因为我是理想主义者。"

听罢江忆兰的故事，周家林叹了口气说："人人梦寐以求的位置，你轻易就丢掉了。其实对你来说这是必然的结局。这样也好，你就能够全心全意投入大桥焊接技术攻关，有失有得。"

江忆兰笑了："我的故事还没有讲完哪。一位副市长批了条子，把那批废旧钢轨低价卖给他家乡的小钢厂，前几天已经回炉了。这样一来，那座躺在图纸上的大桥自然蒸发了……"

故事出现这么一个令人意想不到的结尾，周家林惊呆了。他不停地踏着双脚，心头愤懑撞击着胸中栅栏。望着面前这位理想主义者，他真想破口大骂那位副市长，又觉得不能跟贪官污吏置气，便向江忆兰勉强笑着："遇到这种事情只要你自己不后悔，也就没有什么了不起的……"

江忆兰表情平淡："我身边的人都替我后悔呢，好像天塌地陷了。只有你周家林说出这么豁达的话来！谢谢你……"

"我也只能说几句鼓励你的话。不过崔才焕出差回来了，是不是要他出面为你说几句话？"

江忆兰摇了摇头："通过这件事情我从心里敬佩崔才花。她下了岗，不声不响找到自己生存的道路，咬紧牙关往前走！报纸的文章我看了，这不是每个下岗女工能做到的。我也要靠自己的力量，向前走啊。"

周家林眼睛潮湿了："江忆兰你说得对！"

江忆兰笑了笑："那真是一座亦真亦幻的大桥啊……"

她走过来，跟他握了握手。她小手儿被他紧紧握住，显得意味深长。他大声说："江忆兰，依你的脾气秉性，不论什么时候都是个真正的工人。"

她呜咽了一声，转身跑了。

工厂很大。江忆兰走远了，身影渐渐显得很小很小，最后融入蒙蒙天色里。周家林知道，这就是工厂与工人啊。

屠维明和胡成从清砂工房里走出来，瞪大眼睛望着他。

屠维明说："周家林我跟你说，今后江忆兰需要帮助，你不方便就指派我和胡成去，省得嫂子跟你抬杠拌嘴……"

胡成说："对，大家都是工人呗！"

周家林不置可否："咱们干活儿去吧！"

"方便面"骑着摩托车驶过来："三天之内，能交活儿吗？"

屠维明指着这辆大红摩托车说："谁说中国工人生活贫困？看！再添上两个轱辘，'方便面'赶上日本小轿车啦！"

"方便面"说："对！这就是中国特色——苦中作乐的精神！"

当天下午，毛坯组召开全体会议，由周家林讲话。

"从明儿起，咱们三个人就要拧成一股绳子，干铜活儿了。铜活跟铁活不同，首先技术上有难度。尤其熔化时不能让元素烧损了。最重要的是精气神。从明天起，谁也不许说粗话，也不能有邪念。要讲究卫生，要净身。说通俗了净身就是洗澡啊。记住了，这年头你可以什么都不相信，但不可以什么都不敬重。"

屠维明带头发言："周家林你的意思我们听明白了！你尽管放心吧。"

胡成也朝着周家林使劲点了点头。

第二天上午，召开全厂大干六十天动员大会。厂里多年没开这种大会了。市场经济，给钱干活儿，用不着动员。但是崔才焕与众不同，坐在台上讲话，简明扼要。他告诉全厂职工，今后工厂要转化为"两栖动物"，既生产水力发电设备也生产风力发电设备。目前摆在面前的是三千二百万元的合同，必须一炮打响占领新的市场，赢得新的用户。

"你们看清楚了，这只是一张纸。但它是大家共同的饭碗！"崔才焕挥舞着手里那份来之不易的合同，讲话极具煽动性。工人们觉得实在，啪啪为他鼓掌。

周家林坐在台下听着，觉得内弟看上去有一种悲壮的内质。这种内质存在于平常生活中，往往被人们所忽略。

下班回到家里，他看见桌上摆着妻子留言："租赁了一间仓库做厂房。我跟人家谈价钱去了，吃饭别等我了。"

他坐在桌前摊开《金属手册》，找出儿子淘汰的计算器，开始计算那尊铜佛的重量。知道了重量，就能掐算熔化几块铜锭了。

这时候，他觉得心中非常神圣。"就这样开始啦？"轻声问自己。

开炉化铜那天，天气极好。周家林给崔才焕打了个电话。四处都找不到这位常务副厂长，周家林急中生智拨通他的手机，一下就找着了。

崔副厂长说忙，没时间。

周家林说："如今开业都讲究剪彩。我们既不是开业也不是剪彩。但我觉得这是一件庄重的事情，所以必须请你到场。"

崔才焕想了想，就应允了。

周家林在清砂工房门外迎接崔副厂长到来。崔才焕小声说："你什么时候学会溜须拍马啦？"

周家林说："我认为这是公事。公事嘛，就要分出长幼尊卑，就要讲究礼仪场合……"

"有素质！"崔才焕拍了拍他肩膀，"你知道刚才你给我手机打电话时我在什么地方吗？我在检察院哪。"

周家林惊了："你有案子啊？"

"我敢断定是鲁大春四处举报，还说我买通记者为自己树碑立传。我不怕！当上这样的厂长，随时有可能进班房。这就叫视死如归。"崔才焕笑呵呵说着，仿佛十分开心。

周家林想起那天醉酒之后他搀着内弟回家，内弟跟他说了行贿的事情。如今越管越严，送给对方高额回扣弄不好就犯了案。行贿是犯罪啊。

他紧紧拉住内弟的手，低声说道："才焕，你真要是犯了什么案子，只要不是枪毙的罪过，完全可以推到我头上。我一个穷工人替你顶着！"

崔才焕仿佛没有听见，不言不语朝前走去。

周家林换了一话题："我们毛坯组今天开炉，为市佛教协会讲经堂铸造一尊铜佛。"

崔才焕点了点头："好啊！"

胡成身穿白色小帆布工作服，守候在大型坩埚近前，正在化铜。

屠维明走上前来，跟崔才焕打招呼："自从你当了常务副厂长，还真给大家找到了饭辙，尽管比不上合资企业，但我们都赞成你！"

胡成添油加醋说："热烈欢迎你给我们讲话。"

崔才焕十分认真地说："今天我还真想讲几句话！"

周家林说："那你就讲吧。"

这时候，崔才焕朝着火光走了几步，泪水就涌满了眼窝。

赵钱孙李的幸福生活

前　言

有天津这么一座城市就必然有这样一座市民院落，有这样一座市民院落就必然有这样一群饮食男女，有这么一群饮食男女就必然有这样的日常生活，因此，我们有理由相信幸福生活已经到位，或者说幸福生活即将来临。

一、赵家的外部情况

在天津南市官沟街这座大杂院儿里，赵家的情况很简单，父亲赵加才是一位资深鳏夫，其鳏龄已经二十五年。赵加才的儿子赵嵬，今年二十七岁，无业。如此推算，赵加才今年五十四岁，他是在儿子赵嵬三岁那年丧妻的。丧妻那年的赵加才，应当只有二十九岁。那是多么年轻啊。一个男人几十年如一日充当鳏夫而且毫不动摇，这似乎完全可以正明赵加才稳定的内心世界以及一成不变的生活态度。作家浩然当年在长篇小说《艳阳天》开篇写到男主人公萧长春，有"二茬子光棍儿，更难熬"之说。那意思无外乎表明，睡过女人的单身男子比没睡过女人的单身男子，那独寂的日子更难抗拒。

243

然而，赵加才毕竟不是萧长春，日常生活中他为人处世很是稳重，没有明显的浮躁之气。他似乎选择了这样的生活并且决心将这样的生活进行到底。如果必须描绘炎黄子孙赵加才的长相，那么只能说他长得太像中国人了。仅此而已。

　　赵崽呢，分明继承了父亲的性格，似乎有过之而无不及。赵崽的性格比较内向，少言寡语，平时走路的姿态以低头为主，使人觉得他总在寻找着丢失的钱包。多年以来赵崽留给邻里之间的印象一言以蔽之，那就是沉闷。一个男孩子十几年如一日地沉闷，在外人看来那是很辛苦的历程。当然这只是外人的肤浅看法。打个比方吧，一个多年负重行走的人，他的负重分明成了生活习惯。倘若你好心为其减去负重，他反而摇摇晃晃，甚至无法站稳脚跟。此时外人认为的所谓负重辛苦，也就很皮相了。有渔民离船晕陆之说，正是这个道理。当然，风华正茂的赵崽没有正当职业，这也是引人议论的事实。

　　赵崽三岁死了娘。关于死因，外人并不知晓。人们只能感觉到，赵家父子之间关系比较淡漠，相对缺乏广大中国家庭那种骨肉感情。在中国就是这样，如果一个家庭内部缺乏骨肉亲情，则只是一锅清汤而已。你说清汤还有什么滋味呢？

　　邻居们认为，有时候清汤可能更有滋味。尤其是赵家这锅清汤。

　　每逢夏秋之交的日子里，发生在赵加才与赵崽之间的蟋蟀大战那是很有名的。父子斗虫儿的激烈场面足以使得围观者同意这样的人生观点："不幸的家庭有着同样的不幸，幸福的家庭各有各的幸福。"

　　如果还有一点需要补充，那就是赵加才的职业，他是天津一家物业管理公司的员工。赵家的外部情况大体如此。

二、钱家的外部情况

这座大杂院儿里，钱家应当属于国家限制人口政策的积极响应者。人家响应国家号召只是计划生育而已，简而言之就是"一家只生一个娃"。钱家夫妇可好，索性一个不生，结婚多年户口册里不见添丁进口，人口增长率为零。

当然，钱家夫妇究竟是属于缺乏生育能力的被动不育，还是属于彻底响应国家号召的主动不育，邻里之间便不得而知了。

钱家的户主名叫钱五林，他的妻子名叫孟叶儿。夫妻生肖均属牛，同年同月生，只是不同日而已。邻居们认为这是前世缘分。

钱，曾经被穷酸文人称为孔方兄，属于物质的极端表现形式。孟，则是孔孟之道的后裔，血脉里必然流淌着"道不行，乘桴浮于海"的精神境界。因此，钱五林娶了孟叶儿，孟叶儿嫁了钱五林，就等于是物质与精神或精神与物质的双赢结果。

既有物质也有精神，如此完满的双赢婚姻，今世不生育也罢了。

钱五林当年曾经是小学教员。那时候教育界很不景气，小学教师人称"小叫驴儿"，其地位甚至不如商店售货员。尤其钱五林还是小学体育老师，就更不值几两银子了。这钱五林不是等闲人物，他穷则思变，改行转业，毅然离开学校一步迈入出租汽车行业，开起出租车。这种跨越式的改行，当时引起一场轩然大波。人们议论的焦点话题就是小学教员怎么能去开出租汽车呢。这好比往法国牛排上抹王致和臭豆腐，属于完全不搭界的事情。如今回首往事，钱五林哑然失笑。唉，现在有的女大学生已然去坐台了，十几年前的那场争论确实显现了人们的天真与短视。

不过应当补充说明的是钱五林从小学体育教员转行成为出租

汽车司机，还是具有得天独厚的外部条件的。他皮肤黝黑面孔粗糙，短腿长腰绝对适合坐在驾驶室里。因此，他的改行应当说是归位——人尽其才，物尽其用。

孟叶儿仍然是小学教师。如今在一所重点小学毕业班教语文。全班四十八个学生全都指望考入重点中学，一心扑在教学第一线的孟老师深感责任重大。

必须补充说明的是，孟叶儿是个气质高雅的美丽女人。人到中年走在大街上仍然保持着一定的回头率。这可能与她俏美的体形有关。

据说，不曾生育的女人不是完整的女人。因此，上苍赋予孟叶儿俏美的形体和美艳的面容，这是公平的补偿之举。

这是钱家的外部情况。

三、蒙太奇

夕阳铺满院子，极容易使人产生遍地黄金的幻觉从而欣喜若狂。这时候那几个工作人员又来了，继续丈量住房面积。他们的脚步踩碎了满院子夕阳，也踩碎了铺满院落的黄金。

关于丈量房屋面积，这大概是五年之间他们第十八次前来做这项重复性的工作。尽管说是老城改造造福于民，几年之间的重复丈量，使民心工程的真实性在居民心中流失殆尽，反而觉得他们很像一个电视连续剧的摄制组。这部电视连续剧的导演恰恰心性极高，持续不断地拍摄这样一部无趣乏味的长篇电视连续剧，而且随时都有新的故事情节添加，因此随时前来补拍镜头。于是，这座大杂院儿里的居民们便成为这部长篇电视连续剧拍摄过程的目击者，尽管看到的只是拍摄花絮，他们还是期待着。他们不是期待这部长篇电视剧的早日播出，而是希望它能够早日拍摄完毕。事情毕竟拖得太久了。

起初，丈量小组的首领是个白面书生型的中年男子。他不言不语指挥着手下的工作人员，工作态度极其认真。那时候大杂院儿的居民们对这座城市的平房改造工程抱以强烈期望，总是要追随着这位白面书生询问，当然是询问什么时候搬迁。

白面书生表情严肃，一概回答说这是高层领导的问题，我们是不可以信口开河的。白面书生的几缄其口，使得人们越发意识到这个问题的严重性和紧迫性，于是更加不停地问询着。满怀焦虑心理的人们得不到答案，便对白面书生产生强烈不满。

每次前来丈量住房面积，大街小巷里往往流传着各式各样的小道消息，无外乎此地动迁在即云云。虽然语焉不详，却着着实实让土著居民们欢欣鼓舞一阵子。这种心情，使得男人趁机喝酒，使得女人趁机花钱去买好衣服。小孩儿则趁着父母的兴高采烈，不写作业偷偷去打电子游戏。

随着时光流逝，城市平房改造并没有动静。人们对大杂院儿的前景渐渐失去兴趣。今天丈量明天丈量，本来就跟拍摄电视剧一样，你怎么还拿它当真呢。久而久之，这里的居民们对这件事情普遍感到麻木。你要丈量就来丈量吧，反正这里永远是中华人民共和国的土地。

太阳照样升起。

四、孙家的外部情况

大约是在开展房屋丈量工作的第四个年头，一天下午，这座大杂院儿里搬来一户人家，姓孙。孙家不声不响住进那一间不见阳光的南房，从而开始了大杂院儿生涯。

如今城市生活的时代潮流，一般来说是平民百姓搬进新楼房，官僚富商搬进"汤耗子"。如果有谁竟然逆历史潮流而动，举家搬进这片城市盆地——老城区大杂院儿里居住，这肯定不是什么值得庆贺的好事情。然而，更有笑料爆出的场面还在后头。人们做梦也不曾想到，新搬来的这户孙姓人家的男主人，居然就是连续几年前来这里丈量住房面积的那位"白面书生"。当他指挥着搬家公司的民工们抬着家具走进那间不见阳光的南房的时候，大杂院儿里的人们嗡的一声哄然大笑。这笑声里当然包含着几分恶毒，好比人们看到一只大鸟呼地一头撞进来，自投罗网了。

白面书生型的中年男子，名叫孙质平。人们终于知道，他的真实身份只是房管站的勤杂工，平时什么杂活儿都干。人们几乎无法想象这样一个勤杂工竟然皮肤白净举止文气，怎么看怎么像一个文化人。

孙质平搬进这座大杂院儿居住。零距离了。大杂院儿里的人们终于明白。一连多次出现的房屋丈量小组，其实都是临时拼凑起来的杂牌军。城市平房改造运动就是这样，动迁的大趋势确定无疑，老城区随时处于动迁之前的临界状态，然而计划总是在变化，因此出现了五年之间十八次丈量的重复现象。房管站勤杂工孙质平由于外貌酷似白面书生，也就一次次被抽调出来，进入丈量小组充当一名角色。

尽管孙质平搬进这座大杂院儿之前曾经以"白面书生几缄其口"的形象引起众人不满，一旦成为邻居，矛盾也就淡化了。尤其得知孙质平不过一房管站勤杂工而已，大家也就更没有怪罪他的理由了。

孙家的情况比较简单，孙质平的妻子名叫方桂梅。方桂梅相貌平平，是个下岗女工，但她很顽强，从无停顿地实施着自己的"下岗再就业"工程。她一年总要被迫改换十几个打工岗位，很像一位频频转会的替补球员。方桂梅的最大特点是不愿意待在家里。只要外面有工作，无论什么岗位她都一往无前。孙家搬进这座大杂院儿那间南房居住的时候，方桂梅当时正在一家快餐店打工，主要工作是洗盘子。

孙质平的女儿孙晓，读到高中二年级生病了，休学在家。

孙家的外部情况，颇有几分城市悲情色彩，但并不浓重。

五、李家的外部情况

李氏夫妻五年前一起前往中东地区充当劳工。丈夫叫李雷，妻子叫康笛兰。李家的两间北屋，据说打算出租，一晃几年过去了，不见房客搬来。

有时候，赵加才不言不语站在李家门前，内心颇有感慨的样子。然而他最终也没有发表什么微言大义的评论，可能是觉得人家小两口远在海湾地区打工很辛苦吧，也就不便说什么了。

李氏夫妻的具体情况，不详。

六、蒙太奇

朝霞满天的时候，丈量小组归雁似的又来了。他们的脚步仿佛踩在一片片玻璃上，踏碎了这里的宁静。人们喜欢宁静，完全是因为宁静代表着这座城市一成不变的日常生活。永无休止的城市平房改造丈量工作，此时在大杂院儿居民的心目中，完全失去了本身的意义，转化为一种对日常生活的强烈干扰。

丈量小组一行三人走进这座大杂院儿，大声吆喝着，说是丈量房子来啦。他们的喊叫，很像那种不合时宜的聒噪，使人顿生厌恶之意。然而令人们唯一感到惊奇的是这次丈量小组一大早儿就来了。以往他们都是下午出现，清晨并不属于他们。

这时候，孙质平的身份已经只是大杂院儿里的居民了。他没有参加这次丈量工作的原因，大概出于避嫌吧。

丈量小组开始工作。人们再度感到惊异的是这次丈量小组的成员，全部都是陌生面孔。他们手里使用的工具，似乎也跟以往不大相同。以前使用的是皮尺，这次使用的是钢质圈尺。两者相比，前者更倾向于老式裁缝，而后者，无疑标志着现代丈量工作的气质。

入室丈量的时候，赵家给他们递了烟，钱家给他们送了茶。

有烟有茶，这就是钢尺与皮尺的不同待遇。

进入孙家丈量面积时，丈量工作人员表情庄严肃穆。孙质平由于多次参加丈量工作，此时以本行老前辈自居，竟然主动协助对方拉尺。

孙质平随即遭到对方谢绝。工作人员对孙质平说：对不起，房屋面积丈量是一项政策性很强的工作，请您闪开吧。

孙质平受到震撼，站在大杂院儿里自言自语着，这次动迁很可能是真的，这次动迁很可能是真的。

这时候，太阳已经高高升起了。

七、赵家的内部情况

那时候赵加才还没有"返城"，一家三口居住在中国华北腹地的一座小县城的边缘。赵加才是"老知青"，赵妻也是"老知青"。如此说来赵崽属于货真价实的知青后代。一般来说知青后代的童年大多是泡在苦水里的，因为知青们的生活本身就缺乏糖分。

三岁的赵崽，偏偏是个嗜糖如命的孩子。那时候，一种被广告称为"太空饮品"的固体饮料——果珍，风靡中国。一大批中国孩子纷纷被这种来自大洋彼岸的糖衣炮弹击倒，红扑扑的小脸蛋儿渐渐变了颜色。

赵崽对果珍的依赖性极强。随便打个比方，赵崽对果珍的依赖几乎接近人类对毒品的依赖，假若一天不喝果珍，三岁的赵崽必然连续哭号几小时，当然中间只有五至八次小憩。假若两天不喝果珍，三岁的赵虺必然躺在地上赖着不起，有时甚至翻滚着，当然表演的不是自由体操。假若三天不喝果珍，后果绝对不堪设想。赵虺的这种极端行为，完全应该称为"精神嗜糖症"。

毫无疑问，这是一个极其可怕的孩子。但只要你保障果珍的供给，三岁的赵虺还是颇有可爱之处的。譬如朝着水缸里撒尿，譬如投掷石块儿打碎邻居玻璃，等等。

那时候，双轨制的中国市场上果珍经常脱销。赵氏夫妻必须做到未雨绸缪，于是使出浑身解数，囤积果珍，以备赵虺之需。尤其是赵加才的妻子，几乎变成一个为了果珍而活着的女人。

可怜天下父母心。赵家又偏偏是天下第一姓氏，于是赵氏夫妻就更加可怜。那时候的赵加才，似乎对生活丧失了信心。如今回首往事，那岁月的记忆变得朦胧不堪，具体内容更是难以详说。如果必须回首往事，那么赵加才不会忘记他和妻子为了买到果珍，一起搭车去八十公里之外的一座县城的情景。那是一条土路，漫天沙尘将这对夫妻塑造成为两尊当代秦俑。

这两尊当代秦俑长途奔袭八十公里，终于成功地抢购到三瓶果珍。归途搭乘的是一辆运送土豆儿的牛车，女秦俑抱着那三瓶弥足珍贵的果珍，坐在牛车上激动地哭了起来。

赵虺啊赵虺，你长大以后要是不孝敬你爸你妈，你小子可就太混蛋了。你爸你妈为了给你买这三瓶果珍，暴土扬尘跑了一百多里路，可遭了大罪啦。

这三瓶果珍只维持了两个月，赵家的时局再度告急。赵加才永远不会忘记，那个冬日的晚上妻子走出家门时候的匆匆脚步。

果珍脱销半年。赵家的积蓄消耗殆尽。赵虺已经哭闹了一天，如果没有果珍充当"镇静剂"，三岁的赵虺极有可能在凌晨时分以他的尖声哭号为利矛，刺破屋顶。屋顶是不可以刺破的，那样一定会漏雨。赵妻决定到一个熟人家里借果珍，哪怕只是一小勺儿也行。赵加才知道赵妻的熟人住在三里之外的地方，又冷又远。因此，赵妻走出家门的背影使得赵加才产生了饥饿的幻觉——她不是去借果珍而是去借粮食。这真是等米下锅啊。这个知青家庭的等待果珍，不啻饥肠辘辘的人们企盼着粮食。

赵妻迟迟不归。赵加才领着三岁的赵嵬出门寻找，走出一里路就看到了妻子的尸体。她从熟人家里借到半瓶果珍，回家路上却被一辆夜行的拖拉机撞死。

赵加才看到妻子的尸体被拖拉机撞得七零八落，怀里紧紧抱着的那半瓶果珍却完好无损。唉，玻璃瓶子其实比人的身体脆弱得多。易碎的玻璃并没有破碎，人却死了。赵妻以她的生命创造了一个人间奇迹。

赵加才从倒在路旁的妻子怀里拿起那半瓶果珍，转身递给三岁的赵嵬。赵嵬接过果珍，咧嘴笑了，然后伸出舌头隔着玻璃瓶子舔着里面的果珍。那样子，几乎就是一条嗜糖的小狗儿。

车祸现场点起一盏汽灯。围观的人们七嘴八舌，议论不止。这时候赵加才听到有人小声说，这倒霉孩子害死了他的妈妈。

是啊，假若赵嵬不嗜果珍如命，那么就没有赵妻的这次晚间出行。赵妻假若晚间坐在家里，那拖拉机无论如何也不会撞进家门来的。赵加才难以反驳这种说法，可手心手背都是肉，他又能说什么呢。

赵嵬这孩子果然不同寻常，妈妈死了没几天，他的"嗜糖症"不治自愈，即使离开果珍，他也镇定如常了。

有人说，这孩子就是找他妈妈索命来的。妈妈死了，他就不喝果珍了。

赵加才无话可说，他唯一能够做的事情就是把那半瓶果珍给亡妻随了葬。妻子手里拿着那半瓶果珍，到另外一个世界去了。

后来，赵加才带着儿子返城回到天津，住进这座大杂院儿里的一间北屋。这间北屋是赵家的祖产。祖产已经传了三代。果珍呢，则随着一代代新型饮品的问世，尤其是美国可口可乐的入侵，从中国百姓日常生活里淡出，以至彻底消逝了。

后来有个爱好逻辑推理的人说，赵崽患的不是"嗜果珍症"而是"嗜母爱症"。母亲死了，母爱自然也就没了，没了母爱他还嗜什么呢？他的毛病便不治自愈了。

这是个令人惨不忍睹的逻辑。在这个完全能够自圆其说的逻辑里，果珍不是本质，果珍只是现象。

八、钱家的内部情况

家有贤妻，那日子当然越过越好。可家有美妻，丈夫的日子未必就好过了。尤其钱五林这样的平庸男儿拥有了孟叶儿这样的出色妻子，使用度日如年这个字眼儿描绘钱五林的日常生活，应当说恰如其分。

钱五林不抽烟不喝酒，甚至连茶也不喝。钱五林不烟不酒不茶的原因非常简单，那就是家有美妻满足了他的全部人生欲望，还抽烟喝酒饮茶干什么。多余。

一女抵了百万兵。

生活并不是风平浪静的。钱五林从对孟叶儿的钟爱渐渐变为痴迷，其主要原因是他感来越担心妻子这株红杏儿悄然出墙，落入收购水果者的手里。这是钱五林的最大心病。

大约在钱五林与孟叶儿结婚的第四年，学校里调来了一位英姿勃发的副校长。这位文质彬彬的副校长到任后第三天，钱五林就去体育学院参加短训班学习，为期三个月。

结婚四年，钱五林与孟叶儿吃在一起睡在一起，工作还在一起，一个教语文，一个教体育，夫妻之间并没有出现什么波澜。其实这种同吃同睡同工作的状态，一天二十四小时全天候，夫妻之间不可能出现什么波澜。生活必然是一潭死水。

终于出现了风浪。这次区教育局组织年轻的体育教师去体育学院进修，旨在提高教学水平。钱五林实至名归地进入这个名单。那时候他对妻子的钟爱渐渐转入痴迷，于是向孟叶儿表示无论学习多么紧张每星期也要回家一次。孟叶儿心里当然得意，她知道钱五林是"媳妇迷"，根本离不开老婆。

孟叶儿是星，钱五林就是追星族。他痴迷妻子，并且觉得这就是爱情。钱五林认为爱情是黄金，他恰恰沙里淘金娶得孟叶儿为妻，自己当然就是世界上最为幸福的男人。于是痴迷心理愈演愈烈，一发而不可收拾。痴迷其实也是一种天赋，并非人人具有。具有痴迷天赋的钱五林带着他的痴迷天赋前往体育学院进修去了。孟叶儿留在学校里，继续教她的语文课程。

如果孟叶儿没有记错，那是一个春天。钱五林前往体育学院进修的第三个星期，孟叶儿突然失语，当然这只是急性咽炎使她说不出话来，即使说话学生们也只能看到她的口型而听不到她的声音，这一下就回到了无声电影时代。孟叶儿很着急，急忙找到主管教学工作的副校长。

文质彬彬的副校长告诉哑音的孟叶儿大可不必着急，他完全可以代课，三天五天八天十天，都行。孟叶儿心里非常感激，更是说不出话来。救场如救火。就这样，这位文质彬彬的副校长随即开始代课，给孟叶儿的学生们讲起了语文。

孟叶儿起了好奇心，她吃了两片消炎药，悄悄坐在教室里的最后一排，专心听这位副校长的语文课。

其实经常有这种情况，教师与教师之间相互听课，称为"教学观摩"。不知为什么，这次孟叶儿感到自己的心情不同于以往，她注视着站在讲台上的副校长，这位多年以来被自己的丈夫宠爱有加的女教师，心头笼罩着异样的感觉。

语文课本的第十八课是散文《春天走了》，具有多年教学经验的孟叶儿知道，这一课太难讲了。人们通常说春天来了，然后就说冰雪消融了，小草儿泛绿了，小鸟儿回来了，见人见物，明白易懂。可是《春天走了》这篇课文的主旨却超出了生活常规。尤其六年级的小学生，深刻理解这篇课文的内涵，实在有些难度。

然而这位副校长的语文课讲得实在太好了。他开堂第一句就说，春天走了是什么意思？我们用一句话概括，春天走了就是夏天来了。

孟叶儿觉得自己的心头腾地被一把火点燃了。是啊，"春天走了"这个抽象概念，转换成为"夏天来了"这个具体概念，学生们一下就理解了。因为夏天是具体的，譬如说炎热，譬如说多雨，譬如说短衣短裤，譬如说冰冻可口可乐。于是，夏天来了也就变成一派亲切感人的风光。

学生们课堂热情高涨，学习积极性普遍提高。身为语文教师的孟叶儿，一时感到非常自卑。以前，她给学生们讲解这篇课文，从来没有想到以"夏天来了"的视角切入。副校长的新颖思维和生动讲解，令孟叶儿感到无地自容。

当天夜里她独自躺在家里的双人床上，失眠了。思绪纷乱，一时梳理不清。凌晨时分她终于明白，自己内心强烈思念着副校长。这时候孟叶儿深刻感觉到，在认识这位副校长之前自己根本不懂得什么叫作思念。这种难以抑制的思念终于在清晨时分爆发。孟叶儿早晨六点钟找出崭新的橘黄色封面笔记本，拿出一支崭新的钢笔，恢复中断多年的日记写作，写下一篇情感日记。这篇日记的主题就是："春天走了，夏天还会不会到来呢？"

这篇日记只是开始，从此孟叶儿的日记写作无法中断，她内心的情感世界渐渐苏醒，这种苏醒使她时时处于诉说状态，这种诉说状态的直接体现，就是写出真情实感的日记。

九、孟叶儿日记摘抄

我是一株栽在院子里的小树，我的身旁是一道高墙。高墙很高，墙角长满暗绿色的青苔。高墙后面是一排老屋。很多年了，我在老屋与高墙之间，按部就班生长着。

我看到老屋里的风光，一年重复着一年。老屋里的人物变化着，故事情节却没有发生什么变化。久而久之我甚至认为，老屋里没有新鲜风光。

高墙确实很高。我生长着，笼罩在高墙之下。多少年过去了，我多次产生这样的错觉，那就是我生长着，高墙也在生长着。我永远也无法超越这道高墙。是啊，树不死，高墙就活着。树与高墙比肩生长着，时光就这样流逝而去。

一个春深夏浅的季节，我终于长得超过了高墙，一眼看到了外面的世界。这时候我感觉高墙停止了生长。

外面的世界真大，一眼望不到边际。夏天来了，外面的世界更大了，令人怦然心动。

我突然看到一只大鸟朝着我奋翅飞来。这大鸟展开的双翅，足以覆盖我的浓绿的树冠。大鸟真大啊！

十、白面书生其人

孙质平外貌酷似白面书生，内在素质也不低。他身为房管站勤杂工却酷爱读书，早年以西方翻译小说为主。中年之后他读书很杂，甚至包括车尔尼雪夫斯基的《怎么办》、孟德斯鸠的《法的精神》和罗伯斯庇尔《革命法制与审判》，从此可以看出孙质平是属于"旧人类"的。

"旧人类"孙质平搬入这座大杂院儿里居住，当然是有原因的。世界上没有无缘无故的爱，也没有无缘无故的恨，更没有无缘无故的迁徙。

人往高处走，水往低处流。孙质平搬入这座大院儿居住之前，这位房管站勤杂工一家人住在一套两室一厅的楼房里，使用面积虽然只有四十二平方米，孙质平与妻子方桂梅以及女儿孙晓一家三口人住着，还是比较舒服的。孙质平在阳台上养了两只玉鸟儿，方桂梅在阳台上养了七八盆鲜花，孙晓则养了日本出产的电子宠物。这个普通的城市平民家庭，其乐也融融。

终于出了大事情。三好学生孙晓同学在重点中学读到高中二年级，得了一种怪病。她经常莫名其妙地浑身瘫软，无声倒地，一时难以行走。每次瘫软倒地之后，她总要卧床静养，处于极端虚弱的状态。好在孙晓还是能够渐渐恢复的，然而恢复之后好景不长，又一次瘫软倒地正在等待着她。孙晓这个可怜的女孩儿处于这种恶性循环之中，已经无法在学校读书了。

难道品学兼优的女儿就这样毁啦？夫妻终日以泪洗面，心有不甘。孙质平急了，冲到阳台上大声对天发誓，即使倾家荡产也要治好宝贝女儿的疾病。

这时候，孙质平经常被抽调到房屋拆迁丈量小组工作，多次走进这座大杂院儿并且多次见到小学语文教师孟叶儿。

于无声处胜似雷鸣电闪，只是一瞬之间孙质平就爱上了孟叶儿。

人生路程上往往出现突发事件。然而爱就是爱。孙质平一见钟情爱上了孟叶儿，有妇之夫爱上有夫之妇，这应当说是毫无出路的事情。孙质平面临的最大难题是既然爱上了就要继续爱下去。怎样继续爱下去呢？孙质平毕竟是孙质平，他认为男人内心只要保持纯洁的单相思就足够了。这件极其复杂的事情在孙质平心目之中变得十分简单。

事情就这样开始了。

为了给女儿治病，孙质平用尽了微薄的家庭存款，如果继续医治必须寻找新的财源。孙质平与妻子方桂梅商量，平民家庭只有这两室一厅的住房能够换回一沓沓钞票。孙质平找到房屋置换的中介机构，提出以这两室一厅的楼房换取老城区平房一间的要求，经过一番折算得到答复，如果依照这种方案置换成功，孙质平可以得到十八万元人民币的房屋差额补偿。孙质平爽快地同意了，为了给女儿孙晓治病，只要全家人不住在大街上，他什么困境都能忍受。

　　房屋置换中介机构给孙质平提供了三处房源，均为老城区的平房。孙质平骑着自行车独自去看房，他万万没有想到第一处房源便是那座大杂院儿里与孟叶儿一壁之隔的一间平房。那时候他在内心暗恋孟叶儿很久了，天赐良机竟然能够成为孟叶儿的近邻，这还有什么值得犹豫的呢？孙质平大喜过望，根本没去看第二和第三处房源，径直回到房屋置换中介机构，表了态。

　　就这样，房屋置换成功。孙质平得到房屋差价补偿人民币十八万元，这样就能够给女儿治病了，却失去了通风朝阳的两室一厅的楼房。这时候孙质平的心情，完全可以用悲欣交集来形容。

　　女儿孙晓大了，起居很不方便。孙质平自己动手在这间北屋里搭了一个小阁楼，女儿睡在上面，他和妻子睡在下面。这种格局经常使他想起动荡不安的火车卧铺，有一种人在旅途的感觉。

　　孙质平忙碌起来，一方面他要四处求医八方问药，花钱给女儿治病，另一方面继续着自己的单相思事业。苍天有眼，两条战线同时作战而且同时报捷，一方面孙质平花了十六万元治好了女儿的疾病，孙晓彻底告别了突然瘫倒的困难岁月，成为一个在家养病的大姑娘。另一方面孙质平居住在"心中的太阳"孟叶儿隔壁，完成了从普通男子单相思到柏拉图式精神之恋的大步跨越——那就是只要我爱孟叶儿就足够了，至于孟叶儿爱不爱我，真的并不重要。

这是多么好的事情啊。

这时候，孙质平的妻子方桂梅下岗了。

妻子下岗也无妨。孙质平的柏拉图式的精神之恋，就其显著特征而言，那就是没有任何外在的物质形式。没有任何外在的物质形式的精神之恋在中国的市俗生活里，不可能引发什么纠缠不清的麻烦。中国市俗生活里的多种多样的麻烦，大都属于物质范畴。譬如奸情一词就是最好注脚。然而孙质平恰恰没有奸情。

这是多么好的男人啊。

是的，假若在中国大陆地区评选新世纪精神之恋总冠军，凡人孙质平无疑是这项桂冠的有力竞争者。假若他获得新世纪精神之恋总冠军，那么他的获奖评语应当是这样的："孙质平处于二十世纪末叶及二十一世纪初叶中国的泛物质时代里，毅然放弃肉身享受而渐渐成长为一名精神之恋的忠实追随者和坚定实践者。孙质平对'心中的太阳'的持久不移的爱恋，印证了他对爱情的忠贞不贰；孙质平对'心中的太阳'的旷日已久的非物质接触，体现了他的精神纯洁；孙质平严于律己的同时对'心中的太阳'一无所求，说明了他对精神之恋真谛的深刻领会。孙质平的这次获奖，无疑证明了人类高扬精神之帜的真正勇气，无疑证明了一个人守卫着自己的精神世界以防止任何恶劣物质入侵的崇高意义。"

如果必须对孙质平的这篇获奖评语进行通俗化解释，那么概括成为这样四个字最为恰当：自娱自乐。

自娱自乐的独自操作形式，注定了孙质平精神之恋的可持续发展的显著特色。由于它的非双偶性质，孙质平的精神之恋已然成为一场无法消解的具有纯粹意义的生命过程。

从普通男人的单相思到柏拉图式的精神之恋，白面书生孙质平完成了自己的精神世界里的一次大游行。

十一、冬天里的一把火

　　孟叶儿以日记的形式记载着自己的心路历程。她仿佛重新回到初恋时代，激情澎湃而热血沸腾。她日记的字里行间晃动着一个男人的身影，这个男人应当就是那位文质彬彬的副校长。

　　孟叶儿情感日记，沿着时间顺序发展，一环扣一环，情感日炽一日。然而她的日记本里存在一个明显的"断环现象"，即每逢星期日她的日记必然空白一页。这一页页空白连缀起来，构成奇特的"星期日现象"。孟叶儿为什么星期日不写日记呢，莫非星期日是她的情感麻木日？这不能不令钱五林顿生疑窦。

　　孟叶儿的日记本落入丈夫之手，那是钱五林从体育学院进修归来之后的第三天。孟叶儿将自家钥匙忘在学校办公桌的抽屉里，让钱五林骑车去取。钱五林在妻子办公桌的抽屉里偶然发现了这只橘黄色封面的日记本。四肢发达的钱五林同时也是多疑症患者，他偷偷阅读着妻子的日记。

　　孟叶儿的日记总共七十八篇，钱五林读到第二十九篇的时候便认定这株红杏儿已经出墙。为什么每逢星期日孟叶儿的情感日记便出现"断环"呢？聪明的钱五林目光极其尖锐，一眼看出那是由于他在体育学院进修期间每逢星期日必然回家，这种情况下孟叶儿根本没有时间写日记抒发情愫，因此造成这种每逢星期日便出现的"断环现象"。

　　钱五林在这种问题上的市俗化判断力，似乎具有异乎寻常的天赋。

　　钱五林骑着自行车匆匆赶回家去。他一路上泪流满面，陷入极度悲伤的泥潭里不能自拔。好好的一株红杏儿为什么要出墙呢？钱五林是体育教员，却并不缺乏形象思维能力。一株红杏儿栽在院子里很好嘛，有人施肥有人浇水有人培土有人剪枝而且有

260

人欣赏，为什么还要出墙呢？墙外的世界其实很无奈，红杏儿一旦出墙那是绝对没有好下场的。因为墙外站满了伸手摘杏儿的人，而且一个个都显出居心不良的样子。

孟叶儿哪里知道自己的情感日记已经被丈夫掌握。她坐在家里的沙发上闭目欣赏着录放机里播出的古典音乐，深深沉浸在美妙的天国里。丈夫迈着沉重的脚步走进家门，孟叶儿也没有睁开眼睛。闭目欣赏西洋音乐是这位小学语文老师多年养成的习惯。

终于听罢拉赫玛尼诺夫的《第二钢琴协奏曲》，孟叶儿意犹未尽地睁开眼睛，看到钱五林泪流满面地站在面前，一时又惊又喜。

孟叶儿的又惊又喜，是她以为丈夫的泪水涟涟是受到了西洋音乐的强烈感染。天啊，四肢发达的体育教员终于增长了"艺术细胞"以至于听到西洋古典音乐竟然热泪盈眶。孟叶儿激动地站起，目光炽热地注视着自己的丈夫。

出乎孟叶儿意料，钱五林从兜儿里拿出那册橘黄色封面的日记本，郑重地递给自己的妻子。

这确实令孟叶儿感到极其意外。她呆呆注视着这册橘黄色封面的日记本，一时无言无语。

钱五林突然号啕大哭。这惊天动地的哭声吓了孟叶儿一跳。她随即镇定下来，伸手抚摸着那册橘黄色封面的日记本，轻轻叹了一口气。

钱五林超乎寻常的哭声惊动了大杂院儿里的赵家父子。好在那时候赵岜只是一个高中生，根本不具备破译这种男性特殊哭声的能力。赵加才当然能够听懂这是一个男人发自肺腑的哭号，出于礼貌他不可能贸然走进钱家劝解。俗话说，一家有一本难念的经。人家钱五林自有苦衷那是不可以向外人说明的。

只有在这种时候，钱五林才深切感受到自己是多么痴爱妻子啊。今生今世无论出现什么意外，他都不能够失去孟叶儿的。

体育教员钱五林自动停止哭号，他恳请语文教师孟叶儿对日记里的重要内容做出解释。此时的钱五林似乎已经把孟叶儿当作一位训诂学专家来对待。他认为妻子的一篇篇日记，几乎无一字无出处，字里行间充满了令丈夫心惊肉跳的危险内容。

这时候的孟叶儿，冷静得出奇。她双手捧着那册橘黄色封面的日记本放在胸前说，钱五林既然你看了我的日记，我的灵魂在你面前已经裸体了。裸体了就更没必要解释了。

钱五林情绪突然失控，指着妻子大声审问，你日记里那只奋翅朝你飞来的大鸟到底是谁？神秘关系都是有代号的，代号就说明是神秘人物，你说，那只大鸟究竟是什么人的代号？孟叶儿今天你必须跟我说清楚！

钱五林的大声逼问使得孟叶儿一时产生了怪异的幻觉，她恍恍惚惚感到自己是《红岩》里的江姐，钱五林则是大搞逼供的特务头子徐鹏飞。

生长在五星红旗之下的孟叶儿无法忍受这种万恶旧社会的气氛，霍地起身走出"渣滓洞"……盲目走上街头，漫无目的地从黄昏走到夜晚，这时她并不认为自己做错了什么事情。

钱五林在家里坐不住了。他骑着自行车四处乱窜，寻找着妻子。当他远远看见孟叶儿彳亍的身影，再次号啕大哭起来。

孟叶儿身披浓重的夜色，已经走得头脑麻木。她注视着哭泣不止的钱五林，竟然觉得这个男人很是陌生。

钱五林推着自行车大声说，你的日记本我已经烧了，什么事情都没有啦，孟叶儿孟叶儿，咱们现在回家吧。

我的日记本你给烧啦？孟叶儿麻木的头脑嗡的一声清醒了。什么，我的日记本你给烧啦！

钱五林息事宁人地点了点头，是啊是啊，日记本烧了就什么事情都不存在了，咱们回家吧。

你把我的日记本给烧啦？孟叶儿哇的一声哭了起来。你怎么能把我的日记本给烧了呢！

这不啻冬天里的一把火，烧毁了一部春天里的童话。孟叶儿终于明白了，那篇《春天走了》的课文，其真正内涵是春天走了冬天来了，而且还带来一把冲天大火。

孟叶儿悲痛欲绝，掩面大哭。她的夜半哭声，引来了沿城巡逻的警察。

钱五林觉得妻子突然爆发的大哭，简直不可思议。我已经把你红杏出墙的证据给烧掉了，你不笑反而哭了起来。

莫非红杏儿还在留恋着墙外风景？钱五林思忖着。我一定要找到那只奋翅飞来的大鸟儿。

一个月之后，那位文质彬彬的副校长调到另外一座学校去了。

十二、存疑与推断

孙质平一家搬进这座大杂院儿居住时，正是春天走了的季节。孙质平不知道小学教材里有《春天走了》这篇课文。他只知道自己成为孟叶儿的近邻。

此时，钱五林已经是一名平庸的出租汽车司机了。这位出租汽车司机通过实施长达数年的"人盯人"防守战术，基本认为妻子孟叶儿进入稳定状态。于是依然对妻子充满痴迷的钱五林渐渐踏实下来，这位当代骆驼祥子驾车载客，基本能够做到一慢二看三通过。

天下太平了。

然而，孙质平却搬进了这座大杂院儿。从预防红杏出墙的意义上完全应该用"半路杀出一个程咬金"来形容孙质平的出现。由于钱五林不可能变成孙质平肚里的蛔虫，因此这位出租汽车司机绝对不会想到住在一壁之隔的那位具有白面书生特征的房管站勤杂工很可能也是一只奋翅飞来的大鸟儿。

是的，文质彬彬的副校长在钱五林视野里的消逝，早已促成了安定团结的大好局面，钱家的日常生活重新归于平静。至于那位副校长调任另外一座学校的真正原因，似乎只有钱五林心里清楚。

其实事情并没有就此结束。

必须存疑的就是那册橘黄色封面的日记本。作为判断孟叶儿是否红杏出墙的所谓证据，这册情感日记已被钱五林付之一炬。有一千个观众就有一千个哈姆雷特。孟叶儿日记的被焚，钱五林无意之间制造了一起永远无法侦破的"悬案"。既然属于存疑，这件事情自然永远存在着两种截然不同的推断。

一、这确实属于一起发生在教育界的桃色事情。语文教师孟叶儿与文质彬彬的副校长之间曾经爆发了一场惊天动地的婚外情，俩人在情感世界里的十字路口多次携手"闯红灯"。

二、钱五林望风捕影，误读了那册已经烧成灰烬的孟叶儿日记，那一篇篇日记里其实只是记载了女主人公对男主人公的思念之情罢了，这位恪守妇道的女教师并未付诸任何实际行动。倘若如此，孟叶儿也只是一个单相思者而已。

这两种截然不同的推断，如果真实情况属于前者，那么语文教师孟叶儿只是肉体幸福了一阵子。如果真实情况属于后者，那么语文教师孟叶儿则是心灵幸福了一辈子。

对于出租汽车司机钱五林而言，无论是物质化的前者还是精神化的后者，他都将在痴爱孟叶儿的道路上继续行驶下去，一直到他被吊销驾驶执照。

当然，以"自娱自乐"为崇高境界的孙质平对此一无所知。

十三、蒙太奇

黄昏时分，下班归家的孙质平手里拎着两条鲐鱼走进大杂院儿。这位具有白面书生外貌的房管站勤杂工步履稳健表情从容，下午五点三十分准时走进家门。他的这种生活完全是复印式的，日复一日，月复一月，几乎没有什么新意。然而，精神之恋者孙质平却认为太阳每天都是新的。

孙质平下班归家走进大杂院儿，他只是远远朝着孟叶儿家那间屋子投去一瞥，情况便了然于胸了。嗯，"心中的太阳"还没下班回家。他多年以来的单相思养成的敏锐直觉几乎不会出现任何差错。共同住在一座大杂院儿里，一壁之隔的孟叶儿任何细微的行动，孙质平都会有所感觉。他修炼气功十几年，真正达到了心平气和的境界。他并不认为自己天目已开，但他确确实实多次在冥想世界里注视着孟叶儿的优美睡姿，而且看得真真切切。

其实也只是看一看而已。

孙质平下班走进家门，通常妻子方桂梅是不在家的。这位下岗女工顽强地实施着自己的"下岗再就业"工程，并且经常在总工会与妇联之间奔走联络，依然保持着工人阶级特别能战斗的传统本色。

女儿孙晓躺在小阁楼旦睡觉，无声无息很像一只安静的小动物。孙质平洗手擦脸，然后走进小厨房。他系好烹饪围裙，开始操持晚饭。他家的厨房是一间自建的小屋。这间小小的厨房与孟叶儿家小小的厨房同样是一壁之隔。钱五林是从来不下厨房的，出租汽车司机不是懒得做饭而是害怕自己厨艺不佳，委屈了爱妻的胃口。

厨房天地小，孙质平在这里却享受着他的无限幸福时光。他开始淘米，这是泰国香米。孙质平知道一壁之隔的孟叶儿喜欢泰国香米，因此他就改吃这种价格不菲的泰国香米。精神之恋的特点就是默默追随着女主人公。这时候厨房里的孙质平沉浸在极端的喜悦之中，他以为自己是在给孟叶儿做饭。他擅长的食谱其实就是孟叶儿喜爱的菜单。就其精神穿透力而言，小厨房的墙壁是不存在的。因此孙质平极其赞许"地球村"这个词语。地球都成了一个村子，孙质平和孟叶儿必然同呼吸共命运了。

孙质平弄好电饭煲，转身开始洗菜，这是空心菜。孟叶儿爱吃空心菜。尽管"空心"二字对恋爱而言并不吉利。孙质平管它吉利不吉利，凡是孟叶儿拥护的，他绝不反对，凡是孟叶儿反对的，他肯定不会拥护。只要是孟叶儿爱吃的菜品，那必然成为孙质平厨房菜谱里的重点项目。

恋爱真好啊。恋爱的力量不声不响使得两个毫不相干的人，无形之中保持着高度一致，譬如说衣食住行。

洗过空心菜，孙质平撩起围裙擦了擦手。这时候他的动作猛然停顿，屏住呼吸，侧耳静听着。

这是孟叶儿下班回来了。孟叶儿今天穿的是那双棕色高跟鞋。孟叶儿口渴了，她走进家门做的第一件事情是喝水。孟叶儿平时只喝白开水。每逢星期天，她上午喝绿茶，下午喝立顿红茶。至于乳品，随着今年"爱心牌酸奶"的风行，孟叶儿放弃了其他品牌。

孙质平转身走出小厨房，跑进屋里。他拿出一张 CD 盘，这是拉赫玛尼诺夫的《第二钢琴协奏曲》。他敢断定孟叶儿今天心情比较平稳，最想听的就是这支曲子。

他将被发烧友们称为"拉二"的 CD 盘插入机器里，说了声你听吧，转身跑进小厨房，继续做饭。孙质平对时间的掌握极其精准，他每天都跟一壁之隔的孟叶儿同时开饭，这就等于是俩人一起共进晚餐了。

我随时随地都跟孟叶儿在一起。孙质平自言自语说出自己的内心体验，着手准备制作"珍珠汤"的原料——鱼丸。

孟叶儿当然爱吃鱼丸。

孙质平停住手里的菜刀——因为他听到隔壁传来孟叶儿的两声咳嗽。他眉头紧锁，调动自己仅有的医学知识分析起来，然后表情渐渐舒展了。没事儿，这两声咳嗽纯粹属于偶然现象，孟叶儿的气管和支气管，并没有出现问题。

为了便于孟叶儿的胃肠消化，孙质平还是决定在"珍珠汤"里点入几滴白醋。

你好，孟叶儿，今天的晚餐内容比较简单，但仍然都是你爱吃的几样儿东西，水果沙拉、蒜茸空心菜、红烧鲇鱼、尖椒土豆丝以及珍珠汤，主食是泰国香米饭，你饿了吧？那咱们马上开饭。

孙质平就这样站在小厨房里，轻声柔语地说着。房屋里的小阁楼上传来女儿孙晓的声音：爸爸，我喝水！

孙质平被这种世俗的声音强行拖出冥想的精神世界，不由得哦了一声。

是夜，下岗女工方桂梅强烈要求做爱。这意外之举使得孙质平惊诧不已。方桂梅性情亢奋地告诉丈夫，她找到一个很好的工作，在一家大型超市里充当清洁工，风吹不着，日晒不着，跟那些坐写字楼的白领们没有什么区别，而且工资不低。方桂梅坚决认为，今夜必须以夫妻做爱这种独特方式庆贺她"下岗再就业"的成功。

孙质平极其物质地说，既然你有这种生理要求，那做就做吧。

十四、父与子

赵加才"返城"即住进这座大院儿里的一间北房里。这一间北房二十多平方米。冬天里的阳光能够长驱直入，站在屋里，感觉很亲切的。阳光亲切，这个家庭却缺乏父子的亲切感，彼此之间中规中矩，不像一个家庭更像一个公司。

赵鬼读初中的时候独立意识渐渐增强。他向父亲提出要求说，要找个木匠制作一道屏风吧，将这间二十多平方米的屋子隔出两个相对独立的空间，父子之间各得其所。赵加才经过严肃考虑，同意了。

赵加才内心对儿子还是比较宽容的，这是个从三岁便丧失母爱的孩子啊，很可怜。关于赵嵬母亲的死亡原因，赵加才返城之后没有跟任何人说起，虽然起因是果珍，可毕竟属于一次意外的交通事故。

老知青们纷纷返城。人多嘴杂，说三道四谈五论六，陈芝麻烂谷子一股脑全都倒腾出来，美其名曰"忆往昔峥嵘岁月"。赵嵬本来对母亲的死因不甚了了，只知道那是一场车祸。十六岁那年赵嵬读高一，班上转来个女同学，这个女同学的父母都是老知青，当年恰恰认识赵嵬的母亲。

不久，一个可怕的小道消息在赵嵬的学校里流传开了。无论是操场还是楼道，只要赵嵬走过的地方，同学们便指着他的背影议论纷纷，表情里甚至饱含着憎恶。天长日久，全校几乎无人不知无人不晓，高一·二班的男生赵嵬三岁那年就害死了生身母亲。

只有赵嵬一人还蒙在鼓里，孤独而勤奋地学习着。学校传达室的校工终于忍耐不住了，一天清早将赵嵬叫了进来。赵嵬感到不妙，以为自己违章停放自行车即将遭到处罚。

赵嵬在学校传达室里接受这位极富正义感的校工的问询。

校工：这位同学，你现在还喝果珍吗？

赵嵬：果珍，果珍是什么……

校工：对，现在市场上见不到这种东西了。不过你真的不记得果珍了吗？

赵嵬：我不知道果珍是什么东西。哎，您告诉我果珍到底是什么呀？它不会是果冻吧！

校工：你要是真的不记得果珍这种东西，那就太没良心啦。

赵虺：良心？我不明白您的意思，我真的不明白您的意思。

校工：既然你真不知道，我就告诉你吧，你每年清明节一定要去给你母亲扫墓，你妈妈是为了你才死的！

赵虺：什么！

校工：现在全校没人不知道你的事情，还有人说是你害死了自己的母亲！当年你要是一天不喝果珍，就像小狗儿一样乱咬人！你母亲毫无办法，只好外出找熟人给你借了半瓶子果珍，她回家路上被拖拉机撞死了。你妈一死，你也不喝果珍啦。我说你要是早早改了喝果珍的毛病，你妈妈也不会给拖拉机撞死吧？你这孩子真是不让家长省心啊。

赵虺惊呆了，转身跑出传达室，骑上自行车冲出学校大门，一眨眼没了踪影。

赵虺从此不来这座学校读书。他毅然退学了。

赵加才接到学校教导主任打来的电话，已经是十天之后的事情了。赵虺的擅自退学仿佛晴天霹雳，赵加才一时呆若木鸡。学校的教导主任在电话里简单介绍了校园里的风言风语，然后小心翼翼询问赵加才，赵虺是不是害死了自己的母亲？

赵加才啪地放下电话。这位物业公司的普通员工，躲进厕所里很久没有出来。

父亲当然不同意儿子辍学。当天晚上，赵加才破例没看"德甲"，赵虺自愿没去电子游艺厅。就这样，父子之间进行了一场极其艰难的交谈。

赵虺：爸爸，我小时候真的有喝果珍的习惯吗？而且是非喝不可？

赵加才：这都是过去的事情了。如今是可口可乐时代。专家们早就发出警告，人类不要过多摄取糖分。

赵虺：我妈妈是不是我害死的？

赵加才：你怎么能这样说呢？你母亲死于一场意外的交通事

故，你知道车祸吗？那个开拖拉机的农民喝醉了酒。

赵嵬：爸爸，您真的不认为我妈妈是我给害死的？

赵加才：赵嵬，我从来没有这样认为。

赵嵬：爸爸，您应当跟我实话实说。我不是小孩子了。您如果这次跟我说了谎，我是一生都不会谅解您的。你知道吗？

赵加才：赵嵬，我没说谎话。你母亲真的死于一场车祸。

赵嵬：可是学校里无论老师还是学生，都说我三岁的时候害死了母亲。尤其数学蔡老师已经对我恨之入骨，好像我不但害死了自己的母亲也害死了全国人民的母亲。根据等量代换的数学法则，全国人民的母亲就是祖国呀，等于我把祖国给害死了！

赵加才：赵嵬，我理解你的处境，但这不是你退学的理由。我给你换一个学校继续读书吧。

赵嵬：不行。

赵加才：赵嵬，为什么不行呢？

赵嵬：爸爸，要读书您去读吧，反正我是不会去读书了。

赵加才：赵嵬，你不要这样固执。你这样做对得起你死去的母亲吗？

赵嵬：爸爸，请您给我一张我母亲的照片，好吗？

赵加才：我没有你母亲的照片……

当天夜里，赵嵬失眠了。一个十六岁的男孩儿的失眠，这意味着他的简单的幸福生活已经结束。但是，他的复杂的幸福生活并没有立即开始。在简单与复杂之间，存在着一大片空白地带。

赵家的父子关系，也在这一夜之间发生了难以描述的严重扭曲。

十五、人盯人

那时候中国男子足球队不但没有冲向世界杯，在亚洲也只是二流水平。不过中国足球队的不良战绩并不影响钱五林暗中对妻子采取"人盯人"战术，而且是基本做到如影随形。当代足球史上的著名盯人后卫，首推德国的福格茨，外号"狗"，其次是意大利的詹蒂莱，人称"影子"。这种世界级的盯人后卫在紧张激烈的大赛里往往难免疏漏，钱五林却认为自己暗中对妻子实施的"贴身防守"，从来没有出现点滴漏洞。

打从那位副校长调走，钱五林的"爱情排雷计划"大功告成。但他清醒地认识到自己只是万里长征刚刚走完了第一步。他偷偷利用半年业余时间考取了驾驶执照，并且给长城出租汽车公司人事部主任送了一份厚礼，表明自己心迹。

秋风扫落叶的时节，钱五林果断实施跳槽战略，离开那座小学校从体育教员摇身一变成为光荣的出租汽车司机。

钱五林的这次跳槽行动，表面看来出于"人往高处走"的心理，离开清贫的小学教师岗位一步迈进收入颇丰的服务行业，其实他的真实思想动机是对妻子孟叶儿实施"全天候盯人防守"。丈夫为什么这样做呢？钱五林认为这完全出于自己内心对孟叶儿的深沉爱情。钱五林还认为，拥有这种深沉爱情的男人才是真正幸福的男人。

钱五林的"全天候盯人防守"的具体战术安排很是详细。

清晨，他驾驶红色夏利出租车送妻子去学校上班。这样小学教师孟叶儿基本享受了副局级待遇——乘坐专车上班。

中午，钱五林驾驶红色夏利出租车给妻子送来了午餐。一般情况下他总要在孟叶儿办公室里逗留半小时左右，然后放心离去。

傍晚，一辆红色夏利出租车停在小学校门外。钱五林等待着妻子下班。有时候孟叶儿给学生们补课，钱五林不急不躁坐在驾驶室里等待着，谓之不见不散。

钱五林认为，他的"全天候盯人防守"战术，已经将妻子的全天时间全部充满，可以说没有任何空隙。妻子上班坐在丈夫驾驶的汽车里，一路上肯定无机可乘；中午丈夫给妻子送饭，这就杜绝了孟叶儿与别人共进午餐的机会；傍晚时分，妻子走出学校大门便坐进丈夫的汽车里，基本断绝了外界干扰。从这份时间表分析，丈夫无疑给妻子打造了一只无形的铁桶。钱五林认为这是一只充满爱心的铁桶，孟叶儿生活在这只无形的铁桶里，日复一日。

被一个人爱，是幸福的；爱一个人，更是幸福的。钱五林人生的最大幸福就是狂热地爱着自己的妻子并且永远据为己有。从某种意义上说，孟叶儿无疑成为钱五林心目之中的"另类果珍"。

一天晚上八点多钟，长城出租汽车公司调度室给钱五林打来电话，告诉他有乘客预约明天清早六点钟去北京，当天晚间从北京返回。钱五林开车路上向调度员申辩着，说自己家里有困难。调度员在电话里大声责问说，老钱你明天中午是不是想吃爆炒鱿鱼？你要是想吃爆炒鱿鱼我再给你配一碗滚蛋汤！

钱五林无奈地放下电话。身为出租汽车司机他最怕跑远途。只要一跑远途，他那只充满爱心的铁桶便有可能出现漏洞。只要铁桶一漏，他的爱心就像破碎的鸡蛋黄儿一样，遍地洒落。那是多么令人痛心的损失啊。

一个普通司机是不可以抗拒公司调度室的。不就是空白十二个小时嘛，没事儿。足球场上有时候前锋面对空门还往往一脚射偏呢，我跑一趟北京怕什么呢。钱五林在心里这样安慰着自己，驾驶着出租车奔跑在天津这座城市的南京路上。

万家灯火。驶过吉利大厦之前，钱五林一眼瞥见一位身穿紫红色羊绒大衣女子款款走上过街天桥。他嗡的一声脑袋就大了，天啊！这不是孟叶儿吗？这么晚了她没有坐在家里给学生们批改作业，反而独自外出逛街，这太不正常了。

我应该怎么办呢？钱五林很有头脑，迅速思索着。他驶到前面一个路口右转，朝着回家的方向疾速驶去。

气喘吁吁大步走进家门，钱五林看见妻子坐在桌前一心一意批改着学生作业。孟叶儿回头看了丈夫一眼，说今天你收车很早啊。钱五林不知如何回答，一时失口便将自己明天去北京的消息告诉了妻子。钱五林说罢立即后悔了，他认为丈夫不应当这样早就将明天的行踪告诉妻子。

疑心生暗鬼。钱五林心里忐忑着，我驶过吉利大厦的时候难道真的看花了眼？孟叶儿分身无术，她是不可能抢在我之前跑回家的，除非她乘坐了直升飞机。既然如此那一定是我看花了眼。

这时候，一壁之隔的孙质平家里传出一阵古典交响乐曲。前体育教员钱五林当然不知道这是孙质平献给妻子孟叶儿的柴可夫斯基的 B 小调第六交响曲《悲怆》。

十六、李家的内部情况

李雷和康笛兰是夫妻。邻居们以为这小两口都去海湾地区打工了，其实不是。首先是康笛兰出国，交了八万块钱由国内的"黑中介"的推荐，一批四十八位中国女子前往一个名叫多哈的地方。说是在那里充当缝纫女工，其实落入了当地华人黑社会的魔掌，关在一座大院里，被迫沦为卖淫女。

性情刚强的康笛兰坚决不同意出卖肉体，被打得遍体鳞伤。鳞伤遍体当然就没有嫖客光顾了，康笛兰借养伤之机逃出虎口，跑到中国领事馆寻求帮助。三个月之后，康笛兰和另外三名逃离苦海的卖淫女一起返回祖国。

李雷原计划紧随妻子出国，前往中东地区打工，但传来了康笛兰被骗的消息，又惊又恨又怕，一时不知所措。李雷是一个极要脸面的男子，他不声不响在天津郊区租了一座农家小院儿，然后跟邻居们谎称出国打工，悄然前往北京机场接回康笛兰，夫妻

273

就在那座农家小院儿里隐居起来。当天夜里，李雷看到妻子的浑身伤疤，不禁悲喜交集。他悲的是妻子为了赚钱吃了这么多苦，双手空空回来了；喜的是妻子如此贞洁烈女，宁死不卖淫。李雷当场摔了两瓶劣质白酒和一只大碗，随即指天发誓说，笛兰儿，我一定要替你报仇雪恨，出了这口恶气。

报仇也是要花钱的，况且仇人远在中东地区，没钱是万万不能雪恨的。于是李雷将自己的人生划分为两个阶段，第一阶段是奋发赚钱，逐步致富；第二阶段是有了钱拿着旅游护照前往中东名城多哈，寻找仇人并且雪恨。

敢想的李雷并没有给自己人生的这两个阶段划分具体时间，因为对他这样的平民百姓来说，实现第一阶段的发家致富计划本来就非常困难，因此只能摸着石头过河，男人心里装着一个大目标，走一步算一步吧。

夫妻决定从零做起，筹集银两在城郊接合部开了一家小饭馆，取名"地雷饺子馆"，面对广大民工，生意还算红火。

李雷请人给小饭馆写了一副对联儿，上联是"天大地大不如想回家的决心大"，下联是"爹亲娘亲不如盼团圆的感情亲"，横批是四个字："洗洗睡吧"。

民工们特别乐意来这里吃饺子，尤其这样一副对联儿，往往使离乡背井的汉子们两杯热酒下肚之后，思绪起伏，眼窝儿泛潮。

生意不错。康笛兰的存折里很快从三千元增加到六千元。李雷对这样的增长速度表示满意。有时候幸福是蕴藏在存折里的。

往往有这种时候，李雷半夜搂着康笛兰躺在被窝儿里，怀念着那座充满人间烟火的大杂院儿。他和她一时不能回到那里居住，但那座大杂院儿已经成为这小两口儿的精神故居，好比老红军心目中的井冈山，老八路心目中的延安。

十七、老赵和小赵

多年之后赵加才终于意识到，儿子赵岜十六岁那年的那次严重失眠，彻底改变了这个家庭的日常生活，也彻底改变了父子之间的正常关系。失眠，真是一件坏事情。

赵岜当然不会忘记，那个夜晚他难以入睡，无声无息躺在床上仿佛一条死鱼。别人失眠往往辗转反侧。赵岜绝对与众不同，他一动不动躺着，似乎正在完成一件长久潜伏的任务。

赵岜注视着黑暗里的天花板，寻思着。

我爸爸手里没有我妈妈的照片？这不可能。他应当有，他必须有，他一定有。他在跟我撒谎。人们都说妈妈去世的时候我三岁，我根本不记得妈妈容貌，更不记得什么果珍。

果珍，我小时候真的离不开这种东西吗？我看不大可能。我现在连雪碧都不喝，小时候怎么会喝果珍那玩意儿呢。人们都说我妈妈是我给害死的，这不对。我妈妈是果珍给害死的。

赵岜就这样寻思着，不知不觉进入凌晨时分。

这间二十多平方米的平房。一道木屏风隔成两块领地，里面属于赵岜，外面属于赵加才。就在这个绝非寻常的夜晚，赵岜躺在屏风里的单人床上，失眠。赵加才躺在屏风外面的单人床上，呼呼大睡。

这是赵岜有生以来第一次失眠，也是赵岜有生以来第一次听到爸爸的酣睡之声。不知为什么，他蓦然感到躺在屏风外面的鼾声大作的那个男人，此刻竟然如此陌生，陌生得几乎难以想象他是自己的父亲。赵岜霍地坐起，惊悚地注视着满屋的夜色。

蹑手蹑脚下床，赵岜赤着双脚朝着屏风外面走去。他不声不响站在父亲床前，夜色里注视着这个被自己称为父亲的男人。

爸爸，我真的害死了我妈妈吗？赵岜轻声询问着熟睡的

275

父亲。

赵加才呜了一声，打着呼噜流淌着口水，继续呼呼大睡。赵嵬朦朦胧胧看到，盖在父亲身上的毛巾被滑落在地上。

赵嵬轻声轻语继续询问着熟睡的父亲。爸爸，你手里一定有我妈妈的照片。你不让我看妈妈的照片，这里面肯定有着重要原因。

赵嵬突然发现，父亲竟然一丝不挂，裸睡着。他感觉父亲夜间赤身裸体的睡姿非常难看，跟白天判若两人。此时赵嵬很后悔，后悔自己看到了父亲难以入目的睡姿。赵嵬知道，一旦父亲这种丑陋形象进入自己的记忆，那是终身无法将其淘洗干净的。

赵嵬绝望地流下眼泪，他认为自己在黑暗里看到了另外一个父亲。

第二天一大早儿，赵嵬走出家门跑到一座小公园里，大哭一场。两个巡逻的武警从这里经过，对痛哭不已的赵嵬进行询问。赵嵬反问两位巡逻武警，你们知道哪里卖果珍吗?

两位巡逻武警都出身农村家庭，对二十世纪八十年代的城市生活一无所知。他们只能摇头回答赵嵬，说不知道啥东西是果珍。

闲逛了大半天，赵嵬从大街上回到家里。父亲上班去了。赵嵬站在屋里看着父亲的床位，心里感觉很不舒服。赵嵬心目之中的日常生活，此时居然变得面目全非。

赵嵬在这个世界上一时寻找不到果珍，他决定直接寻找母亲的照片。在他的印象里"果珍"和"母亲"是两个联系紧密的词语。赵嵬寻找母亲的照片，首先对父亲的柜子和箱子进行一番彻底搜查。赵嵬看过外国电视剧里警察偷偷搜查犯罪嫌疑人住宅的情景，因此他做起来很有章法。

他翻阅了一册父亲当年的"知青日记"，那种遥远而陌生的革命生活他根本无法理解，因此没有引发这位知青后代的阅读兴趣。

黄昏时分，赵嵬终于从一只陈旧的牛皮纸信封里找到一张泛黄的黑白照片。照片背面没有字迹，赵嵬无法判断它的拍摄时间。一个青年女子身穿肥大的蓝衣蓝裤，双手捧着一只粗口玻璃瓶子微笑着站在一座小院儿门口，很满足的表情。

她是谁？赵嵬注视着这位青年女子，一种亲切的感觉油然而生。

赵嵬小声问道，您一定是我的母亲吧？

那位青年女子注视着赵嵬，不言不语。

赵嵬从父亲的抽屉里找出一只放大镜，小心翼翼将这张黑白照片搁在放大镜下面，仔细观看着。

您就是我母亲。赵嵬小声说着。他看到放大镜下面这位青年女子的面貌，一下认定她就是自己的妈妈。没错，您就是我的母亲。这时候赵嵬突然啊地叫了一声，不由得屏住呼吸。

他看到，照片里青年女子双手捧着的那只粗口玻璃瓶子的商品标签上印着两个字：果珍。

妈妈！妈妈！赵嵬嘤嘤哭了起来。他彻底认定这位青年女子就是自己的母亲，因为她手里拿着一瓶果珍。道理非常简单，别人的妈妈是不会双手捧着一瓶果珍而且笑得如此舒心满意的。

唉，果珍……

赵嵬将这张珍贵的照片夹在自己的日记本里，然后将日记本藏在一个人所不知的地方。

第二天吃晚饭的时候，赵加才向儿子发出询问。赵嵬，你是不是从我柜子里拿了一张照片？

赵嵬埋头吃饭，佯装一无所知的样子。

你还是把那张照片还给我吧。赵加才跟儿子协商着。

什么照片？赵嵬傻乎乎地反问。

赵加才说，你还给我吧，其实那是一张普通的照片。

哦，既然是一张普通照片，我看您就不要找了。赵嵬轻描淡写地说。

赵加才啪地一拍桌子。桌上的碗筷跳了起来，气氛顿时紧张了。赵嵬镇定如常，夹了一口青菜放进嘴里说，爸爸您不要发火，我认为说谎的人是没有权利发火的。

我说谎了吗？我什么时候说谎啦？赵加才气喘吁吁反问着。

您说谎了。您说您没有我妈妈的照片，其实您有。既然您说了谎话，就不要这样理直气壮了。吃饭吧爸爸。

赵嵬说罢，埋头吃饭。他怀着强烈情绪一连吃了三碗米饭，然后放下筷子起身走了。

赵加才无可奈何看着儿子的背影，蓦然感到赵嵬已经长大了。

十八、奇　遇

钱五林起了一个大早儿，他朝着仍然睡在床上的妻子孟叶儿打了个招呼，就出车了。他驾驶着红色夏利出租车迎着晨曦去华园北里十八号楼四门，去接那位包车前往北京的乘客。尽管这是一项并不情愿的任务，钱五林还是准时到达。出租汽车司机必须恪守职业道德，这是本分。

一位身躯肥胖的西服革履男子脸上戴着金丝眼镜，手里拎着一只公文箱不慌不忙地走出华园北里十八号楼四门，朝着停在不远处的红色夏利出租车招了招手。

钱五林开出租车什么样儿的人物都见过，他认为这位肥胖男子属于尚未发财的小老板。尚未发财的小老板们往往身躯肥胖，因为他们正处于拼命吃喝阶段。真正的大老板往往度过了肥胖阶段而进入瘦身时代。而且，真正的大老板是不会乘坐出租汽车去北京的。

肥胖的乘客伸手拉开车门呼地一屁股坐进汽车后排，说了一声去北京亚运村安慧里。钱五林嗯了一声，起步了。

　　这里去往北京只有一百三十多公里，去往北京亚运村，也不过一百五十多公里。钱五林不言不语驾车驶上高速公路，心里想着妻子孟叶儿此时已经起床了。

　　一个男人无时无刻不惦念着妻子，钱五林认为这就是爱情。爱情是可以转化为生活习惯的。钱五林无时无刻不惦记着妻子，也可以认为是一种日积月累的生活习惯。生活是铁打的，生活习惯是钢铸的。

　　钱五林一天二十四小时惦记着孟叶儿，生活得极其充实坚固。应当说这是一个幸福的男人。

　　驾车进入北京市区，肥胖的乘客似乎有着办不完的事情。他先后在广渠门、沙滩、车公庄三个地点停车办事。驱车前往亚运村的时候，已是下午四点多钟了。

　　钱五林心里怨气很大，心里忍着，不言不语。多年的"人盯人"生活使他拥有了惊人的忍耐力。他一路的沉默寡言，似乎并没有引起肥胖乘客的注意。在乘客心目之中，司机就是开车的。

　　钱五林晚间六点多钟驶上返程的道路。肥胖的乘客提出找个餐馆吃饭，钱五林说不饿。对方急了，说你不饿我可饿啦。钱五林表示自己晚间九点钟之前必须赶回家里。肥胖的乘客毫无办法，只得气哼哼下车买了两个面包和一瓶水，坐在后排大吃起来。

　　其实钱五林肚子里很饿，但他的信念是回家跟妻子共进晚餐。这时钱五林心里明白，两个多小时的车程赶回家里跟妻子共进晚餐是根本不可能的，但他仍然这样坚持着。钱五林认为这种饥饿的感觉本身就是幸福的体验。

　　人算不如天算。这辆红色夏利出租车意外地在高速公路上抛锚了。这是一个前不靠村后不挨店的地方，四周漆黑一团。钱五林将车子停在安全位置，回头告诉肥胖的乘客说，这辆车走不了啦。

肥胖的乘客急得满头大汗。只有他自己心里知道，今晚十点钟在喜来登酒店前厅，有一单重要生意等待成交。

钱五林跑到高速公路旁边的安全岛去拨打求助电话，对方说四十分钟之后，警方的拖车就会到达的。

黑暗里，钱五林看着表情焦急的肥胖乘客，不知为什么心里竟然感到几分得意。

最具讽刺意味的是，钱五林并没有认出这位肥胖乘客就是当年那位文质彬彬的副校长；这位面目皆非的肥胖的乘客，也没有认出这位出租汽车司机就是语文老师孟叶儿的丈夫。沧海桑田。

相见何必曾相识。这就是岁月对男人的侵蚀。

十九、两个人的战争

"照片事件"之后，老赵和小赵的生活进入"冷战时代"。在大杂院儿邻居心目中，赵家是平静的，没有什么异样。只有赵氏父子知道，平静生活的背后悬挂着两颗难以靠拢的心。

赵氏父子的生活，仍然实行"三同"，同吃同住同休闲。同吃同住就是同吃同住，同休闲的内容则不拘形式，游戏多多。

老赵和小赵的诸种休闲游戏，基本都属于对抗性的。譬如打电子游戏，赵氏父子仍然迷恋于老版本的"坦克大战"。赵加才操纵红方坦克，赵岜操纵蓝方坦克，伴随着一声声炮火穿山越岭，双方展开殊死决战。互有攻守，各不相让，有时候一打就是七八个小时，双方损失坦克总数往往达到万辆。在这种虚拟的战争中享受战胜敌方的快感，永远令父亲和儿子激动不已。

有时候父与子还要摆一摆围棋。其实他俩都不懂围棋，而且兴趣不大。只是由于围棋斗智斗勇的对抗性，使得赵氏父子选择了围棋，尽管双方棋艺都臭得一塌糊涂。

他们不是选择了围棋，而是选择了黑白两色的强烈对撞。

还有象棋。晚饭之后大杂院儿里的邻居们经常看到赵氏父子摆开棋盘，隔着楚河汉界挑起一场场充满血腥的厮杀。中国象棋讲究走一步看三步的"将军" 然后只能推枰认负。赵氏父子的象棋规则具有强烈赵氏父子色彩，那就是以"吃光杀净"来决定胜负。负者，每每被杀得无兵无将无战车，只剩一个光杆儿皇帝。这种规则很像小孩子的游戏，充满了幼稚的残忍。然而就在这种不声不响的对抗之中，赵嵬渐渐长大成人。

于是，赵家由一个大人一个小孩儿变成两个大人而且是两个男人。不过家里的格局却没有发生什么变化，还是一道屏风隔出两人各自的世界。唯一的新意只是赵加才开始服用安眠药促进自己的睡眠。赵嵬却变成一个睡不醒的人，大白天也是睡眼惺忪的样子。

那是初秋的一天。此时正是老赵和小赵饲养蟋蟀的大好季节。斗蛐蛐，一场场发生在虫子与虫子之间的鏖战，成为赵氏父子之间的主要战争形式。

午饭之后，赵加才突然对赵嵬说，今天的斗蛐蛐应该增加一项内容。赵嵬无精打采，低头问父亲增加什么内容。老赵说，今天我若是赢了，可以向你提了一个要求，你若是赢了，可以向我提出一个要求。

赵嵬突然笑了。他告诉父亲说，他知道父亲要提什么要求。赵加才心虚地看了儿子一眼，不说话。

我知道，您的要求其实很简单，就是要找回那张照片。可您当初口口声声说过，您手里根本没有什么照片。这就太矛盾啦。

赵加才听罢坐在那里，不言不语仿佛一尊石雕。从此，父子之间再也不斗蛐蛐了。

后来，赵加才好像生病了。有那么一段时光，他每天上午都要到医院接受治疗，身体渐渐虚弱下去。

赵岿似乎并不知道父亲生病了。他骑着一辆五年没有擦洗的自行车在这座城市里东奔西走，很忙碌的样子。有时候他回来很晚，咣的一声将自行车靠在那一堆自行车里，然后坐在自家门外的小凳子上，默默抽烟。

身心疲惫的赵岿自言自语说，我四处都跑遍了，怎么就是找不到那种老式果珍呢？

屋里传出父亲的咳嗽声。

赵岿站起小声询问说，爸，您喝水吗？

屋里传出赵加才的声音说，赵岿，这么多年了其实我没喝过一口果珍。

第二天一大早儿，赵岿走出家门来到那一堆自行车面前，愣了。他妈的，我的自行车丢啦。

赵岿二话不说，走出大杂院儿奔向这座城市的旧车市场，花一百元买了一辆半新半旧的自行车，不紧不慢骑行在大街上。

新人类骑旧自行车——这是二十一世纪的一条基本定律。

二十、幻　灭

孟叶儿当天晚上八点钟接到丈夫钱五林从高速公路上打来的电话，说汽车抛锚，恐怕要明天一大早儿才能到家。孟叶儿认为汽车抛锚并不是什么特别不好的事情，她叮嘱钱五林不要着急，一定要严格遵守交通规则，做到安全驾驶。

孟叶儿放下电话，洗了洗，上床睡了。她佩文胸，着三角内裤，基本是三点式的规模。

此时，孙质平正坐在灯下读书。这是一本外国人写的《艺术与视直觉》，很不好懂。孙质平读书的最大特点就是不怕困难。开卷有益说的正是这个道理。这时候，孙质平读懂了这一章节，不禁猛然一拍自己的大腿。妻子方桂梅被惊醒，以为丈夫是在拍打蚊子。她说了一句"电热驱蚊器在抽屉里呢"，翻身继续睡了。

孙质平拿出纸笔，写下了自己的读书心得。他写道，视直觉在艺术作品里，原来如此重要。譬如我们将一只茶壶摆在一张桌子的中央，那么心里就感到很踏实。如果我们将一只茶壶摆在一张桌子的边缘，它无疑给我们带来随时落地的不安全感并且对环境产生令人揪心的影响。艺术，正是通过视直觉的方式表达出它的无所不在的影响力。

书，就这样读懂了。房管站勤杂工孙质平内心洋溢着幸福的感觉。

这时，他似乎感觉到一壁之隔的孟叶儿发出的极其轻微的声响。

哦，她上床睡了。孙质平完全依靠自己的直觉，对"心中的女神"做出这样或那样的判断。

晚安孟叶儿。孙质平心里这样说着，继续阅读《艺术与视直觉》。既然孟叶儿睡了，孙质平的阅读越发一心一意了。他手不释卷，完全读进去了，长驱直入走进充满直觉的艺术世界。

直觉这东西，挺好。

大约子夜时分，孙质平的直觉再度伸出触角——他感到隔壁的孟叶儿发出极其轻微的呻吟。这种呻吟太轻微了，就连处于入睡状态的孟叶儿本人都不曾察觉。

然而，此时孙质平却清晰地感到一壁之隔的孟叶儿的呻吟。她已经感到了痛苦，尽管此时她还在睡眠之中。孙质平内心判断着，很快孟叶儿就会醒来的，因为她的疼痛必将渐渐强化，最终变得令她难以忍受。

放下书本，孙质平意识到问题严重了。他知道钱五林不在家，孟叶儿孤立无援。柏拉图式的精神之恋不但没有使孙质平丧失丝毫责任感，反而更加强烈。他轻手轻脚走出家门，独自站在院子里。

夜色如墨。孙质平没有听到孟叶儿发出强烈的呻吟。虽然平时很少正面接触，他还是知道这位小学语文教师是个生性好强的女子，只要能够忍受，孟叶儿就不会发出疼痛的喊叫。

孙质平站在孟叶儿的门外，仿佛黑夜里的一名忠诚卫士。

他终于听到她强烈的呻吟声从屋里传出。这突然爆发的呻吟，说明孟叶儿坚守的阵地已经完全崩溃。她长长地呻吟着，然后急促地呼吸着，再次发出长长的呻吟。孙质平不是医生也不懂医学，但他站在门外便认定孟叶儿此时腹部疼痛难忍。不知道为什么男人们往往认为女性的疼痛发生在腹部，或者说女性只有腹部才会产生疼痛。

孟叶儿在床上翻滚着，疼痛难当。孙质平站在门外，声音低沉而清晰。孟叶儿，我是你的邻居孙质平。你不要慌张，我现在就送你去医院。只要你忍住疼痛能够把门打开，问题就基本解决了。

他听到孟叶儿从床上滚落的声音，呻吟里掺杂着疼痛的哭声。

你是不是肚子疼？孙质平冷静地发问。他听到屋里传出孟叶儿含混不清的应答以及哀婉的声音，你送我去医院吧……

孙质平心头一痛。他暗恋孟叶儿多少年了，这是第一次听到她这种凄美动人的声音，他激动得大声说，孟叶儿你一定要挺住，你就是爬也要爬到门口，你爬到门口只要把门打开，我就马上送你去医院，你相信我吗？

孟叶儿哭着说了声相信，身体翻滚着抵达门口，呻吟着旋转着门锁，艰难地开了门。孙质平推门进屋，黑暗里他看到孟叶儿瘫坐地上，浑身颤抖着。他猫腰抱起三点式的"心中的女神"，几步便将孟叶儿放在床上，他伸手扯起一张被单，裹在她身上。第一次亲密接触之后，他再次抱起孟叶儿，大步走出屋子，大步

284

走出大杂院儿，大步走出胡同，大步走到大街上，大声叫着出租车。

孟叶儿横身躺在孙质平怀抱里，仿佛一条白色美人鱼。她牢牢抓住孙质平的胳膊，用尽了一个女人一生的力量。

医院外科急诊室里，脸色阴沉的值班大夫对孙质平说，必须立即手术，这种急性阑尾炎如果再推迟半小时送来，你太太就没命啦。

我太太？孟叶儿被说成我太太！一阵幸福的眩晕感，使得白面书生脸色越发苍白。是啊，急诊医生与我素不相识，他却坚定不移地认为孟叶儿是我太太。这说明我与孟叶儿心心相印息息相通……

孟叶儿躺在急诊床上，睁开眼睛看了看孙质平。孙质平注视着这位自己暗恋多年的女人赤身裸背的样子，似乎听到从很远的地方传来一声轰然坍塌的巨响。他被这无形世界的巨响惊呆了，心头一颤。

他手儿颤抖着在家属一栏里签了字，独自坐在手术室外的楼道里等待着。

凌晨四点半钟，孟叶儿被推出手术室。一个手举吊瓶的小护士笑着告诉孙质平说，你太太手术顺利，你放心吧。他木然点头，然后木然跟随小护士朝着病房走去。

病房在七楼。小护士递给他一套住院的病号服，催促他给孟叶儿穿上。他从来没为任何女人做过这种事情，一时见傻。小护士笑了，配合着他给昏迷状态里的孟叶儿穿好病号服。他接触着孟叶儿白皙的肌肤，只觉得自己心头一派冰凉。

钱五林上午十点多钟终于赶到医院，这位痴爱妻子如命的男人看到躺在病床上渐渐苏醒的孟叶儿，不禁泪水涟涟。我只是一夜不在家里你就出了这种事情，从今往后我再也不跑远途啦。

白面书生孙质平看到钱五林已经到岗，便悄然离开了医院。

285

医院后面是一道古河堤。孙质平沿着河堤行走，终于意识到自己已经一无所有。自从接触了孟叶儿的肌肤，他便听到那声轰然坍塌的巨响。这时候孙质平彻底明白了，他的精神之恋是见不得肉体的。孟叶儿美丽肉体的袒露与接触，一下断送了孙质平保持多年的精神之恋。

孙质平怀着悲惨的心情坐在古河堤上，看着自己胳膊上被孟叶儿由于腹痛难忍狠狠抓出的一道道印痕，此时，他只能集中精力怀念着昔日拥有"心中的女神"的幸福时光。

如今女神没有了，天上只剩下那几片云彩。

孙质平坐在河堤上心里想，他妈的，明天我来这儿钓鱼吧，带上两张糖饼。尽管破天荒说了脏话，他心里竟然踏实了。

二十一、果珍啊果珍

大杂院儿里的邻居们都知道，赵加才的身体垮下去了，卧床不起。人们纷纷前来探视，劝他住院治疗。赵加才一定知道自己患了不治之症，因此拒绝就医，就这样耗着。赵嵬意识到父亲即将踏上不归之路，立即变成一个好儿子，日夜守候在父亲病榻前。父子之间终于有了心灵的对话。

赵加才：赵嵬，你怎么又买了一辆自行车？

赵嵬：我的自行车放在院子里，丢啦。

赵加才：你的自行车没丢，你去院子里仔细找找吧。

赵嵬：丢就是丢了，找也找不回来。

赵加才：这人世间啊只要你用心去找，没有找不回来的东西。你还是到院子里去看一看吧。

赵嵬走出家门站在院子里，抬头看到孙质平无精打采走进大杂院儿。赵嵬惊异地发现，这位白面书生一夜之间完全变了，仿佛成了一个贫困潦倒的乞丐。赵嵬不知道孙质平的遭遇。此时赵尵要做的事情只是谨遵父命，看看大杂院儿里的自行车们。

孙质平似乎知道赵尵的心事，伸手指着那一堆自行车里一辆光光亮亮的自行车说，赵尵你好好看看，这就是你的自行车，这就是你的自行车。

赵尵走到那辆光亮如新的自行车前面，瞪大眼睛看着。

咦，这真是我的那辆自行车啊，这旧车怎么变成新车啦？

孙质平似乎是在出庭做证，大声说，赵尵，你这辆自行车从来不擦不洗，你父亲那天不声不响给你擦了大半夜，这车子变得又光又亮，所以你根本认不出来了。你父亲一边擦车一边自言自语说，这是他这辈子为你做的最后一件事情了。

赵尵注视着这辆具有特殊意义的自行车，一时说不出话来。

赵加才卧床不起之后，坚持了十几天。他头脑冷静语言清晰，骨瘦如柴却一派视死如归的样子。赵尵问他想吃什么，他摇头；赵尵问他想喝什么，他摇头；赵尵问他想要什么，他笑了笑，不说话。

赵尵知道父亲的心事。他拿出母亲唯一存世的那张黑白照片，放在父亲手心里。

赵加才笑了，声音微弱地说，那天你妈妈买到了一瓶果珍，捧在手里高兴极了。我用一架老式照相机给她拍了这张照片。

赵尵小声问，爸爸，您这辈子真的没有喝过果珍？

赵加才点了点头，将亡妻的照片握在手心里说，我就要去找你妈妈了，我在天堂跟你妈妈一起喝果珍，那多好啊。

赵尵呜呜哭了起来。

赵加才脸上浮现出幸福的微笑。

二十二、结束语

李雷和康笛兰这一对夫妻终于鼓足勇气，叫了一辆小卡车拉着家具行李什么的，搬回到这座令人魂牵梦萦的大杂院儿。他们挨家走访，简明扼要地介绍这几年的复杂人生经历。

这一对小夫妻搬回大院儿居住的第三天，市拆迁工作办公室派人在大杂院儿的墙上写了一个大大的"拆"字，并且画了一个大大的圆圈儿，说是七天之内必须办理动迁手续，走人。

这是李雷和康笛兰无论如何也预想不到的。五年之内总共丈量了十八次房屋面积，敢情全是序曲。当人们真正对这里产生眷恋之情的时候，大拆迁却突然来临了。李雷和康笛兰为此抱头痛哭，如丧考妣。

大院儿里的人们纷纷响应政府号召，办理搬迁手续，进进出出，出出进进，一会儿你碰到我，一会儿我遇见他，就像一群为蚁王忙碌工作的蚂蚁。

蚂蚁们一遍遍说着相互告别的话语，显出既忙碌又不忙碌的人生状态。

一声吆喝，蹬板儿车的老汉停在大杂院儿门口，说收废品来了。人们发现，这位以前说天津话如今操着河南口音收废品的老汉，说过几天就去澳大利亚找儿子。

不论河南口音还是天津口音，人们忙着卖废品给老汉。是的，新的生活，就是从卖掉旧时的废品开始的。

河南老汉突然改为普通话大声自嘲说，我老汉是个好老汉，就是枪里没子弹！

人们哄堂大笑，显然明白了老汉的隐喻。

继续练习

一

章媛只怪自己没有赶上好时光，不是早了就是晚了，反正不是好光景。年轻时话剧市场不景气，大批演员没戏可演，人荒得像野草，渐渐从野草被晾成干草，可是城市冬季不需要干草喂养牛羊，连干草也成了弃物。山不转水转，谁也没想到话剧神奇般满血复活，而且复活得很疯狂——近乎打了鸡血。尤其小剧场话剧盛况空前，一张票几十块钱算便宜的，有时打破脑袋也买不到票，养肥了城市黄牛。这和黄牛不吃干草，嚼钞票。

年轻时章媛有"小刘雪华"之称，如今老得连路边积雪都化了。五十多岁的女演员，跟那些年轻导演隔着宽宽的代沟，人间代沟是难以架设桥梁的。有时在剧院里见面人家尊称"章老师"，一扭脸给年轻演员说戏去了。她只得转身走进洗手间，那里是老女人的缓冲地带。

章媛不乏自知之明，她知道即便有新戏码自己未必演得了。比如老版《日出》里的妓女跟当今《大都会睡了》里的"鸡"相比，无论表演力度还是台词风格，完全两码事。以前视为洒狗血的情节，如今叫黄金桥段。

她不赞成用年老色衰形容自己，年龄不是彻底葬送演员的杀器。以前讲究布莱希特和斯坦尼，强调"演员要死在角色上"。如今时代变了，一旦演员没了角色，章媛也不知道自己应该死在谁身上。

前些年话剧市场荒芜，有人攒局邀她给电视剧或译制片配音，时不时赚些散碎银两贴补家用。包活儿的穴头说她嗓音洋气，特别适合给欧美译制片配音，多是女一号。她就成了录音棚里的常客，俗称"棚虫儿"。

那时儿子郝晓伢还小，赶上节假日她便带着孩子进录音棚。郝晓伢很乖巧，小大人儿似的端坐工作台边，隔着落地式玻璃墙听着从里面传出的人物对白与音响效果，小表情随着剧情发生变化，看着特别生动。

郝晓伢的父亲名叫郝满，如今身份是章媛的前夫。他跟章媛结婚时是剧院的布景师，后来托人调到本市中心妇产医院后勤科，当了小头目。谁都知道本市中心妇产医院是创收大户，全年流水不亚于本市肿瘤医院。树挪死，人挪活。郝满沾了妇产医院的人气，时来运转跟年轻的护士长结了婚，而且女方竟然是个没有婚史的黄花大姑娘。

这黄花大姑娘比章媛和郝满的儿子郝晓伢大八岁。郝晓伢喜欢足球，他认为父亲这次再婚明显越位却进球有效，便认为这世界没有好裁判。

一大早章媛接了个电话，这是个浑厚的男中音，明显听得出胸腔共鸣。她感觉这声音特别熟悉，无奈认识业界人士太多，她懵懂想不起这是哪位男神。

我是高尔。电话里男神露出东北口音的痕迹，章媛暗暗笑了。中国男人就是这样，他无论沉入水底憋气多久，总有浮出水面换气的时候。这个高尔浮出水面打来电话，气喘吁吁似乎不忘旧情。

好几年空窗期没有谈情说爱，她感觉心霜太厚，一时不知如何处置历史遗留问题。

以前在剧院她外号"傻姐"，做事粗心大意漏洞百出，更不懂螳螂与黄雀的关系。后来跟高尔有了婚外情变得机警起来，眼观六路耳听八方，渐渐练就地下工作者的素质。从"傻姐"进化为"精姐"，无论隐身QQ还是化名微信，她成了颇具科技含量的女人。

那几年高尔私下叫她"老婆"，于是她被磨砺成为分身有术的女人，半边枣泥半边莲蓉双重口味，家里外边均表示百吃不厌。

说是不厌，那只是情话而已。时过境迁，法定的丈夫郝满跟她办手续离了婚。非典型情人高尔，撤退了。她觉得自己既不是枣泥也不是莲蓉，已然沦为有皮没馅的月饼，硬得好像顽固的石头。

拳法不练手生，曲子不练口生。然而章媛毕竟有着谈情说爱的基本功，很快恢复竞技状态，手举电话应对着高尔。这男人急切约她会面，说几年不见很是想念。如今她是单身女士，外出赴约不用藏着掖着，于是爽快地答应对方邀请，故意提出不进快餐店的要求。

我知道快餐店是你的伤心之地。电话里高尔约了天方夜谭大酒楼。那地方她走出家门只有五分钟路程。即便天气热化了妆，也不会因为路远出汗变成熊猫眼。

放下电话略做回味，看来此次高尔善解人意，便想起那部老电影《南征北战》里的台词："老高，你又进步啦。"

这样想着，忍不住咯咯笑了起来。按理说她这把年纪不应当发出这种笑声。可恨那个大蛐子配音导演认为，外国电影里女人大多这种笑声，八十岁老妖精除外。就这样给她造成译制片配音的后遗症，咯咯笑声就跟母鸡下蛋似的。

明天中午天方夜谭大酒楼508包厢。她放下电话就跟干了力气活儿似的，于是心情有些沮丧。难道我真老了？一旦遇到生活插曲便自乱节奏，好像毫无抵御风险能力。

我赴高尔约会有什么风险，他有家室我单身，他是风流才子我是良家妇女，即便有风险也是他龙体欠安，太后我无所畏惧。

既然以太后自居那便真是老了。这样想着反而没了思想包袱，精神抖擞坐到镜台前打量自己。

女人四十豆腐渣。我早就过了豆腐渣年岁。不过在豆腐渣堆里我尚有几分姿色，当然是说新鲜豆腐不是王致和豆腐乳。不由想起当年高尔给她讲解莎士比亚和凡·高的情形，感觉还是挺温馨的。高尔是她经历的极具艺术才情的男士，否则不会产生那段私情的。

傍晚时分，儿子给妈妈打来电话。郝晓伢说晚饭不回家吃了，他坐在艾客莱快餐店里听音乐呢。

她仿佛被艾客莱快餐店的招牌砸中脑袋，立即抱怨儿子说，你整天漂在外面又不是音乐发烧友，还是回家吃晚饭吧。儿子郝晓伢强调喜欢艾客莱快餐店的艺术氛围，还说点了特色套餐。

十多年时光逝去，此刻听到儿子说起艾客莱快餐店，仍然唤起情绪记忆。人们都说这个世界很小，那间快餐店里却装着好多故事。

当天晚间她下楼外出散步。小区告示栏前聚着几个妇女，七嘴八舌议论纷纷。她不愿跟她们搭讪，凑近告示栏灯光前仔细阅读"妇科免费查体通知"。

本市户籍年满五十岁妇女，凡参加年度免费妇科体验者，请于本周六下午两点到社区医院报名。本周日上午十点报名截止。

嗯，我早就年满五十岁了。前几年妇科检查有过"宫颈轻糜"。嗯，既然政府关怀免费体检，女同胞应当积极参加。

二

隋文贞曾经有过几分诗名，她的成名作是《我思念青春》。近年来这首长诗被人们从故纸堆里搜出，引发大批老年男女青春无悔的感慨，只要社区举办"夕阳红"活动便朗诵《我思念青春》，弄得人们泪水涟涟就跟参加追悼会似的。

她写作《我思念青春》时处于人生优雅阶段，然而深知自己内心属于俗世生活，便金盆洗手不再写诗，自此跟诗坛断了联系。可是那首《我思念青春》如今流传不息，甚至伴随广场舞大行其道。这令她大跌眼镜大倒胃口大光其火，却无法否认自己是它的作者。尤其离婚后她偷偷学会粗口，经常暗自发飙说，切！当年我怎么会写了这首装嫩的诗，还他妈的外焦里嫩撒椒盐呢。

不再写诗了，她觉得呼吸爽畅多了，颇有直抒胸臆的浅薄快感。只是离婚后失去跟丈夫辩论的机会。那时丈夫以散淡无为自居，自我沉浸在不食人间烟火的世界里，完全可以位列早期中国文艺青年的师傅。

你为什么不组织画展？你为什么不开办画廊？你就虚无缥缈玩清高吧。只要她指出丈夫固守理想主义阵地，便换来对方不屑的目光。

那时她已经发表《我思念青春》，却希望丈夫是个脚踏实地面对现实的男人，但是希望令她失望。忍无可忍她对丈夫宣战说，不要以为你是艺术天才，我放弃写诗立马改行做画家，不出两年我的画保证比你标价高。

文艺范儿的丈夫强词夺理说，我即使画画也是心灵生活，我不会依靠标价活着的。

那你依靠卖什么活着？她好奇地追问。丈夫认真思索着说，你问我依靠卖什么活着？眼下我什么都没有依靠不是仍然活着嘛。

别看你不食人间烟火，七天不吃饭同样会饿死的。她直言告诫丈夫不要执迷不悟，必须面对物质世界改变生存方式。丈夫竟然认真研讨说，不过只要坚持喝水，即便七天不吃饭也不会饿死的。

面对这种油盐不进的男人，隋文贞只好让他随风而去了。

丈夫随风而去成了她的前夫，净身出户坚守自我去了。她望着远去的背影说，你七天不吃不喝不碍事，因为你的艺术生命不会死的。

离异后偶尔想起前夫，她暗暗为这种男人担心，担心他置身当今社会面临没有饭吃的危险。离婚后她果然拿起画笔，沉浸在油彩散发的气味里作画，便没有精力替前夫担忧了。

她决定大干快上，打电话订购几只超大型画框，以朦胧诗方式构图，以现代派手法调色，大胆创作一幅极具独特审美意识的油画，神差鬼使取名《我思念青春》。一连几天她面对这幅大型油画独自发笑，隋文贞啊隋文贞，你从诗歌《我思念青春》字里行间跑到油画《我思念青春》深处，难道这是宿命画了个大圆圈吗？

其实，这幅《我思念青春》画面混沌，充满白茫茫意象，她在左上角和右下角位置，挥笔点缀出几团红色，似乎点燃了某种热望。

她完成这幅大型画作，从热气腾腾的厨房里叫出弟弟隋文军和弟媳金萍，急于得到这两个下岗工人对这幅油画作品的评价。弟弟隋文军手里拎着炒菜铲子说，这好大一场雪啊，你画的不是吉林就是黑龙江吧。

身高体壮的弟媳金萍眯起狭长的眼睛观察说，这东北雪地里长出几颗草莓真不容易。

隋文贞笑了笑说，你俩不愧是工人阶级，说话办事绝对属于

294

现实主义风格。

弟媳金萍不合时宜地说，从前那个姐夫画得不错，每幅画看着都很暖和，人就跟到了海南马似的。

隋文贞斗志旺盛对弟媳金萍说，你要是拿起画笔，肯定比从前那个姐夫画得好！不信你就放开胆量试试，当然要按照我的方法构图。

金萍并不认同说，我一个破工人，也没有多少绘画基本功，姐你这是赶着鸭子上架呢。

如今时兴的现当代艺术，只要你具有独特的审美意识，一抬腿就跨过这道门槛走进绘画世界。

弟媳金萍咧嘴乐了，说这世道真是变了，在工厂开叉车还要学徒三年呢。

她开导弟媳的同时也鼓舞了自己，壮起胆量通过文化局熟人把油画《我思念青春》送去参加画展，画展结束便被匿名买家相中，随即付了订金。一时间舆论哗然，几个年轻记者跑来采访她。

这委实令她感到意外，莫非全社会都在疯狂思念青春？怪不得手机里尽是春药广告。

不由得再次想起前夫，那个艺术学院毕业的高才生做梦都不会想到我首次参加画展就获得成功，从吃稿费的诗人转型为明码标价的画家了。

于是一鼓作气，一幅幅极具现当代审美意识油画作品出笼了，当然她的绘画速度肯定比不上弟媳金萍蒸包子。弟弟和弟媳摆过摊位卖包子，无照经营被工商局取缔了。

如今她筹资开办的这家画廊，取名"群众甲"，多少有些前店后厂的意味，好在后厂作画不做月饼。

此时过午的阳光播撒在"群众甲画廊"门外台阶上，悄然送来疲倦的暗示。隋文贞端起咖啡杯极力消除着卷土重来的困意，然后优雅地点燃女士细支香烟，享受着世俗人间的烟火气息。她喜欢人间烟火气息里包含的惬意感。

女士吸食这种细支香烟不会粘掉唇膏。她认为发明细支香烟的肯定是个善解人意的男士，他理应被天下女烟民评为颇具商业头脑的超级暖男。

望着外面小街广场落满鸽子，隋文贞脑海瞬间空白了。这时体态日渐丰满的弟媳金萍腰系蓝布围裙，穿过画廊后面小院，脚步慌乱走进画廊前厅，叫了声姐。

隋文贞拦住话头说，你肯定要对我说你又画坏了，然后责怪自己基本功不扎实，整天浪费油彩不如去卖包子。我告诉你现当代油画不必过度纠结基本功，只要你有独特的艺术感觉就 OK 了。

弟媳金萍尴尬而丰满地笑了，我技校毕业进工厂先开叉车，后来去开桥式天车，顶多算是从地面部队提拔为空军，你说我一个破工人能有什么独特的艺术感觉。

你承认自己是破工人这就是独特的艺术感觉，别人还不敢承认自己是破工人呢。我以前还是个破诗人呢，不是也成了画家。

对！你写过长诗《我思念青春》，只要重阳节聚会就有人朗诵，年纪越大越爱说青春无悔。弟媳金萍说罢问她午饭想吃什么。她不假思索答道，中午不饿。

隋文贞又想起前夫说过的那句话，"只要坚持喝水，即便七天不吃饭也不会饿死的"。不知为什么，近来时不时想起那个不食人间烟火的理想主义者，他不会被饿死吧？

一只乌鸦落在画廊外边电灯杆上，那颜色黑得极其纯粹，让她想起黑夜。

黑夜是个人。自从参加画展成为新晋女画家，她微信里冒出不少请求添加的人，她挑肥拣瘦加了几个微友，其中有人首先祝贺她出售画作成功，之后张口借钱，八百不嫌少，两万不嫌多。她只得删除这批来路不明的二货，暗念三遍南无阿弥陀佛。

她删除到黑夜名下，不由住手了。这家伙的留言挺有诗意：我是黑夜，并不反对你油画里的白天。

她的油画《我思念青春》画面白亮耀眼，可以认为具有强烈的白日意象。看来黑夜这家伙还是颇有几分审美功底的。隋文贞的确认为白日是雄性的，黑色则充满母性。于是她将黑夜名字保留，存为手机里的虚拟人物。所谓虚拟人物就跟碳水化合物差不多，比如弟媳金萍蒸的猪肉包子。

手机叫唤起来。远在深圳的经纪人打来电话，说年底有"五城画展"和"八省市油画论坛"。她略做沉吟表示参加。电话里经济人叮嘱她说，今后不论什么人邀请都不要轻易应允参展，否则会掉了身价的。

是啊，就连猪肉都涨价了。她连声说，嗯，嗯。经纪人在嗯嗯声中挂断电话。

三

一袭宽衣长裙的章媛撑起阳伞款款而行，临街商店玻璃窗不断映出女人苗条身影，她不时侧脸观察自己，五十多岁了体形还说得过去。老女人就怕发福添肉，身穿紧身裤腹肚滚圆，好像掖了个气球。她的腹肚多年保持小平原地貌，这挺不容易的。

她平时外出喜欢穿半高跟皮鞋，不喜欢那种走路嗒嗒敲击地面的金属鞋跟，嗒嗒声响往往引来男人关注，期待容貌靓丽身材挺拔的女子迎面走来。自己年龄大了不愿引得路人审视，让他们把精力放在年轻姑娘身上吧。然而，今天外出赴约，她却穿了高跟鞋。

十字街头有辆救护车闪灯响笛试图疾速通过，前面几辆小轿车装聋作哑不让道，如果北京人就会说小轿车装孙子。救护车司机急得探出车窗喊叫着，尖声催促孙子们让路。

她撑着阳伞站在街边思索着，认为应当把救护车改为装甲车，当然要是直升飞机就更好了。

缓步走进天方夜谭大酒楼，服务生问她有没有预订，她说了声508却径直去了洗手间，之后身姿挺拔站到落地镜前，仔细验证自己的形象：唇膏腮红眼影，均完好无损，基本可以冒充四十岁女人。

年轻时有人说她走路姿势好看。记得跟郝满交朋友谈恋爱时，他更是极力赞美她走路好似风摆垂柳，腰肢摇曳令人心动，可谓好话说尽。往事不堪回首。她走出洗手间进了电梯，猛然想起高尔从来没有评价过她的走路姿势。嗯，风流才子审美眼光高，这家伙连貂蝉都没夸奖过，还批评杨贵妃太胖。中年女人很难在肉感与骨感之间找到平衡点。

服务员引路走进508雅间，一张圆桌两把椅子，没人。她禁不住笑了，高尔的老毛病毫无改进，浪子难以守时。

她落座打开坤包下意识取出化妆镜，再次审视自己面容。之后望着那只空椅子，想起高尔的往事。

那年俄罗斯小白杨歌舞团来了。高尔临近开演时间搞到两张票，他仓促跑进艾客莱快餐店拎出两份套餐，扬手站在马路边叫了辆出租车，匆匆赶往银河大剧院。

俩人沿着高台阶跑到银河大剧院检票口，高尔扭脸望着她，不说话。她认为公共场合不宜深情对视，便轻声催促他检票进场。

高尔再次摸遍衣兜，无奈地笑着告诉她入场券找不到了。她不知所措问道，你是不是丢在那家快餐店里啦？

高尔点点头说咱们找黄牛买高价票。可是大剧场外边都是手持人民币的寻票人，所有黄牛好像都被送去屠宰了。

高尔拢住她肩膀解释说，我怕你饿了才跑去买快餐，没想到弄丢了入场券，真是对不起。

她不敢停留转身离开检票口，快步走向大剧院附近的小公园。高尔紧紧跟随着，继续连声说对不起。

晚间的小公园被年轻人占据着。高尔不懈探索在小径深处找到情侣椅，很是绅士地请她落座，然后从西装内侧掏出那张《滨海日报》。

她颇为欣赏地打量着高尔说，你是不是把两份套餐也忘在出租车上啦？

高尔哦哦拍打额头，活像个连续做错事的大孩子。她觉得生活中丢三落四才是大艺术家，常年滴水不漏那是庸人，于是甜甜蜜蜜地说，丢了快餐不打紧，我饿了就吃你好啦。

她与他并排而坐。高尔低头凑近《滨海日报》刊登的俄罗斯小白杨歌舞团节目单说，亲爱的我们无法进场，我可以按照节目单演出次序，一首接一首唱给你听，现在正是开场曲——神圣的战争。

章媛难以忘记那个遍地月光的夜晚，就连树叶都被镀了层光亮。高尔起身依次给她唱了《喀秋莎》《黑皮肤的姑娘》《小路》《山楂树》，还有《莫斯科郊外的晚上》……她被他的歌声所陶醉，情难自持凝视着月光下的银色男子。

就这样，高尔深情地把小白杨歌舞团节目单的歌曲通通唱给她听了。他的音色明亮音域宽广，好似仅仅供她独自享用。这是旷世稀缺的绅士风度啊，她被感动得微微颤抖，任凭他亲吻着脸颊和脖颈，享受幸福的眩晕感。

月亮被云朵遮挡了，遍地银光被混沌替代。俩人手牵手走出小公园，站在路边她首次感到依依不舍。高尔送她上了出租车，之后风度翩翩站立路边，微笑着向她挥手。

此时508雅间里，章媛尽情回忆往昔美好时光。有人气喘吁吁推门走了进来。她记得高尔从来不会发出这般沉重气息，便不认为这是他到了。

章媛几乎没有看清来者面孔，一大瓶洋酒便摆在桌上，这人倏地闪身退出雅间，带走气喘吁吁的余韵。这究竟是什么鬼？她想起武侠电影场景，有些神情恍惚。

　　我丝毫没有忘记，这是你喜欢的起泡酒。高尔踏着明亮的男高音走进508雅间。她立即扭身望着多年不见的男神。

　　当年习惯西服革履的高尔，今天穿了件蓝色夹克衫，显得颇为休闲，然而眼睛里流露出几分疲惫，好像是用力过猛之后的劳累。

　　高尔径直落座。中间隔着大瓶起泡酒，俩人微笑对视。她觉得除了蓝色夹克衫和稍显疲惫的目光，高尔变化不大。女人衰老速度超过男人，这是没办法的事情。

　　高尔捧起菜谱首先点了酸黄瓜，这是起泡酒的标配。他还记得她的口味，这令人感动。只是他手捧菜谱的姿态少了几分当年的优雅，给起泡酒和酸黄瓜减了成色。

　　你还好吗？高尔目光越过大瓶起泡酒，语气柔和问道。她突然问起送酒的人是谁。他笑了笑说，那是我的司机。

　　你自己不开车啦？她再次感到意外，从前高尔是个"方向盘控"，没钱买车时总是向朋友借车外出兜风。

　　自从做了职业艺术学院的院长，我就用学校的司机了。高尔轻声解释着，再次询问她的近况。

　　话剧复兴了，我赋闲在家，就连婚姻也赋闲了。她坦言身体状况尚可，没有多少精神压力。

　　你单身啦？高尔有些惊讶，似乎认为她不该离婚，随即转换话题说，我这次约你会面，想请你担任职业艺术学院的台词课教师，每周只有八节课，报酬我按照外聘教授待遇给你。

　　这轮到她惊讶了。一是没有想到高尔投身教育实业，这等于做起了生意，二是没有想到高尔聘任她讲授台词课，这等于从曾经的情人关系变成当今的上下级关系，三是没想到高尔当了艺术学院的院长反而减了艺术气质了，四是没想到他穿了这种工作服的夹克衫……

这么多年失联，你怎么会想到聘我呢？她急于得到答案。高尔态度诚恳说，如今艺术院校表演系草台班子居多，很少有你这样台词功底扎实的教师，可以说是稀缺的宝贝。

章媛有些苦涩地笑了。三十年河东三十年河西。当初做他情人时没有被称为宝贝，如今被他聘为宝贝了。

喝了起泡酒，吃了酸黄瓜，她应允了他的聘任。午餐结束他礼仪式地拥抱了她。几年没被男人拥抱，她有些生疏。高尔附在耳畔问她晓伢好吧。昔日的情人依然关注自己的儿子，她又被感动了，主动亲吻了他的脸颊。

章媛走出天方夜谭大酒楼，一阵热风迎面拂来。这时手机响了显示"郝晓伢"来电。电话里却是个陌生声音说，你儿子郝晓伢头部外伤接受治疗，请你马上赶到第三人民医院外科急诊室。

她蒙了，急忙伸手召唤出租车。

四

金萍终于放开胆量挥起画笔，一连画出几幅现当代油画作品，其中那幅《青春等待思念》颇有创意。这令隋文贞惊诧不已。其实，她跟弟媳说不必过度纠结绘画基本功，旨在鼓励金萍大胆拿起画笔而已，没想到这个卖过包子的下岗女工挥笔画出《青春等待思念》这幅作品。隋文贞开始怀疑自己把箴言当作谎话随口说出，一下成就了金萍。

她告诉弟媳说，市工人文化宫征集"新时代劳动者画展"作品，你赶紧把《青春等待思念》送去参展吧。金萍勇气不足说，我先前是个破工人，后来摆地摊蒸包子，人家工人文化宫不会接纳无照经营小贩的。

虽然说你卖过包子，可是谁也不能否认你是下岗女工的身份，人家征集的就是劳动者的作品。隋文贞亲自打电话给"新时代劳动者画展"组委会，为金萍报名参展，还雇了辆小卡车把《青春等待思念》送到工人文化宫，接受参展作品初选。

金萍依然是金萍，她跑到社区医院给隋文贞取回妇科化验报告，满脸焦急地说，姐啊人家要你到中心妇产科医院补查两项生物指标，咱们必须排除病变隐患，否则哪有心思画画儿呢。

她觉得弟媳说得在理，就在群众甲画廊玻璃门上挂了"今日盘点"的标牌，隆重歇业半日。金萍拿着社区医院的化验单，陪同隋文贞来到中心妇产医院，找到"社区体检复查科"诊室。

一个胸卡写着护士长的白衣女子接过社区医院化验单，立即开出两张交费单说，中年女士当务之急就是排除病变隐患，交费取得化验报告，心里就踏实了。

隋文贞认为年轻的护士长说话靠谱，懂得体贴中年妇女。金萍从护士长手里接过两张交费单，跑到收费窗口排队，刷卡交了化验费。

金萍连忙返回"社区体检复查科"诊室，催促隋文贞卷起衣袖准备抽血，然后把交费单据递给年轻的护士长。

年轻的护士长打开厚厚的社区体检卷宗，极其熟练地翻找着。隋文贞裸露左胳膊凑过去，准备抽血。弟媳小声安慰说，姐不用紧张只抽二十毫升血。

年轻的护士长拣出两张化验单递给金萍，大声说请核对姓名、年龄和化验项目。金萍接过两张化验单仔细核对着，然后抬头告诉护士长说，姓名年龄化验项目核对无误。

好的，没有问题可以走啦。年轻的护士长表情庄严说。隋文贞没听明白，裸着胳膊望着弟媳。金萍显然也没听懂，摇晃着手里化验单问道，你还没给我姐抽血化验，怎么就说没问题呢？

年轻的护士长转向隋文贞说，你在社区医院抽血化验过了，这两项指标阴性正常，你妇科没有任何问题。

金萍思索着问道，既然这两项指标社区医院抽血化验过了，为什么还要我们来这里复检呢？

因为这两项化验是自费项目。年轻的护士长极其老练地解释说，你们来这里交费领取化验单，拿到化验单看到两项指标正常……

隋文贞打断对方大声说道，今天我不来你们这里交费领取化验单，我那两项指标仍然正常啊。

但是，你交费拿到化验单看到两项指标正常，心里不就踏实了吗？中年女士身心健康特别重要，心里踏实避免焦虑对身心健康大有益处。

你的意思是说让我花钱买个心里踏实？你们医院怎么能做这种钓鱼生意……隋文贞气得不知如何表达。

年轻的护士长满脸不屑说，我们这里是医院，没有池塘怎么会钓鱼呢？

噗——！金萍猛地将满口唾沫吐向年轻的护士长，随即做了个深呼吸，伸长脖子呸地把第二口唾沫喷满对方脸庞。

你妈的还是白衣天使？我看你就是个骗钱的白条鸡！愤怒的下岗女工伸手去抓对方的胸卡，近乎疯狂地喊道，白条鸡你叫什么名字？我要告诉天下男人都来找你！

年轻的护士长抱头躲闪着，连连叫喊报警。身高体壮的金萍双手叉腰说，你妈的打电话报警吧，我要举报你们医疗欺诈！

隋文贞完全没有料到弟媳如此生猛，拉住金萍胳膊说不要把事情闹大。金萍反而拉过椅子稳稳落座说，我就要把事情闹大，今天姑奶奶我不见警察我还不走哩！

年轻的护士长似乎被这个姑奶奶吓住了，慌里慌张跑出诊室去了。隋文贞使劲拉起弟媳说，姑奶奶咱们走吧！

诊室门外聚了看热闹的人。金萍伸手拨开人墙说，你们光知道看热闹，就傻乎乎给他们送钞票吧。

两人快步走到楼道转角处，隋文贞听到被弟媳称为白条鸡的年轻护士长耳朵贴着手机说，郝满郝满我害怕，今天创收我遇到母夜叉啦……

金萍猛然冲了过去，不依不饶追问说，你说的郝满是什么人？坦白从宽抗拒从严，你让他给我投案自首交代清楚！

年轻的护士长吓哭了，仓皇收起手机扭身跑进女厕所。

这就是平时低眉顺眼的弟媳吗？一瞬间隋文贞几乎不敢相信，金萍从吃草的绵羊变成咬人的猎犬。

金萍哈哈大笑说，你看白条鸡吓得尿了裤，跑到厕所里去啦！

隋文贞趁机告诫弟媳说，医院环境险恶，咱们能撤就撤！

金萍放弃乘胜追击的念头。两人走出医院大门叫了辆出租车。隋文贞仔细打量弟媳说，我真没想到你这么厉害，就跟换了个人似的。

我在工厂就是这样儿，驾驶叉车没人敢欺负我！金萍不无感慨地说，人穷志短，马瘦毛长，自从卖过包子，我就变成软面团儿，没了工人阶级的锐气。

金萍的手机叫唤起来。她接过电话告诉隋文贞说，这打来电话的是个男人，他说看了《青春等待思念》非常欣赏我，热情鼓励我再画几幅新作，还说要开拓海外市场。

好啊！你问他是什么人了吗？隋文贞又惊又喜。

金萍眨了眨眼睛说，他说他是美籍华人，名叫汤姆斯。

隋文贞急了说，你现在把电话拨回去，探探他是画商还是骗子。

金萍灵机一动说，你打电话问工人文化宫吧，从侧面打听有没有美籍华人看了参展作品，立马真相大白了。

你脑子比蒸包子时灵光多了。隋文贞对弟媳刮目相看，一是她把医院护士长骂得躲进厕所，性情勇猛；二是建议打电话问工人文化宫，心思缜密。如此看来弟媳属于可塑之才。

傍晚时分，隋文贞接到工人文化宫电话答复，说前天确实有美籍华人来访，走进库房看了报名参加"新时代劳动者画展"的大部分作品，对好几幅油画大加称赞，还特意说中国工人有力量。

金萍松了口气。隋文贞则认为汤姆斯的身份可能是画商，但是画商里也有骗子，就好比医院里也有骗子。

你说得对！大官里还有贪污犯呢。金萍转念考虑晚饭吃什么。隋文贞毫不犹豫选择清淡食谱：大米粥配蔬菜沙拉。

金萍意志坚定地摇头反对，一字一句报出晚饭主菜：清炖白条鸡！

隋文贞从弟媳语气里感觉到几分煞气，随即感受到俄罗斯文学的"陌生化效应"。弟媳也就跟着陌生起来。

傍晚时分，"群众甲画廊"后院厨房里，金萍打开冰箱取出两只冷冻白条鸡大声说，那个护士长打电话向一个叫郝满的人哭诉，那个郝满肯定是她爷儿们，干脆我清炖两只白条鸡！一公一母煲汤好啦。

两只白条鸡下锅。隋文贞接到工人文化宫电话，要求报名参加画展的《青春等待思念》的作者，明天下午现场抓阄确定展位，以此保证新时代劳动者画展的公平公正。她立即告诉弟媳做好抓阄准备，争取抓到个好展位。

第二天下午，金萍哼唱着革命歌曲去工人文化宫抓阄了。天色晚了，她哼唱着革命歌曲回来了，说抓阄抓到甲厅九号展位，看平面图距离女厕所不远。

隋文贞认为这个展位挺方便的，不至于内急找不到出路。

我抓了阄走出工人文化宫，还在大门外画了几幅速写呢，我看那个人物确实很有特点。金萍如实说道。

你还画了人物速写？你不是总说你没有绘画基本功吗？怎么突然有了绘画天赋？

我没有跟你说过吧？当年在工厂我被宣传科借调使用两年，负责制作宣传栏和墙报什么的，当时有个画家下放工厂体验生活，他主动要求给车间大墙画画儿，我整天拎着水彩桶跟着他转悠。

你怎么没跟我说过这段经历呢，故意隐瞒吧？隋文贞不高兴了。

你起先是著名诗人现在是画廊主人，我一个破工人哪敢跟你班门弄斧。再者来说我确实没有多少绘画功底，虽然那个下放工厂体验生活的画家说过我有绘画天赋，后来我还是去开天车了。

那个画家叫什么名字？隋文贞有些紧张地问道。

就跟老干部参加革命时使用化名那样，那个画家来到工厂使用本名安雨新，但是他画画儿另有署名。金萍努力回忆着说，当时工厂里没人懂得这些玩意儿，我也不知道他画画儿的署名，后来他走了再也没露面，不过我总感觉他应该是个大画家。

大画家说你有绘画天赋？隋文贞似信非信，中国画家多如牛毛，他是不是大画家无从考证了。

当天夜里金萍厨房里开战，架起画板调理油彩，哼唱着歌曲挥笔作画。她一宿涂抹不停手。第二天清早一幅油画新作初显轮廓。她喝着热茶得意地笑着说，如今愤怒不出诗人了，可是愤怒出画家。说罢她提高强度涂抹油彩，不停不歇画到中午时分。

曾经的诗人隋文贞睡到中午时分起床，身穿睡袍走进厨房寻找食物，看到弟媳在厨房里架起画板挥笔作画，以为自己梦游了。

她嚼着面包来在画板前，瞪大眼睛盯着画面里漫天飞舞的雪花，停止咀嚼问弟媳你这雪花好大。

你怎么会觉得这是雪花呢？金萍颇为硬气地说，这是满天遍野的鸡毛！当然我没有正面表现这鸡毛是被谁给拔下来的。

隋文贞再次打量白灿灿的画面，顿时被镇住了。

这幅油画右下角有个模模糊糊的人物，应当属于点睛之笔。这个模模糊糊的人物被漫天飞舞的鸡毛笼罩着，容易被误认为身处暴风雪天气。隋文贞毕竟曾经是诗人，还是看出人物埋头收拢遍地鸡毛，她给自己编织白色羽毛翅膀。

天啊，我没想到你能够画成这样……隋文贞询问弟媳这幅作品的构思和立意。金萍不假思索答道，我给这幅油画取名叫《养鸡场的天使》。

隋文贞听了这话，一阵眩晕。金萍好像没有察觉群众甲画廊主人脚步不稳，转而操着居家过日子口吻问道，中午用鸡汤给你煮碗面条吧？

说着，弟媳挪开画架系好围裙，一眨眼从画家变为厨娘挺立灶前。她一边洗菜一边说，你问我这幅作品的构思和立意，我觉得写意油画的美学本质和艺术理想就是内心感受产生的写意精神，所以我就这样画了……

隋文贞突然觉得弟媳绝非寻常人物，分明就是个原生态画家，浑身散发着不曾使用化肥的气息。不知被触动哪根神经，一瞬间隋文贞很想重新成为诗人，只身返回思念青春的生活。然而这念头好似火花燃烧眨眼间迸落，之后操着现实主义语调说，你别在面汤里给我放鸡精，精盐也要少放。

我知道你喜欢原味的，我还听人家说《我思念青春》这首诗就属于原汁原味，所以人们广泛朗诵呢。金萍抹抹额头汗水说，这鸡精上市做广告时，我还以为是西游记里的鸡成了精。

曾经的女诗人笑了，眼角爬过当今女画家的皱纹。

五

章媛跑进第三人民医院外科急诊室，大声呼唤儿子名字，却不见郝晓伢的身影。戴大口罩的护士张开双臂拦住她说，我们给郝晓伢清创缝合伤口，一没留神他趁机跑走了。您是家属替他交费吧。

她得知儿子并无大碍，稍稍放心去收费窗口交了五百八十六元七角，立即拨通郝晓伢的手机电话，急切询问儿子伤情。电话里郝晓伢语气平稳，说他在艾客莱快餐店听音乐，被邻桌斗殴误伤脑袋，送到医院缝合七针，赶忙回家取钱了。

我替你交了医药费。她叮嘱儿子不要外出，没想到郝晓伢却说，您到艾客莱快餐店吧，我要继续听那首歌曲。

郝晓伢怎么跟艾客莱快餐店结下不解之缘呢。多少年过去了，这既像个箴言又像个咒语，如影随形挥之不去。

她匆匆赶到艾客莱快餐店，隔着落地玻璃窗看到儿子头戴绿色军式帽，坐在店堂角落里。当年前夫郝满就喜欢戴这种帽子，有些冒充复员军人的嫌疑。

这不是用餐高峰时间，店堂里顾客很少。她走进快餐店听到背景音乐，感觉耳熟却想不起曲名。郝晓伢跟随音乐节拍摇晃着肩膀，闭目聆听陶醉其中了。

她走到桌前坐下，仔细打量着儿子。其实郝晓伢五官很像母亲，大眼睛，直鼻梁，薄薄的嘴唇。据说嘴唇薄的人能言善道，可是郝晓伢在家言语不多，属于节能型儿子。

背景音乐渐渐弱去。郝晓伢缓缓睁开眼睛看见母亲坐在面前，有些难为情地笑了。

她伸手摘下儿子的绿色军式帽，看到他脑袋缠满白色纱布，立即重新将帽子给儿子戴好，关切地询问头疼不疼。儿子说不疼，之后补充说坐家里头疼，坐在这里头不疼。

听儿子这样说，她觉得艾客莱快餐店就是自己绕不过去的百慕大。

晓伢你这样喜爱艾客莱快餐店，这里肯定有故事吧？如果这里有你的青涩初恋，妈妈当然能够理解的。章媛轻轻说着，很想了解儿子内心世界。

郝晓伢破例地笑了，索性抬手摘下用于遮掩纱布的绿色军式帽，做出敞开心扉的姿态。

她叫了两杯咖啡。服务生指着郝晓伢对章媛说，如果是他付账可以优惠八五折，因为他是全年常客。

章媛摇了摇头说，今天是我付账请不用打折。儿子听了这话朝母亲跷起大拇指说，我觉得您比从前大方多了，就是我小时候跟您去配音的样子。

受到儿子如此表彰，她反而窘得红了脸。她不愿意回忆逝去的时光，因为那时生活里隐藏着高尔。当然，如今高尔重新浮出水面并非修复情人关系，而是聘请台词课讲师。这样心里就坦然了。

郝晓伢呷了口咖啡说，那时候您好像特别忙，经常是爸爸带着我，乘坐公交车去商场去公园去电影院。其实我们很少来艾客莱快餐店吃饭。没想到这里成了我的福地，它让我重新获得生命，成为今天这个样子。

你今年二十五岁，怎么会重新获得生命呢？章媛仿佛听到颇具悬念的故事开头，迫切期待故事进展。

我是说获得艺术生命。说起来事出偶然，那天我非要喝港式奶茶，我爸带我走了几家店铺都是珍珠奶茶。我看见艾客莱快餐店就跑了进去。我爸给我买港式奶茶时，我在银台前捡到两张银河大剧院的入场券。

章媛端起变凉的咖啡，下意识喝了一大口，这动作接近喝啤酒的规模。

头缠纱布的郝晓伢说了声妈妈咖啡凉了，继续讲述他的人生故事。

我爸骂我没出息，说人家扔掉的废票不要捡。我当然不知道这是通往艺术殿堂的入场券，只是紧紧攥在手里舍不得扔掉。我爸很生气。把我骂哭了。如今我认为我的哭泣非常重要，因为我的哭泣引起我爸的重视。

我爸从我手里夺过两场入场券仔细打量说，这真的不是废票，这是今晚银河大剧院的演出。我当场跟我爸赌气说，这既然不是废票，你就要带我去银河大剧院看演出。

我爸只好同意了。我们乘出租车去了银河大剧院。就这样，我喝着港式奶茶观看那场俄罗斯小白杨歌舞团的音乐会。听了《喀秋莎》《黑皮肤的姑娘》《小路》《山楂树》，还有《莫斯科郊外的晚上》。

章媛感觉身体僵硬了，手里牢牢端着空空荡荡的咖啡杯。

那晚的音乐会给了我艺术启蒙，小白杨歌舞团让我开了窍。假如我没有捡到那两张入场券，就不会看到银河大剧院的演出，也就没有我艺术生命的起点。

她轻轻打断儿子的讲述问道，那场演出结束后你们没有去银河大剧院旁边的小公园吗？

我记得那个夜晚遍地月光。演出结束我特别想看第二场，可惜小白杨歌舞团只演一场就去北京了。

是啊，我也记得小白杨歌舞团在咱们城市只演了一场。她说罢有些迟疑，低头寻思着。

郝晓伢仍然沉浸在成长历程里说，小白杨让我懂得真正的歌声来自远方，真正的诗吟也来自远方，我就是要到远方去。只有我到达远方的时候，才会懂得真正的艺术在自己心里呢。

不知是试探还是坦白，她笑着告诉儿子已经接受职业艺术学院高院长聘请，担任影视表演班的台词课教师。

您要去教台词课？郝晓伢似乎感到诧异说，您真的要去教台词课？

她只得自信地说，这几天我就要备课的。

这时候郝晓伢手机响了，他只得接听电话。

手机传出的声音很冲，声声溢了出来。毕竟曾经多年同床共枕，章媛能够听出这是前夫郝满的声音。

郝氏父子的对话简洁羽性。郝晓伢认真听罢建议父亲报警，然后挂断电话。

我爸现任妻子工作中受到刺激，昨天下班没有回家失联四十八小时了。郝晓伢漫不经心说着。

章媛颇感兴趣说，你爸现任妻子是个护士长啊。

郝晓伢天马行空般联想说，护士长不如苗壮成长，苗壮成长不如静心冥想……

你就不要静心冥想了，中午还饿着肚子呢给你要份快餐吧。她说着起身去柜台给儿子点了份汉堡包加港式奶茶套餐，又给自己要了杯咖啡。

服务生端着托盘送来套餐。郝晓伢盯着汉堡包再次穿越时光说，噢！我想起来啦，那天我爸买了两份套餐我们赶往银河大剧院，匆匆忙忙把快餐忘在出租车里啦。

哦。她强作镇定接过服务生送来的咖啡说，你爸性格精细勤俭持家从来不丢东西的。

我爸生活琐事谨慎，遇到大事犯糊涂。郝晓伢如此评价父亲，嘴里嚼着汉堡包望着妈妈。

遇到大事犯糊涂？她思忖着反问儿子，依照你的说法，那天你爸丢了两份套餐是遇到大事犯糊涂啦？

谁知道他遇到了什么大事。幸亏我手里紧紧攥着港式奶茶没有丢失。进了银河大剧院我喝着港式奶茶听着小白杨音乐会，人生首次受到高雅艺术洗礼。

郝晓伢的手机又响了，他起身走到柜台旁边接听。章媛目光穿过落地玻璃窗望着车流不息的大街。大街边竖着广告牌写着"特制港式奶茶"。她突然有些自责，身为人母居然不知儿子喜欢

311

港式奶茶。

咦！她脑海亮起几道闪电。晓伢怎么会喝着港式奶茶听着小白杨音乐会呢？银河大剧院从来不允许观众携带饮料进场的。

她扭脸望着接听电话的儿子，再次放凉了自己的咖啡。

我爸的现任妻子找到啦！郝晓伢返回餐位向母亲报告说，她身穿护士服蜷缩工人文化宫大门外，黄昏时分有个画家发现了她，认为很有写生特点，便悄悄画了几张人物速写，然后有人报了警。

章媛笑了笑，心思仍然停留在儿子讲述的故事里。没错，银河大剧院里的小卖部也不出售港式奶茶。看来这是一匹马长出两个脑袋的故事。

郝晓伢吃了母亲给他买的套餐，缓缓呷着港式奶茶说，我给您唱几首苏联歌曲吧，按照那天小白杨音乐会的节目顺序，开场曲是大合唱神圣的战争。

那天音乐会的节目顺序你记得这么清楚？章媛保持惊诧表情，注视着有些陌生的儿子。

郝晓伢站起身来朝母亲微微点头，轻轻唱了起来。

一首《喀秋莎》，一首《黑皮肤的姑娘》，之后唱《小路》，《小路》之后唱《山楂树》，最后唱起《莫斯科郊外的晚上》。

她轻轻给儿子鼓掌然后问道，晓伢你是怎么学会这些歌曲的？

妈妈，您是话剧演员您肯定懂得啊。郝晓伢郑重说道，我听过小白杨歌舞团学得会，我没听过小白杨歌舞团也学得会啊。

她忍不住苦笑，承认自己既没有听懂儿子说的话，也没有读懂儿子的内心世界。

六

黄昏时分，金萍厨房里忙碌着。工人文化宫"新时代劳动者画展"组委会打来电话，告知她报送参展的《青春等待思念》临时被撤掉，但是出于爱护工人作者的考虑，请她迅速报送其他作品填补展位。

她右手举着手机左手拎着菜刀，大声要求组委会说出撤掉《青春等待思念》的理由。

隋文贞跑过来低声劝诫，你不要顶撞组委会好不好？他们生气会撤销你参展资格的。

金萍毫不示弱，反而合辙押韵威胁组委会说，我们工人不信邪，过了元旦是春节！

隋文贞急得把声音压得更低说，你疯啦？耍什么大牌啊！

金萍愣了愣神儿说，敢情我这是耍大牌啊？

隋文贞索性越俎代庖，抢过手机打开免提功能，语气轻柔对组委会男士说，实在不好意思，金萍只是想知道她作品被撤展的原因，你们是不是认为《青春等待思念》没有达到参展水平？

手机话筒里传出组委会男士的声音说，其实原因很简单，作者金萍的《青春等待思念》被人高价收购，而且人家要求这幅作品不能在画展上曝光，这毕竟属于收藏家私人诉求，我们应当给予尊重的。

所以你们要求金萍报送其他作品填补展位？隋文贞不敢相信自己的耳朵，重新核实问道。

是的，请作者金萍尽快报送其他作品参展，不要误了国庆节画展开幕。至于她出售《青春等待思念》的画款，本届画展结束后，请到工人文化宫财务科领取。

金萍听着，一屁股坐在地上，双手抱头哭了起来。隋文贞以为弟媳因幸福而哭泣，伸手抚摸她的头发。

我的《青春等待思念》没来得及在画展露面就被人买走了，它真是命苦啊！

隋文贞没有料到弟媳为《青春等待思念》不能在画展露面而

悲伤。一时内心五味杂陈大发感慨道，金萍啊，你的处女作就卖了八万元，我看你不用耍大牌了，你现在就是大牌啦！

金萍仍然坐地不起，好像厨房地面是龙椅似的。隋文贞只得催促说，你屁股太沉让我叫起重机啊？马上给组委会报送作品吧！

金萍不等起重机到达自己爬起来，满脸六神无主的表情说，我一点儿思想准备也没有，我怎么一下就成了香饽饽呢。

如今馊馒头多，香饽饽少。你不会要把香饽饽也放馊了吧？我建议报送《养鸡场的天使》，这幅画既有艺术创新特色，又有社会现实意义。

金萍轻轻摇摇头，显然不认同隋文贞的观点。

隋文贞不明白弟媳为什么摇头。你是不是怕观众看不懂漫天遍地的鸡毛？

当今没人看不懂漫天遍地的鸡毛，除非他们以为那是柳絮。金萍说着起身抚摸灶台说，比如你不再写诗了，是不是怕读者看不懂漫天遍地的青春？

她知道那是有些衰老的青春世界，被弟媳问得红了脸，下意识地端起灶台的炒锅，然后若有所思地说，你不会退出这次"新时代劳动者画展"吧？

我当然不会退出，我更不怕有人买我的画。身高体壮的弟媳接过炒锅准备烧菜说，我在《养鸡场的天使》里画了个女人，咱们还是不要把她挂墙上曝光现眼吧。

你确实不用耍大牌了，你已经有了一颗大牌的心。隋文贞感慨地说。

金萍主灶很快烧好一桌子菜，破天荒号召丈夫喝两盅。隋文军很是意外，有些不敢相信这是真的。

隋文贞对弟弟说，文军你放开喝吧，今天一切都是真的。

隋文军小心翼翼拿起酒瓶，问自己媳妇有什么高兴的事情。

金萍亲手给丈夫斟满酒盅说，今天我高兴，绝对不是因为有人买了我的画。

那你高兴什么？隋文贞不甘隔岸观望，很想走进弟媳的内心世界。

金萍一边鼓励丈夫喝酒，一边寻思着说，你们问我为什么高兴？因为我决定把《天使的黄昏》素描送去参展，这是我的最新作品。

尽情饮酒的隋文军趁机问道，黄昏里怎么会有天使呢？怪事儿。

就跟老年人有青春一样，黄昏里当然有天使。金萍说着离开饭桌，哼唱着歌曲跑到厨房里去了。隋文贞听出她唱的是苏联歌曲《喀秋莎》。

金萍抱着碗口粗的纸筒，从厨房雄赳赳回到饭桌前，招呼丈夫携手配合展开这卷纸筒。于是夫妻合力将纸筒缓缓展开，隋文贞看到这幅大型铅笔素描画《天使的黄昏》。

一级级台阶由低向高几乎布满画面，这台阶是石板而非水泥构筑。画面左侧顶端挂着圆圆的夕阳，它显然被缩小了，好像夕阳刻意浓缩着自身光芒，使人从铅笔底色里感受到强烈的橙色。画面右侧底部有白衣女子倚靠石阶而坐，她的身形明显不合比例，人物形象被有意放大了。

金萍啊，你这幅画素材取自工人文化宫大门外的人物速写吧？隋文贞毕竟是半路出家的画家，还是能够认出《天使的黄昏》与《养鸡场的天使》里女子形象相近，然而流露出完全不同的人物气质。

金萍越发显得身高体壮，这是百分之九十九的工人形象。你又要问我这幅画的构思和立意吧？当时我觉得她倦坐黄昏里，这么年轻就开始思念青春了。

这么年轻就开始思念青春。隋文贞被弟媳这句话震撼了，感觉这个世界正在加速衰老，于是有些惶恐地说，你就送这幅《天使的黄昏》参展？但愿组委能够理解你作品里的悲悯意识。

什么悲悯意识？金萍即时转换话题说，姐，你会做焦熘丸子吧，我总是掌握不好火候。

七

章媛讲授的台词课，每周八节，周一和周三分两次讲。全班学生来自五湖四海，南腔北调多种口音，形成方言大杂烩，让她感觉中国实在太大了。

不少学生普通话基础比较差，她的台词课教学存在相当难度。学校楼道里她遇到教表演课的周老师，随便聊了几句得知职业艺术学院很难聘到台词课教师，感到有些意外。噢，原来高尔面向社会难以招聘台词教师，只得从历史深处将我打捞出来，充实学校师资力量。

每逢讲课前她都去高尔办公室给自己水杯沏茶，然后跟高尔聊聊天。这个高院长仍然穿着蓝色夹克衫，使章媛觉得他完全没了当年风流潇洒的形象。

高尔得知她单身了，莫名其妙地笑了笑。然后颇为关心地问道，郝晓伢跟你共同生活吧？

高尔竟然关心她儿子，这令章媛略感欣慰。看来无论多么短暂的情史，总会打下些许烙印的。

高尔办公室墙上挂着一幅白色基调的油画，不规则的线条相互纠缠，无形状的团块彼此浸透，形成扑面而来的视觉冲击，令人感到置身白昼。章媛不懂这种现代艺术手法究竟表达什么，于是对高尔明褒暗贬说道，你当了院长仍然还有艺术趣味啊。

这是我前妻的作品。高尔平淡地解释说，我没想到她把自己弄成画家了，而且送自己这幅《我思念青春》参加商业画展标价出售。唉！既然她放弃浪漫走向现实，既然她跟我离了婚也跟诗歌离了婚，那就让她顺风顺水走下去，只是不知道她会不会后悔。

章嫒忍不住打断高尔的讲述，怎么你也离婚啦？

是啊，如今我单枪匹马投身艺术教育实业，也算顺风顺水小有成就喽。高尔已经没了艺术家的慷慨激昂，一派从容继续讲述这幅油画的来历。

那时候我做期货赚了些钱，陪朋友参观商业画展无意间发现这幅虚高标价十万元的油画，我就化名"黑夜"买下这幅平庸的油画，也算赞助前妻了。

噢。对章嫒来说这是个陌生的故事，甚至陌生得令她不知如何夸赞高尔对前妻的情义。不知出于什么心理，她暗暗认为高尔不应当离婚，如果不离婚双双携手创业，夫妻下海经商肯定大获成功。如今劳燕分飞，有些可惜了。

你儿子要是在家闲着，我可以聘他来我这里工作，比如担任班级辅导员什么。看来高尔是个有情有义的男人，不光匿名购画扶助前妻，还乐于解决当代青年人就业难题。

我先替晓伢谢谢你的美意，待我回家问问他吧。章嫒觉得高尔这些年磨砺得接地气了，完全不像从前那样天马行空。

她内心受到高尔仗义的感动，心情清朗脚步轻盈走进教室上课，扭脸看到黑板上留有被擦掉的字体痕迹，内容依稀可见。

高院长是个葛朗台，办学就是吸金，学生浴室洗澡热水计量收费，超级贵。学生食堂垃圾舍不得及时雇车清运，超级脏……

教室里渐渐安静下来。她走上讲台打量着学生们，然后指着黑板问道，这上面写的都是事实吗？

没有学生敢于回答。章嫒有些沮丧说，我们做人强调实事求是，你们私下抱怨不等于勇敢，真正的勇敢是开诚布公，我不希望你们成为两面人。

一个男生举手站起说，章老师，我以人格保证这些都是事实。学生食堂后院的垃圾应当日产日清，高院长为了省钱好几天才雇车清运一次，而且是一辆已经报废的黑车。

你叫赵冬冬？好的请你坐下吧。既然有学生大胆站到阳光下，章媛心情随即好转说，同学们，我保证把你们的合理诉求转达给高院长，而且敦促他尽快整改的。

名叫赵冬冬的男生再次举手站起说，章老师，高院长是您的领导，您是高院长的下属，您怎么胆敢敦促领导整改呢？领导怎么会容忍您这样的下属呢？

章媛苦笑了说，你是不是认为我不自量力，很二？

赵冬冬点点头说是的，就坐下了。她极力调整着情绪，开始讲课。她再次强调有些同学要克服"地方音"，比如东北口音和山东口音，尽快掌握"普通话"发音，这是台词课的基本要求。

到了课间休息时间，她快步走出教室穿过操场来到学生食堂，果然看到食堂后院里堆积着生活垃圾，小山似的没有及时清运出去。

我当堂保证敦促高院长尽快整改，居然引起学生的置疑，说明他们思想里已经形成下级不可冒犯上级的观念。是啊，我贸然违背这个等级观念，学生们当然不会相信的。

上午四节台词课结束，她端着水杯来到院长办公室。高尔坐在办公桌前接听电话，好像跟什么供应商争论着价钱。她给水杯续了水，静心等待高尔结束通话。

高尔讲价成功放下电话，径直伸过目光问道，一连讲四节课累了吧？我派车送你回家去。

她摇头表示感谢说，教师聘任合同里不管接送的，我可以打车回去。不过，今天我有个建议给你，请你每天派车清运学生食堂后院的生活垃圾，不要拖延了。

高尔似乎没有想到她会提出这个问题，一时表情漠然。她受到这个表情刺激，脱口而出说道，你要是不及时清运垃圾，我就不来你这里讲课了。

这又不是什么原则问题，你怎么又耍小脾气呢？高尔笑了笑说，这些年我自身变化很大。既然单身了也就没了别的念头，只想全力兴办实业搞好这所学校。

她猛然意识到自己失态，我怎么能操着往昔口吻跟他说话呢？她恨不得立即挽回由于"又耍小脾气"给高尔造成的误解，随即调整立场说，真是不好意思，你是学校领导我不该干涉你的工作。

之后她语气急切表白说，想全力兴办实业搞好这所学校，我完全理解你这种想法。我也只想坚持单身不会再婚了。一个人生活好比神仙过的日子呢。

高尔起身望着她说，你回家务必告诉郝晓伢，就说我职业艺术学院诚聘他来这里工作。

好吧。她告辞离开高尔办公室，匆匆下楼穿过操场，仍然继续谴责自己说，你怎么会让高尔认为你又耍小脾气呢？章媛你以为你是谁呀？你只是个教台词课的外聘老师而已。

这样想着迎面遇到食堂打饭归来几个学生，那个名叫赵冬冬的男生叫了声章老师说我们请您吃饭吧。她连连摇手说我已经把清运垃圾的要求反映给高院长了。

赵冬冬好像有些感慨说，您真是个说到做到的好老师，如今很少您这样的人了。

她被学生夸得有些不好意思，走出学校大门没有招呼出租车，径直走到街边车站等候公交车了。

951路公交车来了，她精神恍惚眼巴巴看着公交车进站，然后关门驶去。她渐渐清醒过来，低声抱怨自己未老先衰犯了糊涂，只得耐心等待下趟公交车。

她掏出手机拨打儿子电话。拨通三次，郝晓伢终于接听。他告诉妈妈正在参观"新时代劳动者"画展，今天是预展。章媛听到电话里儿子兴奋地说，这幅《天使的黄昏》铅笔素描画太棒啦！据说被美籍华人认购，今天预展结束人家就摘走，你明天参观肯定看不到它了。

章媛随声附和着，抓着话头问儿子愿不愿意应聘本市职业艺术学院工作。

您知道我喜欢艺术嘛。郝晓伢说了声"我再去看看《天使的黄昏》"，就匆忙挂断了电话。

这孩子就是不着调。她收起手机登上进站的公交车，心里寻思说，一幅画让儿子激动不已，那么它应当属于艺术精品吧，所以被美籍华人看中。嗯，我要去工人文化宫欣赏那幅《天使的黄昏》。

下午时分，她饿着肚子赶到工人文化宫，"新时代劳动者"画展的预展临近闭展。步履匆匆走进展厅向工作人员打听《天使的黄昏》挂在哪里。这个工作人员却满脸茫然说，她是借调来的餐厅服务员。章媛有些受到打击，怎么餐厅服务员都弄来做志愿者了。于是她只得朝着展厅深处走去，终于找到那幅被儿子高度评价的艺术精品。

《天使的黄昏》这幅铅笔画的尺寸很像书法里的条幅，将近两米长，足有半米宽，被精心装镶在玻璃画框里。章媛凑近看到画面很满，一层层台阶从低向高占据九成空间，仅余一成空间里高高挂着小巧精致的夕阳。

她觉得这幅铅笔画艺术风格奇特，尤其画面右侧底部有白衣女子倚靠台阶而坐，她的体形明显不合比例，人物身体比例被放大，人物头部比例偏小。不知这是失察还是刻意。

可惜这幅画的作者不在现场，这令章媛略感缺憾。多年以来她有个习惯，总想看到躲在画面后边的真人。当然达·芬奇她是看不到了。但是她想见到这幅画署名"矜瓶"的作者。

这时身后传来男士声音说，我们姑且不论画面台阶底部的人物，请看层层台阶画成粗砺的石板，夕阳却画成小巧精致的圆球，这立意很有当代先锋艺术风格。

章媛扭身看到这位西服革履的先生，他满头乌发给两个工作人员解读《天使的黄昏》的艺术内涵。

你们要轻拿轻放，小心打包装箱，这幅画要空运到美国很远的。西服革履的先生轻声指挥工作人员从展板上摘下这幅被他夸赞的艺术珍品，小心翼翼装进填满防碎泡沫的木箱里。

章媛渐渐认出此人曾是剧院的舞美设计师安雨新，后来下放工厂打铁了。尽管多年不见，她知道老安的满头乌发肯定是染黑的，当年他在剧院绰号叫"老白毛"。

安雨新有些老态了，然而西服革履的装束令他显得年轻几分。看来西装革履还是很抬举人的。只是高尔已经改穿夹克衫了，敢情那是职业艺术学院的工作服。

她没有主动跟安雨新打招呼。毕竟老安是美籍华人收藏家了，你主动打招呼人家若想不起你是何人，那场面会很尴尬的。

八

今天"新时代劳动者"画展开幕，一大早弟媳却不见踪影，平时上午应当是她去菜市场的时间。隋文贞吃过早餐走出"群众甲画廊"前往工人文化宫观展，一出门就被两个身穿制服的男士拦住了。

您的群众甲画廊坐落在华宁街管片，我们根据附近群众反映和领导指示意图，建议您更改画廊名称，今天特意前来跟您沟通。

我为什么要更改画廊名称呢？她不解且不满地问道。

再者说，你们附近有个群众家便利店，人家工商登记在先，您的画廊取了谐音相似的名称，这也是我们请您更改名称的原因。

画廊跟便利店是完全不同的行业，我不会侵权吧？隋文贞解释着，却显得软弱无力。

我们工商管理所等待你更改名称，希望不要拖延时间。

她表示更改名称需要构思，而且构思需要时间。然后赶往工人文化宫了。

隋文贞踏着满地鞭炮碎屑走进"新时代劳动者"展厅，画展开幕式已经结束，参加剪彩的有关领导也已撤离现场。前来参观的人流荡漾在展厅里，声浪袭人。这令她感到惊讶，一个普通的劳动者画展居然引来如此规模的市民观众。

展厅角落里排起长队，说是领取抽奖券。奖品是精美钥匙扣。她没有参加领券抽奖活动，径直走向展厅深处的展位。几个领到精美钥匙扣的观众议论说，这奖品是美籍华人汤姆斯赞助的，每只价值六元钱。

美籍华人？这家伙就是购买金萍作品的汤姆斯？他究竟是收藏家还是画商呢，也不知道在哪里能够见到他。

她拨通弟媳的手机，一时无法接通。这时不远处响起手机铃声，她扭身看到金萍身影，便快步走上前去。

金萍正在接听电话，连连点头应答着。隋文贞等待她接听电话，无意间看到大幅展板前贴有彩纸打印的告示。

大型铅笔素描画《天使的黄昏》参加预展后，已由汤姆斯先生收藏，敬请观众见谅。

这时金萍接听完手机电话，转身看到隋文贞随即叫了声姐，然后主动汇报说，那个汤姆斯又买走了我的《天使的黄昏》，我怎么觉得就跟卖了自己孩子似的？我今天跑来看望自己的孩子，听说他昨天就从展板上摘走了。

你知道汤姆斯现在哪里吗？隋文贞紧急问道。

刚才就是他打来电话，他说收藏了我的《青春等待思念》又收藏了《天使的黄昏》，还说这幅铅笔素描画里的天使应当是个护士。

噢，他不光懂画儿，还很董你啊。隋文贞觉得遇到奇人。

他就是从前下放工厂体验生活的画家安雨新，现在是美籍华人汤姆斯。

隋文贞听罢愣住了，缓缓思忖着说，这个汤姆斯就是那个安雨新？当年他下放工厂体验生活，这么多年还是没有忘记你啊。

老安在工厂确实教过我画画儿，还说我有绘画天赋，可是我下岗蒸了包子……金萍回顾历史说。

隋文贞不由想到自己，当初收购我的《我思念青春》的究竟是哪位匿名收藏家呢？

不知从哪里飘过来苏水的味道，金萍四处寻找气味来源，自然想起医院门诊部。这时有对夫妻模样的男女走向展板。金萍发现隋文贞陷入沉思，伸手扯了扯她的袖口。

中年模样的丈夫拢着年轻妻子的肩膀，欣赏着一幅幅参展作品，信步来到贴有彩纸打印告示的展板前，大声读着告示内容。之后中年丈夫对年轻妻子说，《天使的黄昏》被收藏啦？这是典型的病句！黄昏怎么能够被收藏哟，如果天使还是可以的。

身旁有个老先生搭话说，我倒觉得黄昏可以收藏，因为黄昏是时光，天使是万万不能够的！

年轻的妻子小声劝阻中年丈夫说，郝满你不要跟老年人争论不休，当心他心梗或脑卒中，让你负全部责任的。

中年的丈夫不再与老先生争论，转而对年轻妻子说，你也可以画画儿嘛，画清晨的天使，画午夜的天使。

年轻的妻子嗔怪说，你这是让我凌晨出诊啊。

隋文贞若有所思离开展厅，呼着新鲜空气站在工人文化宫大门外。金萍跟随出来说，生活素材真是丰富啊，今天我要是带着画夹来就好了。

是啊，人家工商局让我更改群众甲画廊的店名，金萍你有什么建议吗？

噢，更改画廊名称很重要的，我打电话问问安雨新吧？

隋文贞听罢表情古怪地笑了。好啊好啊，那就问问你的汤姆斯吧。

金萍毫不避讳地打了电话，这令隋文贞有些意外。金萍跟汤姆斯通话时间很长，隋文贞耐心等待着。

汤姆斯建议改为"等待青春画廊"，因为青春是不可能等待的，所以他认为反而应当叫"等待青春画廊"。金萍坦言说道。

还有呢？隋文贞笑着问道，你们谈了这么久，汤姆斯还有其他建议吧？

他说就是等待青春嘛，所以建议我跟他到美国去，还说美国匹兹堡那边有大型钢铁厂，如今属于生锈地带，我的工人经历在那里能够找到画魂的，用中国术语来说就是主题思想。

画魂？主题思想？隋文贞似乎听到陌生词语，小声重复着。之后她好像有了重大发现说，你的这个汤姆斯说话非常精到，好像他站在远处观望你很久了。

是啊，他是下放工厂体验生活，可能打下很深的人物烙印吧。金萍并不回避地说。

真是青春做伴好还家啊。曾经是女诗人如今是女画家的隋文贞建议道，那么你把《养鸡场的天使》改名叫作《原棉厂的天使》，就属于具有工业画魂的作品啦。

金萍毫不犹豫地说，这是不可以的，无论去不去美国匹兹堡，我都不能把豆腐当作钢铁卖吧？

其实，安雨新在中国当了很多年工人。金萍继续补充说，后来他去了美国，也当了很多年工人。

所以现在他成了大画家？隋文贞说。

九

郝晓伢应聘职业艺术学院是个大晴天。高尔院长打量着这个面孔白净体形瘦高的小伙子，要求他现场做才艺展示。

小伙子唱了首苏联歌曲《黑皮肤的姑娘》。高尔听得屏住呼吸，极其惊讶问道，你九〇后怎么不唱港台歌曲呢？这苏联歌曲你是跟谁学的？

我从小就会唱苏联歌曲，听到别人唱我就跟着学。比如《山楂树》《喀秋莎》还有《神圣的战争》什么的。

我可以唱首《小路》给你听吗？郝晓伢情绪高涨说。

高尔连连摇手说，好啦，你先做影视表演班的辅导员吧。之后特意叮嘱说，这届影视表演班学生来自天南地北，文学基础比较差，语言表达能力强，辅导教学难度不小。

郝晓伢抬手拍了拍胸脯说，即便他们来自老少边穷地区也是可以开发的。

他说罢望着墙上那幅白光强烈的油画说道，这个画家好像想法不少，但是想法太多实现起来容易互相挤对，最终反而把主题给淹没了。

高尔不便说出这幅油画出自前妻之手，暗暗赞赏郝晓伢的艺术感觉。他认为郝晓伢的性格跟他母亲章媛有些相似，往往好强自信。然而郝晓伢不尽同意说，我母亲外表好强，其实内心挺脆弱的。尤其我父亲跟她离婚后娶了年轻女护士，她情绪很受打击。

这些年你母亲很不容易啊。高尔随手摸着夹克衫的拉链说，你的艺术天赋来自你母亲的遗传基因。

郝晓伢颇为中立地说，三分天赋，七分自修吧。

由于职业艺术学院全境禁止吸烟，做了班级辅导员的郝晓伢

325

就成为高尔办公室的常客，自从高尔不穿西装改穿夹克衫，他便彻底戒了烟，全然没了昔日的风流潇洒。然而，高尔竟然默许郝晓伢在院长办公室里喷云吐雾，他也说不清楚自己为何如此纵容这个小伙子。可能就因为他是章媛的儿子吧。

这天课间休息，台词课讲师章媛走进高尔办公室沏茶，看到儿子郝晓伢跟院长高尔聊得热络，反而局促起来，打了开水立即返回教室上课了。

高尔再度感慨地说，那些年你还小，你母亲带你外出配音挣钱很不容易啊。

郝晓伢点头表示赞同说，主要是我们无法判断生活向何处去，有时按照路标指示反而越走越远。

说罢郝晓伢走出院长办公室，悄悄来到大教室门外，不声不响观摩母亲教学。

记得小时候经常跟随母亲去录音棚给外国电视剧配音，母亲台词功底扎实，无论给国内还是国外影视作品配音，一张嘴就能逮住人物口型，严丝合缝被称为"配音女神"。如今母亲年岁偏大，然而音色依然甜美。

这间教室被学生们称为"玻璃匣子"。章媛身姿挺拔站立讲台前，给学生们做发音气息示范，语速流畅吐字清晰。

大花碗里扣着个大活花蛤蟆。大花碗里扣着个大活花蛤蟆。

章媛做过示范，要求台词课代表赵冬冬起身领读。赵冬冬吐了吐舌头，挠了挠头发，张口领读。

大花碗里扣着个大花活蛤蟆。大花碗里扣着个大花活蛤蟆。

章媛表情严肃说，不是大花活蛤蟆，是大活花蛤蟆。

赵冬冬表情顽皮地对同学们说，你们听见章老师说吗？不是大花活蛤蟆，是大活花蛤蟆。

章媛请赵冬冬落座，讲解台词练习的基本方法说，这段绕口令难度不高，通过这学期的训练你们应当达到中等难度水平。

说着，她给学生们做了中等难度绕口令的示范。

撕字纸，撕字纸，隔着窗户撕字纸，是字纸撕字纸，不是字纸就不要随地撕一地纸。

教室里响起满堂惊叹声，学生们忍不住议论起来，认为台词课太难了，这样练习下去就不会说中国话了。

郝晓伢站在教室门外，偷偷重复着母亲的绕口令，几次险些咬了自己舌头，仍然乱七八糟撕了一地废纸。他深深佩服母亲的台词功力。

两节台词课很快就过去了。章媛把留给学生的晨课作业写在黑板上，这段绕口令显然降低了难度。

老牛拉车乐意拉哪两辆就拉哪两辆。

留过作业章媛宣布下课，端着水杯去了高尔办公室。她的半高跟皮鞋并没有敲响楼道的水泥地板，给人悄然宁静的感觉。

下了课学生们拥出教室，七嘴八舌控诉台词课是魔鬼课程。这时辅导员郝晓伢出现了，大声朝学生们背诵绕口令：大花碗里扣着个大活花蛤蟆。

学生们拍手鼓掌，抢着询问辅导员背诵绕口令的诀窍。

郝晓伢非常惊诧自己竟然成功念出这段绕口令。他当然不会暴露自己是章媛的儿子，只是将心得体会分享给学生们说，这段绕口令关键点在哪里？就是不要把花字与活字咬乱了，我敢说你们练习两百遍就会找到感觉。

学生们欢呼里夹杂着起哄声。学生首领赵冬冬扳住年轻辅导员肩头悄声说，那个教戏剧文学的万老师很漂亮，你愿意跟她处对象吧？

郝晓伢故意板起面孔说，你公开给老师保媒拉线，这是新时代青年人的表现吗？

赵冬冬毫无收敛说，你不是老师是辅导员！辅导员就应当成为我们的铁哥儿们。

好啦！你们快去食堂给自己添加饲料吧，下午自习课不许躺在宿舍里睡觉，一个都不能少，来教室里练习咬字儿！郝晓伢表情威严说。

中午食堂里，环境格外整洁。郝晓伢看到母亲跟高尔院长围坐窗前共进午餐。正午阳光穿窗而过。这两个人轻声交谈着。

郝晓伢知道母亲的规律，每次下课都匆匆走出校门赶回家去，从来不在学校食堂吃饭。今天她破例了。

他猛然想起从前看过外国小说里的句子：为了唤起对世俗生活的热情，我们曾经付出多么大代价啊。

是的，无论顺流而下还是逆流而上，每个人都付出巨大代价。郝晓伢特意去售菜窗口买了两个菜：红烧排骨和葱烧海参。快步端到他们桌前。

他听到高尔院长跟母亲谈论西服与夹克衫的关系，以为他们探讨影视表演班的服装和道具问题，就把红烧排骨和葱烧海参摆放桌上，说了声祝你们胃口好转身走了。

下午自习课，全班同学没有缺勤的，这令郝晓伢兴奋起来，颇有做了水浒里宋江的感觉。

他迸发了讲课欲望，大步站上讲台说，我认为人生就是无数次相遇，昨天与大山相遇，明天与大河相遇，今天我与你们相遇了。

台词课代表赵冬冬起身略带东北口音问道，请说说你最奇特的那次相遇好吗？当然不是指万老师。

我最奇特的经历是跟天堂歌声偶然相遇。那时我读初中呢。不知为什么，银河大剧院就要检票进场了，我爸爸突然改变主意，把两张入场券高价卖给持钞等票的人……

一个女生小声插话说，我爸也做过这样的事情，那年他跟我妈去看《大河之舞》，发现有人高价求票当即把两张票卖了，硬是带我妈回家看电视，还说晚间新闻特别重要。

郝晓伢顿了顿说，你我历经如此相同，今天在这里相遇了。

赵冬冬起身号召同学们不要截断辅导员回忆的河流。郝晓伢称赞赵冬冬把回忆比喻为河流，这样说话文学性很强。

我爸把那两张票买了一千六百元高价，嗖地跑去买福利奖券了，我找不到他的踪影，就独自沿着坡道踏着遍地月光，走向银河大剧院附近的小公园。

我听到小公园深处传来阵阵歌声。这歌声飘扬在银色月光里，我却认为这男高音是特意唱给我听的。

这是来自天外的歌声啊，我情不自禁跟随着学唱。《喀秋莎》《黑皮肤的姑娘》《小路》《山楂树》，还有《莫斯科郊外的晚上》……当然，这都是我后来知道的歌名。

就这样，一曲曲歌声被月光镀成银色，生出翅膀径直飞进我的心房。我被他的优美歌声陶醉了，转身朝着小公园池塘里的大月亮跑去。那轮圆月开启了我的音乐之门，我找到自己向往的地方，那地方充满月光里的歌声。

那么，你见到小公园深处那位男高音歌唱家了吗？赵冬冬被感动得泪流满面，忍不住问道。

大教室的门被风吹开了。身穿蓝色夹克衫的高尔院长探身进来观察着，然后露出鲜见的笑容说，同学们对食堂饭菜价格还有什么意见，那就尽管提出来吧。

赵冬冬深陷规定情景难以自拔，猛然脱口问道，高院长您会唱《莫斯科郊外的晚上》吗？

高尔被问得愣怔了，仿佛他的时钟停摆了几秒，然后极力摆脱尴尬情景说，希望同学们认清自我，面对现实，放弃幻想，脚踏实地完成学业……

郝晓伢仿佛拨快了时钟说，同学们，从前高院长肯定会唱《莫斯科郊外的晚上》，如今忙得没了唱歌的心思。

高尔听了连连点头，表示确实忙得东奔西突焦头烂额。

329

同学们，既然高院长忙得不可开交，咱们就给他唱支歌儿吧！郝晓伢高声发出号召。

赵冬冬带头响应说，同学们！我们就唱那首"你不要忘记"好吗？

大教室里随即响起并不嘹亮的歌声。这歌声飞出窗外弥散在校园阳光里，一下子嘹亮起来。

这嘹亮的歌声飞出校门传到大街上，可巧有个女士从校门外经过，她驻足聆听不觉湿了眼窝，自言自语说我的群众甲画廊就改名"我思念青春"吧。

学校食堂后院里，那个名叫高尔的男人指挥车辆清理生活垃圾，一招一式很有工头儿风范。很久不穿西装的他，此时蓝色夹克衫被汗水浸出几片斑痕，悄然形成印象主义风格的图案。

郝晓伢指挥学生们放声歌唱。歌声在被称为"玻璃匣子"的大教室里荡漾着，格外嘹亮了。

歌声落下。赵冬冬突然起身念道：大花碗里扣着个大活花蛤蟆，大花碗里扣着个大活花蛤蟆。

我会说啦！我会说啦！赵冬冬激动地跳跃起来。

全班同学跟随着赵冬冬，高声练习起来。

不知为什么，郝晓伢心里冒出个奇怪的念头：我要是拿起大花碗，里面会有那只大活花蛤蟆吗？

嗯，所以都说要继续练习下去。

金豆捞饭

父亲拎着灰色人造革旅行包走进院子，好像前来投宿的旅客。他身材瘦高穿着蓝色中山装，还没走近便朝着祖母叫了声"娘"，表情谨慎而局促。

我家居住的城市大杂院里蔓着株"爬山虎"，它藤身足有碗口粗。邻居田经理使用多根竹篁纵横搭起天棚，任凭"爬山虎"枝蔓恣意生长，于是天棚变成天网，遮蔽了大半个院子。正是烈日当空的时候，普天阳光透过爬山虎枝叶投下细碎光影，弄得父亲好像穿着花斑衣裳的外地人，那样子看着特别迷乱。我牢牢记住父亲这副形象。

祖母坐在我家门前埋头择菜，她有时耳聋，有时不耳聋，就这么交替地生活着。父亲只得迈步凑近，又叫声"娘"。

祖母终于抬头望着满身斑驳的父亲，渐渐眯起双眼说，俊生你又回来啦？常年单身在外工作，可真不让娘省心啊。

父亲略显窘迫地解释说有组织管理的。这时祖母听力变差，只是眯缝着眼睛盯着儿子说话的嘴。我则属于小学五年级观众。

父亲名叫俊生，他是铁路设计院的测绘员，常年跟随勘察队伍迁移工地，就像草原牧民转场似的，只是不骑马而已。我从不转场固守寸地，也就跟父亲生疏了。

我不能总做现场观众，在祖母指挥下叫了声"爸"，以此确认父子关系。回想上次我叫"爸"，一年多了。

这次父亲参加"大港铁路"工程建设，跟随队伍回来了。去年大港那边成立油田，代号"六四·一"，就是一九六四年一月钻出石油的意思。大港那边我没去过，说是离海边不远。

母亲下放外县农村教书，我跟祖母过日子。母亲不常回家，赶上放假回家住不上几天就走，使我觉得她很像电影里的母亲，只要电影散场角色就结束了。

母亲下放农村是响应"四个面向"的号召：面向基层，面向农村，面向边疆，面向祖国最需要的地方。因此弄得祖母经常唠叨，我老婆子也是四个面向，面向灶台，面向水缸，面向油盐柴米葱蒜姜，面向过日子最需要的地方。

这时父亲不再像投宿的旅客，打开人造革旅行包里翻出几块水果糖递过来，有"黄油球"和"酸梅"，偏偏没有我爱吃的"小人儿酥"，我还是说了声谢谢。

祖母突然抬头对父亲说，俊生啊，我有儿子，你也有儿子，这样多好啊！她老人家说话唐突，不像收音机里袁阔成说的《平原枪声》评书，花开花落，事出有因。

听祖母这样评论，我暗暗计算着：父亲是祖母的儿子，我是父亲的儿子，全家做加法总共两个儿子。没错。

祖母再次眯缝起眼睛说，想当初若不是我催促结婚成家，你能有今天光景吗？她老人家说话突放音量，震得父亲后退半步。

大杂院邻居田经理说过，耳聋的人说话声音都大，个个就赛呼喊革命口号似的。我便想象这个小脚老太太振臂高呼的样子，感觉有些滑稽。

祖母准备下厨做饭，响声问父亲想吃什么。父亲悄声说金豆捞饭。祖母惊诧地望着自己儿子，大声反问你怎么还想着金豆捞饭呢。

我不知道金豆捞饭是什么饭食，只觉得父亲说起话来南腔北调没了本埠口音，这就很像是个没有来历的人。

听说我父亲回家来了，大杂院邻居们跑来围观，好像遇到不用花钱买票的演出。我的同学小卯和小酉也来凑热闹，他俩偷偷观察着我父亲。

小酉是邻家田经理的小儿子。我祖母不愿让我跟小酉同桌，参加期末家长会就要求给我调动座位，而且强调给我换个女生同桌，这样男孩子就遵守纪律了。班主任柴老师表示女生少男生多，这学期拆兑不开。可巧祖母耳朵听得真切，当即指出班主任柴老师的语病说，拆兑？这词您用得真不恰当。

班主任柴老师并不认为拆兑是贬义词。据说田经理也不愿小酉跟我同桌，但是没有当场指出柴老师用词不当而已。于是家长会就这样散了。我跟小酉继续同桌。

这时小酉悄悄凑近我评论道，五官端正，细眉大眼，身条顺溜，这就是你爸爸？我的天啊，你妈妈下放农村教书不回家，你爸爸反而回来了。他说着把食指吮在嘴里，仿佛要咬断地雷的导火索。

小卯有张磨盘脸，因为留级跟我同班，他倚仗年龄大些经常批评小酉心思太重，活得好像充满警惕的松鼠，从来不肯放松自己。不过这次小卯没有对我父亲发表评论，只是呵呵笑了。

父亲将我家那间常年闲置的屋子拾掇干净，独自居住进去。小卯妈妈跑来参观说，你把自己安顿好啦？这间屋子就是当年你结婚的洞房啊。

父亲望着泛黄的墙壁微微点头，表示没有忘记洞房花烛夜。小卯妈妈故意打量着我父亲，然后伸手戳了戳我脑门说，没毛病！这父子俩就像一个模子刻出来的。

既然大杂院邻居这样认为，小酉仍然不肯放松警惕，对着我耳朵低声问道，你妈妈究竟什么时候回家来呢？

我说妈妈暑假就会回家来的。小酉抬头盯着当院飞舞的蜻蜓，好像预防着小型轰炸机。小酉的疑虑触动了我的心思，当晚给妈妈写信报告爸爸回家了，清早上学路上投进大街边绿色邮筒。

小酉盯着绿色邮筒好像盯着绿色碉堡说，我哥哥经常给武诚写信，他也是投进这只邮筒的。

我告诉他这是邮政局公共邮筒，谁都可以投寄的。小酉还是思索着，似乎邮筒里藏着谁的秘密。小酉的哥哥是田家大儿子名叫文信，去年技校毕业进了北大关汽水厂。那个武诚是文信的技校同学，毕业分配去了新立乐器厂，据说整天跟洋鼓洋号打交道。文信的北大关汽水厂在西城，武诚的新立乐器厂在东郊，下了郊线公交车还有好几里石碴路，俩人只好通过绿色邮筒联系了。

父亲工作的大港铁路筹建处在八里台，属于市区边缘比较偏僻。每天起早父亲外出上班，祖母必然送他到大杂院门外，身材高瘦的儿子连声劝说身形矮小的母亲不要送了。她老人家坚决摇头执意要送。就这样，你谦我让总要持续几个回合。然后祖母倚着大门望着胡同里儿子的背影拐上大街，好像仍然不放心。

这便成了我们大杂院清晨的独特风景，每天就跟送子参军似的。邻居们好像并不感到惊奇，我悄悄询问形成这种习惯的历史原因。小卯妈妈偷偷给我解释说，所以你爸爸结婚很早嘛！才二十岁。

父亲二十岁结婚。我不懂小卯妈妈说话的用意，只觉得父亲好像怀有心思，有时目光炯炯，有时淡然委顿，属于好静不好动的男子，所以他做了测绘员吧。

农历五月初八是父亲生日，全家三人吃长寿面。菜码是祖母亲手焯水的豆芽菜，精细煞长跟我体形相仿。我猛然想起父亲说过的"金豆捞饭"，认为庆贺生日应该做父亲最喜欢吃的饭食，便向祖母提出建议。

祖母瞪起眼睛说，你怎么变成了小祸害？给我闭嘴！

过生日吃不上自己喜欢的饭食，我替父亲感到委屈，跑去找小西借来马粪纸做了张贺卡，用蓝色蜡笔画出一只大碗，在旁边写上"金豆捞饭"四个字，然后用红色蜡笔写上"祝爸爸生日快乐"，趁祖母没发现偷偷塞到父亲手里。

父亲看了看生日贺卡里那只大碗，猛然瞪大眼睛望着我，然后快速把盛满"金豆捞饭"的贺卡塞进衣兜里。他仍然穿着蓝色中山装，特别像国家干部。

晚间父亲把我叫进他的房间说，今天我特别高兴，从来没人送我生日贺卡！他说着就笑了，而且笑得特别天真。

怪不得每天清早上班祖母送到大杂院门外呢，父亲笑起来确实像个大男孩。可惜他笑的时候不多，只是偶尔像个大男孩。

我忍不住好奇心理问道，难道我妈妈也没送过您生日贺卡？

父亲耐心给我解释说，夫妻之间反而不用这种形式了。

我很想了解有关"金豆捞饭"的事情，想起祖母说我是小祸害，便没敢张嘴打听。

每逢清早父亲外出上班，祖母仍然坚持送到大杂院门外，继续保持送子上战场的状态。我不禁产生疑问，我清早上学祖母为什么不送呢？我毕竟是个孩子啊。

我想起父亲跟我说过，有些事情就是习以为常，但是习以为常便很难改变了。我不明白父亲说话的含义，只盼望自己快些长大。我的这个愿望令父亲苦笑了，说长大是习以为常的事情。

大港铁路筹建处不设公休日，说是学习当年苏维埃修建喀山铁路的共产主义劳动精神。我不知道喀山在哪里，只知道河北唐山和北京香山。

星期天父亲照常上班。一大早祖母送走儿子，小步跑进厨房给我备好午饭，匆匆去南大道看望远房亲戚，扭头把我扔在家里。

我响应"多快好省建设社会主义"号召，满头大汗突击完成两门作业，准备下午去吉祥里斗蛐蛐。我们大杂院的男孩子玩蛐蛐的热情，远远超过六一国际儿童节。

我从墙根儿抱出两只蛐蛐罐，正要给那只蜕皮成虫的"虎头"换食，大杂院水龙头那边小酉扬手喊我，说喂喂你家来客了。

正逢阴天没太阳，布满天棚的爬山虎枝叶间无法投下细碎的花影光斑，显出无所作为的姿态。我放下蛐蛐罐，起身迎接客人。

这位客人身穿白色衬衣，腰间系着棕色皮带，藏蓝色毛料裤的裤线笔直，锃亮的黑色皮鞋就跟新产品似的。

这是个干干净净的男人，步伐稳重显得文质彬彬。

我家待客是要沏茶的。不沏茶待客的家庭大多是外埠人。我请客人进屋沏了杯花茶，主动告诉客人我奶奶走亲戚不在家，我爸爸去单位上班了。

他有着宽阔的额头和明朗的神情，头发漆黑偏分发型，语调温和地说，你爸爸星期天也不休息啊。

我说大港铁路筹建处没有公休日，鼓足干劲建设社会主义。

然后，我模仿市民家庭习俗左手捧着右手说，我还没有请问您贵姓。您有话儿就请留下，我会全篇转告家长的，误不了您的事情。

你是个好孩子，真懂事啊。他面孔白净有双丹凤眼，嗓音明亮对我说，我姓黄叫黄世龙，年长你父亲五岁呢。

我知道依照本埠习俗，小孩子对比父亲年长的男子称呼"大大"，比父亲年岁小的称呼"伯伯"，发音"白白"。我随即叫了声"黄大大"，主动报出自己乳名。

你还叫鸬鹚没有改名啊？你知道吗？鸬鹚是水里的鱼鹰子哟。

我没想到乳名令客人深感意外，连忙解释"鸬鹚"是祖母给取的，说我木命缺水，以水生木，所以没用妈妈给我取的乳名。

黄世龙摇了摇头，说新中国这么多年了，你奶奶还信奉阴阳五行学说，这不是新思想是旧头脑。

我意识到黄世龙不赞同祖母的做法。他也及时刹住话头转而解释道，听说你父亲从外地调回来了，我就顺路进来看看他。

我连连点头表示听得认真。黄世龙站起身来说，欢迎你跟父亲到我家做客，我好几年没见他了。

这是人生首次受到长辈邀请，我毕恭毕敬送客人到大杂院门外。黄世龙身材不高不矮不胖不瘦，看着特别匀称，就像大街上宣传画里的人物。他在胡同里骗腿儿跨上自行车回头问我，鸬鹚你喜欢玩蟋蟀是吧？

他把蛐蛐叫蟋蟀，这是文明人物说话。我答道前几天买了只蛐蛐秧子，昨天蜕皮成虫了，大脑袋宽身架是虎头呢。

你父亲以前也爱玩蟋蟀，这是后继有人呢。黄世龙竟然满意地笑了，双脚踏起自行车。

我按照祖母传授的礼仪大声说，黄大大慢走，我不远送您了。

送走客人回到家，我进厨房找到祖母给我备下的午饭：两个窝头，一碟腌白菜，还有暖瓶里的白开水。既然跟小伙伴约好下午去吉祥里斗蛐蛐，我急忙吃过午饭，找出细麻线绳捆好两只蛐蛐罐，站在院子里招呼小酉和小卯。

小酉家住大杂院深处，透过门窗传出小酉父亲的喊叫，我听不大懂山东口音，还是要用"咆哮"形容这种响动。

小酉父亲是宏达家具店的经理。不知为什么祖母坚持叫他"田掌柜"。田经理多次纠正说公私合营没有"掌柜"了，祖母充耳不闻，一如既往不改嘴。就这样，小酉的父亲走遍中国都是"田经理"，唯独在祖母嘴里身份依旧是"田掌柜"。

我曾经请教为何反对叫他"田掌柜"。田经理使劲跺脚说，那等于我没有进步！那等于我没有接受社会主义改造！那等于我还在旧社会呢！

看来"田掌柜"与"田经理"大不一样，假如写作文我会用"天壤之别"来形容的。

小酉在田经理而不是田掌柜的吼叫声中溜出家门，哭丧脸低声说，我爸爸发这么大火，我哪儿还敢斗蛐蛐去。

我以为田经理因为斗蛐蛐而发脾气。小酉立即解释说，我哥哥非要学唱歌不可，我爸爸就怒了。

我认为学唱歌是好事情，还可能争取成为歌唱家。小酉满脸愁容告诉我，文信非要跟武诚搭伴报名参加合唱团。

我当然知道武诚是文信的好朋友，就推测田经理不待见武诚这个人，于是坚决反对文信和武诚共同报名学唱歌。

这时我罐里蛐蛐鸣叫起来。小酉仿佛听见防空警报，拉起我跑到小卯家门前，三人会师了。

咱们要做无产阶级革命事业接班人，就要严格要求自己。我要好好学习天天向上，咱们把蛐蛐彻底处理掉吧。小酉突然说出这番话。

小卯百分之百不理解说，咱们把蛐蛐彻底处理掉？这等于战争时期坚壁清野，你是不是听说蒋介石要反攻大陆？

小酉摇了摇头，表示没有听到这方面消息说，就是我爸三天两头跟我哥哥发火，搅得我没了任何兴趣。

小卯不同情小酉，说你轻易就受到家庭恶劣环境干扰，将来做不成无产阶级革命事业接班人。

小酉很抱委屈说，我爸跟我哥之间的矛盾斗争，肯定会影响我成为无产阶级革命事业接班人的步伐。

小卯好不耐烦，说了句"各回各家，各找各妈"，我们就散伙了。我抱着蛐蛐罐回家。可巧祖母走亲戚回来了，一进家门就问道，刚才田掌柜发脾气了吧？文信这孩子真不让家长省心！

她老人家明明耳聋，此时却变成顺风耳，一听八丈远。

我说文信要学唱歌，田经理不同意文信学唱歌，文信偏偏要学唱歌，田经理坚决不同意文信学唱歌……

祖母挥手打断我说，停住！你小子上满弦啦？

我汇报说上午家里来了客人，是爸爸的老朋友叫黄世龙。祖母好像又变聋了，扭身去厨房烧开水。我绕过水壶大声说，这个黄大大以为星期天爸爸公休在家，还说好几年没见面了。

这次祖母肯定听清了，压低嗓音阻止我说，你就不会小声说话？整天瞎嚷嚷什么！

她老人家大嗓门，反而说我整天瞎嚷嚷。我就说黄大大邀请我跟我爸去他家做客。祖母登时急了眼，鸬鹚你给我闭嘴！没人把你当哑巴卖了。

我觉得祖母好像吃枪药了，变得脾气暴躁，完全不慈祥了。

之后她老人家平复几分，放下手里水壶思忖说，一听说你爸爸回家黄世龙就跑来了，他这是要唱二进宫啊。

我问二进宫是哪出戏。祖母嫌我干扰思路，不愿搭腔。

不要跟你爸爸说黄世龙到咱家来过！祖母突然凶恶起来，目光好似变成两把小刀子，让我想起白毛女电影里的地主婆。

鸬鹚你听见没有！祖母越发凶恶。我害怕了，模仿地主家的小伙计连连点头。

祖母渐渐冷静下来，重新从狼外婆变回我奶奶，伸手抚摸着我头顶，徐徐眯缝起眼睛说，你是个懂事的好孩子，以后听奶奶的话就是了。

祖母脸庞窄长，每逢眯起眼睛说话，我认为容易让画家联想到守家护院的烈犬。不过祖母给我带来威慑的同时，也给我带来莫名的安全感。

父亲很晚回家，说是单位加班了。我坚守承诺没有提及黄世龙来访。全家三口顺利吃过晚饭。父亲慢条斯理说从明天起就要睡办公室了，因为大港铁路筹建处每晚都要加班加点的。

这点灯熬油加班加点不回家，你这么大了还是不让我省心。祖母无法反对义务加班，只好给儿子拾掇铺盖去了。

毕竟跟父亲共同生活了，他突然宣布不再住家，我好像丢失了什么，顿时感到失落。

小酉悄悄跑到我家门外，神色慌张地冲我招手。我跟随他跑到大杂院角落里，主动告诉他从明天起我爸不再住家了。他听了不管不顾说，你爸不住家就不住呗，可是我哥宣布绝食了！今天晚饭就没吃。

我想起从课外书里得到的知识，说人不吃饭只能活七天的。

如果连水也不喝，根本活不到七天！小酉突然表情愤怒说，我爸这个人一点儿文艺细胞都没有，他宁死反对我哥跟武诚学唱歌，整天就知道卖家具！

我认为宏达家具店经理整天卖家具不算错误。你哥为吗非要学唱歌呢？他要真是绝食死掉了，等于你爸犯了杀人罪。

你说我爸若成了杀人犯，我不就成了杀人犯的儿子吗？小酉快速推算着，用手背抹了抹眼泪。

我继续搬用课外书的知识说，不过你要是政治表现好的话，长大还是可以申请入团的。

其实大杂院邻居们都挺喜欢文信的，他的性格跟小酉不同，说话和声细语，文艺味道特别浓厚。文信给我讲过不少古代故事，伯夷和叔齐，管仲和鲍叔牙，桃园结义刘关张……假如文信绝食死了，大杂院里就没人给我普及历史知识了。

这样想着我慌张起来，跑回家去告诉父亲田家大儿子文信绝食了。他紧皱眉头叹口气说，这不单是田家父子的矛盾，这类误解还没有引起社会广泛重视。

父亲说着起身走出他的房间。耳聋的祖母神奇地出现了，闪身挡在儿子面前。我不许你去田家说和。这种事情你出面说和，那只能越描越黑，你赶紧进屋给我待着去！祖母说着伸手推搡自己的儿子，好像紧急躲避暗处射来的子弹。

父亲只得返回自己房间，自言自语。这么多年了您还是这样对待我，这成何体统啊。

父亲为什么抱怨祖母呢？我思索着转身望去，祖母竟然径直奔到田家门，拉开劝阵的架势。田掌柜你不要着急，我来给你出个主意！她老人家扯开嗓门响声说。

屋里传出田经理的声音。请您叫我田经理好不好？我不愿意回到旧社会去！

祖母继续大声说，田掌柜你家遇到逆事就要顺办，我当年的经验传授给你吧，一旦文信够了结婚年龄立马给他成家，这辈子就彻底踏实啦。

从田家再次传出田经理说话，您站着说话不腰疼！文信今年刚满十八！我怎么硬扛这两年啊？

我现今当然有办法的。祖母得意地哈哈大笑说，我进门跟你细说！

我似乎听到父亲躲在自己房间里哭泣，分明听到祖母给田经理大声出主意，随即听到蛐蛐在罐里嘟嘟鸣叫。玩过蛐蛐的孩子都懂得这种鸣叫，这只公虫需要母虫"接铃儿"了。

父亲扛起铺盖踏着夜色去住单位了，他满脸干爽没有丝毫泪痕。我只得怀疑刚刚听到的哭泣来自那只蛐蛐罐里。

转天清早上学走出大杂院，小酉略显乐观说，我哥不绝食了，这要感谢你奶奶给出了好主意。

我问出了什么好主意，小酉说不出详细内容，光说文信早饭吃了两个窝头，赶去北大关汽水厂上班了。

中午课堂打铃放学，小酉小卯我们仨被辅导员拦住，说是留校训话。小酉连声叹气说，福不双至，祸不单行。

小酉掌握好多这类民间词语，只可惜作文派不上用场，班主任柴老师说那是悲观消极情绪。

学校委派年轻的辅导员孙昱给我们训话，这个高中毕业的小伙子，表情严厉批评我们课余时间玩蟋蟀斗蛐蛐，几乎沦落到赌博边缘，要求我们放学回家立即自行清理，等待老师家访核查。

小酉最怕老师家访，当场认错保证回家清理蟋蟀，一只不留。小卯则有些抵触情绪，表示今后光听虫鸣不斗蛐蛐，保证杜绝赌博行为。

孙昱皮肤白皙身材单薄，一味板着面孔命令我们回家立即清理蟋蟀，不要犯玩物丧志的致命错误。

孙昱辅导员训话结束，我们仨垂头丧气回家。小酉怀疑有人揭发举报我们课余时间玩蛐蛐。小卯坦坦荡荡接揽说，这肯定是我妈到学校揭发的，她思想特别进步，看见苍蝇必须打死。

小酉惊讶得停住脚步说，这等于你妈把你也给检举了，你是亲儿子啊。

小卯毫不惊异地说，我妈一贯大义灭亲，她还到我爸单位举报我爸私下说领导风凉话呢。

小酉本来就是悲观主义者，这时越发沮丧。他回家抱出蛐蛐罐统统放生，眼瞅着蹦进鸡笼给老母鸡吃了。

小卯也动手放生，但是把蛐蛐放进花池里，免得喂了鸡。他特意叮嘱我说，你的那只虎头不要放生，等到星期二下午学校没课，我陪你去花鸟虫鱼市场把它给卖了。我有些胆怯，表示少先队员不能犯倒买倒卖的错误。

咱们不为卖钱只想给虎头找个好人家，不要耽误这只好虫的前途。小卯表情严肃，好像要把蛐蛐培养成国家栋梁似的。

我担心被他妈妈发现再遭检举。这个留级生笑了说，你放心吧，我有对敌斗争经验。

小卯用"对敌斗争经验"形容跟妈妈的关系，我惊讶得张大嘴巴，不知为什么内心有些伤感。

我印象里小卯妈妈低头走路步伐很快，总好像急于排队购买紧俏商品的样子。她说话北京口音却不是北京人。

无论怎样，小卯毕竟跟妈妈共同生活，有妈的孩子就是宝。我母亲远在外县农村教书，即使我想积累"对敌斗争经验"也没有这种机会。幸好我有祖母疼爱，饿了有热饭吃，冷了有暖衣穿。只是她老人家行为古怪，总是让我琢磨不透。

总算挨到星期二下午，学样没课。小卯给我吃了颗定心丸说，我妈去居委会递交思想汇报，我保证她撞不见咱们。

于是我跟小卯悄悄溜出大杂院，手捧蛐蛐罐沿着墙子河堤快速奔跑，努力把自己想象为郊外野兔。

老西开教堂旁边胡同里，有几个小贩沿着墙根将苇条编织的篓子摆开。一只只苇篓里爬满蛐蛐，乐得孩子们挑选。我前几天在这里花贰分钱买了只蛐蛐秧子，回家喂养几天便蜕皮变成大脑袋宽身架的"虎头"，我希望这只成虫涨了身价。

小胡同里悄悄热闹起来。小卯认为北端公共厕所旁边站着几个男子是买家，他从我手里拿过蛐蛐罐大步走过去。我紧张得迈不开双腿，只得远远望着。

那几个男子轮番打量小卯递上去的蛐蛐罐，有个瘦脸男子摇头晃脑贬低着虎头。小卯不愧是街道积极分子的儿子，大声反驳。

经过讨价还价，小卯扭过身子高高举起左胳膊，冲我展开五指。

五分钱？这是瘦脸男子的报价，我鼓足勇气走过去。

鸬鹚，五毛钱卖不卖？小卯居然替我谈成大价钱，这令我有些眩晕。我竟然贪心说，五毛钱不卖！六毛！

瘦脸男子把蛐蛐罐装进帆布兜子里，伸手捏着我耳朵牵到冰棍儿箱前，向摊主叫了两根水果冰棍儿，分别递给我跟小卯，顺手塞给我几张小纸钞，小声说"黑市交易犯法你们快撤吧"，就

343

匆匆走开了。

我和小卯叼着冰棍儿躲到小胡同外清点钞票，总共五毛钱。想起两根水果冰棍合计六分钱。等于瘦脸男子花五毛六分钱买走了我的虎头蛐蛐，这家伙省了四分钱。

突然有人喊叫警察来啦。蛐蛐贩子们抄起苇篓撒腿就跑，争先恐后冲向小胡同南端出口。

我意识到即将出现警察逮人的场面，吓得浑身发软，任凭冰棍儿融化成木棍儿，暗自盘算如果有警察抓我，我立即当场自首，主动交代售卖虎头蛐蛐得利五毛钱外加两根冰棍儿的罪行。

迟迟不见抓人场面出现。我扭脸打量小卯，他的冰棍儿安然下肚，一丁点儿没受损失。

这显然是场虚惊。蛐蛐贩子们陆续返回，重新安置苇篓开张叫卖。那几个男子也回来了，继续聚集公共厕所旁边聊天。

一辆自行车驶进小胡同，稳稳停在公共厕所近旁，骑车的男子身穿花格衬衣，骗腿儿下车站定。买我虎头蛐蛐的瘦脸男子眼尖，大声嚷嚷"蛐蛐姥姥"来了，拎起帆布兜子迎上前去。

蛐蛐姥姥？广播电台播送长篇评书《三侠剑》有个擅长使用暗器的人物，外号"毒镖姥姥"。这称呼代表无所不有无所不能的意思。此时瘦脸男子笑脸迎接的"蛐蛐姥姥"，也应当属于这种人物吧。

小卯同样认为蛐蛐姥姥属于不同寻常的人物，马上凑过去看热闹了。我望着身穿花格衬衣的"蛐蛐姥姥"，猛然心跳加快。虽然那天的白色衬衫换成今天的花格衬衣，我还是认出他是我父亲的老朋友黄世龙。

敢情黄大大被尊称为蛐蛐姥姥？可是"姥姥"终归属于女性，这称呼让我感觉有些别扭。

瘦脸男子从帆布兜子里掏出蛐蛐罐，满脸堆笑递给黄世龙，显然急于得到高手评价。又有几个人围拢过来，手里捧着蛐蛐罐等待点评。我看到人墙越围越厚，很像花果山小猴子们见到齐天大圣的场面。

我不敢凑近，生怕黄世龙认出我来。小卯从人群里钻出，跑来告诉我说，蛐蛐姥姥给虎头估价十块钱，咱们亏损九块五呢！

我折算两颗冰棍儿认为亏损九块四毛四分，小卯急得抓耳挠腮，似乎也变成花果山小猴子。我担心爸爸的这位老朋友认出我，拉着小卯跑开了。

我们在墙子河边停下脚步。小卯气喘吁吁地说，那些大玩家特别信服穿花格衬衣的蛐蛐姥姥，他要说这是大蝴蝶，那肯定不是小苍蝇。

大蝴蝶，小苍蝇。这是小卯刚刚学会的蟋蟀术语。我没有忘记祖母叮嘱，不敢说出蛐蛐姥姥是我父亲的老朋友。小卯仍然沉浸在幻想里，说有机会想叩拜蛐蛐姥姥为师。

小卯如此崇拜黄世龙，我趁机询问他对蛐蛐姥姥的印象。小卯思忖着答道，这人文质彬彬待人和善，不像我妈妈那样对谁都怀有敌意。小卯如此批判娘亲，这令我不知所措，心底暗生几分敬佩。

一路行走，我决定隐藏这五毛钱款项，更不会告诉祖母巧遇"蛐蛐姥姥"黄世龙。我要像大人那样拥有自己的秘密世界。

回到家里吃过晚饭，祖母郑重下达任务说，你现在去八里台你爸单位，告诉他明天下班回家吃饭。

祖母递给我六分钱钢镚儿，说往返坐八路公共汽车，不用腿。我欣喜万分立即窜出家门。

八路公共汽车是红旗车队，稳稳停站八里台。这站下车乘客很多。我听见女声打听去大港铁路筹建处怎么走。同车遇到同路人，她竟然是小卯妈妈。我迅疾躲闪开了。

自从得知小卯妈妈到单位举报小卯爸爸，我便有些害怕这个女人。她下了八路公共汽车快速行走，身影被晚间路灯拉得又细又长，好像小人书里的变形巨人。

小卯妈妈去大港铁路筹建处做什么？我悄悄跟随着，这样她反而成了我的路标。

穿过广播电台路，小河对岸是南开大学。周边越发偏僻了。一路摸黑行走，前面临街大院门外有了灯光。小卯妈妈走进这座大院询问传达室，我悄悄跟踪听不清她的问话。

只见她连续打着手势，不停地打听着什么，很快值班员被她问得烦了，扭身不再搭理她。她顿了顿，就气哼哼走了。

远远望着她的背影消融在黑暗里。我快步凑近这座大院传达室。灯光下我看到好多单位的牌子，果然有"大港铁路筹建处"字样。传达室值班员是个谢顶男子，我叫了声同志向他说出父亲的名字。

他满脸惊讶表情望着我。我极力镇定问道，刚才有个女的来找我父亲是吧？

值班员满脸惊讶变成满脸迷惑说，那女的打听你爸每天加班加点的情况，了解你爸每天外出的时间，询问你爸有没有朋友来访，总之问这问那特别神秘，就跟电影里女特务似的。

我还以为这是妻子跑来掌握丈夫情况，敢情根本就不是两口子。谢顶的传达室值班员连连摇头，说树林子大了什么鸟都有。

这位值班员好心告诉我说，你看亮灯房间就是407室，赶快去找你父亲吧。

我懵懵懂懂走进楼道，仿佛双脚踩着棉花垛。小卯妈妈又黑又长的身影缠绕着我，怎么也躲闪不开。是啊，传达室值班员说得对，通常是妻子起了疑心跑来监察丈夫，小卯妈妈究竟什么动机呢？我父亲又不是她丈夫。

我极力使自己镇静下来，伸手轻轻叩响407房门。房间里传出父亲一字一顿的声音，"请、进。"

我推门走进父亲工作室。他抬头看到儿子来了，呼地挺身站起，表情显得有些慌张。

父亲身穿白色衬衣，腰间系棕色皮带，藏蓝色毛料裤的裤线笔直，黑色皮鞋擦得锃亮。他大晚上穿得这样齐整，让我想起百货大楼服装橱窗里的假人儿，同时觉得他似乎准备外出。

几天不见父亲，他新理了发，留了偏分发型，看着倒是蛮精神的。他问我吃过晚饭没有，然后拉开绘图桌抽屉拣了几块水果糖，唤着我的乳名伸手递过来。他的指甲修剪得好像黄玉戒面，透着晶亮温润。我嗅到他白色衬衣散发着清香气息，好似茉莉花盛开的味道。

这几块水果糖仍然是"黄油球"和"酸梅"，没有我爱吃的"小人儿酥"。我接过糖果说明来意，父亲轻轻点头，淡淡笑了。

我觉得父亲的笑容有些特别，往往不是出自欢喜而是由于感慨。譬如孙昱辅导员要求我们回家清理蛐蛐，小酉就流露出类似的笑容，那不是表示赞同而是显得无奈。

我再次说明来意，强调着祖母的权威性。父亲听罢，反而向我询问文信的情况。我说祖母给田经理出了主意，建议文信跟武诚结拜金兰，就是袁阔成评书里说的盟兄弟。

哦……父亲微微皱眉问道，那么田经理同意儿子结拜吗？

同意！田经理认为我奶奶出了好主意，还送了两个苹果表示感谢，苹果我吃了一个，那个给您留着呢。

父亲听罢替我剥开糖纸，说酸梅糖生津止渴。我突然想起远在外县农村教书的母亲，问父亲是不是妈妈喜欢吃酸梅糖。

父亲又笑了，说你回家告诉奶奶，明天下了班我就回家去。他说着起身送我走出绘图工作室，鼓励我好好学习长大成才。

我们沿着楼梯走到楼下，我终于忍不住告诉父亲，小卯妈妈偷偷跑来了解情况，弄得传达室值班员以为她是我妈妈。

父亲停住脚步，继而无奈地摇头说，那座大杂院邻居真是无聊，这么多年丝毫没有改进。

说着父亲牵起我的手走近传达室，很有礼貌地请值班员打开角门，然后略显骄傲地说，这是我儿子，他学习成绩很好呢。

传达室值班员脑顶泛着光圈说，嘿嘿，一看就是模范父子。

我听说过劳动模范没听说过父子模范，便觉得谢顶的值班员说法可笑。其实我觉得父亲挺棒的，应当说是个模范男子。我迈腿钻出角门挥手跟父亲道别，迎着远处路灯跑去。我身后传来父亲大声叮嘱，鸬鹚小心路边有水沟。

我停住脚步回头望去，那座大院门外灯光下，父亲真的很帅。我想自己长大成人也像父亲这样，那该有多好。

我乘坐八路末班车回到家里，鹦鹉学舌跟祖母交了差。她老人家听罢没说什么，我洗脸洗脚刷牙漱嘴上床睡了。

睡梦里我再次遇到小卯妈妈，她从又黑又瘦变成又白又胖的样子，而且是从蒸馒头大锅里钻出来，浑身冒着热气。我被大馒头吓醒了，不敢告诉祖母实情。

转天傍晚时分，父亲下班回家来了。他身穿靠色衬衣浅驼色毛料西裤，脚下黑色皮鞋，一派干净利落。祖母当头就说，你非说争分夺秒跟时间赛跑，这不是可以不加班回家吃饭嘛。

父亲习惯性地点点头，说大港铁路建设还是要跟时间赛跑的。

祖母不再言声，转身下厨房给儿子煮饺子。小酉好像闻见饺子味道，主动送来几瓣大蒜。父亲和蔼地摆了摆手，说从来不吃生蒜的。小酉有些失望说，这是我爸爸好心好意派我送来的。

父亲表情茫然，不明白田经理为何如此盛情。这时祖母端来热气腾腾的饺子说，这个星期天文信跟武诚结拜金兰，田家请你主持场面做证盟人呢。

父亲注视着热气腾腾的饺子说，您怎么没撺掇田经理给文信介绍对象结婚呢？

嘿嘿，这真让你给说着了。祖母眯缝起眼睛答道，文信太小不够结婚年龄，那就先结拜盟兄弟吧，这样走进社会彼此都有身份，也不怕别人说闲话的。

说闲话？我想起《社会主义处处有亲人》那篇课文，便抢过祖母话头说，我们是社会主义国家，即便走到五湖四海也有组织关怀，即便文信跟武诚不结拜盟兄弟，他俩也是革命同志的。

什么革命同志！祖母没料到我参与进来，一时找不到准星了。父亲朝我点头说，如今社会生活比较正常，我也认为不必非要结拜盟兄弟什么的。

祖母将眼睛眯成缝隙，就像闭眼睡着了说，田经理已然花钱筹备结拜仪式，你们非要砸锅不可啊？

父亲忍不住问道，田家为什么选择我主持场面做证盟人呢？

祖母脆声答道，俊生啊！你成家立业娶妻得子，身体健康工作顺利，人家选择你才有说服力嘛。

父亲似乎明白了，埋头吃下已经变凉的饺子，起身跟祖母说了声星期天不见不散。

我没想到父亲放下筷子就走，很像在饭馆吃饭的顾客。我起身代替祖母送父亲走出家门。连老人家也没有反对。

我追随父亲走出大杂院。胡同里灯光下小卯妈妈迎面走来，她低头不语擦肩而过，闪身走进大杂院去了。

父亲轻声细语对我说，下个月农村学校放暑假你妈妈就回家来了。

我想有些事情总要弄明白，便扯住父亲衬衣袖口，问他有没有朋友叫黄世龙。父亲望着远处路灯，边走边说那是多年老朋友了。

父亲似乎突然醒悟，猛地停住脚步说，你是说黄世龙到咱家来过？

我说那天祖母外出不在家，后来祖母不许我说黄世龙到家里来过。父亲听了有些伤感，说贵兄这些年挺不容易的。

我告诉父亲黄世龙说请他带我去家里做客。父亲很是意外，站在路灯底下思考着。我趁热打铁说黄世龙是花鸟虫鱼市场的大名人，我很想找他讨要两只好蛐蛐。

是啊，黄兄对蟋蟀很有研究。父亲表情迟疑，轻声轻语。

黄世龙说好几年没见面了，他很想念您的。我的谎言显然触动了父亲，他似乎给自己寻找理由说，已然好几年没见面，不知黄兄搬没搬家。

我模仿成年人口吻，黄大大这种人是不会随便搬家的。

父亲惊诧不已说，听口气好像你是黄世龙的老朋友。

我为了讨得好蛐蛐，极力催促父亲现在就去黄家做客。

父亲默认了。一路上告诉我，黄家住在早年张绍曾被刺杀的旅馆旁边的胡同里。我估计张绍曾是历史人物，但肯定跟蛐蛐没有多大关系。

我跟随父亲拐进那条马路，父亲指着临街窗户泻出的灯光说，这就是黄兄家。

我便以为到达了。其不知接连穿过两条小巷，这才来到黄家小院门前。我便觉得黄家房子极大，院门开在小巷底，窗户却安在大街上。

这是座幽静的独门独院。父亲揿响门铃，很快有人开门。父亲迎面就说，久违了世龙兄，敢问别来无恙？

我被父亲身躯挡住，只能听到黄世龙惊诧答道，无恙无恙，我万万没有想到俊生贤弟光临舍下。

迈步走进小院灯光下，黄世龙跟我父亲对视，就这样彼此无声地微笑着。

我打破静寂叫了声"黄大大"，一声唤醒两个人，他们相互礼让着走进厅堂。

黄家的厅堂宽敞豁亮，反而显出几分空旷。黄世龙身穿圆领汗衫齐膝短裤，递过两柄蒲扇请我们父子落座，快步走到里间屋去了。我估计那是他的卧室。

我只扇了十几下蒲扇，主人便从卧室走出。他身穿靠色衬衣，浅驼色毛料西裤，三截头式黑色皮鞋。

我猛然发现，父亲也是靠色衬衣、浅驼色毛料西裤、系带黑色皮鞋。今晚真是太巧合了，主人与客人的衣着撞个正着。

我人小不能抢着说话。父亲接过茶杯对主人说声谢谢。黄世龙寻找着话题，说铁路筹建工作还算顺利吧。父亲说争时间抢速度，全体义务加班取消公休日。

黄世龙表示理解说，我们好几年没有见面，彼此工作还很努力的。父亲随即赞同说，我们好几年没有见面，你我都为社会主义建设添砖加瓦呢。

我觉得他俩说着大体相同的话，便想起作文老师批评的"段落重复"，于是主动问道，您们二位肯定有着共同的爱好吧？

父亲笑了笑，这仍然是我所熟悉的那种笑容。世龙兄，不知你还拉不拉胡琴？

黄世龙望着挂在墙角的京胡说，是啊，当年咱俩跟阚梓良先生学习胡琴，不论夜深沉还是得胜令，曲牌都已生疏许久了。

父亲离开胡琴改换话题，谈到铁路工程野外测绘，常年流动作业，四季居无定所，当年共同的爱好只得闲置起来。

黄世龙受到触动说，我生活在大城市里，依然能够保持养虫的爱好，这与你野外艰苦生活相比，说来应该知足了。

我趁机接过蟋蟀话题说，黄大大！我想请您赏我两只好蛐蛐，这样我就能去吉祥里称王称霸了。

我的要求给沉闷的场面增添活力。黄世龙眨了眨丹凤眼，好像感觉有事可做了。父亲同时站起身来说，小孩子争强好胜就喜欢斗蟋蟀。

黄世龙起了说话兴致，咱俩当年同样争强好胜，你还记得坐火车去塘沽下圈吗？

351

父亲低声告诉我下圈就是斗蟋蟀，这等于他替老朋友做了注解。我不禁想象着两个小伙子乘坐火车前往塘沽的情景，一路上他们肯定很开心的。我这样想象着，同样感受到快乐和温馨。

黄世龙引领我们走进后院。蟋蟀兄弟们组成的大合唱扑面而来。此情此景引发父亲感慨说，这里还是老样子啊，还是老样子啊。黄世龙连连摇头道，是啊俊生贤弟，一切都很难改变了。

黄家后院里有间蟋蟀房，我进去便被震住了。一间大屋四面墙，有三面墙摆满小卖部那样的货架，一层层架格里摆满蛐蛐盆。一阵阵虫鸣充满房间，即使祖母来了也不会耳聋的。然而我断定祖母永远不会来到这里的。

一旦想到祖母，我倏地跑了神儿，仿佛小偷想起警察那样。我极力收拢心思，伴随虫鸣很想听清黄世龙跟我父亲的谈话。

这两位老朋友轻松地聊天。谈论"二泉映月""社教运动""徐策跑城""群众评议"，还有"梅尚程荀"和"思想教育"什么的，我平时没有听过这些词语，突然想起"金豆捞饭"。

黄世龙也喜欢吃金豆捞饭吧？我正要插话询问，听到黄世龙对父亲问道，多年不得拜见，令慈大人身体康健吧？

这话令我想到祖母对金豆捞饭的敌对态度，便闭嘴不问了。

俩人聊天蓦然陷入低谷，好像同时减了兴趣。黄世龙指着几只蟋蟀罐对我说，这就是通常所说的苏盆，工艺精巧款式玲珑，它跟北方的京盆有所不同。

这种苏盆产自江苏陆墓，南派制作精美，但是苏盆不如京盆厚实，不过还是能够白露挡寒的。父亲再次替主人讲解着，使我确认他和黄世龙属于多年老朋友。

我期待黄世龙主动送我好虫。他好像没有这种打算，给我迟疑拖延的感觉。

父亲翻腕看看手表，黄世龙仿佛是我父亲肚里蛔虫，随即心领神会，猫腰从架格下部取出苏制蟋蟀盆，恋恋不舍地说这只虫儿叫青头大刺。

父亲接在手里轻轻错开盆盖，然后快速合严盆盖说，鸲鹩啊，我看这条虫子，头圆牙硬，身宽腿粗，抱爪结实，触须灵活。

我不等爸爸说完，立即把生米煮成熟饭说，谢谢黄大大送我青头大刺！我一定好好学习，天天向上。

黄世龙温润地笑了，扭脸望着我父亲说，你儿子好生厉害哟，长大成人肯定超过咱们百倍。

父亲则重点强调说，这孩子期末考试全班第一，智力方面很像他母亲呢。

噢，我至今还没见过弟媳呢。黄世龙取出几寸长的竹筒，令我怀疑这是把笛子锯成几段的。父亲又当起老朋友的讲解员，告诉我用竹筒装载蟋蟀，不会挫伤触须的。

我看着黄世龙用细铜丝罩子将青头大刺从蟋蟀盆里导出，然后娴熟地引进竹筒里，取来透气软塞堵住竹筒，伸长胳膊递给我。

我看到他手腕戴着大三针手表，也是全钢表壳棕色牛皮表带。

父亲望着我手里的竹筒说，蟋蟀在生物界上亿年了，我们人生不过百年而已。

是啊，蟋蟀属于昆虫，我们毕竟是人。黄世龙意犹未尽，转而对父亲说，人生在世不过百年，我们有时好比坚守阵地孤军奋战，内心不用盼望援军到来的。

父亲听了有些伤感说，因为没有援军，所以不用盼望。说罢他跟老朋友握了握手，说了声世龙兄多多保重。

我们告辞走出黄家前院，主人并不远送说，俊生贤弟和贤侄慢走。便立身暗处朝我们挥手道别。

黄大大真抠门，舍不得送我两只蛐蛐。父亲告诉我说，谁都知道只要蛐蛐进了黄家便休想出来了，今天他赠送青头大刺给你，也算是破天荒了。

听父亲这么说，我从不满转为知足。想起强将手下无弱兵的俗语，认定这只青头大刺是个常胜大将军。

终于走到十字路口，我们该分手了，父亲去住单位工作室，我回大杂院家里睡觉。父亲问我怎样向祖母交代青头大刺的来由。我说半路捡到这只竹筒的。父亲认为人生在世很难不撒谎，只要尽量少说瞎话就是了。这样说罢，父亲形单影只地走了。

我怀揣竹筒走进家门。祖母已经睡下了。我喜出望外找来蛐蛐罐让青头大刺安家落户，不洗不漱爬上小床，恨不得立即睡着。

黑暗里传来祖母说话，人生在世尽量不要挤对别人张嘴说瞎话。

我惊了，不知祖母是不是说梦话，便想尝试着跟她对话，一时想不起说什么，便绞尽脑汁问道，邻居们说我爸结婚太早，这是您逼着他娶媳妇的吧？

祖母用黑暗里的鼾声回答我。我赶紧闭嘴，暗暗庆幸脱险了。

一大早儿醒了，看看挂钟四点五十分。大杂院里悄无声息。我蹑手蹑脚溜进厨房，急切探望我的青头大刺。

我轻轻错开蛐蛐罐的盖子，这只头圆牙硬身宽腿壮的青头大刺伏身罐底，双腿伸直好像伸了个懒腰。我心里说大将军你好大架子啊，然后轻轻吹了口气，催促它行动起来。这只青头大刺傲慢无礼，就是不愿动弹。我倾斜蛐蛐罐形成斜坡地带，这个大将军身体翻滚亮出白色肚皮。我不敢相信它已经死了。

我蒙了，哇地哭了一声，连忙伸手堵住自己嘴巴。我绝对不能惊动睡梦里的祖母，因为这件丧事跟黄世龙有关。

一夜之间青头大刺死了，难道它离开黄家主人就不肯活啦？

我不禁想起文信讲过的几个历史故事：周朝时宁可被饿死的伯夷和叔齐，晋国时宁可被烧死的介子推母子，汉朝时宁可拔剑自刎的海岛田横……可是这只青头大刺毕竟是个虫子，它哪里学得这种大将军气节，说死就死了呢。

我强忍悲伤故作镇定。清早时分大杂院邻居们陆续上班去了。我看见宝赞嫂肩挎皮包走出家门，就捧起蛐蛐罐追到胡同里。

宝赞嫂是绿化研究所资料员。我把蛐蛐罐递过去，求她到单位把青头大刺做成标本。宝赞嫂犹豫不决，说昆虫标本很脆弱的。我给她鞠了个九十度的躬，转身跑走了。

星期六上午召开五年级暑假结业式，学校要求学生家长务必参加。吃过早饭祖母梳洗妥当，一身绫罗绸缎打扮，无所畏惧地参加家长会去了。这几年都是她老人家给我参加家长会，班主任没见过我爸我妈，柴老师并不认为我是孤儿。

星期六宝赞嫂不坐班，我快步跑到她家。性格温顺的宝赞嫂不提昆虫标本的事情，首先问我想不想妈妈。我被击中要害，轻轻点点头。宝赞嫂随即把我当作小孩标本说，孩子哪有不想妈妈的，我下个月就把我女儿桂花从老家接回来。

她说着从挎包里拿出小玻璃瓶说，这只昆虫好像是被闷死的，不过这只标本我做得栩栩如生，看着就跟活着似的。

我拧开小玻璃瓶盖看到青头大刺，这个大将军确实跟活着似的，不觉湿了眼窝。宝赞嫂只好安慰我，鸬鹚你对昆虫这么好，对人更错不了，将来肯定会娶个好媳妇的。

我说娶个好媳妇有什么用。宝赞嫂柔和地笑了，说娶个好媳妇孝敬你爸你妈。

我觉得这种事情太遥远，谢过宝赞嫂走出她家。大杂院里我遇到小西，他照旧满脸忧愁表情。鸬鹚你说即使我哥跟武诚结拜了，这能够根本解决我爸跟我哥的矛盾冲突吗？

我询问小酉，你爸跟你哥究竟有什么矛盾冲突？小酉低头思索着。我在课堂见过他这种表情，那是被生词给卡住了。

　　这时田经理带着几个小伙子走进院子，挥起胳膊指着布满"爬山虎"的天棚说，你们先把老藤锯断，然后砍光枝蔓拆掉天棚框架，一点儿影子不能留。

　　小伙子们奉命吆喝起来，有锯根藤的，有拆竹竿的，抄起家伙干活儿。小酉趁机溜走了。

　　小卯妈妈从自家屋里走出，一声不吭观望着。她怎么没去学校开家长会呢？我这样想着把小玻璃瓶塞进衣兜。

　　田经理主动跟小卯妈妈搭话说，我知道你盯紧这件事儿呢，你知道我为什么砍伐爬山虎？它遮了大半个院子阳光，笼罩得我家阴气太重，这个星期天我家文信跟武诚摆香案换兰谱，我要阳光普照满地金，从此扫除你们嘴里的是是非非。

　　小卯妈妈写作文似的连连做出设问，你以为拆掉天棚你家就阴气扫光啦？你以为结拜了就万事大吉呢？你以为我不去学校开家长会光为了监视你吗？

　　我突然勇敢起来问道，那您守在家里要做什么呢？

　　小卯妈妈转身注视我，表情特别和蔼说，这种事情你回家问你奶奶吧。

　　我灵机闪动，趁祖母不在家突击问道，您说我奶奶会做金豆捞饭吗？

　　鸬鹚，原来你也爱吃金豆捞饭啊？小卯妈妈眉头紧锁说，这么说金豆捞饭也有血统遗传吗？

　　我一句"金豆捞饭"把小卯妈妈问得满脸凝重。可是金豆捞饭究竟什么意思，我不便追问了。

　　小伙子们干活儿麻利，咔咔锯断老藤，咣咣砍光枝蔓，哗啦啦拆除天棚，然后唱着"社会主义好"的歌曲，收工走了。

　　临近中午，祖母踏着满地阳光走进大杂院，尽管她事先知道田家动工拆除天棚，还是对满院阳光不大适应。

你们的辅导员孙昱白白瓷瓷，真像个大姑娘似的。祖母好像特别关注玲珑秀气的小伙子，说着径直进厨房择菜去了。

我印象里祖母总在择菜，择菠菜，择芹菜，择韭菜，今天择辅导员孙昱，这不知属于什么菜。

到了黄道吉日星期天，田家摆开香案举行结拜仪式。武诚一大早就来了，挨家跟邻居打招呼，看着特有礼貌。他打招呼到我家门前，祖母眯缝起眼睛望着这个皮肤黝黑体格健壮的小伙子，说以后成家立业就不用爹妈操心了。武诚听了大幅度点头，表情诚恳说谢谢奶奶教导。我掏出小玻璃瓶子看了看青头大刺，迅速放回衣兜里。

上午时分父亲走进大杂院，拆除了天棚的遮挡，阳光照耀没了遍地花影光斑。父亲似乎稍显意外，不由眨了眨眼睛。我想写作文可以用"眨了眨眼睛"表示人物疑惑，他成了我的观察对象。

父亲花格衬衣铁灰色西裤，浅驼色皮凉鞋，抬起手腕看了看大三针手表，走进家门叫了声"娘"，语气极为平淡地说，您给田家出了结拜异姓兄弟的主意，这顿饭我是吃不了也要兜着走的。

祖母不以为然说，田经理请你主持仪式，这是要给文信和武诚树立标杆，告诉他们到了结婚年龄就该娶妻生子过日子。

父亲竟然成了那对盟兄弟的标杆？祖母说的话我听不明白，认为应该把"标杆"改为"榜样"，因为榜样比标杆生动有力。如果这样改动的话，父亲就成了那对盟兄弟的榜样。可是究竟成为什么榜样呢，难道就是二十岁马上结婚成家过日子？

我觉得父亲充当这种榜样没有什么意义，因为很多先烈从来没有结过婚生过子，将终身献给祖国革命事业了。比如放牛娃王二小，根本来不及长大成人就给日本鬼子杀害了，比如小英雄刘文学，也没有活到结婚年龄就被地主分子活活掐死……我这样想着不禁激动起来，暗暗产生学习革命先烈的念头，反复告诫自己不要过多留意同班女生王馨的身影。

田家将结拜香案摆放院子里。即将订盟的文信和武诚，俩人身穿相同的白衬衣蓝裤子白球鞋，垂手并肩，笔直站立，这种打扮好像今天就是五四青年节。

文信肤色白皙，武诚黧黑，容易令人想起赵云和张飞。我看过三国演义的小人书，常山赵子龙跟范阳张翼德没有正式结拜过，好像是刘备给后补的，称呼赵云四弟。

小卯妈妈走出家门操着京腔说，焚香换帖结成兄弟，这是田经理给文信摆屏风挂帏帐呢。

我听得出她满嘴京腔，但是听不懂她满嘴京腔的话语含义，就凑过去看热闹了。

上午十点钟。田经理身为家长坐在香案左侧，他光头剃得铮亮，身穿月白色春绸大褂，很像小人书里的书袋和尚。然而香案右侧位置空着，这说明武诚家里没有来人。

大太阳当头照耀。文信跟武诚躬身敬香，目光相视交换兰谱，行的是新式握手礼，然后给家长三鞠躬。田经理乐得连声说，这样就好，这样就好。

父亲操起普通话，高声祝贺良辰吉景，兄弟订盟：文信与武诚，兄弟乃同庚，三年同窗读，前缘今世订，虽为异姓人，结盟愿同行，不求同年同月同日同时生，但求同舟共济相互鼓励建设社会主义大家庭……

祖母带头拍手，这等于打断父亲的证盟祝词，邻居们配合鼓掌，现场气氛热烈起来。文信和武诚频频鞠躬，向邻居们表示谢意。接近午饭时分，父亲主持的结拜仪式宣告结束。

父亲被田家邀请坐席，不用回家吃饭。田经理大声吆喝给大杂院邻居赠送喜面。酱色大肉卤配胡萝卜丝菜码，一家一碗，不偏不倚。

祖母接了这碗喜面说，这次田经理投下大本钱，从黑市高价买来二十斤白面，总算给儿摆了屏风挂了帏帐。

摆了屏风挂了帏帐？我听祖母说出跟小卯妈妈相同的话语，不由想起小人书《秘密战斗》，我党地下工作者就是躲到屏风后边的帏帐里，巧妙转移敌人视线的。

父亲从田家吃酒回来，满脸透红活像新社会的关公。看来他是个没有多少酒量的男人。祖母眯缝起眼睛回忆往事说，你结婚喜宴喝了两盅酒就晕了，后半夜是我叫人把你抬进洞房去的。

父亲改变话题说，这次大港铁路设计路线变更，有三个地段需要重新勘察测绘的。

祖母替儿子回忆洞房花烛夜，儿子反而说起两道铁轨改变线路，这两码事情丝毫不搭界。这俩人显然自说自话。

下午时分，父亲渐渐褪去满脸红霞，说了声"娘我回单位去了"，起身就走。我又提出代替祖母送送父亲，她老人家照旧没有反对。自从父亲住宿单位工作室，他成了放飞不回家的鸽子。

追着父亲脚印走上大街，我从衣兜里掏出小玻璃瓶给他看。父亲认出这是青头大刺，重重叹了口气。

我问父亲，青头大刺是不是离开黄家主人就不愿活了。我的观点令父亲惊诧，他问我是不是认为昆虫也有感情。我说反正青头大刺离开黄家就死了。

明年我再带你跟黄大大讨只青头大刺。父亲说着把小玻璃瓶递还给我。这次轮到我惊诧了。我认为这世界只有一只青头大刺，它今年死了明年也不会再有了。

父亲稍显开朗地说，青头大刺明年投胎转世，那样它照旧是青头大刺啊。

我尝试着分析说，它明年投胎转世照旧是青头大刺，可是漫天遍野蛐蛐无数，明年它怎么能够还落到黄家呢。

父亲从开朗转为伤感说，你的忧虑很有道理，不过我还是相信明年，你也要相信明年，而且还要相信将来。

我觉得父亲还有话要讲，可是他没讲就走了。望着越走越远的身影，我想父亲迟早会讲给我听的。

傍晚时分，身穿深绿制服的邮递员送来母亲寄给我的回信。祖母闭目养神并不深究儿媳来信的内容，使我觉得她老人家注意力全部投放儿子身上。

母亲来信关心我的期末考试成绩，特别叮嘱巩固数学成绩。她整整写了两页信纸，颇为自豪地谈到初三毕业班有六个超龄同学报考了高中。读到末尾我失望地哭了，妈妈说她被县里抽调批阅今年综考试卷，放了暑假不能按时回家。

耳聋的祖母竟然听到我的抽泣，大声说你妈暑假要是不回来，我给你钱打车票去外县看她。

我没回应祖母，只觉得父亲跟母亲各自忙碌，我和祖母相依为命，这个家庭太零碎了。

这天大清早，小卯发现我的小玻璃瓶子，扬起磨盘脸追问来历。我提出以秘密交换秘密，要求他首先回答我的提问，而且保证实话实说。小卯好像没有任何顾虑，快速点头表示成交。

你应该知道这件事情的，你妈妈黑灯瞎火跑到我爸单位偷偷调查……我没有勇气说出传达室值班员以为他妈跟我爸是夫妻。

小卯听了腾地红了脸，上门牙紧紧咬着下嘴唇，板着面孔不说话。我说你承诺实话实话的。他只好吭了声。

我有爸爸，你有妈妈。所以你不要认为我妈念记你爸，我保证没有那种见不得人的事情。如果我妈确实跑去调查你爸，那肯定是你奶奶花钱雇用的，我妈不光思想进步，她也喜欢钞票呢。

我没有想到小卯使用花钱雇用这个词汇，他作文经常不及格的，此时却有了点睛之笔。

你说我奶奶花钱雇用你妈妈？这不成了剥削阶级嘛。

小卯咯咯地笑了说，大杂院邻居谁不知道，你奶奶格外关心你爸爸，她老人家就跟幼儿园阿姨似的！你爸爸睡单位不回家，你奶奶必须掌握具体情况，前些天你奶奶送给我妈妈丝绸围巾，那也算是劳务报酬吧。

我奶奶死盯我爸爸不放，她老人家究竟担心什么呢？

可能担心你爸爸跟不好的人交往吧。小卯随意推测着，转而询问我小玻璃瓶的来历。

我从头至尾讲述青头大刺的故事。小卯听得瞪圆眼睛，连连吐出舌头。我没见过他有这种怪异动作，使人想起热天的动物。

你怎么冒出个黄大大来呢？我认为你奶奶就是不愿你爸爸跟这种人来往，所以雇用我妈妈刺探情报。这件事情你不要说出去，就连小酉也不要告诉。小卯拍拍我肩膀指导着，全然没了留级生形象。

小卯这家伙没有白留级，他确实比我见多识广。我估计到了二十岁他就会结婚的，就像我祖母倡导的那样娶媳妇过日子。

暗暗寻思祖母雇人调查我父亲的行为，心情越发沮丧，我家好像就是秘密联络点，小卯妈妈成了情报员。那么祖母属于什么人物呢？就像电影里的特务头子。

傍晚时分，祖母在厨房里准备做饭，手里掐着几根韭菜好像分析情报。我只好学着父亲的常规表情，苦笑了。

小酉突然跑进我家，然后转身冲进厨房朝着祖母大喊大叫，我爸绝食啦！我爸绝食啦！

祖母此时处于耳聋状态，埋头择菜不予理会。我连忙跟进厨房，小酉扭脸冲我喊叫起来。

你奶奶给我爸爸出主意，说结拜盟兄弟就没闲话了。我家花钱给办了仪式，可是现在轮到我爸绝食了。

我大声告诉祖母田经理绝食了。祖母还是耳聋听不见，我只好拉着小酉跑到他家。

暮色浓重的大杂院里，已有几户邻居聚拢田家门前。小酉情绪波动搪着我胳膊说，你听听革命群众的呼声，你听听革命群众的呼声。

其实革命群众没有呼声，只是交头接耳议论着。我渐渐听得事情原委。文信跟武诚结拜了盟兄弟，可是没过几天俩人分别办理辞职手续，从技术工人变成社会青年，然后相约报名参加甘肃生产建设兵团，当场就被录取了。田经理得知消息出面阻拦，无奈文信和武诚已经偷出户口册去派出所注销了城市户籍，而且领取甘肃生产建设兵团的绿色棉衣棉裤和大头鞋，过几天就要随团出发去河西走廊投身祖国大西北开发建设。

田经理捶胸顿足昏死过去。清醒过来只得以绝食要挟儿子。没想到文信不为所动，竟然扛起行李住到甘肃驻津办事处去了。

这时田经理走出家门，双手抱拳对邻居们说，我想避免流言蜚语让他们结拜了盟兄弟，没想到两人反倒天高皇帝远了。

我立即跑回家向祖母报告详情，说田经理埋怨您出了馊主意。这时祖母不耳聋了，眯缝起眼睛思忖着。

鹋鹈我告诉你吧，其实上策是让文信娶媳妇，可惜这小子不够结婚年龄，我只好出主意让他们结成盟兄弟，田掌柜他怪不得我啊。

听了祖母这种解释，我似乎明白了几分，即反问祖母说，文信跟武诚志同道合好朋友，这有什么不对呢？

祖母眯缝起眼睛说，人嘴两张皮，话好说，不好听，人难做。人生在世，怕就怕你身子正，别人说你影子歪。

天色很晚了，武诚匆匆跑来了。他走进田家叫了声"盟爹"，请求田经理不要绝食。田经理不待武诚把话说完，抄起扫帚扑打说，我不是你盟爹，你也不是我盟儿。

就这样武诚被扫帚打出田家，满眼泪水冲着大杂院邻居们说，我真不知道人们是怎么想的？我们就是要建设开发祖国大西北，让戈壁荒滩变成沃野绿洲。

小卯妈妈走出来说，那你自己去甘肃好啦，何必非要拉上文信呢？

武诚满脸茫然解释说，我俩都是自愿报名，谁也没有非要拉着谁啊。

小酉突然继承他爹的扫帚冲杀过来。武诚只得转身快步离去。我追到大杂院门外，望着黑暗里武诚可怜的背影。

星期天上午，街委会主任领着两个报社记者来了，说要采访先进青年田文信同志的父亲。已经绝食的田经理只得迎出家门。一个记者手捧照相机拍照，另一个记者掏出小本子采访。

田经理饿得有气无力，一派接受公安审问的样子，语不成句。于是形成记者说出儿子先进事迹，父亲连连点头表示赞同的场面。

记者问到如何将田文信同志培养成为报名建设大西北先进青年典型，田经理终于鼓足气力说，社会主义教育运动就是好，我们全家思想大有提高。

记者对田经理合辙押韵的回答表示赞赏，然后采访大杂院邻居。街委会主任极力推荐小卯妈妈。

这个又黑又瘦的女人站在记者照相机前说，田家培养出田文信这样的时代青年代表，也是我们大杂院全体邻居的骄傲，我们绝不自满，继续努力，争取培养出第二个城市青年模范典型！

田经理听得摇摇晃晃，伸手扶住门框站着。街委会主任陪着两个报社记者走了。小酉上前搀住父亲胳膊说，眼看我哥已经成了先进青年典型，这下您该吃点儿东西了吧？

田经理气喘吁吁说，小酉快去给我买煎饼馃子，多放葱花和面酱。

就在田经理放弃绝食第二天，本埠日报头版刊登《哪里艰苦哪里安家》长篇通讯，报道文信和武诚自愿放弃大城市安逸生活，毅然投身祖国大西北建设的先进事迹。这消息很快传来，弄得田经理不知所措，又吃了两套煎饼馃子三个耳朵眼炸糕。当天下午，甘肃兵团战士报的记者也赶来采访了。

完全恢复进食的田经理清除悲伤情绪以模范青年家长身份，再次接受记者采访。他高声亮嗓回忆儿子成长经历，不忘提起当年文信在海河里捞救失足落水儿童的事迹。

甘肃兵团战士报记者当场写成《誓将青春献戈壁》的报道，表示加急电报传回兰州报社总部连夜排版。

我们大杂院恢复平静，邻居们不再窃窃私语，也不再高声吵嚷，更不再互相打听家庭隐私。一时间人们好像不知如何生活下去了，就连不是闭目养神就是埋头择菜的祖母，也很少眯起眼睛说话，这让我看到她老人家有着完整而狭长的眼睛。

暑假期间我收到母亲来信，告诉我这个星期天回家，还说她想吃祖母做的籺籺汤。我从"籺籺汤"联想起"金豆捞饭"，便盼望母亲能够给我破译这个谜底。

星期天过午时分，我提早坐在大杂院门外等候，手捧课外书《十万个为什么》读着。这书是我向女同学王馨借的。王馨能歌善舞还是学雷锋小标兵。我心里很喜欢王馨，愿意向她学习。

小卯妈妈手拎竹篮走出大杂院，我暗暗提防着。她减慢脚步对我说，昨天看见你在百货商店买了有机玻璃发卡，那玩意儿四毛八太贵了。

我得意地说四毛八不贵，转念担忧她怀疑我的钞票来路不正，便起身追赶她大声解释，说那五毛钱是我平日积攒的。

小卯妈妈罕见地笑了说，鸬鹚你不要心虚，我也没说你要把那只发卡送给女同学。

听她说话我反而心虚了。尽力放松心情让自己平静下来，继续阅读《十万个为什么》，终于读懂那两艘轮船意外相撞的物理原因，出于层流层的相互吸引力。

我合起《十万个为什么》夹在腋下，跑出胡同走上大街。沿街墙边贴着"全面开展社会主义教育运动！"大标语，红彤彤映照我短袖汗衫。我知道这大标语不光鼓舞我们学生，也鼓舞着父亲加班加点建设大港铁路。前方就是长途汽车站。我迎着夕阳走上前去。

我远远看见母亲走出长途汽车站，她留着短式发型，蓝褂子蓝裤子，完全乡村女教师的打扮。她被农村大太阳晒黑了，走在大街上容易被认为是农村人。

不知为什么，我停住脚步不敢走了，怯怯地望着母亲。一旦母亲朝我走过来，那个乳名鸬鹚的少年就有妈妈了。

一个小伙子满头大汗给母亲提着藤条箱。母亲走近了，她黑色条绒布鞋沾着泥土。我快步扑上前去。母亲看见我就笑了，扭身对提箱子小伙子说，范铁明你看啊，这就是我儿子鸬鹚。

我不愿意让外人知道我乳名，因为黄世龙说过这是鱼鹰子。

小伙子范铁明张口说道，鸬鹚我跟你说，我特别感谢柯蓝老师，我已经超龄了，可是柯蓝老师坚持鼓励我报考农机学校，还教导我晚恋晚婚进修深造，一下指明我的人生前途。

我接过箱子谢过小伙子范铁明。他恋恋不舍望着我母亲，然后举手行了个民间军礼，说了声"柯蓝老师您要早些回来啊"就匆匆返程了。我望着范铁明背影，为母亲感到高兴，她教出这么好的农村学生，生活肯定不会孤单的。

我右手提起箱子，左手牵着母亲的手，一起走回家去。拐进胡同遇到田经理，母亲抬手推了推鼻梁下滑的眼镜，表情热烈地祝贺说，我听电台广播文信成了全市先进青年典型，这是您教子有方啊。

田经理连连致谢说，感谢人民感谢党，感谢群众关怀感谢组织培养，感谢革命传统教育大发扬。

我觉得打从接受报社记者采访，田经理说话变得合辙押韵，听着特别流畅就跟快板书似的。

我跟母亲走进大杂院，她遇到邻居便主动打招呼。小卯妈妈好像并不感到惊奇，小声说是媳妇总该回婆家的。

祖母没有眯缝起眼睛而是展开满脸纹络说，瘦了，黑了，利索了，赶快进屋喝水洗脸换衣裳吧。

母亲遵命进屋拾掇杂物说，这屋子好久没人住了。我说我爸住了几天就搬到单位去住了。

祖母低声命令我去大港铁路筹建处招父亲回家来，特意强调晚饭全家吃团圆面。我听了撒腿就跑，径直奔向同班女生王馨家里。她家住在静园对面小洋楼里。

王馨妈妈见我突然登门以为出了什么事情，大声召唤女儿下楼来。王馨显然知道我的来意，下楼就把漂亮纸盒递给我。王馨是单亲家庭，平时特别乐于助人。

我低头接过漂亮纸盒说声谢谢，王馨笑眯眯不说话。我特别喜欢她笑眯眯的样子。

一路快跑来到大港铁路筹建处绘图工作室，兴冲冲说妈妈回来了。爸爸哦了一声，随即着手收拾东西。他从文件柜里找出几件换洗衣裳和几本杂志，拉开抽屉取出刮脸刀、眼镜盒、茶叶筒，还有一只口琴，一件件装进那只灰色人造革旅行包里，然后戴好大三针手表。

我看出父亲是个做事快捷的人，凡事不愿拖泥带水。爸爸您这是要外地出差？我颇为不解地问。

父亲拎起鼓鼓囊囊的灰色人造革旅行包说，我不是外地出差我是跟你回家的。

我越发不解说，你跟我奶奶说要加班加点睡在单位的。

既然你妈妈放假回家，我就不加班不加点不睡工作室了。

我一下听懂了，兴高采烈地把漂亮纸盒递给父亲，说这是请女同学王馨到百货商店帮助挑选的。

父亲打开漂亮纸盒里取出那只紫红色有机玻璃发卡，非常温和地笑了。

鸬鹚，这是你要我送给你妈妈的礼物吧？

我点头承认这是我的谋划。然后背诵课文似的说，您是今天上午花四毛八分钱在红旗百货商店买了这只紫红色发卡。柜台前您付了五毛钱纸币，售货员找零二分钱钢镚儿。

父亲轻轻拥抱了我，说我的鸬鹚真的长大了。不知出于什么心理，父亲叫我乳名我并不抵触。儿子的乳名就是用来让父亲叫的，当然也包括妈妈和奶奶，还有大杂院里的那些好人。

一路父子牵手回家，我说起田家发生的事情。父亲说你奶奶把田经理弄得草木皆兵，大杂院邻居也喜欢传播流言蜚语。

当年我奶奶没让您跟黄世龙结拜盟兄弟吗？我鼓起勇气发问。父亲放缓脚步打量我说，你真是个聪明透顶的孩子，我那时跟你相比，哪里懂得向家长提出问题呢。这正是时代的进步啊。

父亲走进街角小花园，抬头望着那棵大槐树说，你奶奶没让我跟黄世龙结拜盟兄弟，她请人说媒急忙操持婚事。其实我跟你母亲读中学就认识，也不算什么包办婚姻。

我费尽脑力理解着父亲讲的故事：当年祖母赶早让儿子结婚，就是不愿儿子跟黄世龙联系，以此割断两个小伙子的交往。

当年两个小伙子交往有什么不好呢？如今文信跟武诚共同报名参加祖国大西北建设，而且被树为先进青年典型人物了。

父亲面对我的追问，终于谈起往事。早在父亲五岁时，他的父亲也就是我的祖父突然跑了东北，一去便没了音信，后来祖母听说祖父在关外认了个大哥，从此不回来了。东北那边地旷人稀，谁也不知道他们躲在哪里生活，这就让祖母生生守了活寡。

我不能完全听懂这个故事，只觉得当年爷爷扔下孤儿寡母跑了东北，这就害得祖母精神受到刺激，从此严格管制独生儿子，时至今日仍然把他当作大孩子看待。

我不禁想起大杂院邻居们，好像他们不怕男女勾打连环，小伙子跟大姑娘有了麻烦，双方领证结婚就是了。人们似乎担心两个小伙子交谊深厚，显得既神秘又紧张。

我不便说出这种想法，父亲跟黄世龙毕竟是老朋友。然而父亲似乎看穿我的心思，黄世龙多年单身生活不结婚成家，这要承受很大舆论压力的。

我继续费尽脑力琢磨着父亲的观点：一个男人坚持单身生活不结婚成家，他究竟要承受什么舆论压力呢。

我不能完全领会父亲的说法。出于少年心理做出推测：父亲和黄世龙都喜欢吃金豆捞饭。

我们回到这座内容丰富的大杂院，父亲跨进家门见到妻子，两人都不声不响地笑了。爸爸妈妈满脸笑容却不发出笑声，这令我怀疑自己丧失听力，莫非变得像祖母那样耳聋了。

父亲拿出精美纸盒递给母亲。母亲打开包装纸盒取出有机玻璃紫红色发卡说，谢谢俊生啊！我特别喜欢紫红色。说着就佩戴了。我瞪大眼睛看着妈妈，她确实很漂亮的。

从厨房里传来祖母说话，指派我拉出桌子摆好碗筷。爸爸赠送妈妈发卡的温馨场景，就这样给祖母搅了场，令我深感失望。然而，紫红色也会成为我所挚爱的颜色，记得王馨就喜欢穿紫红色衣裳。

一碗肉丝酱卤，一盆热面条，一盘黄瓜菜码，全家四口围坐桌前吃这顿团圆面。祖母看见儿媳妇的紫红色发卡说，你不是爱喝籼籼汤嘛，我明天给你做。

妈妈停住筷子说，我在农民家里喝过籼籼汤，那家新媳妇下灶做的。农村家庭都希望男孩子提早结婚，我的学生范铁明今年十九岁，他爹认为多读书不如早成家，恨不得他明年就娶媳妇。

我趁机插嘴跟祖母说，范铁明他明年二十岁了，当初我爸就是二十岁结了婚。

妈妈小声嗔怪我说，具体事情具体分析，你不要东拉西扯打比方，这样很不恰当的。

祖母反而给我撑腰，不紧不慢对儿媳妇说，你十九岁师范毕业就嫁过来了。如今看来还是提早结婚好吧？一晃你儿子鸬鹚快十二了，若是男人三十多岁还单着身，这辈子连孙子都耽误了。

我想起黄世龙三十多岁还单着身，怪不得祖母不待见他。

大杂院邻居们听说我妈妈回来了，一拨拨前来问候。我知道他们是来看热闹的，毕竟我爸我妈聚少离多，今天团圆就成了大杂院的景致。

宝赞嫂特别关心我妈妈，惟悄塞过小纸袋轻轻说了句话。妈妈唰地红了脸，说了声谢谢。

晚间歇息，祖母亲手给团圆夫妻铺了床，还放了水盆和暖瓶，然后动手给关好窗户，大声冲屋里说早睡早起好身体。

祖母进屋催促我洗脸睡觉，她从针线笸箩里找出碎棉花，快速捻成两个棉花球塞我耳朵里，笑着说这样睡得踏实。

耳朵里塞了棉球，我反而睡不着了。夜晚的大杂院静寂无声，即使祖母缝衣裳细针掉落地上，我认为也能够听到。

这夜晚并没有细针掉落地上。我懵懵懂懂从细针想到铁箍顶针，想起祖母佩戴铁箍顶针纳鞋底的图景。

一大早醒来，父亲上班走了。祖母做好糁糁汤指派我叫妈妈吃早饭。我推门走进妈妈房间。我想起小卯妈妈说过，这间屋子是当年的新婚洞房。

妈妈伏身桌前握笔疾书，侧身告诉我给学生写信呢。我说出了胡同大街上就有邮筒，妈妈说鸬鹚真是个好孩子。

平时妈妈并不爱笑，可是她有双一笑就弯的眼睛，笑起来特别好看。她伏身桌前给学生写信，竟然情不自禁地笑弯了眼睛。我猜想那肯定是个品学兼优的好学生。

祖母不见妈妈出屋吃早饭，主动端来大碗糁糁汤，呵呵笑着催促儿媳妇趁热喝了。祖母眼睛当然笑不弯，只能笑成缝隙。

我陪母亲吃过早饭，街委会主任来了，她说抽选居民代表去火车站，热烈欢送文信和武诚奔赴甘肃生产建设兵团。

小酉跑来告诉街委会主任，他爸头昏脑涨四肢瘫软，不能参加欢送仪式。街委会主任急得拍响大腿说，这是上级布置的政治任务，田经理是先进青年典型的家长，据说市里领导要给他佩戴大红花的。

母亲尽管下放外县农村仍然是教师，她被街委会主任选中，我自然成为随员。小酉被批准成为田经理的护理。祖母低声提醒小酉说，你不要害怕，你爸没病，他是不愿看见文信和武诚。

小卯妈妈被任命为领队，率领大杂院居民代表出发来到火车东站。只见站前小广场前彩旗飘舞锣鼓喧天。五百名支边青年列队整齐，人人胸戴大红花。小卯妈妈催促田经理朝前挤去，说您赶快抓紧时间看文信最后一眼。

小酉气得掐住小卯妈妈胳膊说，你把我哥说成革命烈士啦！

我母亲语调平和告诫小卯妈妈，说话要站稳政治立场，这是欢送青年支援祖国边疆建设，并不是开赴前线战场生离死别。

小卯妈妈哑了口。这时人群缝隙里闪过熟悉的面孔，我猛然认出那双丹凤眼和花格子衬衫，他是爸爸的老朋友黄世龙。广播喇叭开始呼喊革命口号。小广场人流动荡好似巨大粥锅，人流缝隙均被震耳欲聋声浪填满。恍惚间我看不到黄世龙的影子，他随着人流荡远了。

我们根本没有看清文信和武诚的模样，那五百名支边青年便列队进站了。田经理被挤得身体虚脱，当场失去市领导亲手佩戴大红花的机会。天生悲观的小酉越发悲观地哭了。

一路回家我问母亲吃过金豆捞饭没有。她摇头表示从未听说这种饭食。我说在送行人群里看见黄世龙了。妈妈说好像听说过这个名字。我说黄世龙是我爸爸的老朋友，后来我爸结了婚，他俩就不来往了。

为什么结了婚就不来往啦？妈妈认为老朋友应当保持友谊。

我趁机把内心推断说成客观现实，告诉妈妈我爸爸和黄世龙都喜欢吃金豆捞饭，可惜他们好多年没有吃了。

妈妈这时笑弯眼睛说，那就请你爸爸的老朋友来家里吃饭吧，我也想尝尝金豆捞饭呢。

我几乎不敢相信妈妈如此表态，小心翼翼巩固成果说，咱家请客吃饭必须经过奶奶同意的。然而妈妈非常乐观地说，既然你爸喜欢吃金豆捞饭，你奶奶不应该反对的。

我夸张地笑了笑，自我感觉还是笑不弯眼睛。难怪宝赞嫂说我长得不像妈妈。

一连几天过去了，父亲白天外出上班，晚间下班归来，全家气氛融洽，平稳祥和。祖母也很少眯缝起眼睛说话，彻底展露出那双完整而狭长眼睛。

妈妈好像忘了金豆捞饭这码事情，整天闷在屋里写这写那，引来大杂院邻居纷纷夸赞，说这样认真负责的好老师，迟早会被调回城市教书的。

暑假里趁着天气不太热，祖母起早又去南大道看望远房亲戚。爸爸上班走了，家里只有我和妈妈。她很快写好两封信，分别装进信封贴好邮票，让我投到大街邮筒里去。

这两封信都是写给学生的。一封是静海县良王庄张世君收，一封是静海县独流镇范铁明收。

我把这两封信投进大街邮筒里，转身遇见小卯。他大模大样说，我看你爸你妈关系很好，大杂院邻居们也没有什么流言蜚语。

我说我爸我妈是模范夫妻，当然没有任何流言蜚语。

小卯扭动磨盘脸说，我爸我妈就不是模范夫妻，在家里不断明争暗斗。前几天我妈又找到我爸单位书记，反映我爸在家喝大

371

酒，说怪话，搓脚气，咒领导。

我听得浑身泛起鸡皮疙瘩。你妈这样检举，你爸挨批了吧？

小卯撇了撇嘴说，全面深入开展社会主义教育运动，我爸要是被单位领导打成个别人物，那他就要倒霉了。

我向小卯请教，什么叫个别人物？

小卯咂了咂嘴说，不论什么事情你都打破砂锅问到底，我看你就是个别人物。

我快步跑回家去，一进大杂院小西说我家来了客人。我不由感到惊喜，自从黄世龙来访我家再没来过客人。

我还没跨进母亲房间隔着窗户就听到她说，鸬鹚你快看是谁来啦。我进屋看到小伙子范铁明，他眉清目秀朝我笑着。我有些着急地说，我刚把妈妈寄你的信投进邮筒，你们只差十分钟。

范铁明有些羞涩说，没关系，反正我回家会收到柯蓝老师的来信。

妈妈望着学生送来的玉米说，咱们国家粮食统购统销，你要当心割你资本主义尾巴。

范铁明连忙解释，说玉米是自家房前屋后种的，既不姓资也不是尾巴，不会存在政治问题。

妈妈拉住范铁明胳膊说，你别急着走，再喝杯凉白开。

学生遵命接过老师递过的水杯，咕咚咕咚喝个精光，说了声柯蓝老师我向您保证努力考上农机学校，就匆匆走了。

妈妈瞅着这十几颗玉米，轻轻叹了口气。我揣摩妈妈的心思说，您放心吧范铁明说这玉米没有政治问题。

妈妈摇摇头转过目光望着我，表情有些伤感。我突然有些紧张，就故意小声哼起歌曲："我们是共产主义接班人……"

她抬手抿了抿乌黑短发，指着凳子让我坐下。我觉得这很像班主任跟学生谈话，有些不知所措。

妈妈表情严肃地说，这个暑假快结束了，过几天妈妈就走了。

我抢过话头说，放寒假您还会回来的，寒假过后还会有暑假，我总能够盼望您回家来的。

妈妈目光瞬间失神，之后倏地明亮起来，继续照耀着我。

好儿子，今天妈妈把你当作好朋友谈话，鸬鹚你明白吗？

我点了点头扭脸望了望窗外。这时大杂院里出奇地安静。

鸬鹚请你如实告诉我，当初你爸爸跟黄世龙的交往，是不是就像今天文信跟武诚的关系？

我被妈妈问蒙了，无法适应这种成年人的谈话，不由站起身来。妈妈再次请我坐下说，你是个聪明透顶的孩子，年龄不大却能够理解父母的某些想法。

我认真回答妈妈说，我不懂爸爸跟黄世龙属于什么关系，但是我知道奶奶对黄世龙的态度，即便爸爸跟妈妈结婚这么多年，她老人家仍然非常抵触黄世龙的。

妈妈点点头说，其实你爸爸挺正常的，只是我从来没有见过黄世龙这个人。

所以，所以您要请黄世龙来家里吃饭？我急忙求证着。

妈妈格外有力地说，你不是说你爸爸跟黄世龙都喜欢吃金豆捞饭吗？那就让他们放开肚皮吃吧。

临近正午时分祖母走亲戚回来了，怀里抱着个焦黄色的大倭瓜，说是在国营菜店八分钱买的处理品。她老人家走进厨房看见那堆玉米高兴得喊叫起来，说好多年没见新粮食了。

妈妈爽快地配合说，看来还是我们农村好，大城市粮店多是陈年粮食。

我听到妈妈把"农村"说成"我们农村"，好像她不是城市人了。我觉得母亲是个有立场的人，她当然不会随便说话的。

祖母听力时强时弱，动手和面烙饼了。我学着妈妈口吻跟祖母说，你烙饼用的白面也是陈年粮食。

373

这次祖母听清楚了，小声说想吃新鲜粮食跟你妈妈去农村吧。她老人家居然学会小声说话，我推断祖母不想跟妈妈形成对立。

一只焦黄色倭瓜，十几只浅黄色玉米，就这样陈列厨房里。

傍晚时分，父亲下班回家了。他先跟祖母打招呼叫了声娘，然后朝母亲笑了笑。我迎着父亲叫了声爸。这是我家的基本规矩，彼此都要打招呼的。

我的任务是拉开饭桌摆出碗筷，形成全家团聚吃饭的格局。晚饭是粳米粥就八宝酱菜。这粥煮得很稠，自然省略了主食。

父亲的发型端庄周正，更像国家干部了。母亲伸出筷子给父亲夹了几粒酱花生，放大音量问道，俊生，你还是喜欢吃金豆捞饭吧？

母亲平时很少高声说话，我猜测她故意说给祖母听的。

父亲仿佛遭遇伏击战的新兵，有些懵懂地点了点头。祖母拉长面孔眯缝起眼睛，挤出目光望着她的儿子。

母亲继续大声问道，俊生，你还记得做金豆捞饭需要什么食材吗？

噢……父亲下意识地说还记得，玉米搓粒下锅煮沸，这是主粮。辅料一是鸡蛋摊成薄饼，薄饼叠成几层，下刀切成细丝；二是豆腐皮叠成几层，下刀切成细丝；三是倭瓜洗净切块，同样擦成细丝；这就叫三丝。玉米粒不能煮得开花，及时把三丝投到锅里，小煮几分钟，表面撒满花生碎和芫荽叶，当然要放几撮盐粒，金豆捞饭就做成了。

祖母拉长面孔眯起眼睛，依然目光定定望着她的儿子。

我趁热打铁问道，这为什么叫金豆捞饭呢爸爸？

爸爸可能说得馋了，情不自禁咽了团口水说，三丝黄澄澄浮着，顶着湛青碧绿的芫荽叶，一粒粒玉米粒沉淀碗底，你伸出筷子捞着吃，就好像打捞颗颗金豆。

母亲目光唰地投向祖母，眼睛笑得弯弯说，娘啊，可巧农村送来玉米，刚好您老人家买来倭瓜，厨房里有鸡蛋有豆腐皮，这真是老天爷给凑齐了，明天咱家做金豆捞饭吃吧！

祖母眯了眯眼睛望着儿媳妇，询问她何时得知有金豆捞饭这宗饭食。

我听说您好多年不做这种饭食，那么我就要做给全家吃的。

既然答非所问，祖母不再注视儿媳妇，转脸看着自己的儿子。爸爸立即低头喝粥。

这时妈妈再次放大音量问道，你究竟还想不想吃金豆捞饭呢？

我看见爸爸缓缓抬起头来，我听见爸爸轻轻说了声想吃。

妈妈便不再理会祖母，啪地放下筷子说，那就这样确定了，明天晚饭我下厨做金豆捞饭，让鸬鹚给我做帮手。

母亲目光坚毅，说话果断，既像女教师更像女教官，她刀枪不动便取代了祖母的尊长地位，俨然成了家庭领导者。

祖母又没了听力，低头喝粥了。我端起饭碗配合着，免得她老人家过于孤单。祖母抹了抹嘴角嘟哝着，好像嘴里还含着粥。

母亲反而感慨起来说，这真要感谢范铁明及时送来玉米，否则即使神仙也做不成金豆捞饭。

我听了连连点头，坚决认为范铁明送来玉米属于雪中送炭的行为。父亲似乎意识到冒犯了祖母，主动缓和气氛说这些年吃单位食堂习惯了。母亲并不认同父亲的观点，说单位食堂肯定没有金豆捞饭。

我还是由衷敬佩母亲。她不光打破祖母多年戒律，还给无辜的金豆捞饭讨回公道。我觉得暑期生活收获不小，兴奋地期待明天晚饭的到来。

转天清早起床，祖母明显打蔫，吃过早饭便找出针线笸箩，一声不吭给自己补袜子，仿佛成了孤苦老人。这情景蓦然触动我，想到祖母守了大半辈子活寡，也挺可怜的。

上午父亲仍然外出上班。母亲在家里继续忙碌，一会儿写自己的日记，一会儿批改别人的作文，一会儿沉思片刻，一会儿奋笔疾书。我想起班主任柴老师，她的教学能力若跟妈妈相比，充其量幼儿园阿姨而已。

吃过午饭，祖母破例午睡了。我趁机补写暑假作业，班主任柴老师布置的作文题目《我的祖父》，上次作文题目《我的祖母》。小酉和小卯推测这位柴老师自幼寄在爷爷奶奶家，从小就没跟爸爸妈妈建立感情。

《我的祖父》这篇作文给我出了大难题，我无法想象那个永远消失的祖父，究竟跟那个东北大哥怎样共同生活，他是在黑龙江边打鱼，还是在兴安岭森林伐木；他是在长白山打猎，还是在元宝沟淘金……其实就等于我没有祖父。

傍晚母亲走进厨房，提早动手准备晚饭。她手握两只玉米互相搓动着，一颗颗玉米粒便金豆似的掉落大碗里，不断发出清脆的声响。

母亲的背影像个勤快的农妇，引发我想象她的农村生活。自从下放外县教书她从来不抱怨生活艰苦，反而像是去了美好幸福的地方。

我去厨房把遇到作文难题讲给母亲听。她放下手里玉米说，你依照你奶奶的日常生活习惯，换个性别身份写成你爷爷就是了。

我简直不敢相信这是妈妈的主张，于是稀里糊涂返回书桌前，突然明白这个道理：只有从城市下放农村教书的老师，才敢给学生做出这样惊人的指导。

进而我悄悄推断，只有从城市下放农村的妈妈，才敢于给全家做出这顿奇特的金豆捞饭。

妈妈继续搓着玉米粒。我则动笔尝试把奶奶修改成爷爷，写着写着我懂了，人到老年，面孔干瘪，头发稀疏，牙齿脱落，身体变形，显然难以分辨是老爷爷还是老奶奶了。

我被自己的想法惊住了。这么说只是年轻时有男有女，人到老年是男是女就不那么重要了。

经过午睡的祖母接连打着哈欠，好像仍然想睡。我害怕她眨眼之间真的变成爷爷，便不敢抬头继续写作，一头扎进字里行间塑造着那个并不存在的祖父。

父亲提前下班回家来，我想这是金豆捞饭的召唤吧。他走进厨房注视着妈妈的背影，突然伸手轻轻抚摸着她的头发。妈妈没有受到惊吓，坦然接受丈夫抚摸。

俊生，你的老朋友也喜欢金豆捞饭，我派鸬鹚请他来咱家吃晚饭好吗？母亲转过身来抬头望着父亲。

父亲好像遇到重大历史遗留问题，一时难以回答。我意识到这是母亲的预谋，大步跨进厨房抢答说，我认识黄大大家！我跑步十分钟就能到达。

母亲起身把玉米粒倒进钢精锅里说，派小孩子邀请长辈吃饭，这是有些失礼的。应当你们爷俩儿登门邀请吧。

父亲走出厨房进了正屋，大声告诉祖母说，我们要请黄世龙来家吃金豆捞饭！

祖母听得清清楚楚，同样大声回应说，你莫要忘记，他起初叫黄世凤！后改名黄世龙的。

祖母是典型的答非所问。我们老师作文课讲过这个问题。

我跟随父亲走出大杂院，兴奋得又蹦又跳。父亲前面走着，一句话没有。我没料到祖母默许金豆捞饭，更没料到祖母未能反对请黄世龙来家吃饭。

横过马路拐进小街，父亲充满折中思想说，其实事情过去多年了，你妈妈何必要煮这锅金豆捞饭呢？

我觉得父亲同样感受到妈妈的权威，不愿打破祖母维护多年的尊严。我抓住这个机会询问父亲，其实您不愿二十岁就结婚，可是结了婚就变成现在这样子啦。

你说我现在什么样子？父亲突然大脑停电，删尽前言抹除后语，一派空白地问我。

您现在什么样子？您现在是请黄世龙去咱家吃晚饭。从前您和他都爱吃金豆捞饭，后来你们就没得吃了。

父亲显然大脑恢复供电，伸手拍了拍我肩膀说，你真是个聪明透顶的孩子。

还是穿过那两条小巷，我们来到黄家小院门前。我抢先按响门铃，扭脸朝父亲做个鬼脸说，我想再向黄大大讨只蛐蛐。

父亲不置可否，我认为是默许，不由兴致高涨起来。这时有人开门，我看到是个面孔白净的男孩子，大我两三岁的样子。

男孩子同样感到惊诧，轻声询问我们找谁。父亲说出老朋友的名字。我看到这男孩子稍显犹豫，以为他也是来讨蛐蛐的，就告诉他黄大大送给过我青头大刺。

这男孩子满脸困惑，好像听不懂我说的话。父亲伸手拉住我胳膊，似乎准备撤退。恰巧小院里响起女人声音说，你们是找世龙吧？请进请进。

我扯着父亲的手迈进小院。天光依然明亮，只见说话的女士身穿淡黄色布拉吉，脸庞白皙身材微胖，热情引领我们来到厅堂。

厅堂沙发里站起个大眼睛姑娘，操着普通话说了声客人请坐。我看到她小花褂胸前佩戴白底红字校徽，看来是高中生。

大眼睛姑娘起身快步走向后院，脚下红色拖鞋啪啪作响。我知道后院是黄世龙供养蟋蟀的重地，不禁有些惊愕。

我印象里宽敞豁亮的厅堂，这时显得狭窄。原本单身独居的黄家，突然从天上掉下一家人，自然显出拥挤。

父亲表情窘迫，连声说打扰了。身穿淡黄色布拉吉的女士执意请我们落座，然后操着家庭主妇口吻说，世龙去粮店买面条很快会回来的。

父亲听了更加不敢落座，干巴巴站着。这时大眼睛姑娘端着茶盘返回厅堂，她沏了两杯香茶给我们，显得很有礼貌。

小院里响起脚步声，黄世龙手提小竹篮走进厅堂。父亲总算盼来熟人，大声叫着黄兄，我跟随叫了声黄大大。

黄世龙登时愣住了，额头冒汗嘴角咧动，频频眨动着丹凤眼，这表情我写作文肯定无法形容。这时听到后院传来蛐蛐鸣叫。

父亲趁机告辞说外出办事顺路经过，便贸然登门拜访了。

我没有讨得蛐蛐自然不甘心，接过父亲话头说，黄大大！我家做了金豆捞饭，我们想请您去吃晚饭的。

黄世龙将装满面条的小竹篮递给身穿布拉吉女士，腾出双手作揖行礼说，今天是淑华十五岁生日，我们晚饭吃长寿面呢。

布拉吉女士越发热情，示意大眼睛姑娘说话。于是女高中生走过来说，今天是我生日，请您们赏光吃碗面吧。

我连忙冲小寿星说，祝你生日快乐！祝你生日快乐！

父亲模仿黄世龙双手合十说，多谢全家盛情美意，我们还有事情要办，多有打扰不便久留，就此告辞了。

父亲逃兵似的走出黄家小院，甚至忘记回应身后送客的老朋友。我代替父亲向黄大大挥了挥手，给这场意外事件画了句号。

一路上父亲思忖着说，如此看来黄兄是结婚了，可是这拖儿带女的局面，那女方肯定不是初婚啊。

黄大大已经单身多年，怎么不继续坚持了？我好奇问父亲。

一个男人多年不婚，他最终扛不住舆论压力呗。父亲似乎为老朋友感伤，表情深郁。

好不容易有了这顿金豆捞饭，黄世龙还是吃不上。我情绪低落跟随父亲返回大杂院。一群邻居聚集我家门前，胜过召集会议。

妈妈分明新换了衣裳，白衬衫蓝裤子一派人民教师形象。她手里捏着玉米芯仿佛捏着粉笔，大声讲话。

这本来就是正常的事情，偏偏给你们弄得不正常了。做饭是这样，做人也是这样。挺好的金豆捞饭不敢再吃，挺好的朋友不能相处。今晚我就请你们尝尝鲜，但是吃到肚里不要再变成流言蜚语啊。

以前电影里见过女革命者登台演讲，比如林道静。今天变成妈妈。我被这场景弄蒙了，一瞬间误以为这是露天电影。

宝赞嫂听着妈妈演讲，连连点头。田经理满脸愁容不言不语。小卯妈妈面无表情站着，好像充气塑料人儿。小酉和小卯积极响应，手里举着空碗讨要金豆捞饭好像高级叫花子。

父亲侧身钻进祖母屋里，一声不响了。我跑进厨房协助母亲给邻居们分派金豆捞饭。妈妈满脸兴奋的汗水说，鸬鹚啊，今天成了金豆捞饭宣传日！

这时我越发钦佩妈妈，她要是走进电影里不用化装就是英勇的女革命者，比如于蓝扮演的《革命家庭》里的女主角。

一大锅金豆捞饭很快给邻居们分光吃净。妈妈扎好围裙说再煮一锅自家吃。我趁机把黄家的巨大变化说给她听，妈妈开朗地笑了。

好啊！黄世龙结了婚，以后有妻子给他做金豆捞饭吃了。

我觉得妈妈确实不同寻常。假如作文课写《我的母亲》，我反而不知如何下笔，因为妈妈越来越陌生了。

全家人围坐饭桌前，等候第二锅金豆捞饭煮熟。耳聋的祖母听说黄世龙结婚了，重新抖擞精神啪啪拍着饭桌说，他单身扛了这么多年，末了怎么娶了个二婚头？这叫猪八戒照镜子——里外不是人儿。

她老人家转过目光对我说，幸亏你爸爸趁早结了婚，没弄得两头不靠岸。

我就联想有只随风漂荡的小船，久久无处靠岸的孤独情景。

妈妈及时对满脸得意的祖母说，娘啊，其实只要是船就会靠岸的，您不是好多年也没吃得金豆捞饭嘛，今天也算靠岸了。

祖母被说得无言答对，只得闭目养神了。

我家的金豆捞饭煮熟了。我盛到碗里依次端给祖母、父亲。满桌饭香升腾起来，温润着我门脸庞。

父亲端起饭碗突然涨红脸色，之后红色缓缓褪尽，重新变得白净。我看到父亲悄然泪下。那泪珠无声滴落手背，渗进竹筷与手指之间。竹筷显得坚硬，手指越发柔软。

我手捧饭碗端给母亲，猛然觉得她跟父亲调换了角色。母亲刚毅果断的性格正在影响着我，给予男孩子成长的勇气。父亲则令我想起作文常用的词语：和离，温和，慈爱……这性格就是祖母给塑造的吧。

祖母埋头吃着金豆捞饭，不时伸出筷子测量饭碗里的变化。母亲说得真对，祖母同样多年没有吃得金豆捞饭，今天她老人家重返昔日时光。

这顿值得纪念的晚饭，全家不声不响吃完了。我起身收拾碗筷，母亲抬手制止我，扭脸微笑叫了声娘。这语调不重，祖母却听清了，扬起脖子望着儿媳妇。

娘啊，明天起早我就返校，提前回去给农村学生补课，让他们能够更好成长，今后就把鸿鸿交给您老人家了。

好啊，你下放农村是改造思想提高觉悟去的，不要以为自己是老师就使劲教育人家，那样你更不容易调回来啊。祖母慢条斯理说着，眯了眯眼睛。

母亲居然开心地笑了，说调回城市不容易的，留在农村更不容易的。

祖母听了这话流露出疑惑的神情。她老人家肯定没有听懂儿媳妇说话的含义。

父亲总算说话了，娘啊，大港铁路线路做出调整，暂停测绘等待论证。上级派调我们支援焦枝铁路建设，过几天就要出发去河南月山小站。

祖母听到了，轻轻点头不说话。我表示爸爸妈妈走了，我的生活又是原来的样子。

你一天天长大成人，肯定不会是原来的样子。父亲说着起身动手收拾碗筷。我知道拾掇了满桌碗筷，这顿全家福彻底结束了。

第二天起大早，我提着藤条箱送母亲去长途汽车站。这箱子里装满妈妈给学生们的课外书籍，比如苏联长篇小说《被开垦的处女地》和《青年近卫军》，我心情比箱子还要沉重。

我要求妈妈向我保证放寒假回家来。她当即答应却叮嘱我说，以后作文少用保证这类词语，因为我们有时很难保证什么。

走进长途汽车站，小伙子范铁明迎面跑来，大声招呼柯蓝老师，然后飞快从我手里接过藤条箱。母亲瞪大眼睛问她的学生，你怎么知道我今天返校的。

小伙子范铁明笑而不答，把提前买好的长途汽车票递给母亲说，柯蓝老师多巧啊，今天是我十九岁生日。

昨天是大眼睛姑娘淑华的十五岁生日，今天遇到小伙子范铁明的十九岁生日。在大城市女孩淑华十五岁读高中了，在农村小伙子范铁明十九岁才报考农机学校。这样农村孩子就成了老学生，怪不得母亲不遗余力给他们补课。

开往静海的早班车很快出发了。母亲跟范铁明检票登车。我想起母亲返校就不属于我了，抹去眼泪使劲朝车里挥手。

长途汽车突突吐出几股黑烟，快速驶去了。我无精打采回家去。小西在胡同里拦住我说，甘肃生产建设兵团派人了解文信和武诚的情况，小卯妈妈被叫到街委会去了。

这是甘肃派人了解文信和武诚的先进事迹吧。然而小酉不同意我的看法，愁眉不展说你不要犯主观主义错误。

有关天津支边青年顺利抵达甘肃的消息，还是小酉看到本埠日报转告他父亲的。田经理盼望文信寄来平安家信，这么多天不见邮递员身影，几乎成了心病。田经理特别好面子，故作大度对大杂院邻居们说，当爹的把儿子培养成人，我把文信献给祖国大西北了。

当爹的把儿子献给祖国大西北了？小卯妈妈认为这句话很不吉利，曾经悄悄跑来跟我祖母切磋。祖母干脆数落她说，你在火车站催促田经理看文信最后一眼，那句话说得更不吉利。

我跟随小酉回到大杂院。邻居们七嘴八舌议论着，焦急地等待小卯妈妈带回准确消息。田经理害怕天有不测风云，躲在家喝酒壮胆，口中念念有词。

小卯妈妈从街委会回来了。大杂院邻居们呼啦形成包围圈，争先恐后打听情况。小酉紧紧抱住小卯妈妈胳膊说，您不要隐瞒实情，我哥是不是被武诚给害死啦？

人们被小酉的大胆推测吓住了，纷纷瞪大眼睛打量着他。宝赞嫂实在忍受不住说，小酉你发神经啊？文信跟武诚是盟兄弟！

小酉不改思路继续疯狂说，列宁说堡垒最容易从内部攻破，所以我怀疑武诚害了我哥！

小卯妈妈板起面孔说，谁告诉你说文信死啦？我看你该吃药打打肚里蛔虫了。

田经理酒吓醒了，踉踉跄跄走出家门，追着小卯妈妈打听儿子下落。小卯妈妈声称自己是有组织的人，该说的可以说，不该说的坚决不说。

我祖母迈着小脚走出家门，抬头看了看天上太阳。妈妈刚刚返校回了农村，她老人家便恢复了元气。

小卯妈妈你是什么组织的人？不就是当年参加过大炼钢铁炊

事班嘛，还把熬糊大锅玉米粥的责任推给别人。祖母高声指责。

小卯妈妈被击中要害，只得实话实说告诉田经理，文信和武诚分配到甘肃柳园农场，一下车就提出火线入党申请，当场咬破食指写下血书，强烈要求分配到更艰苦更遥远的地方。

宝赞嫂懂得中国地理及时插言道，他俩当初应该报名去新疆生产建设兵团，那样不写血书就能分配到中苏边境了。

祖母顿时豪迈起来，啪啪拍手告诉田经理，既然文信写下血书要求火线入党，这是天大的好事情。

田经理听得两眼失神，突然放声大哭。小酉反而满脸绽开笑容说，我哥在甘肃要求火线入党，我升进中学就要求火线入团！

无论文信如今火线要求入党还是小酉将来要求入团，只要田经理没有接到儿子的平安家信，他就吃不好睡不着，肯定会从大号胖子变成中号瘦子。

然而毕竟有了文信的消息，大杂院里还是平静下来了。

父亲的大港铁路果然暂停建设。他拎起灰色人造革旅行包，表情郑重向我们道别。祖母送儿子到大杂院门外说，你常年单身在外工作，还是不让娘省心啊。

父亲照旧回答说，有组织管理的。我觉得父亲像个背诵课文的大男生。这个大男生跟我握了握手，我知道这是成年人的礼仪。父亲赶往火车站跟随队伍开往河南月山小站了。

我跟祖母继续过日子，她老人家再度成为我的领导者。经过这段时间历练，我变得机警起来，把小玻璃瓶标本藏在书包里，不时想象青头大刺发出阵阵虫鸣，这虫鸣唤起我想到父亲的老朋友黄世龙。

天气转凉，过了秋分是寒露，蛐蛐们纷纷死去。这就是百日虫的寿命。我想象黄世龙家里没了虫鸣却添了人声，他应该不会感到寂寞的。

终于放寒假了。中午时分母亲提着藤条箱走进家门，却没有见到学生相送。她说范铁明考进石家庄农机学校，成了全校著名"苦读生"，即便放假也不回家。

这几句话祖母听清楚了，大声抱怨不愿回家的范铁明说，这种人住校不回家等于出家当了和尚。

请您小声说话好不好？我们都听得清楚呢。母亲进门便向祖母提出合理化建议，说罢打开藤条箱，里面装满晾干的玉米。

祖母看出苗头不好，哼哼唧唧出门去了。我明显感到母亲有着争强好胜的性格。一颗颗玉米好似一颗颗手榴弹。

我主动交出上半学期考试成绩单，妈妈看了作文考试成绩，有了慈爱的目光。鸬鹚啊，你的生活经历比其他同学丰富，写起作文饱含思想情感，这是重要的人生体验。

我的生活经历确实比其他同学丰富，认识这么多大杂院人物，比如经常检举丈夫的小卯妈妈，比如外表豪迈内心柔软的田经理，比如丈夫部队长年驻扎外地的宝赞嫂，比如结拜盟兄弟的文信，还有我暗恋的女生王馨。以及被称为"蛐蛐姥姥"的黄世龙。

母亲拾掇停当，坐下来跟我打听田家情况。我抢功似的汇报说，文信和武诚到达甘肃柳园农场，一下车就咬破食指写下血书，强烈要求分配到更艰苦更遥远的地方，比如新疆或者西藏。

母亲耐心听着然后轻声缓语说，所以人家柳园农场找不到这两个人了，前些天甘肃生产建设兵团来人找到农村学校向我了解情况，主要询问文信跟武诚从前的表现。

母亲显然把我看作成年人，跟儿子谈起成年人的世界。

这两个支边青年没了踪影，当地众说纷纭传闻不断，谣传有两个男子用麻绳将身体共同捆绑起来，半夜跳进水库淹死了。这桩多年前的投水自杀事件，变成新闻重新流传起来。

我听得手心出汗。好端端的先进青年典型，就这样神差鬼使般消失了。母亲表情严峻叮嘱我说，这件事情甘肃方面要求严格保密，要求绝对不能透露给家属和邻居。

可是您已经透露给我啦。我惊恐地望着母亲。她被我问住了，只得深深叹口气，表示自己失误。我随即安慰母亲说，请您放心，我不会透露给任何人的。

她轻轻点头。这是妈妈对我的信任，我要做到守口如瓶。

身穿绿色制服的邮递员送来河南来信，收信人写的母亲名字。看来父亲知道母亲寒假回家，夫妻之间挺默契的。

母亲告诉祖母这是平安家信，说俊生在外有组织管理，不用娘亲惦记。她老人家知趣，不再问这问那，去到厨房择菜了。

母亲把父亲来信的主要内容讲给我，说父亲同意母亲的选择，即使下放农村任务结束也不回到城市了，正式办理工作调动手续留任外县农村中学教书。

我了解母亲性格，她认定的事情不会更改。我只要求农村学校放假妈妈回家团聚。她听罢淡淡笑了，似乎认为我的要求过低。

父亲信里给我附了半页纸，他仍然称呼我乳名说，鸬鹚处于成长期，将来总要独立生活的。即使结婚成家也可能面临独自生活的局面，多年以来爸爸不就是这样嘛。所以鸬鹚你要锻炼自己，增加忍受孤独寂寞的能力。

我不能完全理解爸爸的嘱咐，但是要像爸爸和妈妈那样，做好常年自己管理自己的准备。

下午母亲让我用细绳将玉米串接起来，高高悬挂在自家房檐下。小酉跟我心有灵犀，也认为好像挂了串金色手榴弹。我当然不敢告诉小酉有关文信的事情。

小卯不关心玉米手榴弹，扬着磨盘脸找我借小玻璃瓶标本，说天冷蛐蛐们死了，只有这只青头大刺假装活着，它就是咱们冬天里的好伙伴。

不知为什么我被他感动了，想哭。小卯能说出冬天里青头大刺假装活着这句话，这让我觉得青头大刺根本没死。

星期天母亲给学生范铁明写信，寄往石家庄农机学校。我把贴着八分钱邮票的牛皮纸信封投进绿色邮筒，转身看见王馨远远走来，她是学校舞蹈队员走路充满弹性。

我立即跑开了。自从上次请王馨帮我给妈妈购买紫红发卡，不知出于何种心理原因，只要跟她打交道我便不知所措。

我家午饭是祖母下厨做的杂杂汤。我再次见识母亲爱吃的这种汤食。妈妈对祖母说了声您辛苦了，表示晚饭她要做金豆捞饭。

祖母没有表示反对。只要妈妈放假回家，她老人家自然交出领导权。我自然成了新领导的助手。

妈妈温和地告诉祖母，说鸬鹚他爸爸从河南来信说起金豆捞饭，总觉得没让老朋友吃到这顿饭很是遗憾，所以今晚我要派鸬鹚请黄世龙来咱家吃金豆捞饭，从此了却俊生这桩心愿，也让他俩的事情正常起来。

听了妈妈这番话，我认为这顿金豆捞饭很有意义。祖母则眯缝起眼睛说，柯蓝你讲得很好啊，这年月文信跟武诚都成了先进青年典型，还有啥正常不正常的呢。

我不顾祖母高兴不高兴，大声提示妈妈说，您要请黄世龙吃晚饭，他全家四口人呢。

母亲兴致越发高涨，说欢迎他们全家光临，让大家共同感受正常生活。

下午时分，我被正常生活这句话鼓舞着，穿起小棉袄跑出大杂院奔向黄家。一路上我不断措辞就跟写作文那样构思。

我要郑重其事到黄家发出邀请，包括黄世龙的妻子和儿女。我要请教黄世龙妻子贵姓，姓李就叫李阿姨，姓张就叫张阿姨，姓什么就叫什么阿姨。我要叫面孔白净的男孩子哥哥，还有大眼睛的姐姐，他们是相亲相爱一家人。我羡慕相亲相爱一家人。

快步跑进小巷按响黄家门铃，我听不到里面响起铃声。轻轻推门迈进小院，我叫了声黄大大。

没人应答。我熟门熟路走向厅堂，准备说出反复构思的邀请词。厅堂里光线不强，沙发空着，茶几空着，显得房间很大。我又叫了声黄大大。

终于从后院里传来应答，说请进。我知道后院是蛐蛐领地，便踮起脚尖走进去。后院里还是没人。

你怎么跑来啦鸬鹚？蛐蛐房里传出黄世龙的问话。

我走进蛐蛐房，看到一层层架格里仍然摆满蟋蟀盆。黄世龙手持鸡毛掸子，轻轻给蟋蟀盆拂去浮尘。我知道这是一只只空盆，冬天蛐蛐们都走了。

您不是结婚成家了嘛，怎么没人呢黄大大？

是啊，可是我不习惯人多，勉强维持了两个多月，实在无法忍受就让他们离开了。黄世龙轻描淡写地说，我切切实实习惯自己生活了。

既然您切实习惯自己生活，怎么会突然结婚呢？我似乎听到几声虫鸣，四处寻找着。

你问我为什么结婚啊？那要感谢人们多年关注呗。好像只要我结了婚，一切情况就正常了，我也就不属于个别人物了。

可是您这么快离了婚，这情况又不正常啦？我感觉蛐蛐房里很冷，就双手抱着胳膊。

黄世龙从容地苦笑说，那么多人离了婚，所以离婚也属于正常行为吧。我结了婚又离了婚，我他妈的就算正常了。

我没想到如此文明清洁的男子，竟然骂了粗口。看来他内心多年的积怨终于发泄出来。

我提出请他到家吃晚饭的邀请，特意说妈妈做了金豆捞饭。

他并没有料到我的来意，流露出几分意外神色，下意识做了个深呼吸说，那就请你代我谢谢你母亲，说我患胃病多年，已然不适合吃金豆捞饭了。

我有些沮丧，毕竟乘兴而来，将要败兴而归。转念想到我母亲请他吃金豆捞饭就是要恢复正常生活。既然胃病难以消化金豆捞饭，让他勉强接受邀请反而不正常了。

我似乎又听到几声虫鸣，冬天是蟋蟀的死期，这虫鸣肯定出自幻觉。这时黄世龙看出我有些扫兴，猫腰从低层架格里摸出一只深灰色蛐蛐盆，表示这是送给我的礼物。

其实你父亲比我精通蟋蟀门道，只是他早早结了婚，放弃了大宗爱好。黄世龙说话表情平淡，令人想起清水白菜。

我手捧珍贵的蟋蟀盆，表示要把青头大刺的标本饲养在这只盆里，它就永远活着了。说完我给黄世龙鞠了个躬，告诉他我父亲调到河南月山工作了。他颔首微笑说你父亲给我写过信，说当地人喜欢喝胡辣汤。

我就径直问道，当年您跟我父亲都喜欢吃金豆捞饭吧？

他毫不犹豫地答道，那餐餐饭食承载着我们的青春啊！我们当然拒绝任何偏见。

我手捧蟋蟀盆离开黄家走进家门，母亲看见蟋蟀盆当即扭脸对祖母说，鸬鹚他爸爸跟我结婚就不玩蛐蛐了，不知道将来鸬鹚会是什么样子。

祖母好像不愿预测我的将来，急切向我打听黄世凤全家几点钟来家吃晚饭。

我说人家早就改名黄世龙了。母亲毫不留情对祖母说，您老人家是故意忘记的，这样很不好。

我讲了黄家的变故。母亲听了，默不作声。祖母却开了腔，说金豆捞饭有了，黄世龙倒没得胃口吃了。

我突然控制不住自己，跑进厨房冲着那锅金豆捞饭尖声喊道，黄世龙按照自己的想法生活，这哪有什么正常不正常的！您多年封杀金豆捞饭，生生把他熬得患了胃病吃不得！

我的喊叫引来小酉和小卯。小酉吃惊地看着我说，你期末作文考了九十分没有什么不正常的。

我感觉自己突然长大，尝试着理解那些难以理解的事情，比如爸爸和妈妈，比如父亲和黄世龙，比如文信和武诚，比如我和王馨……

就这样，我二十八岁果然跟王馨结了婚，这是我前半生最大的成就。记得订婚那天我问送什么礼物给她，王馨异常坚决说紫红色有机玻璃发卡。我就觉得这肯定是个轮回。

　　我结婚那天，做了汽车修理工的小卯和做了煤气收费员的小酉，冒着漫天大雪赶来喝喜酒。小卯喝得满脸红透说，我早就断定你不会二十岁就结婚，但是你不会再玩蛐蛐了。

　　小酉酒喝高了，从悲观消极变得坦荡乐观说，我哥跟武诚还是没有音信，但是我敢保证即使在罗布泊里，他俩也不会像彭加木那样下落不明。

　　后来王馨告诉我，小卯和小酉是当晚婚宴最受欢迎的客人。

　　终于迎来改革开放大好时代，母亲跟父亲平静分手，领取离婚证那天，俩人到照相馆补拍结婚照，使人觉得这是对老鸳鸯。

　　我不知母亲是否选择单身生活。她四十八岁依然扎根农村教书，这成了令人难以理解的个别人物。

　　春天里祖母病重在床，头脑异常清醒，而且听力完全恢复。她老人家叫着我乳名说饿了。我问她老人家想吃什么，祖母嘴里迸出四个字：金豆捞饭。

　　我恍然大悟，父亲爱吃金豆捞饭，那是自幼受到祖母饮食习惯的影响。父亲多年吃不得，祖母同样多年断绝这宗口福。这正是金豆捞饭的同归于尽。

　　小巧玲珑的王馨连忙下厨煮饭，焦急地说缺了倭瓜。正逢没有倭瓜的季节，祖母讨得真不是时候。

　　父亲升任铁路设计院第三设计室主任，轻微发胖了。他匆匆赶回家来。弥留之际祖母睁亮眼睛朝儿子咧了咧嘴，安然过世了。

　　我认为这是祖母最后的微笑，她老人家毕竟临终坦言，承认自己也爱吃金豆捞饭。

　　春风拂面。黄世龙出席我祖母葬礼。他已经被选为本市蟋蟀学会会长，还是宽阔的额头和明亮的丹凤眼，依然独身生活。父亲向这个老朋友行过孝子礼，然后俩人紧紧握了握手，一切尽在不言中。

轮到我行贤孙礼，本市蟋蟀学会会长紧紧拥抱我说，鸬鹚啊，为了获得正常生活，我们付出多么大的代价啊。

我明白这话的意思，凡是属于自己的生活就是正常生活，譬如当年他的结婚后离婚重返独身生活，譬如当年他谢绝邀请没去我家吃金豆捞饭，譬如如今仍然饲养蟋蟀他还被尊称"蛐蛐姥姥"。

时光就这样流淌着，令人不知不晓地沉浸其间，缓缓顺流而下来到中年河湾。

我的中年河湾是九河文学杂志社，我和王馨都是文学编辑，她在我隔壁负责北区诗歌，我编南区小说稿件。

那是深秋季节，我的编辑室收到一只鼓鼓囊囊的牛皮纸信封，这是作者指名寄给我的自然来稿。剪开信封看到厚厚诗稿，我起身去隔壁诗歌编辑室将稿子转给王馨。我跟妻子说，作者知道我的名字，却不知道我不管诗歌稿件，看来边远地区作者信息很闭塞。

王馨不光是好妻子，更是认真负责的好编辑，她看到信封落款是新疆和田地区民丰县，指着黑色邮戳印记说，这稿子路上走了二十多天，那么遥远的作者居然知晓你的名字。

我返回小说编辑室，打开抽屉取出深灰色蟋蟀盆，动手掀开盆盖看到那只青头大刺伏身盆底，仿佛发出清脆悦耳的鸣唱。这就是我的青春祭。

午休时间王馨推门进来，妻子告诉我诗稿作者署名文武，很可能是笔名。我说如果作者姓文名武，那么也可能是本名。

她说这叠诗稿里好诗不少。我果然看到这样的句子：

青春年代里，爱情曾是惊天动地的大事；人到中年，爱情小河流水般梳妆；历经多少岁月沧桑，爱情竟然成了国家大事那样的事情，迎娶人老珠黄。

我被这首诗打得蒙头转向，不知所措地望着诗歌编辑王馨。她说要打长途电话联系作者，匆匆返回自己办公室。

临近下班时分，我办公桌响起电话铃声。电话里母亲告诉我，她下月十二号结婚。我并不感到意外，因为父亲也在筹备再婚，女方是资料室年轻的描图员，河南人氏会做胡辣汤。

电话里母亲滔滔不绝。鸬鹚啊，我真不知道这家伙单身多年不谈恋爱，居然是在等我。今年得知我离了婚，立即从石家庄农机研究所赶来向我表白，他说暗恋老师多年。我说这太不正常了，我大你十二岁呢。他说就是企盼这种不正常的师生恋，要是正常了还觉得没意思呢。

母亲仿佛对知心朋友敞开心扉，一口气道出事情原委。虽然对这桩师生婚恋感到意外，我还是被打动了，由衷地敬佩那位名叫范铁明的男子。他勇敢投身这桩被认为不正常的婚姻里，令我想起那锅热气腾腾的金豆捞饭。

王馨小鸟似的飞进我编辑室，满脸灿烂说总算接通自治区文教组的电话，文武是两个作者的联合笔名，大约都是中年男子，均为当年支边青年，很可能来自天津。

不知是因为母亲奇特的婚姻，还是因为新疆突然冒出联合署名文武的诗人，我浑身颤抖好像打摆子似的。

我首先告诉妻子我母亲下月十二号结婚。王馨听了拍着小手说，好啊咱们去婚礼现场祝贺。

然后我极力平静着说，你还记得我家邻居田经理吗？我奶奶始终叫他田掌柜。王馨眨着大眼睛说，那就是小酉的父亲嘛，小酉的哥哥叫文信。

我说是啊，明天你再打电话争取联系上那两位诗歌作者，不论是那个文还是那个武，你联系到谁都是大收获。

妻子王馨点点头问道，你母亲结婚咱们送什么礼物呢？

当然大千世界好啊。我没头没脑答道，心头仿佛冒出几簇戈壁滩的骆驼草。